「나를 위해 죽으라고 하면, 넌 기꺼이 목숨을 바칠 수 있겠어?」
퀸스 윈스테드
Quince Winstead
의문의 습격자에게 협력하는 소녀.
「젊다는 건 좋은 거지.」
피살리스 엔포드
Physalis Enford
알바가 물건을 팔러 가는 마을의 여인.
「얼마든지 오라고나 할까? 나는 위대하고도 관대한 스승님이니까!」
리나리아 센티에르
Linaria Sentier
알바에게 마법을 가르쳐주는 '스승님'. 자칭 대마법사.
「자기 혼자 알짱을 차지하려는 게 나쁜 거라고~!」
루피너스 레즐리르
Lupinus Lesleyr
신기한 성 깊숙한 곳에서 만난 소녀.

「그, 그런 얼굴, 하지 말아 주세요. 당신이 그런 눈으로 보면, 슬프니까요.」

「제가 평등하게 죽음을 드리겠어요.」

칼미아 톨루와
Kalmia Toleuoia

의문의 습격자.
시온과 늘 행동을 함께한다.

시온 마르두크
Sion Marduc

의문의 습격자.
칼미아와 늘 행동을 함께한다.

「스승님은 생활 능력이 없어요.」

「실컷 이용해 먹고 나를 버리다니, 최악이야.」

알바
Alba

이세계에서 온 기억상실 소년.
자신을 거두어준
'스승님'과 동거하고 있다.

아이비 포셋
Ivy Fosset

갑자기 알바를 이공간으로
끌고간 소녀.

너는 죽지 않는
재투성이 마녀
하이누미
Illustration 타케다 호타루

CONTENTS

제1장
폐성의 마녀편

凶夢 흉몽

끔찍한 연극이 시작된다.
그것은 흉몽에 물든 무대.
하지만 다정하고도 용감한 당신은
결코 끝나지 않을 괴물의 연회를 보고
그 마음마저 악몽에 침식되고 말 것이다.

모든 것이 피로 칠해지기 전까지
당신에게 구원의 날은 오지 않는다.

嫌惡 혐오

그 연극의 주인공은 당신이다.
모든 이가 당신을 보고 전율하고
공포로 몸을 움츠리리라.
어쩌면 집요한 적의를 보낼지도 모른다.

당신을 사랑해줄 사람은 이제 없다.
한낱 어린애처럼 흐느껴 울도록 하라.

이 비극이 당신의 마음을
모조리 집어삼킬 그날까지──.

邪念 사념

그 사악한 선율은 끊임없이
저주처럼 귓가를 맴돈다.
허울만을 믿었던 당신은
인간의 본질에 절망하리라.
신뢰 따위는 허구의 산물이었음을 알게 되겠지.

하지만 슬퍼할 필요는 없다.

악랄한 흉적들에게
상응하는 대응을 하면 그만이니.

無痛 무통

아무것도 얻을 수 없는 당신은
타인의 고통을 알지 못한다.
슬퍼하는 이유조차 알지 못한다.

자극에 굶주린 당신은 두 눈에 비친 타인에게
가열한 연극을 강요하리라.

그럼에도 당신은 삶의 슬픔도 기쁨도 얻지 못한다.
얼어붙은 세계에서 스러지지도 못하고
그저 걸어 나아갈 뿐이다──.

分裂 분열

당신은 작은 방에서 혼자
당신과 똑 닮은 소녀를 바라보고 있다.

이 밀실에서 당신은
그저 보고 있을 수밖에 없다.
눈에 들어오는 것은 피 위에서
미친 듯 춤추는 또 하나의 자기 자신.

죄책감을 느낄 필요는 없다.
잔혹한 살인마가 진정한 당신의 모습이니.

내 스승님

여명

아침이다——. 눈을 떴을 때, 고른 숨소리를 내고 있는 소녀가 같은 이불을 덮고 있다는 사실에도 어느덧 놀라지 않게 되었다.

석조 건물의 2층, 휑뎅그렁한 침실 중앙에 실내 분위기와 어울리지 않는 호사스러운 침대 하나가 놓여 있는 바로 이곳.

손이 닿을까 말까한 거리에서 그녀의 조용한 숨소리가 귀에 들려온다. 잠시간 창가로 잠에 취한 시선을 옮겨 들이치는 햇볕을 눈에 담았다. 창밖에는 무너져 내린 잔해더미며 불에 탄 집이 보인다. 밖은 마을이 통째로 폐허가 되어 생겨난 황무지가 펼쳐져 있다.

오늘도 어김없이 이 폐허에는 나, 알바와 그녀밖에 없다.

생선을 불에 달군 프라이팬에 익히며 도수가 강한 증류주를 뿌린다. 거기에 허브를 추가하고 소금과 후추로 간을 한다. 작게 자른 닭다리는 표면이 노릇하고 바삭해지도록 식물성 기름으로 튀기고, 사전에 향신료와 함께 볶아둔 갈색 양파를 곁들인다. 달걀은 세 개 정도 깨서 오믈렛을 만든다. 파이 반죽에 어패류와 채소를 채워 넣고 오븐에 넣는다. 토르티야에 녹색 채소와 햄, 치즈를 넣고——.

"뭐야, 아침부터 이 호화로운 식탁은……."

소녀가 넓은 홀에 얼굴을 내민 건, 내가 일어나고서 세 시간 정도가 지난 뒤였다.

그녀의 양털처럼 몽실몽실한 머리카락 사이로, 초승달을 본뜬 듯 뻗친 머리카락이 세 가닥이나 삐죽 튀어나와 있다. 아름다운 비단 같은 백발(白髮)에 에메랄드 같은 녹색 눈동자, 그리고 눈처럼 하얀 피부. 언제나와 다르지 않은 그녀는 평소처럼 잠이 덜 깬 모습으로 나타났다.

"좋은 아침입니다. 스승님."

공손하게 인사를 한다. 경애하는 스승님의 기상을 칭찬하는 것도 수제자의 의무다.

"오늘 무슨 특별한 날이었던가……?"

"아뇨, 만들기 시작했더니 멈출 수가 없어서요."

"몇 시부터 만들었어……?"

"여섯 시 정도였던가?"

해는 떠 있었으니 아마 그쯤일 거다.

"그때부터 계속 만들었어?"

"만들기 시작했더니 멈출 수가 없어서요."

"그 말은 아까 들었어……."

어이가 없다는 듯 말하고서 늘어져라 하품을 했다.

"저기, 그나저나 머리가 엄청 뻗쳤는데요. 일단 세수라도 하고 오는 게 좋을 것 같은데."

"음~ 그럴게……."

소녀는 눈을 비비며 비틀비틀 불안정한 발걸음으로 주방을 떠나, 맞은편에 있는 방으로 들어갔다. 이내, 귀에 익어버린 스륵스륵 하고 옷을 갈아입는 소리가 들려와서 한숨을 푹 내쉬었다.

어린애라고 할 수 없는 나이의 남녀가 동거하고 있는데 이쪽이 이렇게까지 참을 필요가 있나? ……같은 엉큼한 욕망이 머릿속을 스쳤던 시기도 있었지만, 이런 생활도 벌써 몇 개월이나 계속되자 생각이 바뀌었다.

아마 본인은 별다른 뜻이 없으리라.

하지만 평소 이렇게나 무방비한 모습을 내보이는 건 좀 그렇다 싶은데……. 뭔가 좋은 수가 없을까. 머릿속으로 이런저런 생각을 하는 와중에도 계속 손을 움직여 요리를 해나갔다.

함께 살고 있는 소녀의 이름은 리나리아라고 하며, 내게 알바라는 이름을 지어준 사람이다.

나와 그녀는 사람들의 왕래가 없는 버려진 땅에서 단둘이 살고 있다. 두 사람의 생활에 끼어드는 손님도 없다.

낡아빠진 집들, 무너진 돌벽, 잡초가 무성하게 자라난 길, 주인 없는 오래된 교회. 등등에서 비교적 원형을 잘 유지하고 있는 작은 2층짜리 건조물을 하나 골라 살고 있다.

이렇게 된 경위는, 또렷하게는 기억나지 않는다. 아닌 게 아니라 나는 이곳에 오기 전까지 이름도 없는 무언가였기 때문이다.

기억이 좀 애매하기는 하지만…… 주린 배를 움켜쥐고 거리를 헤매던 끝에, 지저분한 길바닥에 몸을 웅크리고 있었던 것 같다. 비교적 사람들이 많은 마을이었지만 누구 하나 적선해주는 이는 없었다. 그러다 결국 인적 없는 길바닥 한구석에서 기운이 떨어져서 태어난 걸 후회하며 죽어가고 있었던 듯하다.

리나리아는 그때 나를 거두었다는 모양이다.

이 집의 침대 위에서 정신을 차린 나는 그대로 어영부영 은인인 리나리아와 이곳에서 살게 됐다.

그 이전에는? 이라고 궁금해 할 사람도 있을지 모르지만, 스승님에 의해 알바라고 이름 붙여진 인간에게는 딱히 아무것도 없다. 부모님의 얼굴도, 원래 이름도 기억이 안 난다. 확실한 건 이곳이 내가 원래 있던 세계가 아니었다는 거다. 이곳은 내가 있던 곳과는 다른 시대와 문화를 지닌 세계였다.

TV도 전기도 없고, 오락이라 부를 수 있는 것은 책 정도뿐이고, 마법이라는 개념이 존재한다.

이 상황을 제대로 표현할 수 있는 말은 '이세계 전이(轉移)' 일 것이다. 그 당사자인 나는 어정쩡하게 기억을 잃었지만.

어쨌거나——.

그런 생활이 시작되고서 반년 정도의 시간이 지났다. 이세계 전이가 뭐 어쨌다고? 이제 와서 그 현상에 관한 의문이나 감정 따위는 옅게 희석된 지 오래다. 이곳에서의 생활에 잘 적응했다고 할 수도 있으리라.

그딴 것보다도 현재의 가장 큰 고민거리는 사생활이 없다는 점이다.

"왜?"

그날, 리나리아는 아침부터 화가 나 있었다.

"어이가 없네, 방을 따로 쓰고 싶다니."

부루퉁한 얼굴로 고개를 홱 돌린다.
“그렇게 이상한 소릴 한 것 같지는 않은데요.”
“내 옆에 있는 게 싫어?”
“싫지 않아요.”
“잘 들어, 알바!”
검지를 세워 보이며 말하는 그녀의 모습은 위협을 하는 고양이 같았다.
“제자랑 스승은 언제나 함께 있어야 해. 식사할 때도, 잘 때도, 그 이외의 시간에도 전부!”
“하지만 여태 목욕은 따로 했잖아요.”
“어어, 엉큼한 소리 하지 마!”
갑자기 얼굴이 새빨개져서 버럭 화를 냈다.
제자인 알바가 생물학적으로 남자라는 것에는 둔감한 주제에 남들만큼의 수치심은 있는 모양이다.
“어쨌든 허락할 수 없어. 자고로 제자란 본래 스승의 일거수일투족을 눈여겨보고, 그 존재 방식과 기술을 훔치고 익혀 나가야 하는 법이야. 그걸 스스로 포기하겠다니 배우려는 의지가 있는 거야, 없는 거야?”
“아니, 아무튼 정리하면. 각방은 안 되고, 잘 때도 같이 있고 싶다……라는 뜻인가요?”
새삼 정리해서 입 밖에 내어 말하자 엄청나게 부끄러워졌다. 그녀도 얼굴이 새빨개져서 눈을 이리저리 돌렸다.
“그런 식으로 말하면 내가 같이 자고 싶은 것 같잖아?”
아니, 그냥 그런 뜻 맞잖아.

"흥, 뭐야. 그래서? 그렇게 싫은 거야……?"
결국에는 말투가 토라진 어린애처럼 됐다.
"알겠어요……. 알겠으니 이 얘기는 그만하죠……."
더 해봐야 피곤하기만 할테니까. 식기를 정리하면서 자리에서 일어나 주방으로 이동했다. 그런 내 뒤를 리나리아가 흰뺨검둥오리의 새끼처럼 자연스럽게 따라왔다.
"왜요?"라고 쫄쫄 따라오는 그녀에게 고개를 돌려서 물었다.
"뭐가?"라고 맹한 얼굴로 되물어온다.
정말이지 사생활이 없다니까.

약간만 과거로 거슬러 올라가서.
나와 그녀, 우리 관계가 명확하게 정해진 그날의 일이다.
"나는 유구한 시간을 사는 위대한 대마법사야."
리나리아 센티에르―― 소녀는 자신을 그렇게 소개하더니 의기양양하게 콧숨을 내쉬었다.
앳된 이목구비만 보면 고등학생, 심지어 중학생 같기도 한 소녀가 뜬금없이 그런 소리를 해와도 위엄 같은 걸 느낄 리가 만무했다. 대마법사보다는 마법소녀가 차라리 더 어울릴 것 같다.
"어떻게 위대한데요?"
"이야기하자면 좀 긴데."
"그럼 됐어요."
"그게 말이지……."
됐다는데도 무시하고 이야기를 하기 시작했다. 아무래도 들려주고 싶었던 모양이다.

“아주 옛날에 이 세계에는 전 인류의 적, 마물이란 게 있었어.”

RPG 게임 같은 데에 흔하게 등장하는 그거구나.

“마물한테는 검이나 활 같은 무기가 먹히지 않았어. 인간들은 절체절명의 위기에 빠졌지! 그때 바람처럼 나타난 게——.”

“스승님이었다 이건가요?”

“아니야.”

이 흐름에서 아니라고?

“훗날 ‘대현자’로 불리게 되는 영웅이었어. 그 사람이 나타나서, 온 세계에 있는 마물을 전멸시키는 계기가 되는 ‘마법’을 만들었어. 대륙 중심에 커다란 마법학교를 세우고, 이 세계에 마법을 전파했지. 다시 말해서 나는 위대한 그분에게 직접 마법을 배운 위대한 열세 명의 현자 중 한 명이야!”

으쓱하고 큰 소리로 말했다. 아무튼 그런 세계관의 세계인 것 같다.

그나저나.

“굉장하네요, 전 세계에 열세 명밖에 없다니.”

아무튼 그런 대단한 사람이 나를 거둬준 건가, 이곳에 올 때까지 겪었던 지독한 경험을 떠올려보면 감개무량할 따름이다.

그러자 그녀는 거북한 듯이 시선을 피했다.

“1년마다 교체되어서 내가 현자였던 건 1년뿐이지만…….”

현자라는 직위가 연도 갱신제였을 줄이야.

“뭐, 단 1년이라도 선발됐으면 대단한 거잖아요.”

풀이 죽은 그녀의 기운을 바로 북돋워줄 줄 아는 나는 그야말로 제자의 귀감일 거다.

"그, 그렇지?! 맞아! 난 위대해!"
하여간 이 사람, 위대하다는 말 참 좋아하네.
"참고로 유구한 시간을 살았다고 말했는데, 몇 살이신가요?"
"대충 116살 정도야!"
생긴 거와 다르게 엄청나게 할머니였잖아?
"뭔가 실례되는 생각을 하지 않았어?"
대마법사님은 눈살을 살짝 구긴 채 이쪽을 노려보았다. 도리도리 고개를 가로저어 부정해두었다.
"그러니까 알바."
그녀는 강한 어조로 그녀의 눈앞에 앉아 있는 제자――알바, 즉 나의 이름을 불렀다.
"약속한 대로 지금부터 너에게 마법을 가르쳐주겠어. 매우 우수한 내게 직접 배울 수 있는 걸 영광으로 알라고."
그녀의 두 눈은 반짝반짝 빛나고 있었다. 내게 무언가를 기대하는 것처럼.
"네에."
"알바, 태도가 그게 뭐야."
알바―― '여명'이라는 의미의 말.
그 이름으로 한참을 불렸더니 어느덧 적응이 된 게 느껴진다. 바로 이것이 기억도, 이름도, 그 외 아무것도 없었던 백지 같은 내게 붙여진 새로운 이름이었다.
"내 밑에서 마법을 배우게 됐으니, 스승인 내게는 그에 상응하는 경의를 표하도록 해. 그래야 가르치는 사람도 기분이 나지."
어린애처럼 뺨을 부풀리고서 경의라니. 본심은 마지막 부분뿐인 것 같다.

"그야 물론……이겠죠?"

"정말로 알아듣긴 한 건지 몰라."

리나리아는 뺨을 긁적거리며 나직한 목소리로 말했다.

"어쨌든! 가르치기로 한 이상 봐주지 않을 거야. 호되게 단련시켜줄 테니 각오해!"

대체 그녀는 왜 이렇게나 나를 돌봐주려 하는 걸까.

"그럼 우선은 이론 수업부터——."

그리하여 자기 이름도 기억하지 못했던 소년과 마법사 소녀는 스승과 제자 관계가 되었다.

배우겠다고 한 이상, 수업을 받아야 했다.

마법이란 인간이 만든 '법진(法陣)' 이라는 것으로 일으키는 기적을 가리킨다고 한다.

조금 더 이론적으로 말하자면, '법진' 은 인간이 선천적으로 가지고 있는 '마력' 을 실어 발동시키며, 발동된 법진은 '마소(魔素)' 라고 하는 눈에 보이지 않을 만큼 작은 입자에 명령을 보낸다. 그렇게 명령을 받은 '마소' 가 반응하면 여러 현상이 일어나게 되는데, 그러한 일련의 흐름을 통틀어 마법이라 한다……는 모양이다.

마법이 일으킬 수 있는 기적의 종류는 수없이 많아서, 먼 거리를 순식간에 이동하거나, 죽음에 이를 정도의 부상을 눈 깜짝할 새에 치유하거나, 사람의 기억을 고쳐 쓰는 것도 가능하다고 한다. 듣기만 해도 무섭다.

리나리아와의 수업은 그런 기초부터 시작되었는데.

"글쎄, 그게 아니라니까."

세 번째 지적에, 나는 석판에 고정된 양피지 위에서 놀리던 붓을 멈췄다.

"선을 그렇게 그리면 마법이 발동하지 않아. 좀 더 정확하게 그려야지."

몸짓손짓을 하며 그런 소릴 한들 난감할 따름이다. 진(陳)을 알고 그린다기보다는 모르는 언어를 베껴 적는 듯해서 좀처럼 머리에 들어오질 않았다. 게다가…….

"여기 봐봐."

그렇게 말하며 손을 짚는 그녀의 손이, 번번이 뺨에 닿았다.

"내가 한 것처럼 그려야지."

"집중이 잘 안 돼요."

"어째서? 집중하라고."

숨결이 닿을 만큼 가까운 거리에서 리나리아가 그런 소리를 했다. 말의 내용보다 그녀의 팔의 감촉이며 냄새 쪽에 관심이 쏠린다. 그녀는 아무렇지 않을지 몰라도, 계속 이런 식으로 행동하면 그녀를 여자로 의식해 버릴 것만 같다.

"손, 그리고 얼굴이 가까워요. 그쪽이 신경 쓰여서 집중할 수가 없어요."

단호하게 말했다. 그러자 그녀는 이해되지 않는지 맹한 표정을 지었다. 이것도 둔감한 성격 때문일까. 그러고는 뒤늦게 무언가를 알아챈 듯, 귓불이 약간 빨개진 상태로 입을 앙다물었다.

"어, 얼버무리지 마! 집중!"

어서 해 봐. 그렇게 말하며 내게 붓을 잡으라고 재촉했다. 네에네, 하고 마지못해 그 말에 따랐다.

여전히 몸이 닿을 듯 말 듯한 거리에서, 스승과 제자의 수업은 계속되었다.

수업 때 말고도 신경 쓰이는 점은 있었다.

스승님은 늘 나를 바라보고 있다. 마치 나를 감시하는 게 그녀의 의무라는 듯이.

"뭐 해?"

"네?"

주방에서 저녁 식사거리를 준비할 때의 일이었다. 냄비에 넣을 식재료를 큼직하게 써는 작업을 하고 있을 뿐이었는데, 리나리아는 바로 등 뒤에 서서 훔쳐보듯이 그 작업을 보고 있었다.

이미 이 가까운 거리감도 당연해져서 새삼스럽게 놀라지는 않았다. 하지만 부엌칼을 쥐고 있는데 부주의하게 다가온 건 탐탁치가 않았다.

"저기, 지금도 거리가 가까워요. 좀 떨어지라고요."

"응~?"

그녀는 얼굴을 들이대며 의아하다는 듯 눈을 가늘게 떴다.

"나한테 명령할 셈이야?"

아아, 이 흐름은 귀찮게 되는 흐름이다.

"그런 명령에 따르기는 싫어."

그리고 말 떨어지기 무섭게 옷소매를 붙잡았다.

"그러니 난 오기를 써서라도 이 위치를 고수할 거야."

"헤에…… 그러세요……?"

오기 부릴 일이 아니잖아. 하지만 이럴 때 반박을 해봤자 그녀가 더욱 고집을 부릴 뿐이라는 사실을 나는 안다.

"이런 거 봐도 하나도 재미없잖아요."

"네가 있는데?"

희한한 소릴 들었다는 듯 눈을 동그랗게 뜨고 그렇게 말했다. 잘은 모르겠지만 살짝 낯간지러운 말이다.

그 집요한 감시하에서 겨우 작업을 끝내고 나자, 이번에는 실내에 어질러져 있는 의류가 눈에 들어왔다. 아닌 게 아니라 대부분 리나리아의 것이다. 망토에 모자, 속옷 같은 것까지 있다.

"이제 뭐하려고?"

"빨래요."

바구니를 가지러 다른 방으로 가려 하자, 리나리아도 그 뒤를 오종종 따라왔다.

그야, 처음 여자와 동거한다고 생각했을 때는 꿈만 같은 망상이 머릿속에 떠올랐더랬다. 또한, 문은 활짝 열고 다니고, 옷은 벗어서 아무 데나 팽개쳐두고, 시답잖은 트집을 잡아대는 걸 보면 한편으로는 피곤할 것 같다는 예감도 들었다. 하지만 막상 뚜껑을 열어보니 그런 것들은 중요한 게 아니었다.

"스승님한테는 생활 능력이 전혀 없어요."

직설적으로 불평을 해봤다.

"그건 됐어, 이거 알아, 알바? 제자는 늘 스승의 뒤를 쫄래쫄래 따라다녀야 하는 법이야."

그딴 거 알 게 뭐야. 노골적으로 말 돌리기는!

"하지만 지금 이 상황은 그 반대잖아, 재미없어."

"대낮부터 취했어요?"

"안 취했어!"

말을 주고받으며 살폈지만, 그녀의 속옷을 주워 담건 말건 그런 쪽으로는 아무런 반응도 보이지 않았다. 도무지 모르겠다. 이전에 같이 목욕은 안 하냐는 이야기를 했을 때는 얼굴이 새빨개졌으면서. 철부지도 아니고.

"오늘 마법 수업은 오후부터죠?"

옷가지를 바구니에 던져 넣으며 물었다.

"맞아."

"그때까지 스승님은 자유시간인 것 같은데요."

"그렇지."

"저 같은 걸 따라다니는 게 재미있어요?"

"?"

왜 고개를 갸웃하는 건데.

"취미 같은 건 없어요?"

모처럼이니 아예 직설적으로 물었다.

"어머! 실례잖아! 취미라면 있어!"

그 취미라는 게 대체 뭔데? 어디 한 번 들어보자. 제자를 관찰하는 거라고 지껄이면 아주 박장대소를 해주마.

"제자를 관찰하는 거야."

"제발 부탁이니, 기대를 배신해달라고요……."

"무슨 말을 하는 건지."

각오와 달리 웃음 대신 한숨만이 흘러나왔다.

"빨리 오후가 됐으면 좋겠는데."

내가 빨래를 옮기거나 말거나, 한숨을 쉬거나 말거나, 등 뒤에 자리 잡은 인물은 손가락을 문 채로 그렇게 중얼거렸다.

일반적인 스승과 제자의 관계는 어떤 걸까? 적어도 남녀 관계와는 다를 터. 스승으로 모신 이상 가급적 존경스러운 일면을 보고 싶었지만, 일상생활에서 보여주는 모습이 저래서야.

그날은 수업을 하지 않고 거실에서 혼자 하염없이 스크롤이라는 것을 만들고 있었다.

스크롤이란 법진이 그려진 양피지를 말한다. 그 완성품을 가지고 있으면 마력만 담아도 마법이 발동하는 편리한 아이템이라나 뭐라나. 하지만 나는 아직 내 손으로 스크롤을 완성해본 적이 없다. 실패한 스크롤로는 마법이라는 기적을 일으킬 수 없다.

"역시 스승님은 스승님이구나……."

또 하나의 실패작을 앞에 두고 있자니 깊은 한숨이 흘러나왔다. 존경심 이전에 분하다는 마음이 더 컸다.

평소 칠칠하지 않고 생활 능력이 전혀 없는 내 스승님이 마법 면에서는 너무 우수해서 괴롭다. 생활 능력은 마법의 재능과 아무런 상관이 없는 걸까…….

"어머."

영 꺼림칙한 타이밍에 리나리아가 거실에 얼굴을 내밀어 눈살을 구겼다.

"뭐야, 그 표정은?"

리나리아는 가볍게 말을 걸어왔지만 나는 입을 다물었다.

바닥에는 내가 만든 실패작이 널렸다. 스크롤의 소재인 양피지는 나름 값이 나가는데도, 낭비 중이라는 사실은 나 자신도 알고 있었다.

"이건——."

그녀는 내 실패작을 발견하고 집어 들었다. 뚫어져라 쳐다보고 있다. 얼굴이 굳어졌다.

"꽤나 허비해버렸네."

의기양양한 얼굴로 이쪽을 쳐다본다. 리나리아는 동요한 나를 보고 즐기고 있는 듯했다. 마치 내 마음속을 꿰뚫어보고 있기라도 한 듯이.

"어머, 혹시 신경은 쓰였어? 물 쓰듯이 써서 별로 신경 안 쓰는 줄 알았는데."

리나리아는 웃고 있었다. 분명 평소처럼 제자와 농담 따먹기나 할 생각으로 던진 말이었을 거다. 하지만 나는 리나리아처럼 웃을 수가 없었다.

"그렇게까지 무신경하지는 않아요."

나도 모르게 어머니에게 혼이 나서 토라진 어린애 같은 말투가 되었다.

"기껏 배워 놓고선 실패만 해서 자원을 낭비하고 있으니 당연히 신경이 쓰일 수밖에요."

"헤에."

리나리아는 의외라는 듯이 눈을 동그랗게 떴다. 그 반응에 살짝 울컥했다.

"어쩔 수 없지~. 한심한 제자를 두면 고생하는 법이니까. 정말이지 스승이란 것도 힘드네, 응."

그녀는 그렇게 말하더니 못 말리겠다는 듯이 한숨을 내쉬었다.
고생이라——.
과연. 반론의 여지가 없다.
"그렇다면 그만둘까요."
"어, 어?"
리나리아는 깜짝 놀란 듯이 눈을 동그랗게 떴다.
"어, 어째서?"
"한심한 제자는 스승님을 고생시키고 싶지 않거든요."
"뭐야, 삐쳤어?"
그야, 분명 그렇긴 하지만 그렇게 말하지 말아주세요…….
게다가 이것은 이전부터 생각한 것이기도 했다. 이렇게 스승님에게 완전히 의존하는 생활에 안주해도 되는 걸까.
이래서는 젊은 여자의 집에 굴러들어가서 빌붙어 사는 남자가 아닌가. 남자가 그래도 되는 건가?
"될 리가 없지."
"왜, 왜 그래, 갑자기……."
애초에 내가 전생한 이 알바라는 녀석에게는 마법을 다루는 데 필요한 재능이 치명적으로 없다. 적을 물리칠 힘도, 편리한 생산 스킬 같은 것도 없다. 이세계 전이물이라기에는 치트 능력은커녕 평범하기만 할 뿐이다.
그런 녀석이 앞으로 살아가기 위한 지혜와 용기를, 이렇게 물러터진 스승님과의 동거 생활로 얻을 수 있기는 할까?
"아니, 이대로는 분명 인간쓰레기가 되고 말겠어."
"무시하지 마!"

"농담이 아니라, 생각해보니 아무래도 저는 집에서 나가는 게 맞을 것 같아요. 이 폐허에도 빈집은 널렸고, 꼭 한 집에 같이 살 필요는 없잖아요? 일단 자기 생활비 정도는 벌 줄 알아야——."

"왜, 왜 얘기가 그렇게 되는데?!"

이마로 들이받을 기세로 얼굴을 들이미는 바람에 우와, 하고 펄쩍 뛰어 물러났다.

"거, 걸리적거릴 바에는 그러는 게 낫지 않겠냐는 거죠……. 저도 양심이 있다고요."

실제로 방금만 해도 고생이 많다고 했으니까.

"걸리적거린다는 소리까지는 안 했잖아!"

엄청난 기세였다. 묘한 분위기가 흘러서 나도 말문이 막히고 말았다.

단둘이 있는 방에 깔린 침묵이, 그대로 거북한 정적을 낳았다.

"나 참, 바보 같긴……."

그 정적 속에서 먼저 입을 연 건 리나리아였다.

"난 네가 걸리적거린다고 생각한 적이 한 번도 없어. 그랬다면 진작 밖에 내다 버렸겠지."

"……."

"이래저래 손이 가기는 해도. 새삼스럽지만 요즘 들어서 동거인이 늘어나는 건 좋은 일이라고 생각하게 됐는걸."

"……그런가요?"

"그렇다니까."

리나리아는 가슴을 펴고서 당연하다는 듯 말했다.

"가족 같은 게 생기고 나서 이래저래 느낀 게 있거든."

"느낀 게 있어요?"

"혼자 지내는 건 그것대로 마음이 편했지만. 이제 와서 다시 혼자 살게 되면 곁에서 맞장구쳐줄 사람이 없어서 심심할 거야."

리나리아는 한쪽 눈을 감고서 장난스럽게 웃었다. 그게 입에 발린 말이 아님은 딱 봐도 알 수 있었다.

"저를 가족이라고 할 수 있나요?"

"비슷한 거야. 그러니까 뭐, 너 같은 게 두세 명 늘어난다 해도 딱히 걸리적거린다고 생각하지는 않아."

가족—— 그 단어는 참 뭐라고 말해야 할지, 낯간지럽게 느껴졌다.

"오히려 오려면 얼마든지 오라고나 할까? 나는 위대하고도 관대한 스승님이니까!"

"네에."

"아, 근데 늘어나면 시끌벅적해서 즐거울 것 같긴 해도 너무 지나치면 곤란해. 식구를 부양한다는 건 보통 일이 아니니까. 앞으로 대충 대여섯 명이 한계이려나."

"생각 이상으로 넉넉하군요……."

방금 그 말에서 제자를 자식으로 고쳐서 말하면 가정을 이루길 꿈꾸는 여자의 몽상처럼 들릴 것 같다.

그러고 보면——.

"그렇다면 스승님은, 왜 여태껏 가족을 만들지 않으신 건가요?"

"응? 무슨 뜻이야?"

"아니, 혼자라 심심했다면 누군가와 결혼해서 애를 낳아 가정을 이루는 방법도 있었을 텐데요."

그랬다면 백 년 이상 이런 폐허에서 홀로 지내지 않아도 됐을 텐데. 리나리아는 얼굴이 반반하니까 마음만 먹는다면 상대는 얼마든 구할 수 있었을 거다.

"……."

리나리아는 어째서인지 멍한 얼굴로 입을 다물었다. 내가 뭐 이상한 말이라도 했던가?

"오, 히야?!"

잠시 뒤, 이상한 비명소리와 함께 하얀 머리가 움찔 하고 솟구쳤다.

"그, 그런 농담은, 벼벼, 별로야……!"

"……아니요? 딱히 농담으로 한 말이 아닌데요. 왜 그렇게 당황하셨어요?"

"네가 천박한 소리를 하니까 그렇지!"

얼굴이 새빨개져서 이쪽을 가리키며 반박한다.

"고작 이 정도로 천박하다니…… 억울한데요."

"――윽!! 처, 천박한 말이잖아! 여자 앞에서 당당하게 그런 소릴 하다니, 너 정말 이상해!"

"왜 이 정도에 정색하고 화를 내시는데요? 설마 그 나이 먹도록 처녀일 리도 없고."

말소리가 뚝 그쳤다. 리나리아는 파르르 입술을 떨며 얼굴이 벌게진 채로 이쪽을 노려보았다.

"얘!"

갑자기 소리를 치며 내게 바싹 다가온다.

"설마, 라는 게 무슨 뜻이야? 그 나이 먹도록이라니? 자세히 말해 봐!"

"……아뇨. 그러니까."

내가 얼마나 잔인한 소리를 했는지를 그제야 깨달았다. 죄책감에 얼마간 말을 골라야 했다.

"뭔가…… 죄송하네요."

아무리 고르려고 한들 전혀 골라지지 않았지만.

"뭔가가 뭔지 똑바로 말해보라고오오오오오!!"

최근 들어 알아챈 건데, 우리 두 사람의 거리감은 남매에 가까울지도 모른다.

"저, 저기요 스승님."

"으엉?"

리나리아가 내 몸에 등을 기대고 있어도 괜히 가슴이 두근거리는 일이 없어졌다. 다만――.

"무거워요."

"누가? 뭐가?"

그렇게 말하며 리나리아가 내 허벅지를 꽉 꼬집었다.

"아얏!"

지금은 수업도 대강 끝나고 집안일도 마친 저녁 무렵. 할 일이 없어져서 마학(魔學)의 예습을 하고 있었는데――.

"제자가 똑바로 공부하고 있는지 지켜보는 것도 스승의 의무란 말이야."

"의무는 무슨 의무. 그냥 제 몸에 기대서 책만 읽잖아요."

나 참, 뭘 하고 싶은 건데.

완전히 집중력이 끊겨서 보던 책을 내려두고 소파에 몸을 기댔다. 리나리아는 떨어질 생각이 전혀 없는지, 내게 기댄 채로 책만 읽었다.

"……지금의 이 생활에 최종적인 목표 같은 게 있을까요."

문득 떠오른 의문을 입 밖에 내자, 리나리아는 책에 시선을 고정한 채로 나직하게 "평온한 일상."이라고 답했다.

"이미 달성한 것 같은데요……."

"……의 항구적인 유지."

죽어도 집 밖에 나갈 생각은 없는 모양이다.

"집 밖은 위험해, 알바."

"네에."

"온갖 악의로 가득해. 너도 도시에서 뼈저리게 느꼈잖아. 인간은 자기 생각밖에 안 해. 그래서 길거리에 나앉은 너를 거들떠보지도 않고, 구해주지도 않은 거야."

"스승님이 구해줬잖아요. 그럼 그런 좋은 사람도 있다는 뜻이잖아요?"

"어디까지나 운이 좋았던 것뿐이야."

그녀가 기대고 있던 등에 지그시 힘을 실었다. 하지 마세요.

"평소 같았으면 자기 이름도 기억 못 하는 떠돌이를 도와줄 사람은 아무도 없었을 거라고."

"하지만 도와주셨잖아요."

"어쩌다 보니 그런 거야……."

"심지어 같이 살게까지 해주셨죠."

"그것도 그냥 우연일 뿐이고."

"또 저 같은 사람을 발견하면 도와주실 건가요?"
"……당분간은 됐어."

종마

죽은 생물의 영혼은 때때로 현세에 머무는 경우가 있다. 생전에 미련이 있거나 죽었다는 사실을 알아채지 못하거나 해서.

도구마(怒熊)라는 존재는 대략 70년 정도 전, 대륙 남서쪽 끄트머리에 위치한 인적 없는 깊은 숲, 그곳에서도 지하에 있는 동굴 안에서 '괴물——주인'에 의해 만들어진, 세 마리의 사역마 중 한 마리다. 마법생물이라고 불리기도 한다.

도구마의 몸은 천과 수많은 겉겨와 실과 두 개의 단추, 그리고 무언가의 영혼으로 이루어져 있다. 무엇의 영혼인지는 모른다. 주인의 옛 친족인지, 아니면 친구인지, 집어삼킨 아기인지, 기억이 없는 도구마로서는 알 수 없는 일이다.

몸의 색깔은 하얗고 짧은 팔다리는 굵고 둥그스름하다. 피부는 질 좋은 비단으로 되어 있고, 안에는 왕겨가 가득 찼다. 2등신쯤 되는 체형의 머리에는 좌우의 색과 형태가 다른 커다란 단추 두 개가 꿰매어져 있고, 입은 벌릴 수 있도록 입체적으로 되어 있다. 누가 보아도 인형이다.

생명체의 정의가 온기를 띤 내장을 지닌 것일 경우에는 해당되지 않겠지만, 적어도 도구마는 자기 자신을 생물이라 인식하고 있었다. 사고하고 고찰하고 자신의 의지로 행동한다. 자신의 존재를 유지하기 위해 식사와 수면도 취한다.

도구마는 늘 냉정침착하며 동료들을 잘 챙겼다. 그런 반면 주인에게는 경외심을 가지고 있다. 사역마는 주인의 변덕으로 만들어지며 처리당할 때는 저항할 수가 없기 때문이다――.

같은 계통의 갈색 인형―― 키이누(喜犬)는, 겉모습은 거의 같지만 머리 부분에 개의 귀 같은 것이 붙어 있다. 매우 온후한 성격이고 동료들 중에서는 유일하게 주인에게 충실하며 자신을 만들어준 것에 감사하고 있다. 주인의 생일에는 성실하게 작은 인형을 선물하기도 했다. 건네줄 때 겁에 질려 벌벌 떨기는 했지만…… 도구마가 보기에는 좋은 녀석이다.

검은 인형―― 라메우(樂猫). 머리에 짐승의 귀가 두 개 달렸다. 제멋대로에 뻔뻔한 성격이다. 주인에 대한 의심이 가장 강하고 충성심이라고는 눈곱만큼도 없는 문제아다. 일을 할 때면 주인에 대한 불평을 끝도 없이 늘어놓는다. 자신은 주인에게 과분한 존재라는 소릴 한다. 그런가 하면 주인이 시야에 들어오기만 해도 비명을 지르며 도망치는 겁쟁이다.

지하 동굴에는 오랜 세월 동안 그들이 만들어낸 성이 세워져 있다. 결코 햇볕을 받을 일이 없는 암흑 속에서 유일하게 빛이 밝혀진 곳이다. 오로지 한 마리의 이형(異形)의 존재와 세 마리의 사역마가 살기 위해 만들어진 성이었다.

도구마는 그날, 열심히 주인의 방을 청소하고 있었다. 주인의 방에서는 침대 위에 널브러진 긴 머리카락, 리본이나 양말 같은 인간 소녀의 소지품 같은 것이 발견된다. 독기가 감도는 실내에는 어울리지 않는 물건들이다.

시중을 들라는 지시를 받은 적은 없다. 아닌 게 아니라 주인이 식사를 하는 모습을 본 적도 없다. 주인은 평소에 무엇을 먹고 있을까——.

꺼림칙한 상상이 머릿속을 맴돌아 생각하기를 그만두었다.

아직도 주인 앞에 서면 공포심에 몸이 움츠러들지만, 그것만 아니면 불편할 게 없는 생활이었다.

여기에는 친구도 있고 충분한 물과 식량도 주어지고 있다. 넓은 성 안에는 한 마리당 방이 하나씩 할당되어 사생활도 보장되고 있다. 서로 괜한 참견은 않는 게 좋다.

청소를 마치고 드문드문 조명이 켜진 조용한 회랑을 걷다 보니 피와 땀, 진흙이 뒤섞인 듯한 냄새가 코를 찔렀다. 불쾌한 냄새다. 지나쳐 가려고만 해도 사고력이 날아가 버릴 것만 같다.

"주인님, 아, 안녕."

그것은 잠시 멈춰서더니, 입에서 무언가를 부글부글 토해내는 듯한 소리로 신음했다. 기분 나쁘다.

"안녕."

뭐라고——?

뭐라고 한 걸까. 알아들을 수가 없어서 웃음으로 얼버무려야만 했다. 그러자 그것은 아무 일도 없었다는 듯이 걸어 나갔다.

문득, 그것의 몸에서 무언가가 뚝 하고 흘러내렸다.

바닥에, 피처럼 붉은색을 띤 손수건이 떨어져 있었다.

그래도 시간은 흐르고

여명

평소 지내는 폐가 근처 공터에는 오래된 주거지의 흔적이 있어서 집터며 부러진 기둥 같은 게 남아 있다.

"서먼(summon)……?"

"응, 소환마법."

그런 장소에서 리나리아가 입 밖에 낸 것은 한동안 듣지 못했던 이세계 요소에 관한 이야기였다.

그러고 보니 그런 설정이 있었나.

"소환마법이면, 사역마 같은 걸 만들어내는 건가요?"

"어? 후후, 아니아니."

어째서인지 비웃음을 샀다.

"그런 게 소환마법에 속할 리가 없잖아. 오늘 할 건 무언가를 불러내는 거야."

사역마를 만드는 것은 소환마법엔 속하지 않는다는 건가. 저렇게나 어이가 없다는 투로 말하니 뭔가 납득이 안 되기는 하지만.

"사역마를 만드는 마법도 물론 존재하지만, 그런 건 보통 근처에 있는 동물에게 정신조작 마법을 거는 게 다야. 뭐, 죽은 인간의 영혼을 써서 아예 몸부터 새로 만드는 상식을 벗어난 경우도 있기는 하지만."

아무래도 완전히 다른 장르인 모양이다.

리나리아는 바닥에 널려 있던 돌을 걷어차서 평평한 공간을 확보하기 시작했다.

별다른 지시가 없기에 뒤에서 그녀를 지켜보고 있자니, 윤기 나는 백자 같은 피부가 눈이 부셨다. 부드러운 백발이 비단처럼 바람에 나부끼는데, 그 모든 것들이 햇빛을 받아 반짝반짝 빛나는 것처럼 보였다.

의도치 않게 바라보게 된 푸른 하늘 아래 있는 리나리아의 모습은, 넋을 잃을 만큼 아름다웠다.

"뭘 그렇게 쳐다봐?"

내 시선을 알아챈 리나리아가 뚱한 눈으로 이쪽을 쳐다봤다.

"맨다리요."

"뭔 소리야!"

그러더니 돌멩이를 집어던졌다.

"내가 여러모로 생각해 봤거든. 마력 비실이인 네가 제대로 다룰 수 있을 만한 마법이 뭘지를."

"비, 비실이라니……."

나의 한탄을 가볍게 흘려 넘기더니 리나리아는 진지한 얼굴로 생각에 잠겼다.

"마력량은 아무리 단련해도 그 총량을 늘릴 수 없어. 그러니 알바가 쓸 수 있는 마법은 한정적이야."

아아, 그러고 보니 한 사람의 인간이 지닌 마력량은 날 때부터 정해져 있어서, 늘리는 건 불가능하다는 이야기를 이전 수업에서 리나리아가 했었다.

"그런고로 서먼을 사용해서 시험해 보자. 법진의 형태도 단순하고 연비도 좋아. 즉, 마력이 별로 없는 인간도 다룰 수 있는 마법이란 뜻이지."

이야기를 하는 동안, 리나리아는 가지고 있던 목탄을 들고 땅바닥을 훑기 시작했다. 반듯한 원을 단번에 그리더니 안에 자잘한 문양을 그려 나간다. 참고하려야 할 수 없는 속도였다.

"소환하고 싶은 게 음식인지, 도구인지, 종류가 정해지면 크기의 상한과 하한을 한꺼번에 설정해. 또 그게 살아있는 것인지, 그렇지 않은 것인지도 설정해. 그렇게 하면 자, 완성이야."

마치 그림 그리기 동요를 부르듯 간단하고도 빠르게 법진 하나를 완성시켰다. 불과 십여 초 만에 일어난 일이다.

그 놀라운 속도에 깜짝 놀랐지만, 그녀의 수업은 계속되었다.

"서먼은 지금까지 말했던 종류, 크기, 생물인지 여부를 정하고 마력을 실으면 돼. 자신의 지식에 있는 것 중에서 해당되는 게 무작위로 생성될 거야."

"무작위……?"

다시 말해서 뽑기 같은 건가?!

"그, 그건 구체적으로 어떤 쓰임이 있는 건가요?"

설레는 마음으로 물었다.

"별 쓸모는 없을걸? 대부분 쓰레기 같은 거나 나오니까."

시도하기도 전에 사용하는 의지가 꺾이고 말았다.

"그러면 의미가 있기는 한가요……?"

"비실이 마력인 네 가능성을 가늠하기에는 이 정도가 적당할 것 같아서."
자꾸 비실이라고 부를래? 짜증을 억누르며 그려진 법진으로 시선을 옮기자 약간 짓궂은 생각이 머리를 스쳤다.
"이건 스승님이 사용해도 무작위인 거죠?"
"응? 그렇긴 한데?"
"그럼 내기하지 않을래요? 둘이서 사용해서, 누가 더 쓸 만한 물건을 소환하는지 겨뤄보는 거예요."
"내, 내기라고?"
내 제안에 어째서인지 리나리아가 머뭇거리는 표정을 지었다.
"……."
"네, 내기. 내기니까 벌칙을 정해야겠네요."
신이 나서 말하니 리나리아는 뚱한 눈으로 노려보았다.
"아, 예를 들어서 지금 입은 속옷 색깔을 말하는 건 어때요?"
하고 가벼운 투로 말해 보았다.
"그런 게 벌칙이 되기는 해? 듣는 쪽만 당황스럽잖아."
리나리아는 진지하게 궁리하며 지당한 말을 했다. 예상치 못한 반응에 말문이 막혔다. 듣고 보니 득을 보는 건 남자뿐인 것 같기도 하다.
"뭐, 뭐어, 우유를 단숨에 들이켜기 같은 것보다는 낫잖아요?"
그야 성희롱이 되기는 할 것 같지만.
"시답잖은 소리 말고. 자, 빨리하기나 해."
벌칙 게임 제안은 기각되었다. 살짝 분하다.
"참고로 제가 지금 입은 속옷은 훈도시예요."
내가 가진 남성용 속옷이 따로 없다 보니 천을 적당히 감아두었다. 그런 내 말을 들은 리나리아는 훈도시라고 중얼거렸다. 그 타이밍을 노리고 물었다.

"스승님은요?"

"나? 나는 분홍—— 아니, 뭘 물어보는 거야! 하마터면 대답할 뻔했잖아!"

"분홍색이라…… 그렇군요."

아니 뭐, 가끔씩 빨래할 때 보니 대충은 알고 있는데. 하지만 리나리아의 수치심을 자극하는 데는 효과적이었던 것 같다. 얼굴이 새빨개져서 스커트를 두 손으로 붙잡고 있다.

"그렇게 놀라는 걸 보니, 상당히 면적이 작은 섹시한 타입인가 봐요?"

"펴, 평범한 거야!!"

"아하, 평범한 분홍색 팬티, 라 이거죠?"

뭐, 알고 있었지만.

"무무무무, 무슨 소릴 하게 하는 거야아아아아!"

즐겁게 이야기를 하다 보니 대화가 상당히 취지에서 멀어지고 말았다. 나름 즐거웠지만.

"뭐, 어쨌든 슬슬 의욕이 나니까, 해볼까요. 서먼."

겨우 꺾였던 의지가 부활해서 마음을 다잡고 말하자 리나리아는 피곤한 얼굴로 한숨을 내쉬었다.

"그냥 처음부터 순순히 했어도 됐잖아……."

"네에네."

리나리아가 '대답은 절도 있게!' 라고 지적하는 바람에 쓴웃음을 지으며, 천천히 숨을 내쉬고 체내에 있는 마력을 밖으로 방출

하는 이미지를 머릿속에 그렸다. 말로는 간단하지만 할 수 있게 되는 데에는 상당한 훈련이 필요했다.

나는 마력 총량이 적다. 그렇기에 사용할 수 있는 마법도 한정적이다. 그런 내가 마법을 다루는 데에 과연 의미가 있을까? 하지만 스승님인 리나리아에게 꼴사나운 모습을 보일 수는 없다. 없었던 것이다. 눈앞에 있는 법진에 집중한다.

이윽고 진에 빛이 밝혀지더니 중앙에서 무언가의 윤곽이 떠오르기 시작했다.

그것은 미약한 빛을 띤 채 지상으로 솟아올라, 하나의 형상을 이루어 나갔다.

이, 이건——.

"뭐야, 이게?"

리나리아가 그것을 가볍게 들어 올렸다.

"하얗고 가벼워. 감촉은, 여태 만져본 적이 없는 것 같은데. 뭐지, 이게……?"

그녀는 천천히 그것을 손가락으로 쓰다듬었다.

색깔과 윤기, 형태, 이것이 내 기억에 있는 것과 같은 물건이라면 그것은——

"종이 기저귀네요."

아, 방금까지 팬티니 뭐니 하는 소리를 해서 튀어나온 건가?

"후아, 희미하지만 좋은 냄새가 나는 것도 같아~."

리나리아가 얼굴을 묻고 냄새를 맡으며 행복해 보이는 표정을 지었다.

"어라? 방금 뭐랬어? 기저귀라고?"

"……아뇨, 아무것도 아녜요."

아랫도리에 장착하는 물건이라는 말은 하지 말아야지.

어쨌든, 요컨대 현대의 기억이 조금이라도 남아있는 인간이 사용하면 이세계의 물건도 나올 수 있다는 건가. 어쩌면 이후로도 뭔가 재미있는 걸 이것저것 만들 수 있을지도 모르겠다. 이제야 마법이 지닌 가능성이라는 게 조금이나마 보이는 것 같다.

"뭔가 엉큼한 표정을 짓고 있는데."

어허, 모함하지 마세요.

종마

도구마, 라메우, 키이누, 세 마리의 마법생물이 불빛에 꼬인 날벌레처럼 촛불 근처에 모여 있다. 누구 할 것 없이 통통한 두 개의 구체가 붙어 있고, 거기에 팔다리가 돋아난 눈사람 같은 체형을 지녔다. 얼굴에는 모양이 다른 두 개의 단추——눈처럼 장식한 것——가 달렸다.

"더는 못 참겠어."

그중에서 라메우는 낮은 목소리로 말하며 작은 팔다리를 파닥파닥 움직였다. 이유는 모르겠지만 흥분한 모양이다.

"70년이야. 그렇게나 오랫동안 이 지하 깊숙한 곳의 폐성에서 바지런히 괴물의 뒤치다꺼리나 하게 하다니, 너무하다고 생각하지 않아?"

도구마는 생각했다. 평소 제대로 일도 안 하는 주제에 무슨 소릴 하나 했더니…… 또 라메우가 평소처럼 주인님을 헐뜯기 시작했다.

어이없어하는 도구마의 옆에서 키이누는 못 말리겠다는 듯 손을 파닥거렸다.

"우리 마법생물에게 생명을 불어넣어준 것은 다른 누구도 아닌 주인님이니까 당연하지. 이 생활도 주인님 덕분이고."

그래, 맞아. 도구마도 그의 말에 동감했다.

"무엇보다도 주인님의 죽음은, 사실상 우리의 죽음으로 이어지니까. 마법생물이라는 종의 피할 수 없는 숙명이야."

"그런 건 나도 알아! 하지만 저건 불사의 마녀잖아! 따지고 보면 우리가 필사적으로 지킬 필요도 없다고! 우리 마음대로 살고 싶다는 생각은 없는 거야?"

라메우의 말에 도구마와 키이누는 입을 다물었다.

마녀── 일찍이 우수한 마법사였던 자들이 추락한 존재, 금기를 어기고 만 가엾은 불사의 괴물. 그런 존재가 지금 같은 건물에서 살고 있다는 건 사실이었다.

불쌍하지만 한편으로, 영원히 충성을 다해야 할 상대가 하필 괴물의 모습을 하고 있다 보니 영 꺼림칙한 부분도 있었다.

"저런 괴물 아래 있기 보다는 귀여운 여자애랑 친해져서 달콤새콤한 대화라도 해보고 싶어!"

라메우는 사욕에 찌든 주장을 내뱉었다. 도구마는 그 말에는 동의하기가 좀 그렇다고 생각했다.

"설마 너, 배반이라도 할 생각이야?"

키이누의 지적에 라메우는 벌벌 떨며 답했다.

"거거거, 겁나는 소리 좀 하지 마! 상대는 괴물에 불사신이라고?! 아무리 내가 유능해도 저것이 듣기라도 하는 날에는 죽고 말 거야!"

그러면 너는 대체 뭘 하고 싶은 건데? 두 마리가 냉랭한 눈을 한 채 라메우를 쳐다보았다.

"능력 여부를 떠나서, 곧 처분돼도 이상할 게 없을 정도로 충성심이 없는 개체란 말이지, 라메우는."

"이렇게 약하고 건방지기만 하고 무가치한 마법생물은 여태 살려둔 것만으로도 감사할 일일 텐데."

"면전에서 흉을 보는 건 이제 그만해."

키이누가 "뭐 그나저나." 하고 이야기에 끼어들었다.

"그분이 우리의 주인님이라는 건 엄연한 사실이야. 말도 통하지 않고, 모습은 괴물이고, 이게 뭔가 싶기는 해도. 우리를 만들어줬다는 사실은 존경하고 감사하지만……."

키이누가 서글픈 투로 말하자 도구마도 고개를 푹 숙였다. "주인님이 괴물이 되고서 벌써 100년이나 지났어. 주인님의 저주는 앞으로도 안 풀리겠지……."

키이누는 아쉽다는 듯 눈을 내리깔았다. 그 옆에서 라메우가 응응, 하고 고개를 끄덕였다.

"그런 너희에게 좋은 소식이 있어!"

소리치는 라메우에게 다른 두 마리의 시선이 쏠리지만――.

"분명 시답잖은 소리겠지."

"분명 시답잖은 소리일 거야."

"내가 독자적으로 조사한 결과, 꽤 가까운 곳에 마력이 많은 마법사가 있는 걸 알아냈어."

라메우는 그 시답잖은 이야기를 당당하게도 하기 시작했다.
"다시 말해서 우리의 새로운 마력 공급원이 있다는 말씀이지."
"역시 시답잖은 소리였어."
"어쨌든 우리가 이주할 곳이 있다는 뜻이라고! 이런 장소에서 썩고 있을 때가 아니야!"
"거기가 여기보다 살기 좋다는 보장은 있어?"
키이누가 소박한 의문을 말하자, 라메우는 코웃음을 쳤다.
"멍청하긴, 당연히 여기보다 낫지! 적어도 이렇게 눅눅하고 곰팡이투성이인 성에서 괴물과 같이 있는 것보다는 나을 거야!"
"말이 참 심하네……."
도구마는 어이없다는 듯이 반응했지만 내심 조금 초조하기도 했다. 라메우의 건방지기 그지없는 말이 주인의 귀에 들어가는 날에는 무사하지 못할 거다. 그 점을 생각하면 라메우의 방금 발언은 명백한 실언이다.
"라메우 군. 주인님은 무시무시한 괴물이지만, 기본적으로는 무해해. 기본적으로는 말이야."
도구마가 타이르듯 말했다.
"그러니 여기서 빠져나갈 생각은 안 하는 게 좋은데……."
"하, 너희 정말 그러고도 사내자식이냐?"
"……딱히 아닌데."
마법생물에게 성별은 존재하지 않는다.
"너희도 이왕 섬길 거면 괴물보다 귀여운 여자애를 섬기고 싶잖아!"
"뭐, 그 말은 일리가 있지만……."

"역시 그렇지~?! 그럼 다 같이——."

잔뜩 흥분한 라메우에게 다른 둘이 넌더리가 나기 시작한 그때, 무언가가 그의 등 뒤에 서 있었다.

주위가 고요해졌다. 그것을 정면에서 직시한 도구마와 키이누는 놀라서 말문이 막혔다. 그 낌새를 바로 등 뒤에서 느낀 라메우는 입을 벌린 채 굳어져 있다.

『같이, 뭘 할 건데?』

그것은 도저히 알아들을 수 없는 잡음이었고, 그것이 발하는 심상치 않은 살기가 세 마리에게 공포라는 감정을 무자비하게 안겨주었다.

"끼야아아아아아아아악!!"

라메우는 주인을 돌아보지도 않고 이상한 비명을 지르며 어딘가로 떠나가 버렸다.

'자기만 도망쳐?' 라는 불평을 입 밖에 낼 여유는 없었다. 멀리 도망쳐 가는 동포의 뒷모습을 배웅한 후 키이누는 "아, 안녕하십니까." 하고 주인에게로 고개를 돌리며 말했다.

"무, 무슨 일이신지……?"

도구마가 쭈뼛거리며 묻자 주인은 거품이 부글거리는 듯한, 목소리라 생각되지 않는 음성을 토해냈다.

『부탁이 있어.』

여명

"우으……."

꽤 쌀쌀하다. 나무들 사이로 부는 바람이 냉기를 띠고 있다.

나, 알바는 지금 숲속을, 손수레를 끌며 걷고 있었다.

리나리아의 집에서 가장 가까운 마을 사이에는 삼림지대가 펼쳐져 있다. 거리가 꽤 되어서 가는 데 6시간은 걸린다. 아니, 추가로 30분은 더 얹어야 할 것 같다. 그 이유는 쓸데없이 걱정이 많은 리나리아가 나를 배웅하는 데 늘 이래저래 시간이 걸리기 때문이다.

리나리아는 햇볕 아래에만 오면 빌려온 고양이처럼 움츠러들어서, 가히 은둔형 외톨이라 부를 경지를 넘어선 듯했다. 도대체 나를 보내고 싶은 건지 보내고 싶지 않은 건지. 내가 안 가면 당장 오늘 밤에 먹을 음식은 어쩔 것이고, 내일의 양식은 어디서 구한단 말인가? 한참을 어르고 달래다 보면 30분 정도가 훽 지나갔고, 그러다 끝내는 눈물이 그렁그렁해진 스승을 뿌리치고 출발하기 일쑤였다.

"쌀쌀해지기 시작했네."

무의식중에 그런 말이 나왔다.

곧 겨울이 올 거다. 낙엽이 쌓인 땅을 밟으면 짙은 부엽토 냄새가 풍겨왔다.

숲 끝에 자리한 강을 사이에 낀 건너편에, 눈에 익은 목조 건물들이 보이기 시작했다.

로우프―― 인구 40명 정도의 작은 마을이다. 부지 내에 들어가면 얼마 동안 논밭이 펼쳐져 있다. 포장된 흙 위를 걷다 보면 나무로 된 간판이 보이기 시작한다. 그 앞에 어깨까지 오는 갈색 머리를 지닌 여자아이가 채소가 든 바구니를 매고 서 있었다.

"아아, 왔구나."

눈이 마주치자 그녀가 자연스럽게 미소 지었다.

"안녕."

가볍게 고개를 숙여 인사했다.

마을로 가져온 물건을 사주는 도매상집 딸, '이루' 다.

"아빠~ 왔어~."

집을 향해 소리치자 얼마쯤 지나 열려 있는 입구에서 덩치 좋은 남자와 예쁜 여성이 함께 나왔다. 이루의 아버지인 카이트와 그 아내인 피살리스였다.

"회복, 감지, 해독, 신체 강화—— 그리고 발광(發光) 스크롤을 몇 개 가져왔습니다. 사용할 때 필요한 마력 결정도 넉넉하게 가져왔고요."

보자기에서 꺼낸 상품을 하나씩 테이블 위에 늘어놓았다.

안내를 받아 들어선 방 안에서는 향긋한 나무 냄새가 났다. 맞은편에 앉은 남자는 흥미롭다는 듯이 내가 준비해온 상품을 바라보았다.

"지난번에 많이 요청하셨던 회복 스크롤의 양을 조금 늘렸어요. 그리고 해독과 신체 강화 스크롤은 효능을 조금 높였고요."

"고맙다."

남자는 힘껏 고개를 끄덕이고는 다정한 눈빛으로 이쪽을 쳐다보았다.

"의사가 없는 시골 마을이라 말이지. 마도구 같은 물건을 취급

해본 건 처음이었지만, 제법 평판이 좋아."

"마음에 들었다니 다행이네요."

평소에는 낼 일이 없는 붙임성 있는 목소리와 최선을 다한 미소로 대꾸한다. 내 역할은 굳이 말하자면 간판이었다. 리나리아가 정성 들여 만든 마도구를 직접 팔아치우는 역할. 평소와 같은 태도로 실수라도 해서 그녀의 얼굴에 먹칠을 할 수는 없는 일이다.

"그럼 어떻게 하시겠어요? 필요한 만큼만 짐을 풀게요."

"전부 사지. 마을 녀석들도 좋아할 거야."

"와오! 매번 감사합니다~!"

최대한 자아낸 싱글벙글 웃는 얼굴로 상품을 옮겨 담으며 집계를 시작했다.

"그나저나 알바 군."

그의 목소리 톤이 약간 낮아졌다.

"네가 들여오는 스크롤은, 품질이 아주 좋아."

"네……? 네, 감사합니다."

"나는 이곳을 떠나 도시에 있는 시장에도 간 적이 있거든. 그 경험을 근거로 말하자면, 네가 가져오는 스크롤의 완성도는 차원이 달라. 같은 효과를 지녔어도 효율과 성능이 완전히 다르지. 평범한 마법사가 만들 수 있는 물건은 아니야."

"제 자랑이신 스승님의 작품이거든요."

미소를 띤 채 답했다. 그러고는 완성된 스크롤의 한곳에 손가락을 짚고, 그 정밀한 문양을 훑었다.

"아름답죠? 스승님 고유의 문양이 몇 군데 들어갔어요. 그 덕에 같은 마법이라도 마력 효율이랑 효과가 차원이 달라지죠!"

"상당히 우수한 분 같군. 한번 뵙고 싶을 정도야."
"하지만——."
나는 미소를 유지한 채 말했다.
"스승님은 낯을 가려서 집에서 나오지 않으세요. 그래서 제가 돌아다닐 수 있는 범위에서 물건을 팔기 위해 마을을 방문할 수밖에 없는 거죠."
"그렇군…… 거참 아쉬운걸."
그는 잠시 침묵하더니 부드러운 미소를 지으며 "시간을 잡아먹게 해서 미안하구나."라고 말했다.
"불편한 질문을 해서 미안하지만, 부디 또 찾아와 다오. 난 언제든 널 환영할 테니까."
"네! 앞으로도 잘 부탁드립니다."
쾌활하게 말하고서 짐을 꾸렸다.
"그럼 이만!"

밖으로 나오자 피로감이 확 밀려들었다.
"역시 적응이 안 되네……."
카이트와 이야기할 때면 눈에 보이지 않는 중압감이 느껴지고는 했다. 초짜인 내가 억지로 상인 흉내를 내는 것도 힘들었지만, 그는 행상인답게 어떻게든 더 좋은 조건을 위하여 속을 떠보려는 느낌이 있기 때문이다.
조금 전 대화로 기분이 상하지 않았으면 좋겠는데…….
"뭐, 어쩔 수 없지……."
딱히 나쁜 짓을 한 것도 아니지만, 스승이 다른 사람과 만나기를 완고하게 거부하고 있다는 점을 감안하면 외부 사람에게 속사정을 전부 이야기하는 건 좋지 않을 듯했다.

그가 그저 장사에 대한 열정이 뜨거울 뿐이고 딱히 탐욕스러운 악당이 아니라는 건 알지만.

태양은 서쪽으로 크게 기울어져, 반대쪽 산기슭에 군청색이 슬금슬금 퍼지고 있었다. 곧 밤이 온다. 빨리 마을 시장에 들러서 필요한 물건을 구입해야 한다.

손수레를 끌고서 이동하기 시작한 참에 인기척이 가까워졌다.

이루와 피살리스였다.

"벌써 가?"

이루는 텅 빈 수레를 쳐다보며 말했다.

"빨리 장을 보고 어두워지기 전에 돌아가야지."

"헤에, 바쁘구나."

"너도 늘 바빠 보이는데."

"이건 내가 좋아서 하는 일이거든."

"내 지인도 좀 본받았으면 좋겠네."

리나리아가 떠올라서 쓴웃음을 지은 채 답했다.

"아, 맞다."

이루는 무언가가 생각났다는 투로 말하더니 품속에서 꽃 한 송이를 꺼냈다.

"어? 꽃이야? 그걸 왜?"

"다, 다른 의미는 없어."

이루는 얼굴이 새빨개져서 나에게 꽃을 들이밀며 말했다.

"일단은 마을 특산품이야. 소이주라고 하는 꽃인데, 낙월초(落

月草)라고도 해. 여자들한테 인기가 좋아."

"헤에……."

그 말을 듣고 손으로 에워싸 보니 은은하게 빛이 퍼져 나와서 환상적이었다.

"달이 가라앉을 때 보이는 살짝 신비로운 노란색으로 빛나는 게 특징인데, 뭉그러뜨리면 엄청나게 선명한 빨간색이 돼."

뭐야 그게, 살짝 무서운데.

"소중한 사람한테 주는 선물로 인기가 많거든~."

등 뒤에서 얌전히 있던 피살리스가 이루의 어깨에 손을 얹으며 요염한 미소를 짓고서 속삭였다.

"알바, 엄마 말은 진지하게 받아들이지 마."

"에이~ 너무해~."

"마도구를 만들어주시는 선생님이 계시다며? 매번 신세를 지고 있으니 답례로 가져가."

이루가 건네주기에 반사적으로 받아들고 말았다. 용건은 그것뿐이었는지 약간 쑥스러운 얼굴로 "잘 가."라는 말을 남기고는 발걸음을 돌려 떠나갔다. 그 뒷모습을 배웅하며,

"고, 고마워."

뒤늦게 생각이 난 듯한 투로 소리치며 손을 흔들었다. 그녀는 뒤를 돌아보며 손인사로 답해주었다.

"젊다는 건 좋은 거지."

"그런 뜻이 아니라고 한 것 같은데요."

옆에 선 피살리스의 말에 쓴웃음을 지으며 대꾸했다.

"그럼 다음 주에 또 보자고, 알바 군."

그녀는 기분 좋은 얼굴로 콧노래를 흥얼거리며 떠나가는 이루의 뒤를 쫓아갔다.

"……가볼까."

손수레를 끌며 나는 숲 쪽으로 방향을 돌렸다.

"다녀왔습니다~."

현관에서 소리치자 타박타박 발소리가 가까워지는 게 들렸다.

"어서 와!"

리나리아가 웃는 얼굴로 모습을 나타냈다. 배웅할 때의 비통한 표정과는 달리, 매우 기쁜 얼굴이었다. 이럴 때마다 퇴근하고 집에 가면 맞이해 주는 새색시를 보는 회사원 같은 기분이 들었다.

"응? 왜 그렇게 멍하니 있어?"

"뭔가 감격스러워서요."

솔직한 마음을 토로해 봤지만 그녀는 어이가 없다는 표정을 지었다.

"또 이상한 생각하고 있지……? 나 원, 됐으니까 빨리 식사 준비나 해! 나 배고프단 말야!"

잠시 품었던 봄바람과도 같은 설레는 마음은 이슬처럼 사라져 버렸다. 역시 새색시와는 한참 거리가 먼…… 평소의 스승님이었다.

"그러고 보니 이거, 선물이에요."

문득 생각이 난 듯 이루에게 받은 소이주꽃을 꺼냈다. 어슴푸레한 실내에서도 그 꽃은 환상적인 빛을 발하고 있었다. 어떤 반응을 보일지 잔뜩 기대하고 있었는데, 그녀는 순간적으로 흠칫 놀란 표정을 짓더니 몸을 뒤로 물렸다.

알바는 꽃 한 송이를 내민 채 굳어버렸다.

"저기…… 마음에 안 드시나요?"

"어……? 아니, 그게."

당황한 듯 눈을 이리저리 굴린다.

"살짝 놀라서……! 아니, 정말 근사하네!"

조금 전에 이상한 반응을 보이기는 했지만, 그녀는 한 송이 꽃을 내게 받아들어 끌어안았다.

"고마워."

"……네에, 천만에요."

조금 어색하기는 했다. 하지만 기쁜 듯한 리나리아의 모습을 보니 아무래도 좋아졌다.

그렇게 일주일에 한 번씩 나가는 원정이 무사히 끝나고, 또다시 리나리아와의 동거 생활이 시작되었다.

앞으로도 계속, 딱히 특별한 일은 없어도 행복한 나날이 계속될 것이라고, 이때의 나는 생각했었다.

제자, 납치당하다

여명

"정신이 들어?"

촛대에 밝혀진 빛이 눈에 들어왔다. 그 앞, 내 얼굴 바로 앞에서 낯선 생물이 나를 내려다보고 있다. ——생물?

"헉."

그곳에 있던 것은 인형이었다.

놀라서 벌떡 일어나려 했지만 몸이 뒤로 넘어갔다.

"뭐, 뭐야, 이게?"

손이 등 뒤에서 묶여 있어 일어날 수가 없다.

인형은 이쪽에게 겁을 주거나 윽박지르지는 않았지만, 어쩐지 밉살스러운 얼굴을 하고 있었다.

"뭐야, 여긴……?"

막 잠에서 깨어 나른한 탓에 적절하게 대처할 수가 없었다.

분명 오늘도 마을에 가서 물자를 가지고 돌아가던 중이었다. 평소처럼 같은 길을 따라 숲을 걷고 있었다. 그러다가 갑자기 졸음이 와서——.

"나는 도구마, 그리고 여긴 우리가 사는 성이야."

하얀 헝겊 인형이 목소리를 냈다.

성——?

그 말에 주변을 둘러보았다. 어슴푸레한 공간을 응시하자 빛이 밝혀진, 섬세하게 장식된 벽이 보였다. 바닥에는 대리석이 펼쳐져 있다.

"그리고 저기 숨어 있는 건 키이누 군과 라메우 군이야."

자신을 도구마라 소개한 인형은 등 뒤에 있는 기둥 뒤를 가리켰다. 거기에서는 갈색, 그리고 검은색 인형이 고개를 빼꼼 내밀고 이쪽을 향해 손을 흔들고 있었다. 인형극이라도 보고 있는 기분이다.

"꿈치고는 생생하네……."

"꿈이 아니거든."

도구마라는 하얀 인형은 귀찮다는 듯이 눈가를 구기며 말했다. 눈 대신 달린 단추는 짝짝이였지만 주름이 진 정도로 대략적인 감정 표현은 알아챌 수 있었다. 인형이면서 어이없어하고 있는 것이다.

"넌 곧 누군가를 만나게 될 거야. 이상한 생각은 하지 않는 게 좋아. 도망치려 하면 다리를 잘라버릴 테니까."

귀여운 겉모습과 달리 꽤나 겁나는 소리를 한다. 조금씩 의식이 깨어나기 시작했다.

"어째서 날 묶어둔 거야……? 그리고 내 짐은 어디 있고?"

"숲에 방치해뒀어."

"너, 너무하네……."

울고 싶네. 제철 채소와 과일을 이것저것 샀는데. 리나리아에게 맛있는 요리를 대접하기 위해 준비한 것들이었는데…….

아니, 지금은 갑자기 납치를 당했다는, 당면한 상황에 집중해야 한다.

상대는 나보다 몸집이 작은 인형 셋. 묶인 팔과는 달리 다리는 움직이는 것 같지만 걷어찬다고 움츠러들 녀석들 같지는 않다.

"무사히 일이 끝나면 짐이 있는 곳까지 데려다줄게."

"무사히?"

굳이 그런 말을 한다는 것은 무사히 끝나지 않을 가능성도 있다는 건가. 하지만 다리를 자르겠다고 협박까지 한 녀석이니, 저항했다간 위험할 텐데——.

"이봐, 먹이의 설득은 끝났어? 그럼 빨리 그 녀석한테 데려가라고."

검은 고양이 인형이 건방진 투로 거칠게 말했다.

"주인님은 인간을 먹거나 하지 않을 것 같은데."

"그럼 그 괴물은 어째서 이런 녀석을 굳이 성으로 데리고 오게 한 건데? 먹을 게 아니면 뭐에 쓰려고."

"먹느니 마느니, 괴물이 어쩌니. 아까부터 대체 무슨 소리야!"

불온한 대화에 몸서리가 쳐졌다.

"너나 우리가 알 바 아니야."

리더로 보이는 하얀 인형—— 도구마가 냉랭하게 말했다.

아니, 그렇게 넘길 문제가 아니잖아.

"우리의 일은 이 인간을 주인님 곁으로 데려가는 것까지야."

도구마는 내 팔을 잡았다. 몸에 힘이 들어가지 않아서 꼼짝없이 끌려간다. 보기와 달리 힘이 엄청났다.

나머지 두 마리가 거대한 철문을 열었다. 몸을 마음대로 움직일 수가 없어서 그대로 등을 떠밀려 안에 내팽개쳐졌다.

"키이누, 마법을 풀어."

하얀 곰이 말한 순간, 손을 구속하던 밧줄이 풀렸다. 나는 발걸음을 돌려 문이 있는 쪽으로 달려갔지만, 무정하게도 아슬아슬하게 닫히고 말았다.

"이봐! 내보내줘!"

목소리를 높여도 문 건너편은 잠잠했다.

어쩌지, 어쩌면 좋지?

괴물—— 좀 전에 인형들은 그렇게 말했다. 내가 아무리 둔감해도 구속당해서 이런 방에 처넣어지니 불길한 예감이 들 수밖에 없다. 나는 조용히 숨을 죽이고 실내 쪽으로 몸을 돌렸다.

"으아?"

놀란 나머지 이상한 소리가 나왔다. 그곳에는 웬 금발 소녀가 있었기 때문이다.

어디를 어떻게 보아도 그냥 인간 여자애다. 토끼 인형을 안고서 지그시 이쪽을 노려보고 있다. 어른스러워 보이는, 귀여운 느낌의 애였다. 리나리아보다 조금 어려 보인다.

"아니, 괴물은 어디 있는데?!"

주변을 훑어보았지만 휑뎅그렁한 홀 같은 공간이 있을 뿐, 괴물 같은 건 어디에도 없었다.

설마 속은 건가? 장난이나 치려고 끌고 온 듯한 분위기는 아니었는데.

"이거 어쩌면 좋지?"

혐오

그 소년은 방에 들어오자마자 주변을 둘러보았다.

분명 다른 도망칠 곳이 없는지 살피고 있는 걸 거다.

『왜 그래? 좀 더 가까이 와.』

텔레파스라고 하는, 공기 중의 마소에 간섭해 말을 직접 상대의 머릿속으로 보내는 마법을 사용하자 소년이 몸을 움찔했다.

장난감을 가지고 노는 듯한 유쾌한 감정이 샘솟아서 자연스럽게 입가에 미소가 떠올랐다.

올 수 있으면 와보라지.

나는 내 특성을 잘 안다. 내 앞에 선 인간이 어떠한 행동을 취하는지도, 아주 잘 알고 있다.

내 말은 평범하게 목소리를 내서는 상대에게 닿지 않는다. 아니, 사람이 이해할 수 있는 언어조차 되지 않는다. 텔레파스를 사용해야 비로소 약간의 의사소통이 가능해진다. 하지만 아무리 다정한 목소리를 상상해도, 그것들은 모두 오염되고 만다.

이 특성은 내가 발한 마력에까지도 이상한 효과를 부여하는 것 같았다.

그리하여 상대는 그 목소리에 전율하고 겁에 질리고 만다.

눈앞에 있는 남자도 예외는 아닐 것이다.

실제로 좀 전의 텔레파스를 듣고 뻣뻣하게 굳었다.

겁에 질린 것처럼은 보이지 않는 게 조금 신경 쓰이지만…… 둔감한 녀석일지도 모르지.

소년이 내 앞으로 한 걸음을 내디뎠다. 쓸데없이 허세를 부리는 것 같아 실소가 흘러나왔다. 이 공포에 저항해 봐야 실신한다는 미래밖에 없을 텐데.

혼이 덜 났는지 소년이 한 걸음을 더 내디뎠다. 바보 같으니. 언제까지 버틸까.

또 한 걸음, 가까이 왔다. 슬슬 버티기 힘들지 않아?

또 한 걸음──.

"그래서 어디까지 가까이 가면 돼?"

어느덧 소년의 얼굴이 코앞에 있었다.

"히익?!"

뜻밖의 일에 뒷걸음질을 쳤다.

"앗."

그대로 발이 미끄러졌다. 넘어진다──

"아, 이런."

한참동안 듣지 못했던 비명이 아닌 누군가의 목소리다.

"……어?"

무의식적으로 앞으로 내민 손을, 눈앞에 있던 소년이 잡아주었다. 전혀 망설이지 않고.

무슨 일이 일어난 건지, 한순간 이해할 수가 없었다.

나를 평범하게 대해주는 사람은 아무도 없었다. 인간도, 동물도, 가까이 가기만 해도 도망치고 말았다. 어느덧 그렇게 기피당하는 게 너무 당연해져서, 그게 정상이라고 여겨서 포기하고 있었다.

"왜 아무것도 없는 데서 넘어지는 거야?"

체온이 느껴지는 무언가를 만져보는 게, 몇십 년만일까——.

손가락 끝에서 인간의 열기가 전해진다. 몸 안쪽이 차츰차츰 따뜻해진다.

그냥 어디까지나 장난으로, 행복하게 지내는 그 여자와 웃음을 주고받던 이 소년에게 겁주고 놀려주려고 한 건데——

난, 당황스럽다.

이상하다.

"덜렁대긴."

이상해, 이상해, 이상해, 이상해.

"자, 일어설 수 있겠어? 일어나 봐."

그가 뭐라고 말하고 있다.

하지만 난 아무 말도 할 수 없었고, 붙잡힌 팔에서도 시선을 뗄 수 없었다.

여명

반사적으로 여자애의 손을 잡고 말았다. 이름도 모르는 그 아이는 매우 놀란 듯 눈이 동그래져서 나와 그녀를 붙잡은 손을 번갈아 쳐다보고 있었다.

"미, 미안."

허둥지둥 손을 뗐다.

"너, 넘어질 것 같아서 도우려고 한 거야. 다른 뜻은 없었어."

소녀는 한마디도 하지 않는다. 그저 물끄러미 내 손을 바라볼 뿐이다.

"난 끌려왔어."
대화가 이어지지 않으니 할 수 없이 일의 경위부터 설명하기로 했다. 빠른 말투로 손짓발짓을 섞어가면서.
"마을에 가서, 물건을 팔고, 사고, 돌아가던 길이었어. 그런데 어째서인지 갑자기 졸음이 왔고, 정신이 들어보니 이 방의 문 앞에 누워 있었어."
소녀를 보았다. 아직도 나의 손을 보고 있었다.
"저기, 왜 계속 내 손을 보고 있는 거야?"
맛있는 과일로 보이기라도 하는 걸까. 고개를 갸웃하고 있자 소녀는 천천히 손을 마주잡았다.
"왜, 왜 그래?"
부담스러울 정도로 눈을 홉뜨고서 알바를 쳐다본다.
동글동글하고 큰 눈은 장난 많은 고양이 같다. 명백하게 성숙하지 않은 소녀인데도 가슴이 철렁할 정도의 요염함이 느껴지는 눈동자였다.
하지만 대답은 없었다.
소녀의 얼굴에 조금씩 미소가 걸리더니, 잡고 있는 손에도 힘이 실렸다. 그리고 마침내 확신을 얻었다는 듯이 알바의 손에 뺨을 비볐다.
"……저기, 일단, 놔주지 않을래?"

"맛있어?"
다시 들은 소녀의 목소리는 맑고 고와서 마치 천사처럼 사랑스러웠다.

루피너스 레즐리르, 그게 소녀의 이름이었다. 다른 방으로 나를 안내하더니 차를 대접해주었다.

"그럭저럭……."

나는 복잡한 기분이 되었다.

"다행이야."

쌀쌀맞은 감상에도 소녀는 의기양양해져서 들뜬 목소리로 대답했다.

그나저나 나는 왜 짐을 내팽개쳐두고 여자애와 차나 마시고 있는 걸까.

"그래서, 여긴 어디야?"

그렇게 묻자 소녀는 "지하에 있는 성."이라고만 답했다.

"내가 만들었어. 굉장하지?"

칭찬해달라는 듯 눈을 빛내며 얼굴을 들이밀었다.

"굉장하네……."

소녀가 내뿜는 압박감에 압도되어 그렇게 답했지만, 이런 소녀가 혼자서 성을 만들었다는 게 말이나 되는 얘길까.

"아, 그런데 나한테 볼일이 있는 거 아니었어?"

멋대로 나를 기절시킨 후, 이곳의 홀에 처넣었다는 사실이 떠올랐다. 그 기묘한 인형들에게는 한껏 앙갚음을 해주고 싶었지만 눈앞에 있는 소녀의, 가슴에 해가 비친 듯한 느낌이 드는 무구하고도 상쾌한 미소를 봐서 용서해줄 수도 있을 것 같다는 생각이 들기 시작했다.

"친구가 되어줘."

그녀가 반짝반짝 빛나는 눈동자로 손을 잡았다. 마치 장난감을 손에 넣은 어린애 같다. 앞으로 몸을 내밀어서 이마가 닿을 것만 같다.

"그게……."

"이름은?"

"어? 알바……."

"알짱! 그럼 나는 루피라고 불러줘."

아주 적극적이다.

"그, 그건 딱히…… 상관없는데…… 어째서 나야?"

"한눈에 반했을지도?"

고개를 갸웃하며 그런 말을 한들 곤란했다. 아니, 곤란……하기는 해도 나도 남자인지라 뜬금없는 고백에도 입가에 미소가 걸릴 것만 같았다.

"이, 일단 좀 진정하자."

"친구가 되어주지 않을 거야?"

"어? 아니, 뭐……."

생각하느라 쩔쩔매자, 그녀의 얼굴이 험악해지기 시작했다.

"되, 될게, 친구."

엉겁결에 경솔한 대답이 나오고 말았다. 어쨌든 이 소녀는 귀여웠으니까.

"정말? 아싸아!"

그럼 이제 우리는 친구지? 루피너스…… 아니, 루피는 마주 잡은 손을 내 눈앞에서 흔들었다.

이제 어떻게 되는 거지?

"그러면, 뭐 하고 놀까?"

아, 그렇게 되는 구나. 눈을 홉뜬 그녀의 말에, 나는 식겁하면서도 웃음으로 답할 수밖에 없었다.

흉몽

귀가 시간은 절대로 어기면 안 된다.

그건 이 땅을 떠나 원정을 가는 알바에게 받아낸 약속이었다. 째깍째깍, 방에 있는 시계 소리가 짜증스러울 정도로 머릿속에 울렸다. 시간을 확인해 보니 벌써 해가 지고서도 몇 시간이 흘러 있었다.

창밖에는 암흑이 펼쳐져 있다. 어둠이 아닌 암흑이—— 어둡기만 한 거라면 빛을 밝히면 될 뿐. 그러지 않는 건 알기 때문이다. 어둠보다도 끔찍한 존재가 밖에 있다는 걸, 알기 때문이다.

실제로 알바가 선물해준 생화(生花)가 창가에 놓인 유리잔에 들어있다. 그것이 시야에 들어온 순간, 리나리아는 후회했다.

이형(異形)의 무언가가 있다. 그 꽃잎이 마치 인간의 입처럼 열고 닫히고, 안에서 튀어나온 무수히 많은 수술이 괴로움에 몸부림치는 사람의 손처럼 떼 지어 꿈틀대고 있다.

"어째서……."

이를 악물고 숨을 내쉰다. 대기의 질감마저 불쾌해서 피부에 소름이 돋았다.

"어째서 안 돌아오는 거야……. 어째서…… 왜!"

탕. 두 손으로 테이블을 내려쳤다.

"알바……."

평소 그를 부를 때보다 훨씬 낮은, 신음소리 같은 목소리가 흘러나왔다.

“가야 해…….”

생각할 시간이 아쉬워서 밤의 장막이 드리운 숲속으로 뛰쳐나갔다.

그곳에 있는 것을 모조리 죽일 듯한 분노를 느낀 새 몇 마리가 날갯짓해 그 자리에서 도망쳤다.

폐성의 공주님

여명

“내 머리는 초등학생만도 못한 걸까.”

눈앞에 있는 앳된 소녀가 바닥에 흩어 놓은, 뒤집힌 카드를 차례로 뒤집어 나갔다. 마치 컴퓨터처럼 정확하게 같은 색 카드의 숫자를 착착 맞춰 나가고 있다.

“아니, 이런 건 제2차 성징을 이제 막 맞이했을 즈음의 애가 더 잘하는 걸지도 몰라. 기억력 같은 게 이상하리만치 좋은 시기가 있잖아.”

“또 다 맞췄다!”

“잠깐!”

손을 내밀어 짝이 맞는 카드를 낚아채려는 걸 제지했다.

“또오? 벌써 세 번째인데?”

“이건 뭔가 이상해.”

손가락을 깨물며 신음했다. 아무리 생각해도 너무 많이 졌다. 분명 조건은 공평할 텐데 어째서 짝 맞추기 게임에서 이렇게까지 많이 지는 걸까.

설마 뭔가 반칙을 하고 있는 건가?

“그냥 기억력 문제 같은데.”

과연, 애초에 능력적으로 불공평한 조건이었다 이거군.

마지막 한 쌍을 찾아낸 루피가 기쁜 듯이 카드를 자기 쪽으로 끌어당겼다. 통산 0승 24패.

"이거 재미있다."

꽤 예전에 서면으로 손에 넣은 트럼프가 마음에 든 모양이다.

창밖을 보았다. 해가 다 저문 어두운 하늘이 보이고 있다고 착각했지만, 루피는 아까 이곳이 지하라고 말했다. 그렇다면 계속 밤인 것이나 다름없는 것이다. 정확한 시간을 추측하는 건 불가능하다.

"다음엔 뭘 하고 놀까?"

"그만 돌아가야 할 거 같은데."

약간 흥분한 듯한 루피를 경계하며 제안했다.

"돌아가?"

"나한테도 돌아갈 집이 있거든."

대화 상대를 타이르듯 말한다.

"그런 건 이제 내버려둬도 되잖아."

루피는 덤덤한 목소리로 했다.

"아니아니…… 그럴 수는……."

루피의 얼굴에서 표정이 사라지더니, 아랫입술을 깨물고 파르르 떨기 시작했다.

"그냥 집에 돌아가려는 것뿐인데……?"

"흐응……!"

루피는 흥분했는지 얼굴이 새빨개져서 신음했다. 소리를 치지는 않았지만 목소리를 죽인 채 화내고 있다. 그 눈에는 눈물까지

차올라 있었다. 전혀 예상치 못한 반응이다.

"왜, 왜 그래?"

이유를 묻자 이번에는 목소리를 죽인 채 울기 시작했다. 그 모습이 너무도 슬퍼 보여서,

"아, 알았어. 안 갈게."

그렇게 답하는 수밖에 없었다.

"……? 정말……?"

불안해 보이는 표정은 사라지지 않았다.

"게임을 계속할까?"

트럼프를 모으며 미소를 던진다.

루피는 울어서 부은 얼굴로, 미소를 지어 답했다.

흉몽

1년 전, 길바닥에서 힘이 다해서 움직이지 않게 된 시체를 보기 위해 도시에 들락거렸다.

그것도 부패한 것이나 백골이 된 것이 아니다. 길바닥에 쓰러져, 인기척 없는 뒷골목에 나뒹굴고 있는 시체 말이다. 다음 날 아침, 교외로 운반되어 아무 곳에나 묻힐 가엾은 그것의 모습에서 리나리아는 위안을 얻고 있었다.

그것들은 냄새도 최악이고 결코 대화 상대가 되어주지도 않지만, 최소한 사람의 모습은 유지하고 있었다. 이 세계에 아직 나 말고도 살아있는 사람이 있다는 사실을 알려주었다.

가지고 돌아가지는 않는다. 그저 곁에 웅크려 앉아, 뚫어져라

쳐다볼 뿐이다.

하지만 가끔씩 생각한다. 어쩌면 이 세계에서 나만이 다른 무언가를 보고 있는 것이 아닐지 모른다. 내게만 그렇게 보이는 것이 아니라, 실제로 사람들이 어느덧 사람의 모습을 버리고 괴물이 되어서 세상에 널리 퍼져 있는 건 아닐까.

그래서 목숨을 잃어야만 다시 인간으로 돌아올 수 있는 게 아닐까.

"너…… 살아있어?"

그런 탓에 알바를 처음 발견했을 때의 충격은 지금도 잊을 수가 없다.

뒷골목에 사람이 드러누워 있었다. 고름이 그득한, 살가죽을 몽땅 뒤집어 놓은 듯한 고깃덩이 같은 게 아니었다. 섬세한 팔다리의 곡선, 부드러운 머리카락, 사랑스러운 얼굴 생김새, 모든 것이 완벽한 인간이었다.

감동한 나머지 경탄이 흘러나왔다.

"저기……."

얕은 숨을 쉬는 그의 입술에 손을 댔다. 그대로 쉽게 부서지는 물건을 다루듯이 조심스럽게 그 손에 내 손을 포개었다. 따뜻한 체온, 부드러운 손가락, 그것들의 감촉이 흘러들어 눈물이 멎질 않았다.

바로 그 순간, 리나리아는 100년에 걸친 괴로움에서 구원받았던 것이다.

아침 무렵, 숲을 지나 사람들이 사는 마을로 나갔다.

알바가 폐허를 떠났을 때, 딱히 이상한 낌새는 없었다.

이제 와서 분부를 어길 이유가 생각나지 않았다. 그렇다면 뭔가 알 수 없는 개입이 있었다고 봐야 할까? 불안감이 샘솟는다. 알바가 외출해서 어떠한 행동을 취했는지는 귀가 후에 대충 들었지만, 어떤 사람과 어울렸는지까지는 알 수 없다.

얼굴 옆을 나비 한 마리가 스쳐 지나갔다. 그 두 날개에는 눈처럼 생긴 것이 번뜩이며 꿈틀대고 있었다.

알바는 희망이었다. 단 하나뿐인 구원이었다. 그렇건만 손가락 사이로 흘러내리고 말았다. 어디 꽁꽁 묶어둘 걸 그랬다는 생각이 동시에 들었다.

아아, 시끄러, 시끄럽다고!

쓸데없는 생각을 물리치고, 불쾌한 생각을 모조리 내다버린다.

나는 아직 제정신일 거다. 왜냐하면 아직 알바가 있으니까.

마을에 들어간다. 무엇을 할지는 정하지 않았다. 어느 민가에서 알바가 불쑥 고개를 내밀기를 기대했지만, 없었다. 마을 어느 곳을 걸어도 그의 모습은 보이지 않았다. 때때로 뼈와 내장이 뒤엉킨 듯한 불쾌하기 그지없는 생물이 스쳐 지나간다. 평범한 쥐와 벌레 정도의 작은 것보다 수십 배는 사이즈가 크고, 알아들을 수 없는 소리를 내고 있다.

사라져, 사라져.

가슴을 부여잡고 거칠어지려는 숨을 억지로 진정시킨다.

"뭐 해, 아가씨?"

잡음과 함께 불쾌한 낌새가 바로 옆까지 다가온 게 느껴졌다. 고개를 들어보니 검붉고 통통한 무언가가 이쪽을 향해 노이즈를 토해내고 있다.

말할 때마다 토사물 같은 점액이 튀었다. 리나리아는 경직된 미소를 지은 채 뒷걸음질을 쳤다.

"아가씨, 어디 아파?"

가까운 거리에서 목소리를 들은 것뿐인데 참기 힘든 불쾌함이 온몸으로 퍼져 나갔다.

리나리아는 떨리는 몸을 필사적으로 억누르며 그 잡음에 귀를 기울여 보았지만——.

"뭔 일인진 모르겠지만, 무리하지 말라고."

의미 있는 말처럼은 들리지 않았다. 단어 하나하나가 귀로 들어와 주지 않았다.

듣기 괴로운 잡음이 울릴 때마다 정상적인 사고력이 깎여 나가는 것 같다.

참을 수, 없다. 그것이 눈앞에 존재하는 것조차 용납할 수 없다.

차라리, 모조리 죽여버릴까……?

실행에 옮기는 건 어렵지 않다. 살짝 손을 흔들어 마법을 쓰면, 끝난다. 별거 아니다. 상대는 변변한 마력도 없는 나약한 괴물이다. 풍선처럼 터져버릴 거다. 어쩌면 죽음에 이르지 않고 땅바닥에 쓰러져 고통에 몸부림칠지도 모른다. 그런 광경을 상상하니 그 가여운 모습에 쓴웃음을 지었다.

"괜찮아……?"

괴물의 탁한 목소리에 정신이 들었다.

내가 방금, 무슨 생각을 했지?

끔찍한 생각을 했음을 알아채자 온몸에 떨려왔다.

"안녕히 계세요……."
등을 돌리고 도망치듯 그 자리를 뒤로했다.
등 뒤에서 괴물이 뭐라고 외쳤지만 걸음을 멈추진 않았다.

해가 저물기 시작했다. 밤이 온다.
결국 아무런 성과도 없이 왔던 길로 돌아오고 있었다.
마을 변두리에 설치되어 있던 지붕 달린 장의자에 앉았다. 되도록 다른 무언가의 기척으로부터 멀어지고 싶었다. 조용한 장소에서 가만히 있어도 마음이 편해질 낌새는 없었다. 굳이 말하자면 아무것도 하지 않는 이 시간이 초 단위로 낭비되고 있다는 사실에 화가 치밀었다.
여기 있어 봐야 뾰족한 수는 안 생길지 모른다.
어두운 감정에 젖어서 어떻게 할지를 생각하던 가운데 시야에 간신히 들어오는 흙바닥에서 바퀴 자국 같은 무언가가 보였다.
자신의 기억이 맞다면 그건 알바가 폐허를 떠날 때 사용하던 손수레를 끌면 나는 자국으로 보였다.
숲 쪽으로 이어져 있다.
그것이 알바를 찾을 단서로 이어질 거라는 보장은 어디에도 없다. 하지만 매달릴 게 아무것도 없는 리나리아에게 선택의 여지 따위는 없었다.
걷는다. 다리를 움직여 앞으로──
"……?"
문득 등 뒤에서 무언가의 기척이 느껴졌다.
돌아보았지만 조금 전에 보았던 것 같은 괴물은 없었다. 진흙처럼 탁한 풍경이 있을 뿐이다.
하지만 뭔가, 터무니없는 악의가 느껴지는 것 같았다.
지금도 무언가가 쳐다보고 있는 것 같은——
"……큭."
리나리아는 빠른 걸음으로 숲을 향해 걸어 나갔다.
끔찍한 무언가로부터 달아나듯이.

여명

어쩌다 이렇게 된 거람.
나는 넋을 놓은 채 생각했다. 이제 어쩌지, 라고.
그로부터 몇 시간 후. 현재 루피는 놀다 지쳤는지 침대에 드러누워 무방비한 얼굴로 잠들었다.
결국 루피는 내 곁에서 한시도 떨어지려고 하지 않았다. 그 이유를 지금까지도 몰라서 나는 눈살을 구긴 채 생각에 잠겼다.
루피에게 시선을 옮긴다. 잠든 얼굴은 아무리 봐도 한창나이대의 여자애로만 보였다. 그 부드러운 머리카락을 쓰다듬으려다가, 손을 멈췄다.
근처에는 선반이 몇 개 있었는데, 거기에는 좀 전에 봤던 것과 비슷한 수제 인형이 장식되어 있다. 시계는 없었다. 이곳은, 루피와 만났던 홀의 안쪽에 있는 작은 방이다. 방에 들어오려면 반드시 그곳을 지나야만 한다.
이 소녀는 이 성에서 비교적 높은 지위에 있는 걸지도 모른다. 이런 여자애가 이 성의 주인일 것 같지는 않은데, 그럼 진짜 주인은 어디 있는 걸까?

"어머니……."

문득 목소리가 들려서 흠칫 놀랐다. 루피가 눈을 뜬 듯한 낌새는 없다. 눈은 여전히 감겨있다. 하지만 잠든 소녀의 얼굴을 다시 보고, 약간 후회했다. 눈물이 뺨을 타고 또르르, 흘러내리고 있었기 때문이다.

"어머니……."

있는 게 당연하다. 날 때부터 혼자인 인간은 없으니. 혈연인 가족이 반드시 있기 마련이다. 하지만 잠든 소녀가 눈물을 흘리며 잠꼬대로 그에 관해 말하는 이유는 과연 무엇일까? 나는 아직 루피의 어머니로 추측되는 인물을 보지 못했다.

"혹시, 너도 외톨이인 거야?"

이미 잠든 루피의 귀에는 분명 이 속삭임이 들리지 않을 거다.

나는 루피가 깨지 않도록 천천히 침대에서 거리를 벌렸다.

혐오

꿈을 꾸었다.

늘 그렇듯, 어머니가 나오는 꿈이다.

"괴, 괴물이야!"

고향. 낮, 밤처럼 어둑하고 우중충한 날씨, 비가 세차게 내리는 가운데 들은, 엄마의 말이었다.

물웅덩이에 비친 내 모습은 여전히 이전과 같다. 괴물—— 그런 매도를 들을 만한 모습은 아니다. 그러나 이곳에 올 때까지 여러 사람들로부터 비명과 욕설을 들었다. 때로는 증오심이 가득한, 날카로운 눈으로 노려보는 사람도 있었다.

하지만 어머니라면 분명 날 알아봐 줄 거다. 그렇게 생각했었는데——.

어머니가 내뱉은 잔혹한 말이 가슴에 꽂히자, 그 고통을 견딜 수가 없게 됐다.

"우아아아아……!"

정말로 슬플 때 흐르는 눈물이었다. 나는 아직도, 빗속에서도 들릴 만큼 큰 소리로 울부짖으면, 어머니가 달려와 줄 거라고 기대하고 있었다.

"히이익!!"

어머니가 우스꽝스러울 정도로 놀란 듯이 비명을 지르더니 "누가 좀 살려줘요오! 누구 없어요오오오오?!"라고 외치며 쏜살처럼 달아나기 시작했다.

나는 그 뒷모습을, 공허한 표정으로 바라볼 수밖에 없었다.

울면 누군가가 위로해준다——.

집에서든 배움터에서든, 그리고 길거리에서든. 하지만 그런 일은 더 이상 이 세계에서 일어나지 않을 것이라는 듯이, 소녀의 비명은 누구에게도 닿지 않았다.

영구히——

영원토록——

"아아, 그렇구나……."

그 순간, 비를 맞으며 확실하게 이해했다.

정말 진짜로 슬프면, 눈물도 안 나오는구나.

그게 내가, 매일 꾸는 꿈이다.

여명

루피의 방을 빠져나온 직후였다.

"너, 왜 안 죽은 거야."

"우왁."

근처에서 목소리가 들렸다. 고개를 돌려보니 아까 봤던 하얀 인형이 기분 나쁜 표정으로 서 있었다. 나를 방에 밀어 넣었던 도구마라는 인형이다. 자연스럽게 눈살이 찌푸려졌다.

"내기는 도구마가 졌네. 봐, 역시 죽지 않았잖아."

뒤에 있던 검은 인형이 태평한 투로 말했다.

"손님으로 취급해도 된다는 뜻이지?"

갈색 인형은 데면데면한 투로 답했다.

이렇게 보니까 생김새는 거의 비슷해도 성격은 제각각인 모양이다.

아무튼 다들 남 일처럼 말하는데…….

"날 손님으로 생각하지 않았던 거야……?"

그리고 좀 전부터 계속 궁금했는데.

"애초에 괴물이라는 게 무슨 소리야?"

세 마리는 생각지 못한 질문을 받은 듯, 맹한 표정을 지었다. 그 중 한 마리인 도구마가 눈꼬리를 늘어뜨리고 불쌍하다는 듯 그를 쳐다보았다.

"불쌍하기도 하지…… 너무 무서워서 미쳤나 봐."

어째서 그렇게 되는 건데.

"평범한 인간이 저런 거랑 같은 공간에 오랫동안 같이 있으면 그럴 수밖에 없지."

인형들의 동정하는 듯한 분위기에 분노가 차곡차곡 쌓여갔다.

"'저런 거'라는 게 누굴 말하는 건데. 루피 말이야? 너희 주인님이잖아!"

"루피? 누구야, 그게?"

"아니, 너희…… 아까부터 '주인님'이라고 부르고 있잖아. 본명을 모르는 거야?"

세 마리는 난감하다는 듯이 얼굴을 마주보았다. 뭘까. 어째서인지 이야기가 맞물리질 않는다.

"누굴 말하는 건지는 모르겠지만, 이 성에는 우리 사역마 말고는 주인님밖에 없어."

긍정도 부정도 아닌 답변에 의아해서 눈을 가늘게 떴다. 주인님이란 건, 루피를 말하는 게 아니었나? 또 나를 놀리려는 건가?

"너, 여기서 나갈 거지?"

도구마의 물음에 나도 모르게 신이 났다.

"나가도 되는 거야?"

"아니긴 하지만, 간수가 없을 때 도망치면 알 게 뭐야. 주인님이 잠든 지금이라면 무리하게 뒤를 쫓지는 않을 거야."

이 녀석들에게 주인님이란 과연 어떤 존재일까. 적어도 친근감이나 복종심 같은 감정은 없는 것 같다.

"하지만 여기서 나갈 거면, 모쪼록 아무에게도 들키지 않도록 조심해 줘. 그러면 누군가가 이곳에 쓸데없는 싸움의 불씨를 퍼뜨릴 일도 없을 테고, 우리의 생활도 보장될 테니까."

쌀쌀맞은 말투였다. 조금 전에 눈물을 흘리며 애원하던 루피의 얼굴이 떠올랐다.

"그 녀석, 쓸쓸해하던데." 나무라는 듯한 목소리가 나왔다. 하지만 세 마리는 얼굴을 마주보기만 할 뿐, 뭐라 반박하지 않았다. 분명 아무 느낌도 없는 거겠지. 그녀를 걱정해주는 존재는 지금 이 성에 아무도 없었던 것이다.

"아까부터 누구 얘길 하는 거야?"

아아, 진짜. 이 무기물 같은 인형하고 대화를 하고 있으면 머리가 이상해질 것 같다.

"됐어……. 그보다 성의 지도 같은 건 없어?"

혐오

그 사람의 모습이 보이지 않는다.

일어나자마자 오랫동안 느낀 적이 없을 정도의 심한 초조함을 느꼈다.

침대에서 벌떡 일어나, 곧바로 그의 이름을 불러봤지만 어디서도 대답 소리가 들려오지 않았다.

"알짱……."

일어나서 방 밖으로 뛰쳐나갔다.

홀로 나가자 고요한 공간에 내 신발 소리가 또각, 하고 울렸다.

이 넓은 공간에는 여전히 나 혼자뿐이구나, 라는 게 뼈저리도록 느껴졌다.

겁이 나기 시작했다. 무서워서, 도무지 가만히 있을 수가 없어서, 걷기 시작했다.

어린 시절에 남들에게 호감을 샀던 추억은 그야말로 썩어나도록, 발에 채도록 많았다.

그 무렵── 나이를 손가락으로 헤아릴 수 있었을 즈음, 남자는 물론이고 여자들도 나를 칭찬해주었다. 만나는 사람들은 모두 미소 지으며 귀여워해 주었다.

하지만 지금은 어떨까? 나를 신경 써주는 사람은 이 성에서 보낸 수십 년 동안 한 명도 없었다.

경멸을 당하는 데에도 익숙해졌다고 생각했다.

그런데…… 불안하고, 무서워서 숨이 막힐 것만 같다…….

친구라고, 했으면서……. 그랬으면서…….

그 소년이── 원망스럽다.

머리 위를 올려다보아 눈에 고인 그것을 얼버무리며, 조금 전 내 행동에 실수가 있었는지를 곱씹어보았다.

슬픔이 밀려든다. 지금 당장에라도 뒤를 쫓고 싶은데 발은 한 발짝도 움직이지 않았다.

무섭기 때문이다.

그 사람이, 과거 어머니와 친구처럼 날 싫어하지 않을까 무서웠다.

무릎을 꿇고 손으로 얼굴을 덮었다. 신음소리 같은 게 입에서 흘러나오자, 안 그래도 비참했던 기분이 더욱 비참해졌다.

결국 나를 신경 써줄 사람은 아무도 없는 걸까.

없을지도, 모른다.

역시 나를 받아들여줄 사람은 어디에도——

뚜벅. 바닥을 두드리는 소리가 들렸다.

손가락 사이로 내 앞에 선 두 개의 다리가 보였다. 고개를 들자 그 사람이 뭔가를 손에 들고 서 있었다.

"또 울어?"

그는 그렇게 말하더니 어이없다는 듯 한숨을 내쉬었다.

"울보 같으니."

눈앞에 아직 그가 있다는 사실을, 어째서인지 금방 받아들일 수가 없었다. 그는 어이가 없다는 표정을 지은 채 손에 든 작은 티포트를 내밀었다.

민트와 레몬의 좋은 향기가 났다.

"벌꿀 레몬차."

"어……?"

뻣뻣하게 굳어서 얼빠진 목소리로 대꾸했다.

"이건 아까 내준 홍차의 답례야. 마음이 불안할 땐 이런 걸 마시며 진정시키면 좋아."

그걸 내 가슴에 들이밀었다.

반사적으로 받아든 포트의 온기가, 손바닥에서 은은히 퍼져 나갔다.

사람의 온기 같다.

"아니, 왜 또 울려고 그러는데."

그는 귀찮다는 듯이 말했다.

"이제 안 돌아올 줄 알고……."

울먹이는 목소리로 대답하자 그는 고개를 홱 돌리더니,

"친구가 됐잖아."
시선을 피한 채 그렇게 말했다.
친구――.
"그게, 마침 필요했거든. 스승님 말고 다른 이야기 상대가."
그는 빠르게 말을 토해냈다. "친구 사이, 좋지." 잘못 들었을지도 모른다는 생각을 부정해주듯, 아주 태연하게, 숨을 쉬듯 자연스럽게 그렇게 거듭 말했다.
"그러니 멋대로 돌아가지는 않을게. 아니, 아까부터 왜 나만 떠들어대는 거지……?"
말이, 나오지 않았다. 지금의 기분은 몇십 년이나 잡아보지 못했던 손을, 눈앞에 나타난 소년이 냉큼 잡아주었을 때와 같았다. 이 감정을 표현할 말이 존재하기는 할까.
"으어…… 너, 이래도 울어……?"
정신을 차리고 보니 억누르고 있던 게 넘쳐서, 흘러나오고 있었다.
"그, 그치만…… 기쁜 걸……! 그런 식으로 말해주는 사람…… 하나도 없었단 말야……."
"울 정도의 일은 아니잖아."
울 정도의 일이다……. 정말로, 한 사람도 없었으니까.
그가 또 손을 잡았다. 늘어뜨리고 있던 내 손을 잡고 들어 올리더니,
"자, 아래를 보고 있으니까 눈물이 나잖아. 마음이 답답하면 위를 보라고."
그렇게 말하며 쑥스러운 듯한 얼굴로 미소를 지었다.

누군가가 내게 미소를 지어주는 광경을 보게 될 줄은, 꿈에도 몰랐다.

"응……."

꺼질 듯한 목소리로 답했다. 그게 최선이었다.

고개를 숙이자, 눈물이 뺨을 타고 입가로 흘렀다.

짜다. 꿈이 아니다.

그 사실이 너무나도 기쁘다.

그때, 홀에 박수를 치는 소리가 울렸다.

조금 전까지 알바와 루피만 있었던 실내에, 그것은 당연하다는 듯이 있었다.

"눈물 나네."

키 큰 여자가 길고 불꽃처럼 붉은 머리를 나부끼며 우리의 곁으로 다가왔다.

눈이 마주치자 그녀는 씨익 웃었다.

평범한 괴물 사냥

여명

"아주머니……?"

길게 째진 눈을 지닌 여자는 알바의 목소리에 반응해 빰을 실룩거렸다.

"여어, 알바 군!"

평소처럼 쾌활한 미소를 짓더니 살짝 손을 흔들었다. 그 사람은 분명 그 마을에 사는 이루의 어머니, 피살리스였다.

그녀는 사람 좋아 보이는 미소를 짓고 있었지만, 루피에게 시선을 옮김과 동시에 얼굴에서 표정이 사라졌다.

"그리고── 오랜만이네, 만나고 싶었어."

"……."

서로 아는 사이인가? 알바는 당황해서 두 사람을 번갈아 쳐다보았다.

"아~ 역시 넌 참 시끄럽다니깐……."

루피를 쳐다보던 피살리스가 천천히 머리를 벅벅 긁으며 중얼거렸다. 시끄러워? 루피가? 하지만 아무 말도 안 했는데.

그런데 피살리스는 마치 두통에 시달리는 사람처럼 미간에 손을 짚고 기분 나쁘다는 듯이 눈을 질끈 감았다. 이렇게 무서운 표정을 지은 피살리스는 본 적이 없다. 무섭도록 차가운 목소리가 보태어지자, 가족과 웃음을 주고받던 평소 그녀의 모습이 머릿속에서 순식간에 사라지고 말았다.

"왜 여기 있는 거예요……?"

알바가 묻자 그녀는 눈을 깜박였다.

"구해주러 왔지. 그런 괴물이 쫓아다녀서 무서웠지?"

"괴물이라니……."

루피에게로 시선을 옮겼다. 그녀는 그 작은 몸을 가엾다 싶을 정도로 떨며 힘없이 피살리스를 노려보고 있었다.

"쫓아다니는 건 너잖아……."

"아~ 됐어, 그냥 말하지 마. 어차피 뭐라고 떠드는지 모르겠으니까."

사람이 바뀐 듯 무례한 태도에 루피는 움켜쥔 주먹을 바들바들 떨며 얼굴을 붉혔다.

아무리 봐도 우호적인 관계가 아닌 것 같다. 그런 두 사람과 조금이나마 인연이 있는 알바는,

"아, 아는 사이 맞지?"

동의를 구하듯이 두 사람에게 물어보았지만——

"딱히……?"

바람을 가르는 소리가 들렸다.

"큭……?!"

뒤이어 바로 옆에서 루피의 갈라진 목소리가 들렸다.

물방울이 퍼져, 알바의 옷에도 몇 방울이 튀었다. 빨간 반점이, 주변에 흩뿌려져 있었다. 그녀의 두 눈에서, 엄청난 양의 피가 흘

러나오고 있다.

——무슨 일이 일어난 거지?

“굳이 말하자면 사냥꾼과 사냥감 같은 관계지?”

“아파……!”

루피의 몸이 휘청거린다.

“히…… 크윽…… 아무것도 안 보…….”

도움을 구하듯, 그녀가 피눈물을 흘리며 내게 손을 뻗었다.

“알짜…….”

알바는 순간적으로 손을 내밀었으나——

——눈앞에서 살과 뼈가 잘려나가는 소리가 들렸다. 허공으로 튀어오른 그것은, 알바가 잡으려고 했던 소녀의 손목이었다.

“끼야아아아악……!”

새된 비명소리가 울린다. 루피는 무릎을 꿇고 절규하고 있었다. 들어 올린 팔의 절단면에서 선혈이 솟구친다.

지금 루피의 눈을 베고, 손목을 자른 거야? 머리는 비현실적인 전개를 받아들이지 못했지만 그 절규는 알바의 가슴을 계속해서 압박했다.

“뭐 하는 거야……?!”

알바의 낮은 목소리가 홀에 울렸다.

“뭐긴, 그냥 괴물 사냥인데?”

피살리스는 태연하게 말했다. 또다시 루피를 상처 입히고자 그 손을 머리 위로 치켜들어——

“웃기지 마!”

알바는 달려 나갔다. 여자에게로.

"흡!"

분노에 몸을 맡겨 주먹을 내지른다. 하지만 그녀는 살짝 몸만 틀어서 휙 피해버렸다. 뼈를 치는 둔탁한 소리가 머리에서 아주 가까운 곳에서 울리더니, 시야가 깜박거린다.

주먹싸움으로도 상대가 안 되었다. 여자라는 게 믿기지 않을 정도의 속도로 휘두른 라이트 스트레이트가 가차 없이 뺨에 꽂혀, 알바는 그대로 요란하게 뒤로 나자빠졌다.

입 안에서 온통 피 맛이 났다. 비틀거리다가 꼴사납게 똑바로 쓰러진 알바는 격통에 얼굴을 찌푸렸다.

"와."

피살리스가 놀란 듯 웃었다.

"이래도 여전히 조용하네, 너. 대체 얼마나 착해 빠진 거야?"

알바는 눈을 부릅뜨고 웃기지 마, 라는 생각을 하며 꺼져버릴 것 같은 의식을 채찍질해 일어섰다.

"그 눈, 아주 멋진걸."

소녀의 단말마 같은 비명소리가 이어지는 가운데, 피살리스는 황홀한 눈으로 알바를 쳐다보았다.

"목숨 아까운 줄 모르는 놈의 눈이야."

"시끄러워."

알바는 입가에 묻은 피를 닦으며 거칠게 말했다.

"아하하."

피살리스는 큰 소리로 웃었다.

"있잖아, 알바 군. 나 본격적으로 네가 마음에 들기 시작했어!"

알바는 눈으로 상대를 위협하며 뭐가, 라고 물었다.

“내 것이 되지 않을래? 너는 조용하니 곁에 두면 즐거울 것 같아! 그러면 너는 더 건드리지 않을게.”

“잠꼬대는 잘 때나 해, 망할 자식…….”

“뭐, 역시 그렇겠지.”

알바가 욕지거리를 해도 그녀는 히죽거리는 표정을 거두지 않고 말했다.

“그런 얼굴을 하고 있으니까.”

그게 어떤 얼굴인데. 알바는 속으로 중얼거렸다.

“그럼 이건 어때? 거기 널브러진 녀석한테 더 이상 아무 짓도 안 하겠다는 조건이라면?”

알바의 사고가 정지된다. ——시선 끄트머리에, 바닥을 뒹굴며 흐느껴 우는 루피의 모습이 보였다.

“어때? 어때? 대답하지 않으면 모른다고.”

정지된 사고가 다시 움직이자 불쾌함이라는 감정이 알바의 온몸으로 퍼져 나갔다.

“착각하지 마…….”

“뭐?”

피살리스의 얼굴이 흉하게 일그러졌다.

“나약한 것도 모자라서, 나를 이토록 무시한 적의 제안에 조금이라도 마음이 흔들렸다는 사실이.”

어금니 쪽에서 흘러나온 피를 삼키며, 알바는 피살리스를 노려보았다.

“너무 한심한 나머지 구역질을 참느라 말을 못한 거니까……!”

알바는 다시금, 달렸다. 피살리스는 순간적으로 어이가 없다는 듯 눈을 동그랗게 떴지만, 이내 명확한 적의가 깃든 눈빛을 쏘아 댔다.

"약해 빠진 주제에 기어오르지 마."

순간, 조금 전보다 빠르게 돌진해 알바의 복부에 충격이 퍼졌다. 하릴없이 또다시 몸이 허공으로 날아갔다. 그리고 곧 땅바닥에 내팽개쳐졌다.

곧이어 다시 루피의 비명소리가 울려 퍼졌다.

알바는 고통스러웠지만 붉은 머리 여자를 용서하지 말라고 온몸에 호소했다. 몸을 일으키자, 루피의 남아있던 손바닥에 예리한 날붙이가 꽂히는 광경이 눈에 날아들었다.

그만두라고 외칠 수조차 없었다.

"히……야아아아아아악!"

"시끄럽게 꺅꺅거리긴~."

신이 나서 나비의 날개를 찢듯, 루피의 두 다리에도 날붙이를 꽂아 바닥에 고정시켜 버렸다. 피로 젖은 손바닥이 얼굴에 닿지 않도록 요령껏 땀을 닦더니, 일을 하나 끝냈다는 듯이 만족스러운 미소까지 짓고 있다.

"으…… 아……."

루피의 신음소리가 들려서, 알바는 사고가 검은 진창에 처박힌 듯한 느낌에 사로잡혔다.

도대체 왜 그런 잔인한 짓을 하는 거야?

"그냥 괴물이 몸 안에 숨기고 있는 법진을 좀 가져가고 싶은 것뿐이야."

어째서——?

어느덧 알바의 손은 품속에 있는 그것을 더듬고 있었다. 몹시도 평온한 나날을 보냈던, 불과 몇 시간 전이라면 쓸 일이 없을 거라 생각했던 물건이었다.

하지만 루피의 처참한 몰골을 보고 나니 망설임이 사라졌다. 팔을 몸에 붙이고, 그것을 수평으로 겨눈다.

——불꽃이 튀었다.

총구에서 화약 연기와 함께 냄새가 피어올랐다.

"어?"

피살리스가 놀란 듯 눈을 동그랗게 뜬 건 갑자기 울린 파열음 때문일까, 아니면 복부에서 스멀스멀 퍼지고 있는 붉은 반점 때문일까.

"어? 아파……?"

그녀는 복부에 퍼진 그것을 멍하니 내려다보고서, 알바에게 천천히 시선을 돌리며 중얼거렸다.

"그 철로 된 통…… 뭐야……?"

권총이었다. 트럼프와 마찬가지로 사전에 서먼으로 알바가 손에 넣었던 물건이었다.

알바는 여자에게 다가가면서, 이번에는 제대로 겨누며 다시 한 번 격철을 당기고.

"그딴 장난감으로 뭘 하려고……?"

보다 가까운 거리에서 방아쇠를 당겼다. 여자의 머리가 픽 하고 젖혀지더니 몸이 힘없이 바닥에 나자빠졌다. 피바람이 일고, 이 내 눈동자에서 이성의 빛이 사라졌다.

죽었다. 죽였다. 피살리스의 미간을 꿰뚫은 탄흔에서 검붉은 피가 물처럼 솟아나 흐르기 시작하자, 알바는 서서히 그 사실이 인식되기 시작했다. 현기증으로 쓰러질 것만 같았지만, 기력으로 버텨냈다.

"루피……."

알바는 무참한 모습으로 쓰러진 소녀에게 다가간다. 숨이 막힐 것만 같은 피 냄새 속에서 흐느껴 우는 루피의 목소리가 귀에 들어왔다. 아직 살아있다는 사실에 안도하는 한편으로 그녀의 몸에 난 돌이킬 수 없는 상처를 보자 분노가 다시금 알바의 마음속을 메우기 시작했다.

"괜찮아……?"

괜찮을 리가 없다. 그 말을 입 밖에 내고서야 알아챘다. 루피는 숨을 쉴 여유도 없을 정도로 지독한 고통을 견디고 있는 듯했다. 알바는 생각했다. 어쨌든 여기서 이동하자. 리나리아에게 데려가면 좋은 방법이 있을지도 모른다. 꽂혀 있는 날붙이를 뽑으려고 손을 대자 루피가 몸을 뒤틀며 격통에 눈물을 흘렸다.

"아파? 아프겠지…… 미안해……."

너무도 처참한 광경에 겁이 나서, 알바는 울음이 날 것 같다.

한 자루, 또 한 자루. 말뚝처럼 박힌 날붙이를 뽑아 나가던 중에, 루피가 간절하게 뭐라고 중얼거렸다. 알바는 그 말을 놓치지 않고자 귀를 가져다 댔다.

"왜 그래……?"

거의 다 죽어가는 몸인 그녀가, 살며시 입을 움직였다.

"도망쳐……."

루피가 그렇게 중얼거림과 동시에, 알바는 자신의 등 뒤에 선 누군가의 낌새가 느껴졌다.

"죽었어."

그것은 으르렁거렸다. 굶주린 짐승처럼. 이마의 태반이 피투성이가 된 상태임에도, 그 여자는 두 팔을 축 늘어뜨린 채 다시 일어섰다.

"죽었어! 아하하하핫!"

뭔가에 씐 듯 같은 말을 반복하는 그 얼굴은, 제정신이 아닌 듯했다.

"죽었어! 죽었다고! 내가 죽었어……! 몸이 떨리는 게 멈추질 않아…… 자, 이것 봐!"

피살리스는 보란 듯이 미세하게 움직이는 자신의 손가락을, 알바를 향해 세워 보였다. 알바는 숨을 삼키며 물었다.

"그런데 어째서…… 살아있지?"

아하하하. 피투성이가 된 여자는 웃었다.

"그런 건~ 이제 아무래도 상관없잖아~?"

고개를 든 그 얼굴에서는, 마을에서 보았던 한 소녀의 어머니 같은 면모를 찾아볼 수 없었다. 이마는 검붉은 액체에 젖어 있고, 긴 머리카락 사이로 보이는 눈동자는 짐승처럼 황황히 빛나고 있다.

"곧 죽을 놈이 그런 걸 알아서 뭐해!"

엉망으로 헝클어진 그녀의 머리카락이 의지를 가진 듯 떠올랐다. 피살리스를 중심으로 주변의 풍경이 일그러지더니, 번쩍 치켜든 손가락에서 무언가가 치직치직 방전하고 있다. 초심자가 배우는 기초 정도의 마법 밖에 못 쓰는 알바도 알 수 있었다. 저걸 맞으면── 죽는다는 사실을.

"죽어."

휘두른 그녀의 손에서 보랏빛 번개가 방출되어, 그것이 순식간에 시야를 가득 메웠다.

굉음── 피할 생각을 하는 것조차 바보 같이 느껴지는 속도로 그것이 알바를 향해 돌진한다.

그 순간── 무언가가 끼어들었다. 허공에 가로막힌 번개가 그대로 좌우의 바닥으로 비껴나갔다.

"뭐야……?!"

어리둥절한 알바의 시야에서 눈에 익은 백발이 흔들리고 있다.

알바를 보호하듯 선 그녀의 뒷모습은, 평소처럼 가녀려 보이지 않았다.

"36시간 23분."

소녀는 뒤돌아보지 않고 그렇게 말했다.

"네……?"

"네가 귀가 시간을 어기고 집에 안 들어온 시간이야."

리나리아—— 불이 붙은 듯 격렬한 분노가 눈동자에 깃들어 있었다. 그 박력에 알바는 공포와—— 한편으로 안도감을 느꼈다.

"아…… 네…… 죄송해요……."

긴장한 투로 답하자 리나리아는 슬쩍 미소를 지었다.

"너, 넌……."

알바에게 피살리스가 리나리아를 향하여 얼굴을 찡그리는 것이 보였다. 리나리아를 의식하고 있다. 아는 사이일까. 많은 일들이 너무 갑자기 일어나서 혼란스럽다.

"뭐, 이래저래 묻고 싶은 게 많지만."

리나리아는 알바에게서 시선을 떼고 바닥에 무참한 모습으로 드러누운 루피를 쳐다보았다.

일말의 불안감이 알바의 머리를 스쳤다. 루피와 피살리스와 리나리아는 각각 아는 사이인 것 같지만, 이런 싸움이 일어난 상황에서 리나리아가 루피의 편이라는 보장은 없다.

"저 애는……."

"그렇게 복잡한 표정 짓지 않아도 돼."

올곧은 목소리였다.

"저 애는 죽지 않았고, 너를 구하는 김에 저 애도 구해줄게. 그게 네가 바라는 거잖아?"

다정한 미소와 함께 들려온 말에, 알바는 몇 번이고 고개를 끄덕였다.

“귀여운 제자의 부탁이라면 거절할 수 없지. 누가 뭐래도 나는 위대하고 우수한 스승님이니까!”

만족스럽게 웃으며 몇 번 들었는지 모를 그 말을 큰 소리로 외쳤다. 자연스럽게 알바의 얼굴에도 미소가——

“잠깐. 나를 무시하지 말라고!”

피살리스가 무시무시한 얼굴로 이쪽을 노려보았다.

“어쨌든 우선은, 저걸 어떻게든 해야겠네.”

리나리아가 ‘저것’이라고 야유하며 노려본 것은 당연히 피살리스다.

“너, 너까지 그 괴물 편을 들겠다는 거야?!”

“주절주절 시끄럽게 떠들지 마.”

리나리아가 그 말을 가로채듯이 말했다.

“네가 무슨 소릴 하는 건지는 모르겠지만…… 이 자리에 있는 괴물은 너뿐이니까.”

피살리스는 순간적으로 할 말을 잃은 듯이 입을 다물더니——

“아아, 그러셔?”

소름이 돋을 만큼 차가운 목소리를 내뱉고는 어두운 감정으로 물든 눈동자로 알바를 쳐다보았다.

살의를 품었다는 게 느껴져서 알바의 어깨가 떨렸다.

그 순간, 백발이 알바의 시야 안에서 아름답게 나부꼈다.

피살리스로부터 지키듯, 리나리아가 자연스럽게 움직여 알바의 앞에 섰다. 단지 그뿐이건만 알바의 가슴속에서 솟아나던 불안감이 순식간에 사라졌다. 상대는 가냘픈 소녀인데도, 그 뒷모습은 매우 든든해 보였다.

"왜 네가……."

피살리스가 한순간 동요한 표정을 지으며 뭔가 말하고 싶은 듯 입을 열었다.

무엇에 동요한 건지는 모르겠다. 이제 그 소녀는 씨익, 하고 사나운 미소를 짓고 있다.

그 직후, 공간이 갑자기 검은 안개에 휩싸였다.

피살리스의 몸에서 검은 안개가 뿜어져 나와, 주변에 검은 연기처럼 퍼져 나간다. 실내는 눈 깜짝할 새에 검게 뒤덮였다.

알바의 시야가 심연의 어둠으로 물들었다.

"스승님……!"

한 치 앞도 보이지 않아 불안에 사로잡힌 알바의 손을, 약간 땀에 젖은 가녀린 손이 찰싹 달라붙듯이 잡았다.

"떨어지지 마."

리나리아의 목소리였다.

"이 안개는 마법, 그것도 상당히 고등한 것이야. 그러니 아마도 동시에 아까 같은 공격은 못 할 거야."

"아마도, 라고요……?"

어둠 속에서 유일하게 목소리가 들리는 리나리아에게 물었다.

"그래, 그러니 넌 자세를 낮추고 있어."

그 냉정한 목소리가 듬직하기만 했다.

검은 안개 속에서 유일하게 확실하게 느껴지는 리나리아의 손의 온기에만 집중하고 있자, 아무것도 보이지 않는 상황임에도 마음이 가라앉았다.

그때——

갑자기 누군가가 알바의 등을 떠밀었다.

"알바!"

알바는 몸이 젖혀진 자세로 쓰러지는 바람에 리나리아와 떨어지고 말았다.

"스승님!"

리나리아를 찾아 손을 휘저었지만 아무것도 잡히지 않았다.

"괜찮아. 넌 내가 반드시 지킬게……."

깜깜한 시야 속에서 그 말은 또렷하게 알바의 가슴에 울렸다.

서서히 안개가 걷히기 시작했다.

"어……?"

알바는 할 말을 잃었다.

안개가 걷히자, 그곳에는 거울에 비친 듯, 자신과 똑 닮은 소년이 서 있었다.

옷차림새까지 완전히 같은 그 소년을 보고 알바는 마른침을 삼켰다.

피살리스는 어디에도 없었다. 쓰러진 루피를 제외하면, 리나리아와 구분하기 어려운 두 명의 소년뿐이었다.

"마법으로 그런 짓까지 할 수 있는 거야……?"

상대의 속셈을 알고 나자 서서히 심장박동이 격해졌다.

큰일 났다, 큰일났다큰일났어.

그 초조함이 다음 판단을 지연시켰다.

"제, 제가 진짜예요! 스승님!"
가짜가 먼저 외쳤다.
"아, 아냐, 진짜는 나야!"
알바는 말을 하고서야 전혀 설득력이 없다는 사실을 깨달았다.
이건 피살리스의 마법이다. 아마도 다른 사람으로 변하는 마법. 자신의 모습을 바꾸어, 타인을 속이는 마법.
음흉한, 최악의 수법이다.
가짜가 리나리아에게 보이지 않도록 씨익 웃은 것 같았다.
알바의 얼굴이 찌푸려진다. 분해서 온몸이 떨렸다. 그에 호응하듯 리나리아가 얼어붙은 얼굴로 알바를 쳐다보았다. 똑바로 뻗은 그 손가락에 마력이 담긴 검은 구체가 떠올랐다.
그걸로 알바를 죽일 셈일지도 모른다.
"저는 아니에요……."
증명할 방법을 생각해 봤지만 아무것도 떠오르지 않았다. 뭐든 그녀와 자신만이 알 만한 말이라도 해볼 걸 그랬다는 생각이 뒤늦게 들었다.
하지만 이미 때는 늦어, 리나리아의 공격은 시작되었다.
애매한 말을 입 밖에 낸 시점에서 이미 늦어버린 거다. 그녀를 나무랄 수는 없다.
이제 알바는 눈을 감고서 기도할 수밖에 없다.
————.
퉁, 둔탁한 소리가 울렸다.
무언가를 꿰뚫는 듯한, 기분 나쁜 소리다.
하지만 알바가 아무리 기다려도 자신에게 죽음의 징후는 찾아오지 않았다.

"너……어……."

알바와 똑같은 목소리로 신음한 것은, 또 한 명의 가짜 쪽이었다. 그 복부에서는 엄청난 양의 혈액이 흘러나오고 있었다. 리나리아가 말했다.

"그건 그다지 좋지 않은 방법이었던 것 같네."

풀썩. 가짜의 몸이 바닥에 쓰러졌다.

그 몸이, 흐물흐물 형태를 바꾸어 여성의 모습으로 돌아가기 시작했다.

대치하는 악의

여명

정적이 돌아왔다.

용케도 맞췄다 싶었다. 좀 전까지 대치하고 있던 가짜는 나조차도 구분하지 못할 정도로 똑같았다. 분위기의 차이 같은 거라도 느낀 걸까?

하지만 그런 것 치고는 리나리아는 전혀 망설이지 않고 가짜를 쏘았다.

마치 처음부터 구분할 수 있었다는 듯이.

"주, 죽었나요……?"

쭈뼛거리며 물었다.

"안 죽었어."

리나리아는 냉정하게 말했다.

"숨통은 못 끊거든. 저걸 완전히 죽일 방법은 이 세계에 존재하지 않아. 불사신이니까."

리나리아는 끔찍한 것이라도 본 듯 얼굴을 찌푸리며 말했다.

"불사신이라고요?"

"심장이 멈추면, 저절로 마력을 써서 전부 재생해 버려. 그런 저주야. 그러니 발을 묶으려면 금방 죽지 않을 정도의 부상을 입

혀서, 부활하는 시간을 늦추는 수밖에 없어."

믿기 어려운 이야기이기는 했다. 하지만 실제로 알바는 총으로 사살한 피살리스가 그 자리에서 되살아난 걸 봤다.

분명 사실일 거다. 바닥에 널브러져 얕은 숨을 쉬고 있는 피살리스는 죽어가고 있음에도 불구하고 여전히 무시무시한 존재로 보였다.

그때——

"아, 맞아."

중요한 게 생각나서 눈을 돌렸다.

"루피!"

지금 가장 도움이 필요할 그녀의 곁으로 허겁지겁 달려갔다.

루피는—— 두 눈이 뭉개진 상태로 똑바로 쓰러져, 훌쩍훌쩍 흐느껴 울고 있었다.

아까 전까지만 해도 천진한 표정을 보여주었던. 그런 아이가 지금은 피투성이가 되어 쓰러져 있다. 아까와 지금과의 처참한 차이에, 나까지 울음이 날 것 같았다.

"루피……."

눈에서 피눈물을 흘리는 그녀의 얼굴이 살짝 움직여 알바를 바라보았다.

"그 녀석이 이번 일의 발단이라 이거지?"

등 뒤에 선 리나리아가 부루퉁한 목소리로 말했다. 그런 소리를 하는 것도 무리는 아니지만——.

"사, 살려주세요."

나는 애원하듯이 리나리아를 쳐다보았다.

"뻔뻔한 소리라는 건 알아요……. 하지만 얘는——."
리나리아는 얼굴을 잔뜩 찌푸린 채 한숨을 쉬고는 "거참……." 하고 고개를 가로저었다. 그리고 거절이 아니라, 굳이 말하자면 떼를 쓰는 아이를 보고 질린 투로 말을 이었다——.
"내 제자를 봐서, 살려줄게."

축 늘어진 루피의 몸에 키이누가 착 달라붙자 천으로 된 몸이 은은하게 빛을 내더니, 상처가 순식간에 낫기 시작했다. 알바는 그 모습을 멀리서 관찰했고 리나리아는 그 옆에 복잡한 표정으로 서 있었다.
"주인님을 내팽개치고 여태 어디 있었던 거야……."
나는 뒤늦게 치료를 시작한 인형을 바라보며 투덜거렸다.
"처음에 나를 침입자로 판단하고 세 마리 모두 나한테 온 것 같더라고."
"에엑……."
그러다 정작 위험한 인간의 침입을 허락하다니, 멍청하다는 말로도 부족한 결과다.
"루피는, 나을까요?"
"글쎄, 그보다 문제는 저쪽이잖아."
리나리아는 벽 근처에 누워 있는 피살리스를 흘끔 쳐다보았다. 지금도 배에서 계속 피를 흘러나오고 있었다. 하지만 알바는 이 상황에서 할 수 있는 말이 없었다.
자신은 결국, 아무 도움도 안 됐기 때문이다.
"그럼 루피는……?"

어떻게 할 건가요? 하고 애원하는 듯한 눈으로 리나리아를 쳐다보았다. 그녀는 복잡한 표정으로 눈을 가늘게 떴다.

"저 녀석은 널 납치했어. 마음 같아선 혼쭐을 내고 싶지만…… 나도 빈사 상태의 상대를 궁지로 모는 취미는 없어."

그러고는 뭔가를 포기한 듯 한숨을 내쉬었다.

"이곳에서 떠나자."

"저, 저 사람은 어쩌고요?"

알바가 피살리스를 가리키며 말하자 리나리아는 복잡한 현실을 견디기 어려운 듯 답답한 표정을 지어 보였다.

"널 죽이려 한 녀석은 살려둘 수 없고, 죽이고 싶은 마음이지만…… 분명 다시 부활하겠지."

전에 없이 과격한 말투였다.

살려둘 수 없다느니, 죽이고 싶다느니—— 아마 리나리아는 이런 상황에 익숙했던 거다. 자신을 거두기 전의 그녀를 모르는 나로서는 그저 상상할 뿐이었지만.

"그러니까 떠나자. 우리가 할 수 있는 일은 그것뿐이야."

"그런가요……."

그 말에 어쩐지 약간 안심했다.

"들었지? 그러니까 너도 우리를 쫓아오지 마."

그것이 결별의 말이었다.

리나리아는 그녀에게서 관심을 잃은 듯 시선을 떼고 평소처럼 손을 잡았다.

아무리 그래도 다른 사람 앞에서 그러니 쑥스러웠다.

"가자."

맞잡은 손을 리나리아가 자기 몸 쪽으로 끌어당겼다.
"그나저나 너, 얼굴에 상처가 났잖아."
조금 전 얻어맞았던 뺨에 손대는 바람에 고통스러운 나머지 얼굴을 찌푸렸다. 리나리아는 뭐라 형용하기 어려운 표정으로 그걸 바라보더니 한숨을 내쉬며 중얼거렸다.
"나, 다른 사람을 치료하는 기술은 잘 몰라……. 나한테 난 상처는 고칠 수 있지만……."
리나리아는 미안해 죽겠다는 얼굴로 그렇게 말을 이었다.
"이 정도는 괜찮아요……."
"그럴 리가 없잖아. 이쪽으로 좀 와 봐."
손을 잡아당겨 억지로 걸었다.
피는 멎었지만 통증이 심상치 않았다.
걸을 때마다 욱신욱신 입 안에 격통이 일어서 얼굴이 찌푸려진다. 눈살을 잔뜩 구긴 채 리나리아가 이끄는 대로 따라가 보니, 뜻밖에도 행선지는 루피의 곁이었다.
치료를 받은 루피는 완전히 말끔해져 있었다. 피눈물을 흘리던 눈은 또렷하게 나를 바라보고 있었다.
안도해서 가슴을 쓸어내린 것도 잠시뿐, 리나리아는 부루퉁한 얼굴을 한 채 루피에게 따지듯이 말했다.
"너, 치료술에 능했지?"
루피는 거북한지 리나리아의 시선을 피해 이쪽을 쳐다보았다.
그나저나 리나리아가 나 이외의 누군가와 대화하다니. 어쩐지 신선하다.
어라? 그러고 보니 루피의 주변에는——

"키이누."

"네에에!"

루피의 부름을 받은 키이누는 화들짝 놀라 온몸이 뻣뻣해졌다. 무서운 영상이라도 본 듯한 반응이다.

"저 사람을 치료해 줘."

그리고 루피는 부루퉁한 얼굴로 키이누에게 그렇게 명령했다. 보고만 있어도 불쌍하다는 생각이 절로 들 정도로 그는 겁에 질려 있었다.

"네, 지금 당장 하겠습니다!"

키이누가 나의 옆구리에 달라붙어 다친 부위에 손을 댔다. 그러더니 희미한 빛을 내뿜기 시작했다.

이게 회복 마법이라는 걸까.

서서히 얼굴의 통증이 가시는 게 느껴졌다.

"고, 고마——."

얼마쯤 지나 치료가 끝나서 감사의 말을 하려고 했더니.

"뭐, 당연히 해야 할 일이지."

내 스승님은 그 말을 가로막고 목소리에 힘을 주어 말했다.

리나리아는 허리에 손을 얹고 몸을 앞으로 내민 채 평소 생활 태도와는 너무도 동떨어진 오만한 목소리로 말하며 루피를 위압했다. 어쩐지 시누이 같은 태도다.

"그런고로, 저기 널브러진 마녀의 마력도 충분히 소모시켰으니 그만 물러나야겠네. 부활하기 전에 이곳을 떠나자, 알바."

더는 볼일이 없다는 듯한 말투다. 루피는 서글프게 눈꼬리를 늘어뜨리고 있다.

"하지만…… 또 쫓아오면……."

"또 도망치면 되지. 이 녀석이 찾아내지 못할 곳까지."

바닥에 쓰러진 피살리스를 째릿 노려보았다. 지금은 정신을 잃은 상태지만 이곳에서 도망쳐도 근본적인 해결이 될 수는 없으리라. 자칫 잘못하면 수단을 가리지 않고 보복하러 올 가능성도 있었다. 하지만.

"숨통을 끊을 방법이 없으니 어쩔 수 없잖아."

그건 안다. 실제로 눈앞에서 한 번 재생해 보였으니. 분명 다시 죽여도 같은 일이 일어날 뿐이겠지.

죽일 수 없다. 그렇다면 도망치는 수밖에 없다. 하지만 정말 그 방법밖에 없는 걸까…….

"저기 있지."

어느샌가 옆에 있던 루피가 내 옷자락을 붙잡고 있었다.

"알짱, 어디 가……?"

"어?"

쓸쓸해 보이는 눈빛으로 바라보는 바람에 당황스러웠다.

그야 당연히 스승님과 함께 이곳을 떠나야만 한다. 그건 피할 수 없는 일, 하지만 그렇다면 이 아이는── 루피는 어떻게 해야 할까. 의견을 구하듯 리나리아에게 시선을 돌렸지만, 그 얼굴에는 증오라 부를 만한 감정마저 떠올라 있었다.

"웃기지 마……."

리나리아의 낮은 목소리에 루피는 몸을 움찔 떨었다.

이렇게 무서운 그녀를 본 건 처음이었다.

"내가 어떤 심정이었는지, 네가 알아? 뭐, 알 리가 없겠지. 옛날부터 그렇게 훌쩍거리고 있으면 누가 도우러 와줬던 애니까."

리나리아의 질책에 루피는 기가 죽었다.

누가 좀 도와줘, 라는 뜻을 담아 인형들에게로 시선을 옮겨 보았지만…….

"주인님과 평범하게 대화하고 있어……."

"사제가 모두 저런 재주가 있는 걸까?"

이야기의 내용보다는 루피와 제대로 대화하고 있다는 사실에 놀라고 있었다. 도움을 줄 낌새는 전혀 없다.

"알바를 위험에 빠뜨린 너 같은 건 원래라면 살려둘 이유도 명분도 없어……! 알바가 싫어할 것 같아서 목숨만은 빼앗지 않는 것뿐이라고."

루피는 눈물 어린 눈을 한 채 입술을 앙다물었다.

"주인님…… 저 사람의 말은 일리가 있어……."

도구마가 망설이며 발언했다.

"주인님도, 순순히 예전 생활로 돌아가는 게 나아. 이 사람이 아니었으면 분명 주인님은 저 마녀에게 훨씬 지독한 짓을 당했을 테니까……."

루피는 더욱 풀이 죽어서 고개를 푹 숙이고 말았다. 뭐야, 편 들어주는 거 아니었어?

리나리아는 풀이 죽은 루피를 내려다본 채 아무 말도 하지 않았다.

"싫어……."

그렇게 입을 연 건 루피였다. 당연히 그 한마디에 분위기가 얼어붙었다.

"싫어, 싫어어, 싫어싫어싫어……!!"

끝내 흘러나온 감정을 밀어내듯, 루피가 슬픔으로 물든 표정으로 소리쳤다.

"뭐가 싫은데?"

"데려가지 마아아아아아아!"

눈물을 흘리며 애원했다. 비명에 가까웠다. 그런 소녀를 향해, 리나리아는 자비심이라고는 느껴지지 않는 표정으로 손을 들며 말했다.

"그럼 한번 죽어볼래?"

살의가 느껴졌다. 동시에 리나리아의 손바닥에 후욱, 하고 포자를 두른 듯한 빛의 입자가 모였다. 명백한 공격 의사── 그것을 느낀 루피는 "히익……." 하고 눈물을 흘리며 몸을 젖혔다.

위협 같은 어중간한 게 아니었다. 루피를 그저 걸리적거리는 장해물로 간주하고 마지막으로 경고한 것이었다. 나는──

"하, 하지 마세요, 스승님."

참지 못하고 사이에 끼어들었다.

"뭐 하는 짓이야."

부루퉁한 얼굴로 그녀가 나를 노려본다. 그래도 물러설 수는 없다.

"이곳은 아직 위험하잖아요? 그런 곳에 이 아이를──."

루피를 보았다. 그녀는 눈물이 그렁그렁한 눈으로 이쪽을 보고 있었다.

"친구를 두고 갈 수는 없어요."

"아, 알짱……."

한순간, 침묵이 깔렸다.
리나리아는 조용히 살기를 거두었다. 거북한 듯이 눈을 이리저리 굴리고, 손을 내리고, 한숨을 내쉬며 "네가 그렇게 박애적이었던가?" 하고 토라진 듯한 목소리로 중얼거렸다.
박애? 아니, 그거랑은 다른 것 같다.
"저는, 저를 필요로 해주는 사람의 편이 되어주고 싶은 것뿐이에요."
본심을 말하자 리나리아는 놀란 듯 눈을 동그랗게 떴다.
"아, 물론 거기에는 스승님도 포함돼요."
그것 역시 본심이라 덧붙여 말했다.
"……아, 그래?"
쌀쌀맞게 대답하더니 연신 머리카락을 만지작거렸다.
쑥스러운 건지, 건방지다고 생각하는 건지, 얼핏 봐서는 구분이 안 됐다.
"알짱……!"
루피가 어느샌가 내게 달라붙어 눈물에 젖은 얼굴을 문지르고 있었다. 야, 옷에 닦지 마.
한편, 리나리아는 뚱한 눈으로 이쪽을 노려보고 있다.
"너, 툭하면 다른 사람 등 뒤에 숨는 버릇은 여전하구나……. 마음 바뀌기 전에 얼른 따라 와. 그리고 알바한테 들러붙지 마."
"다른 사람 아니야……. 친구야……."
루피는 알바를 방패삼아 그런 소리를 했다. 나를 사이에 두고 싸우지 말았으면 좋겠다.
"말대답하지 마."

"친구란 말이야!"
싸우지 좀 말라니까!
"어, 어쨌든 우리도 따라가도 되는 거 맞지?"
도구마가 발치에서 알바를 올려다보며 말했다.
"나도?"
"나도?"
그밖에 두 마리도 따라서 나왔다. 솔직히 말해서 짜증이 났다.
"아마도."
성의 없는 대꾸에도 세 마리는 안심한 듯 미소를 지었다.
그래, 지금은 이거면 된다. 걱정거리는 남아 있지만, 어쨌든 지금은 이 자리를 벗어나도록 하자.
"알바, 빨리 와."
앞장서서 걷기 시작한 리나리아의 뒤를 쫓았다.

사념

알바가 아깝다는 생각이 들기는 했다.
남편과 마찬가지로 매우 보기 드문, '조용한' 부류의 인간이기 때문이다. 하지만 그와 동시에 그 여자—— 리나리아의 존재가 불쾌하기 그지없었다.
마녀는 하나같이 고독해지도록 만들어진 게 아니었던가.
그런데 그 인간과, 그 마녀가 서로에게 '조용'한 이유가 대체 뭘까.
악의 없는 관계.

신뢰다—— 아무런 근거도 없는 신뢰——.

인간이 곁에 있는데, 어째서 마녀인 너는 그 어떤 부정적인 감정도 표출하지 않는 거지——?

나는 그럴 수 없었다.

아무리 좋은 인간을 만나도, 마녀인 나 자신이 깨끗한 상태로 있을 수가 없었다.

소중한 것이, 순식간에 쓰레기로 바뀌는 공포를 안다. 상대가 아무리 내게 악의를 품고 있지 않아도, 의심하게 되고 만다. 언젠가 나를 배신할 거라는, 그런 부정적인 생각을 거둘 수가 없다.

그런데 어째서, 저렇게 태평하게 웃을 수 있는 걸까.

형용하기 어려운 모순에 분노를 느꼈다.

용서 못 해…….

녀석들이 떠나가는 소리가 들린다.

그 소리를 들으며 생각했다. '어리석긴.'

화기애애하게 웃음을 주고받는 그 광경에 몸서리가 쳐졌다.

그런 건, 우리 열세 명에게는 결코 다시 찾아오지 않을 광경이었을 터인데.

어떻게 그런 표정을 지을 수 있는 거지?

그건 분명,

"아무 생각도 없는 얼간이들이기 때문이겠지……."

조금 전 리나리아의 공격으로 부상당한 배를 노려보았다. 지금도 쉴 새 없이 피가 흐르고 있다.

이대로 가면 몇 시간은 이곳에 발이 묶이게 될 거다.

하지만 그건 어디까지나 이대로 가만히 있을 경우의 얘기. 그럴 수는 없지.

피살리스는 어금니에 숨겨두었던 그것을, 깨물었다.

그것은 즉효성 독이었다.

——너희는 아무것도 몰라.

의식이 멀어진다.

——우리는 불사신이야. 여기서 나를 물리친다 해도, 언젠가 반드시 따라잡을 수 있어.

죽음의 구렁텅이에 빠졌던 의식은 어느샌가 현실에서 재구성되었다. 관통되어 피를 콸콸 쏟았던 복부의 상처도, 흔적도 없이 사라졌다.

죽음을 마중물 삼아, 이 몸은 몇 번이든 재생한다.

그리고 모든 게 원래대로 돌아온 순간, 리나리아가 아니라 그 옆에서 걷는 소년의 등으로 시선을 옮겼다.

그를 리나리아의 눈앞에서 죽이면, 지금은 조용한 너는 얼마나 비통한 비명소리를 들려줄까.

저 여자가 쓴 가면이 벗겨지는 꼴을 상상하기만 해도 기분이 좋아진다.

"자아, 어디 한번 들어보자고……."

피살리스는 단검을 들고 조용히 달려 나갔다.

여명

등 뒤에서 달려든 살기를 가장 먼저 알아챈 건 내가 아닌 리나리아였다.

"——?!"

피살리스—— 나이프를 손에 든 그 녀석이 소리도 없이 질주해 다가온다.

리나리아는 방패가 되고자 나를 끌어안았다.

달콤한 냄새에 동요할 새도 없이—— 푹, 뼈까지 끊어지는 듯한 소리가 났다.

칼날의 길이가 20센티미터 정도 되는 나이프가 그녀의 가녀린 몸을 관통해, 가슴까지 튀어나와 있다.

"스승님……?"

나는 놀라서 눈을 크게 떴다.

쿡, 하고 차가울 나이프를 더욱 밀어붙이자 리나리아의 몸이 쓰러졌다.

녀석은 나이프를 뽑으며 그 모습을 비웃고 있었다. 찢어진 가슴에서 피가 흘러나왔다.

"히……아……."

공포에 질려 몸이 굳어버렸다.

눈앞에 있는 리나리아의 얼굴에서 핏기가 가시는 게 보였다.

죽는다, 죽고 말 거야.

"꼼짝 마, 너희들."

피살리스는 뒤에서부터 꼼짝 못하도록 붙잡은 리나리아의 목에 나이프를 들이댔다.

리나리아는 창백해진 얼굴로 등 뒤에 선 피살리스를 올려다보았다.

예상치 못한 일이었는지, 그 눈에는 놀란 기색이 역력했다.

"계산보다 너무 이른데……?"

"죽으면 완치되니까, 언제든 죽을 수 있는 방법을 준비해두는 게 마녀의 기본 소양이잖아?"

분명 조금 전까지만 해도 꼼짝도 못할 정도의 치명상을 입은 상태였다.

하지만 찢어진 옷 틈새로 보이는, 리나리아가 꿰뚫었던 복부의 상처가 있던 자리에는 매끈한 피부가 자리하고 있었다.

이미 한 번, 스스로 목숨을 끊은 건가!

"크……!"

땅바닥에 엎어진 리나리아는 눈짓으로 내게 호소했다. 도망치라고.

하지만 움직일 수가 없었다. 두고 갈 수 있을 리가 없었으니까.

"제, 제발……."

리나리아는 떨리는 목소리로 애원했다.

"그 애를 죽이지 마……."

아하하, 피살리스는 즐거운 듯 웃음을 터뜨렸다.

"그렇다는데? 이제 어쩔래? 도망칠래? 알바 군?"

그 물음에 몸이 싸늘해지는 게 느껴졌다.

"하지만 알바 군, 난 불사신이야. 네가 지금 저 괴물을 감싸며 도망친다 해도, 언젠가는 다시 궁지에 몰리고 말 거라고."

피살리스의 팔이 리나리아의 목을 조른다. 고통에 신음하는 그녀의 모습이, 공포보다 거무죽죽한 감정을 증폭시켰다.

"아무리 도망쳐도, 어차피 언젠가는 널 죽일 거야. 알바 군."

"어째서……?"

리나리아가 서글픈 목소리로 신음했다.

"어째서냐고? 어째설까? 아마도 마음에 안 들어서?"

마음에 안 들어서 죽인다라, 그런 소리를 웃는 낯으로 하는 피살리스를 보고 있자니, 온몸의 피가 한순간에 얼어붙는 듯한 기분이 들었다.

핏기가 사라진 리나리아.

긴장한 얼굴로 옆에 선 루피와 사역마들.

모두의 시선이 나에게 집중되었다. 이 상황의 중심에 있는 게 다름이 아니라 나 자신이라는 게, 느껴졌다.

피살리스는 날 노리고 있다. 즉, 나 같은 녀석 탓에 이 사람들이 모두 위험에 처한 거다.

"그러면 내가 뭘 하면 되는데……."

공포를 억누르고 물었다.

그 말을 기다리고 있었는지 피살리스는 "게임을 해볼까."라고 말하며 같은 타입의 단검을 알바에게 던져서 건네주었다.

"그 나이프로 일대일로 붙자. 왜, 만약 나한테 치명상을 입힌다면 이 국면에서 달아날 만큼의 시간은 벌 수 있을 것 아냐?"

바닥에 널브러진 나이프를 바라보며 피살리스의 제안에 귀가 솔깃했다. 그럴 수만 있다면 적어도 지금 피살리스에게 깔려 있는 리나리아를 구할 가능성은 있지 않을까?

아마도 임시방편에 불과할지라도.

그럼에도 나이프를 집어 들었다.

“하지 마……!”

힘없는 리나리아의 목소리가 들려왔지만, 애써 의식 밖으로 밀어냈다.

“알짱……!”

루피는 또 눈물이 그렁그렁해져서 무언가를 호소하고 있다. 사역마들도 뭐라고 외치고 있다.

하지만 나는 나이프를 두 손으로 들고 피살리스에게 겨누었다.

“미안하게 됐다?”

피살리스는 황홀한 미소를 지은 채 그렇게 말하더니 리나리아를 땅바닥에 내팽개쳤다.

방금 그 사죄의 의미는, 모르겠다. 목숨을 빼앗을 나에게 한 말일까? 아니면 리나리아?

그녀가 내게 걸어왔다. 서서히 자세가 돌진하는 짐승처럼 바뀌었다. 자세를 낮춘 채 내밀어오는 칼날은 맹수의 이빨을 연상케 했다.

나는 단도를 쥔 손에 힘을 줬다.

다리는 떨리고 있다. 무서워서 죽을 것 같았다.

하지만 마음을 다잡고는 떨림을 최소한으로 억제하려고 노력했다.

설령 상대와 맞찌르게 되더라도, 두 사람이 무사히 도망칠 시간을 벌 수 있을 거다. 그 정도는 분명, 나도 할 수 있을 거다.

한편으로 피살리스는——

‘웃고 있네…… 이런 상황에도…….’

자신의 앞을 막아선 나를 보고 입맛을 다시고 있다.

문득 이루와 카이트, 피살리스가 가족과 웃음을 나누는 광경이 머리에 떠올랐다.

어쩌다 일이 이렇게 된 걸까?

가족 앞에서는 그렇게나 다정한 미소를 지었는데.

그녀의 칼날에 실린 기세에서는 망설임이 느껴지지 않는다. 이미 돌이키기에는 늦었다.

그녀는 이 찰나의 순간을 즐기고 있는 듯했다. 나는 가만히 그녀가 도달하기를 기다리고 있다.

나를 향한 칼날이 목을 꿰뚫기 바로 직전에, 순간적으로 왼손을 들어 막았다. 손등에 꽂혔다.

"크악?!"

격통에 비명을 지르면서도 팔을 교차시켜, 단도를 내질렀다.

똑바로 내지른 칼날이 자신의 가슴을 꿰뚫는 걸, 피살리스는 어쩐지 남에게 일어난 일을 구경하는 기색으로 바라보고 있었다.

사념의 마녀

여명

죽는 건 무섭다. 어둠에 내팽개쳐지기 직전에, 그런 기시감을 느꼈다.

지독한 안개에 뒤덮인 시야가 환하게 걷히기 시작하더니, 새하얗고 방향을 알 수 없는 장소에 나는 서 있었다.

"어라?"

멍하니 서 있자니 등 뒤에서 "안녕, 소년."이라는 말소리가 들렸다.

돌아보았다가 으아, 하고 비명을 지르며 무의식중에 펄쩍 뛰어 뒤로 물러나고 말았다.

피살리스였다. 그녀가 맹한 표정으로 이쪽을 보고 있었다.

"어, 어째서?"

"그렇게 놀랄 필요는 없잖아."

조금 전까지 함께 죽고 죽이고 있던 여자가 아무렇지도 않은 얼굴로 눈앞에 앉아 있으면 누구든 놀랄걸.

"애초에 여자애를 보고 비명이나 지르다니 배려가 부족해."

"여자애라니……."

그보다 여긴 어디지? 좀 전까지는 비교적 넓은 장소에 있었는데, 지금 있는 이곳은 뭘까. 안개 속에 있는 것 같은 기분이다.
"혹시 나, 죽은 거야……?"
"그럴지도."
맥이 빠졌다. 그동안 쌓은 것들이 허물어진 것 같은…… 아니, 그런 소리를 할 정도로 쌓은 것도 딱히 없지만. 그래도——.
나를 필사적으로 지키려 했던 리나리아의 마지막 표정이, 비통함에 젖어 있던 게 떠올라 가슴이 아팠다.
"당신은 어차피 불사신이니까 부활하겠지……?"
원망을 담아서 빨간 머리 여자를 노려보았다.
"그럴지도 모르지."
그런 소리나 하며 키득키득 웃고 있다.
날 무시하는 거야? 비웃는 거냐고……!
"화내지 말고 진정하라고. 밖에 있는 나는 그 뭐냐, 여러모로 이성을 잃은 상태거든."
마치 남 일처럼 말하기는.
"이대로 있어 봐야 따분하기만 하잖아. 일단 앉아 봐."
옆자리를 탁탁 두드리며 앉으라고 재촉했다.
왠지……. 독기가 완전히 사라진 그녀를 보고 있자니 여러모로 맥이 빠졌다.
방금 그 결의는, 사투는 무엇이었을까. 이건 꿈일까, 아니면 사후의 세계? 분명 죽어도 이상할 게 없는 상황이기는 했지만.
나는 망설여졌지만 마지못해 그 자리에 앉았다.
"미안해."
피살리스는 또다시 내게 사과했다. 사과할 바에는 그냥 처음부터 그 지독한 짓을 하지 말 것이지.

"밖에 있는 나는 말야, 리나리아가 부러웠던 거야. 너와 사이좋게 지내는 그 여자가."

"무슨 소리야?"

"일단은 내 이야기를 좀 들어 봐."

"갑자기 왜 이래……?"

나는 조금 경계하며 말했다.

"진정 좀 하고. 응?"

어찌되었건 이 자리에서 도망칠 길은 없다.

"그럼 멋대로 떠들어대 보든가. 들을지 어떨지는 모르겠지만."

"아이참, 매정하기는~."

그녀는 농담조로 말하더니 술술 이야기를 풀어나갔다.

그것은── 어느 소녀의 이야기였다.

사념

나, 피살리스 엔포드는 달관한 소녀였다.

재능이 없는 나 자신을 비관하거나, 내가 처한 상황에 절망하거나 하지는 않았다.

지금이 아무리 불행해도, 평범한 사람들이 누리는 행복을 언젠가 손에 넣을 수 있으면 그걸로 족하다고 생각했다.

고향 마을은 모든 것을 뒤덮을 정도로 커다란 마력의 결계 덕분에 항구적으로 안전한 상태가 유지되고 있었다.

풍요롭고도 평온한 땅이다. 언니인 마이트리 엔포드는 그 마을의 영주이자 실질적인 권력자였다.

사람들은 누구 할 것 없이 그녀에게 동경 어린 시선을 보냈다. 눈부신 태양을 대하듯 모든 이가 그녀를 찬미했고, 그 옆에 선 내게는 질투와 증오가 섞인 시선을 날려댔다.

익숙해진 광경이었다.

우수한 언니에 대한 동경심은 내게도 적지 않게 있었고, 그런 언니와는 별개로 날 눈엣가시처럼 여기는 것도 어쩔 수 없는 일이라고 생각하고 있었다.

나는 막대한 마력을 가지고 태어났다.

사람이 보유할 수 있는 마력의 양은 날 때부터 정해져 있다. 그 총량이 바뀌는 일은 없다.

마력이라는 건 매우 편리한 자원과도 같은 것인데, 온갖 기술에 이용할 수 있을 정도로 쓰임새가 많다. 토지를 풍요롭게 만들 수도 있고, 그 반대로 모두를 티끌 하나 남기지 않고 날려버릴 수도 있다——.

마력을 많이 지닌 인간은 그렇지 않은 인간에게 공포의 대상이었다. 화약고와 비슷하다. 자칫 잘못하면 수많은 인간을 죽음에 이르게 할 수 있는 강력한 에너지 핵 같은 것이니.

다시 말해서 나는, 저주받은 아이였다.

그런 주제에 내게는 마법을 다루는 재능이 없었다. 법진을 그리는 기술도, 마력을 조작하는 센스도 없었다. 적성이란 게 전혀 없었던 거다.

마법을 못 쓰는 나는, 언젠가 누군가에게 이용당해 파괴를 낳는 폭탄으로 변하고 말 거라며 다들 나를 두려워했다.

"난 무능한 결함품이야……."

언니와 단둘이 이야기를 하면 늘 같은 푸념이 흘러나왔다.

"비하하지 마. 네게는 남들보다 뛰어난 마력이 있잖니."

언니는 언제나 다정한 말을 건네주었다.

"게다가 네 덕에 이 마을이 윤택한 것도 사실이잖아."

입으로는 그렇게 말할지 몰라도, 속으로는 아무도 기뻐하고 있지 않을 거다.

언니는 부루퉁해진 나를 달래듯 말했다.

"조금만 더 참아. 내가 연구하고 있는 법진이 실용화되면, 마법을 못 쓴다는 이유로 고민할 필요는 없어질 테니까."

"아니, 아무래도 좋아, 이젠."

유복한 집에서 태어났지만, 내가 있을 곳은 없었다. 당시의 나와 제대로 대화를 해준 건 친언니 단 한 사람뿐이었다. 그리고 그거면 충분하다고도 생각했다.

향상심이 없는 동생과 달리 언니는 매우 우수한 마법사라, 부모님의 기대를 모으고 있었다.

"포기하면 안 돼. 내가 꼭 마법을 쓸 수 있게 해줄게."

자매의 대화에는, 언제나 그런 꿈만 같은 이야기가 화제에 올랐다.

처음에는 농담이겠거니, 하고 듣고 있었다.

몇 년 후——.

차폐물이 없는 평야, 적당히 자란 나무들이 눈앞에 자라 있다.

나는 그것을 향해 손을 내민 채 집중했다. 손가락이 열기를 띠더니, 홍련의 불꽃이 솟구쳤다. 나무에 격돌한 그것은 단단한 나무껍질을 깎아냈다.

매캐한 나무 탄 냄새가 코끝을 스쳤다.

"됐다!"

실험은 성공이었다.

분명 아무런 재능도 없었던 내 손에서 강력한 불덩이가 발사되는 모습을, 이 눈으로 똑똑히 봤다.

태어나서 처음으로 마법을 행사하는 데 성공한 감각에, 나는 흥분했다.

"언니, 봤어?! 방금, 내가 마법을 썼어!"

놀란 건 언니도 마찬가지인 듯했다.

숯더미가 된 나무를 앞에 두고 몹시 감동한 듯 눈을 동그랗게 뜨고 있었다.

"체내법진화를 했으니까! 마력을 잘 조작할 수 없어도 간단하게 쓸 수 있었지?"

"응! 기분 좋아! 마법을 쓴다는 건 이런 느낌이었구나! 심지어 하나도 안 피곤해!"

어린애처럼 들뜨고 말았다. 그러자 언니는 쓴웃음을 지으며 내 머리에 손을 얹었다.

"그건 네가 유독 마력의 양이 많기 때문이야. 보통 대부분의 사람은 이 정도의 마법을 한 방만 쏴도 정신을 잃고 마는걸."

"헤에? 이런 거 한 방에?"

의외로 나약하구나, 사람은.

그런 생각이 들 정도로 내 잔존 체내 마력에는 여유가 있었다.

"저기 있잖아! 이거 말고 재미있는 마법은 없어?! 나 이것저것 시험해보고 싶어!"

"응, 그러자."

언니는 입술을 손가락으로 쓸며 생각에 잠겼다.

"하지만 지금은 그것뿐이야. 이 법진에는 아직 여러모로 문제가 있거든."

"문제?"

언니는 난감한 미소를 지었다.

"원래는 마법을 그대로 복제하는 게 이상적이지만…… 이 마법으로 빼내고 나면 원본 법진은 소멸하고 말아. 지금 있는 건 그 화염구 마법뿐이야."

아직 실용화 되지는 않은 법진── 스킬 이터(궤적포식자). 그 이름에는 다른 사람이 쌓아올린 노력을 집어삼킨다는 잔인한 의미가 담겨 있었다.

마법을 빼앗는 마법──.

"어떤 법진이든 모종의 특수한 가호가 있어. 조금이라도 기본 규격을 벗어나면 법진은 베끼기도 어려워져."

"다시 말해서, 이동밖에 못 시킨다는 거지?"

"작성자의 정신과 깊은 관련이 있는 것 같긴 하지만…… 아직 알 수 없는 부분이 많아. 대현자님의 조언을 들을 기회가 있으면 좋겠는데."

매우 고민스러운 듯 얼굴을 찌푸린 언니의 모습은 흔히 볼 수 있는 게 아니었다.

"대현자라면, 그 전 세계의 마물을 해치웠다는 사람 말야?"

"그래, 마법의 발견자이자 최강의 마법사. 영웅이라 불리기도 하고. 대현자님 덕분에 인간도 마법을 다룰 수 있게 됐으니까. 우리 인류에게는 희망의 빛이라 할 수 있지."

마법학 지식이 별로 없는 나는 그다지 흥미가 일지 않았다.

"하지만 네게 마법을 익히게 하는 데에는 성공했어. 복제 연구가 성공하는 건 시간문제야. 모두가 같은 힘을 가질 수만 있다면, 설령 인류의 공통된 적인 마물이 사라진다 해도 쓸데없는 분쟁은 일어나지 않게 될 거야. 마법으로 마물 이외의 것을 죽이는 세계는 상상만 해도 소름이 끼치니까."

언니가 목표로 하고 있는 저 미래에는, 마력으로 차별하지 않는 세계가 펼쳐져 있다. 그런 세계가 정말로 기다리고 있다면 나도 보고 싶다.

"피살리스. 나랑 같이 있으면, 분명 너를 최강의 마법사로 만들어줄 수도 있을 거야――."

"뭔가 꿈같은 이야기네."

"꿈으로 끝나게 둘 것 같아?!"

그런 언니를 보고 있자니, 이번에는 언니의 꿈을 함께 이루는 존재가 되고 싶다는 생각이 들었다.

"내가 할 수 있는 일이 있다면 도울게."

언니가 지닌 '법진을 이동시키는 법진' 덕분에 무력했던 나는 강력한 법진을 잔뜩 손에 넣었다. 내가 할 수 있는 일은 점점 늘어갔다. 순수하게 기뻤다.

이동시킨 법진이 어디서 난 것인지는 신경도 안 썼다.

지금 돌이켜 보니, 그 무렵부터 언니는 생각하고 있었던 걸지도 모른다.

나는 상상도 못했던 일을.

그리고 어느덧 나는 손에 꼽을 정도로 우수한 마법사가── 현자로서 인정받을 정도의 마법사가 되었다.

마법학교에서 지금까지 사귀지 못했던 친구도 만들었다. 내가 진정으로 있을 곳은 여기라고 믿어 의심치 않았다. 언니는 그런 장소로 나를 데려가준 천사 같은 사람이었다.

그날은── 기분 나쁘도록 습한 공기가 대기 중에 머무르고 있었다.

마물 토벌 임무를 받았다. 이미 대부분의 마물이 세계에서 도태된 상태라, 인류는 승리를 거머쥐기 직전이었다.

완전히 유리한 전황에서 마지막 마물 토벌 임무에 발탁된 게 바로 열세 명의 현자들이었다.

다들 명예로운 일이라고 굳게 믿었다.

그렇게 모든 일이 끝나면 고향으로 돌아가도 좋다는 허가도 떨어졌다.

기나긴 싸움이 끝날 터였다.

그랬어야 했는데──.

"언니! 피살리스가 돌아왔어요!"

모든 일이 끝나고 며칠 후, 고향에 있는 저택의 문턱을 넘었다.

"저기! 누구 없어?!"

언니를 찾는 거였다. 임무를 마치고 왔으니, 언니에게 가장 먼저 격려를 받고 싶다는 생각 때문이었다. 하지만 사실은,

『우와, 돌아왔잖아…….』

이 잡음이 들리지 않는 장소로 가고 싶었다.

사용인 몇이 입구에서 대기하고 있었다. 모두가 저택에 나타난 나를 보고 평소와 같이 미소를 보냈다.

"어서 오십시오."

누군가가 말했다. 그 말에 붙은 그림자처럼,

『성가신 녀석이 돌아왔어.』이라는 끈적거리는 듯한 목소리가 머릿속으로 따라 들어왔다. 표정과 언동이 너무도 달라서 핏기가 가셨다.

"왜 그러십니까, 피살리스 님?"

『꺼림칙한 눈이야.』

『그렇게 노려보지 말라고.』

『기분 나빠…….』

"그건 그렇고 무사히 귀환하셔서 다행입니다. 마이트리 님도 기뻐하실 겁니다."

『마력 괴물 같으니.』

『왜 이런 야만스러운 여자가——.』

『그분의 동생인 걸까——.』

이제 어떤 게 진짜 목소리인지 구분이 안 됐다.

"언니는 어디 있어?"

모든 소리를 무시하고 사용인에게 물었다. 목소리는, 떨리고 있었다.

"그분은 방에 계십니다. 분명 기뻐——."

"닥쳐!"

나는 소리쳤다. 나에게만 들릴 그 욕지거리를 견디지 못하고 소리친 것이다.

사용인들은 이상한 것이라도 앞에 둔 듯이 나를 보았다.

"너희는 떠들지 마! 시끄러워! 입 다물라고 했지?!"

"아, 아무 말도 안 했습니다만……."

"큭……."

사용인의 말을 무시하고 저택 안으로 들어갔다.

다른 현자와 마찬가지로 저주를 받았다. 주변에 있는 인간들의 마음의 목소리를 모조리 듣고 마는 '사념' 이라는 저주다.

주변에 있는 인간들의 목소리가 끊임없이 들린다. 느닷없이 잡음이 난무하는 세계에 내동댕이쳐진 거나 다름이 없었다.

마음껏 잘 수도 없다. 내 마음은 완전히 피폐해져 있었다.

그래서 나는 그런 상황을 견디지 못하고 언니가 있는 곳으로 도망쳐온 거다.

언니라면 분명 나를 이해해 줄 거라 기대하고——.

"언니!"

언니가 기다리는 방의 문을 벌컥 열며 그녀를 불렀다.

"어머나."

언니는 내 모습을 보고 다소 놀랐지만, 금방 이전과 같은 부드러운 미소를 지어 주었다. 눈이 마주치자 "어서 오렴."이라는 다정한 말로 나를 맞이해 주었다.

『아아, 다행이야. 무사히 돌아왔구나.』

그 마음의 목소리에는, 악의가 없었다.
무의식중에 눈물이 났다. 안도의 눈물이다.
어쩌면 언니도 내게 나쁜 감정을 품고 있는 게 아닐까 싶어 불안했기 때문이다.
역시 구원은 이곳에 있었다——.

『나의 그릇.』

언니에게 달려가려고 했던 다리가, 멈췄다.
"자, 멀리 다녀오느라 피곤하지? 그런 데 서 있지 말고 안으로 들어오렴."
『넌 언젠가…… 내 것이 될 거니까.』
"그동안 무슨 일이 있었는지 말해 봐."
『죽으면 곤란하거든.』
언니가 품은 감정이, 검은 진흙처럼 머릿속으로 흘러들어왔다.
그만하라고 기도해도, 멈추지 않았다.
언니는, 유일하게 나를 다정하게 대해준 사람이었다. 방금까지는 말이다.
"무슨 소릴 하는 거야……? 내 몸은, 내 거잖아……?"
내가 공포로 떨리는 목소리로 말하자, 언니는 살짝 눈살을 찌푸렸다.
"왜 그러니? 그런 당연한 소리를 하고."
『멍청한 애가 오늘은 이상하게 예리하네.』
나는, 바보였다.

『마법을 더 익히게 하고서 몸을 빼앗으려 했는데.』

언니는, 타인의 법진을 빼앗는 법진을 가지고 있었다.

『이제 때가 되었나?』

빼앗은 법진을 내게 옮겨놓고, 마력만 많은 이 몸을 언젠가 자기 것으로 만들려 했던 거다.

뼈저리게 깨달았다.

사람들의 속은, 시꺼멓다.

구제가 불가능할 정도로 지저분하다.

같은 피가 흐르는 가족도, 그건 마찬가지다.

여명

내 얼굴은 딱딱하게 굳어있었다.

"조금씩 이 저주에 관해 알게 되었어. 들려오는 목소리는, 전부 부정적인 감정이더라고."

"부정적인 감정……?"

"상대의 나쁜 생각만 귀에 들려. 그런 생각을 하지 않는 인간은 '조용' 하고."

사람의 꺼림칙한 감정만이 들린다니. 저주의 흉악하기 그지없는 효과에 대해 알고 나니 내가 조금 전까지 품고 있던 적의는 완전히 시들해지고 말았다.

"진실을 알게 된 소녀는 어떻게 했죠?"

"언니를 죽이고 사람들의 앞에서 모습을 감췄지. 언니가 가진 법진을 빼앗아서."

조용한 통로에 그녀의 한숨 소리가 한 차례 울렸다.
그녀는 우울한 추억에 젖은 채, 자조적인 미소를 짓고 있었다.
"이게, 내 이야기야."
대충 사정을 다 듣고 나자, 심경이 복잡해졌다.
마녀, 저주, 여러 가지 키워드가 머릿속을 맴돌았다.
"그런데 한 가지는 이해가 안 돼요."
"뭔데?"
"마음의 목소리가 들리는데, 어떻게 가족을 만들었죠?"
마을에서 만났던 딸인 이루와 남편인 카이트.
두 사람과 있을 때는, 그런 이상함을 전혀 느낄 수 없었다. 그 사실 하나만은 이해가 안 됐다.
"걔들은 특별해."
피살리스는 문득 다정한 눈을 하고서 말했다.
"내가 무슨 짓을 해도, 두 사람은 내게 아무런 악감정을 품지 않았어. 정말 못 말리겠다면서 살짝 난감한 미소를 지을 뿐이지. 아주 조용했어."
어쩐지 그립다는 듯이 그녀는 웃었다.
그 다정함을, 어째서 다른 사람들에게는 베풀지 못한 걸까.
지금의 그녀를 보고 있으면 그런 생각을 하지 않을 수 없었다.
"그런데 어째서 루피를 공격한 건가요……? 그런 잔인한 짓을 하다니……."
"난, 늙어서 죽고 싶었거든."
태평하게 말했다.
"이제 외톨이가 되긴 싫었어."

그 옆얼굴은 머나먼 과거의 일을 말하고 있는 것 같아서, 알바의 눈에는 어쩐지 공허해 보였다.
"그 괴물이 가진 마법이라면, 이 저주받은 몸을 버릴 수 있지 않을까 싶었어. 누군가의 영혼을 써서 마법생물을 만들어내는 그 마법이라면——."
그녀는 이미 끝나버린 일이라는 듯이 말했다.
"너를 죽이려고 한 건, 미안했어. 뭐라고 설명해야 할지, 분했거든."
갑작스러운 사과에 알바는 고개를 갸웃했다.
분하게 여길 요소 같은 게 있었던가?
"네가 '조용' 한 건 그렇다 칠 수 있어. 하지만 리나리아가 '조용' 한 건, 아무리 생각해도 이상하잖아."
조용하다—— 다시 말해서 부정적인 감정이 없었다는 건가?
"마녀는 모두, 어딘가 이상해. 인간에게 완전히 마음을 허락하는 게, 가능할 리가 없어. 리나리아도, 나도."
피살리스는 한껏 기지개를 켜더니 그대로 뒤로 몸을 눕혔다.
"이제 와서 변명해서 뭐 하겠어. 아내로서도, 어머니로서도 난 반쪽짜리였어."
조금 전까지 보였던 엽기 살인마 같은 분위기는 완전히 자취를 감췄다.
"두 사람이 아무리 나를 좋아해 줘도, 내가 계속 그럴 자신이 없었거든."
그건 분명, 언니—— 가족에게 배신당했기 때문일지도 모른다.
피살리스는 피가 이어진 가족이라는 인연에 매달려 어린 시절을 보냈다. 그런 끝에 그 연결고리가 가짜라는 사실을 깨달았다.

그에 따른 실망감은 상상을 초월할 거다.

하지만——

"그런 일을 겪었지만 자신을 좋아해주는 상대를 다시 만날 수 있었던 건, 행운 아니었나요? 다시 한번 믿을 가치가 있는 걸 발견한 거잖아요?"

알바의 한마디에 그녀는 놀라서 눈을 동그랗게 떴다.

"그런데도 두 사람을 배신하고 당신이 루피에게 한 짓은, 친구에게 한 짓은 아무리 생각해도 용서할 수 없어요."

행운을 제 손으로 내버리는 거나 다름없는 짓이 아닌가.

대체 뭐가 분하다는 말인가. 남들에게 없는 걸 가지고 있었던 사람은, 오히려 눈앞에 있는 피살리스 쪽이다.

나는 목소리에 분노를 실어 말했는데, 그녀는 살며시 미소를 지었다.

"건방지긴."

독기 없는 얼굴로 그런 소리를 하는 바람에 그 이상은 나무랄 수가 없었다.

"그렇구나."

웃으며 아무것도 없는 공간을 올려다본다.

"가족에, 친구라……."

왜 저렇게 아쉬운 눈빛으로 말하는 걸까. 어차피 불사신인 주제에.

"반성하고 있다면 행동을 고쳐주세요……. 부활하면 이루랑 스승님한테 똑바로 사과하고——."

"그래, 또 만날 기회가 있다면 다음에는 좀 더 우호적으로 접해 보는 것도 괜찮을 것 같네."

그녀가 살짝 이쪽으로 얼굴을 돌리며 말했다. 나는 되물었다.

"기회가 있다면……?"

"그래, 맞아."

피살리스는 무언가가 생각났다는 듯 짓궂은 미소를 지었다.

"그 여자는 성가시니까 조심하라고."

작은 목소리로 귓속말을 했다. 그 여자? 누구를 말하는 거지?

"마녀라도 남자를 사귀고 아이도 만들 수 있지만. 상대는 잘 생각해서 고르는 게 좋을 거야."

"갑자기 무슨 소리예요?"

"잘 있어."

대화는 일방적으로 끊어졌다. 그 말을 끝으로 그 신비로운 꿈의 막이 내렸다.

운치라고는 하나도 없는 작별 인사였지만. 어째서인지 더 이상 그녀를 만날 수 없을 것 같다는 예감이 들었다.

사념

"여기, 부적."

답변은 없지만 상대는 들었을 것으로 믿는다. 내밀었던 회중시계가 몇 초 후에 어디론가 사라졌다. 선물은 잘 전해진 것 같다.

"성가신 저주네……."

눈앞에 있는 수첩에 『응.』이라는 말이 적혔다. 그 필적은 그녀의 것이 틀림없었다.

"나도 저주를 풀 방법을 찾아볼게."

『응.』

"이용할 수 있는 건 뭐든 이용해. 우선은…… 이 저주가 육체와 이어진 건지, 아니면 영혼과 이어진 건지…… 그걸 확인하는 것부터 시작해야겠지."

『응.』

"나는 이 영구히 부활을 반복하는 육체를 버릴 방법을 찾겠어. 너는――."

『저주 자체를 해제할 방법을 찾을게.』

"그래, 말이 좀 통하네."

글씨가 써지는 속도는 비정상적으로 빨랐다. 눈에 보이지 않는 누군가가 적고 있다고 해도, 눈 깜박할 새에 글이 나타나버리니 말이다.

그녀의 마음의 목소리는 들리지 않는다. 불안을 표출하지도 우는 소리도 않는다. 정말로 아무런 소리도 내지 않을 리는 없으니, 분명 그녀는 그조차도 들려올 수 없는 세계에 있는 거겠지.

"저주를 풀 세 번째 방법은…… 어째 굴복하는 것 같아서 싫지만…… 완전한 죽음―― 그것도 하나의 답이 될 수 있겠지."

서로 영혼의 죽음을 감지할 수 있는 마법을 걸자고, 나는 보이지 않는 누군가에게 말했다.

"누군가가 죽었다는 것은, 그곳에 이 저주를 끝낼 방법이 있다는 의미인 거야."

답변은 없었다. 아무리 기다려도 다음 문장이 나타나지 않았다. 또 울고 있는지도 모르겠다. 그녀는, 울보였으니까. 자, 하고 손을 내민다. 거기에 반응할지 어떨지는 모르겠지만.

"앞으로는 서로 저주가 풀리고 나서 보자. 너를 싫어하게 되고 싶지는 않거든."

얼마쯤 지나, 악수 상대가 없을 터인 내 손에 누군가의 온기가 느껴진 것 같은 기분이 들었다.

"그럼 언젠가 다시 만나자. 도중에 좌절하지 말고."

『피살리스, 고마워.』

그 문장을 끝으로, 그녀와의 접점은 사라졌다.

"잘 지내, 아이비."

그녀와 그녀는 다시 여기서

흉몽

평소와 같은 침실, 더블 사이즈의 침대 한가운데서 알바는 아직도 고른 숨소리를 내고 있다.

칠칠치 못하게 벌어진 입에서 침이 흘러나와 있다. 뺨을 찔러봤지만 아무 반응도 없다.

"태평하기도 하네."

뭐, 상처도 다 회복됐으니 언젠가 정신을 차릴 거다.

침대 바로 옆에는 둥그런 테이블과 두 개의 의자가 있다. 그리고 맞은편에는 금발 소녀가 앉아 있다.

"그 마녀, 어디로 사라졌을 것 같아?"

리나리아는 나직한 목소리로 말했다.

금발 소녀—— 루피너스는 고개를 푹 숙인 채 침묵했다.

피살리스는 알바와 맞찌른 순간, 재가 되어 어딘가로 사라져 버렸다. 그런 식으로 모습을 감추는 마법이 없지는 않지만 아마도 그런 게 아닐 거다.

생각에 잠긴 채 살며시 눈앞에 있는 찻잔을 들었다. 향긋한 냄새가 코를 자극했다. 입에 머금으면 엉겁결에 "이거 맛있다."라고 말하고 말 정도로는 맛있었다.

“정말? 살짝 뜸을 들이는 게 요령이야!”

“그래…… 그럭저럭 괜찮네…….”

칭찬할 생각은 없었다. 어쩐지 화가 나기 시작했다. 이런 스킬을, 이 여자는 어떻게 익혔을까. 적어도 동급생이었을 때는 몰랐던 것 같은데.

“……언제부터 이런 섬세한 재주를 부릴 수 있게 된 거야?”

“가끔씩 친구한테 쿠키 같은 걸 구워서 줬어.”

리나리아는 귀를 의심했다.

“쿠키! 쿠키라고?!”

“……?”

꽃밭에서 피크닉이라도 하고 있는 기분이다. 머릿속까지 꽃밭이 되어버릴 것 같아!

“꽤나 여성스러운 면이 있네. 너무 뜻밖이라 깜짝 놀랐어. 쿠키라니! 애초에 넌 그 실력주의 환경에서 뭘 하고 지냈던 거야! 쿠키 같은 거나 구우며 놀 상황이 아니었을 텐데!”

매일 필사적으로 공부에 매달렸던 학생 시절. 아무리 생각해도 누군가와 차를 마신 기억 따위는 없었다.

“왜 화가 난 거야?”

“따, 딱히 화난 거 아니거든?!”

헛기침을 하며 컵을 내려놓고 한숨을 돌렸다. 약간 거북한 침묵이 흐른 후, 리나리아는 눈을 내리깔고서 말했다.

“나는 생물이, 끔찍한 괴물로 보여.”

그러고 보니 그 사실을 누군가에게 털어놓는 건 처음이었다. 금발 소녀는 그다지 놀라지 않고 무표정한 얼굴로 내 말을 듣고 있었다.
"나는…… 다른 사람한테 엄청 미움받아."
루피너스는 무기력하게 입을 움직였다.
"뭐, 확실히 난 네가 싫긴 해."
"나도 싫어……."
거침없는 악의에 그녀는 눈물이 그렁그렁해져서 울 것 같은 표정을 지었다. 귀찮아 죽겠네. 이렇게 금방 울음을 터뜨려서 다른 사람의 보호욕구를 자극하는 면도 동급생일 때부터 싫었다.
"상관없어, 그렇게 싫으면 나가든가."
웃는 얼굴로 그렇게 말하며 출구를 가리켰다. 또 엉엉 울 줄 알았더니, 루피는 무표정한 얼굴로 물끄러미 나를 쳐다보며 "싫어서 도망친 거야?"라고 진지하게 물었다. 말문이 막혔다.
"평소에는 애처럼 굴면서 갑자기 태도가 바뀌네?"
"리나리아라면 상관없을 것 같아서."
"얼마나 친하다고 이름으로 불러?"
"혼자서 도망칠 필요는 없었잖아……. 우리라면 그 재앙 후에도 공존할 수 있었을 텐데."
한쪽은 모든 것이 괴물로 보이는 저주. 한쪽은 모든 것에게 괴물로 보이는 저주.
무슨 원리인지는 모르겠지만 실제로 이 두 저주에 걸린 당사자에게는, 서로의 모습이 정상적인 인간으로 보이는 것 같다.
"우리는 서로 도울 수도 있었을 텐데……."
루피너스가 슬픈 듯 눈을 내리깔았다. 하지만 당시의 상황을 다시 떠올려 보아도 그녀와 행동을 함께 하는 모습은 상상이 되지 않았다.
"당시의 난, 주변 사람들이 모두 날 무시한다고 생각했어."
머릿속 한구석에 떠오른 당시의 기억을, 말로 옮겼다. 어두운 성격에 외톨이였던 그 무렵, 나를 살갑게 대해주는 사람은 주변에 아무도 없었다.
"난, 네가 싫었어. 너만이 아니라 주변 사람들 모두가 싫었지. 하지만…… 그것도 다 먼 옛날 일이 되었네."
그 후, 나를 둘러싼 환경은 현기증이 나도록 빠르게 바뀌었다. 지금은 나, 리나리아에게도 가족 같은 것이 있다. 하지만 눈앞에 있는 옛 급우는 어떨까.
"하지만 너한테도 많은 일이 있었겠지……."
내가 상상할 수 있는 것보다 훨씬 괴로운 일을 겪어왔을지도 모른다.
"가족은…… 아주 먼 곳에 두고 왔을 테니, 이제 예전의 너와는 달라졌겠지……."
그녀의 눈동자가 불안한 듯이 흔들렸다. 한심하기 그지없는 그 표정을 보고 있자니 알바를 만나기 전의 내 모습이 떠올랐다.
"그러니까 뭐……."
먼저 손을 내밀었다.
"처음부터 다시 시작해 보자, 루피너스 양. 동급생의 정을 되살려서 말이야."
그녀는 내가 내민 손을 물끄러미 쳐다보더니 미소를 지으며,
"그래──."
힘껏 맞잡았다.

"격식 차리지 않아도 돼. 루피라고 불러."
"그럼 나도, 이름으로 부르는 걸 허가해줄게."
분명 지금부터라도 다시 시작할 수 있을 거다.

애증

퀸스 윈스테드는 평소부터 생각했다. 설령 마녀라 해도 평범한 사람과 마찬가지로 평온한 삶을 누릴 권리가 있다고. 마녀에게 필요한 것은 심심함을 누그러뜨리기 위한 오락이 아니라, 평온한 생활이라고.
"어머니."
방문을 두드리는 소리가 들려서 엉겁결에 눈살을 찌푸렸다.
"조금만 더 잘게……."
아침이라면 더욱 평온해야 한다.
"일어나세요, 어머니."
하지만 그 바람은 기각되어 문이 열렸다. 버릇없는 딸이 혼자 들어왔다. 질서로 성립되는 이 장소에서는 매우 바람직하지 못한 행위다.
커튼을 젖히자 햇볕이 쏟아졌다.
여자 사용인이—— 수십여 명은 되다 보니 이름은 기억이 안 났지만, 퀸스의 얼굴을 살피며 다시 "어머니."라고 불렀다.
"뭔데."
이불에서 고개를 내밀자, 그제야 그녀가 심각한 얼굴로 "손님이 오셨습니다."라고 말하며 무언가를 호소하고 있다는 걸 알 수 있었다. 심상치 않은 일이 일어났다는 듯한 사용인의 태도에 퀸스는 눈을 동그랗게 떴다.

거실 복도를 걸을 즈음부터 불길한 예감이 들기는 했다.

손님── 그런 건 최근 수십 년 동안 나타난 적이 없다. 애초에 이 저택 주변에는 길 같은 것도 존재하지 않아, 정확한 위치를 모르면 간단히 올 수가 없기 때문이다.

손톱을 깨물었다. 애초에 지긋지긋한 남자라면 사용인들이 보고하기 전에 처리했을 거다. 알현할 필요도 없다고 판단했을 거다. 그럼 대체 무엇이 있는 걸까. 대충 짐작은 갔다.

손님이 기다린다는 현관으로 나가 보니, 진한 빨간색이 일대에 퍼져서 경관의 질서를 심각하게 어지럽히고 있는 모습이 보였다.

"뭐 하고 있는 거야……."

"어머."

붉은 드레스를 입은 소녀 한 명이 중앙에 서 있었다. 발치에는 몇 명의 사용인이 끔찍한 몰골이 되어 널브러져 있다.

"늦었잖아요, 애증 씨."

"뭘 하고 있느냐고 물었잖아……!"

피 냄새── 그것들로 인한 구역질을 참으며 초대하지 않은 손님을 노려보았다.

"너무하잖아요, 이 아이들이 갑자기 덤비더라고요."

그것은 제 손가락에 달라붙은 피를 바라보며 말을 이었다.

"그래서 엉겁결에 썰어버렸어요."

바보인가, 이 녀석. 바보가 맞는 것 같아. 수십 년 전부터 하나도 안 바뀌었다.

"어째서 너희가……."

당황한 퀸스의 말에 소녀는 입꼬리를 올리고 고개를 갸웃했다.

어여쁜 소녀였다. 피를 뒤집어쓰지 않았어도 진한 빨간색을 띤 드레스에, 유달리 눈길을 끄는 예쁘고 사랑스러운 이목구비, 좌우의 색이 다른 오드아이 중 한쪽 눈은 핏빛과도 같은 진홍색으로 번뜩이고, 그 반대쪽에는 푸른 눈이 나란히 자리하고 있다. 종합적인 인상을 정리해서 말하자면, '이 세상 사람이 아닌 것 같다' 가 될 것이다.

"오랜만이네요, 애증 씨."

그 이름으로 퀸스를 부르는 인물은 그녀가 알기로 이 세상에 두 명밖에 없다. 그중 하나인 이 소녀는 칼미아 톨루와── 불노불사의 마녀다. 평온함과는 거리가 먼 나날에 열중하고 있는, 가능하면 얽히고 싶지 않은 동창이었다.

"어째서 이 녀석을 막지 않은 거야, 무통(無痛)……."

그런 문제아와 행동을 함께 하고 있는, 만사에 관심 없다는 표정을 짓고 있는 여자── 무통의 마녀인 시온 마르두크는 남의 일이라는 듯 벽에 기대어 책을 읽고 있었다. 이쪽으로는 눈길도 주지 않았다.

"데리러 왔어요. 동맹의 의무를 다해주셔야죠?"

작은 새처럼 고개를 갸웃하며 칼미아가 미소를 던졌다. 현기증이 난다.

"무슨 소리야, 그게……."

"남쪽에서 마녀가 한 명 죽었어요."

칼미아는 태연하게 말했다.
"같이 마녀를 죽인 자를 찾아내서, 죽이자고요."
평온한 나날이 너무도 쉽게, 소리를 내며 무너지기 시작했다.

청교(淸敎)

이 세상에 마녀가 있으면, 그들을 없애고 싶다고 생각하는 녀석들도 있기 마련이다. 빛과 어둠처럼.

하지만 살인을 긍정하는 우리가 빛이라고 주장할 생각은 없다.

이단 심문—— 마녀사냥을 전문으로 하는 조직에 소속되고서 십여 년이 지났다. 자랑할 공적이라고 해봐야 마녀 한 명을 붙잡은 게 전부지만——.

신도들의 목숨을 헛되이 낭비하며 불로불사의 마녀를 쫓는 것은 의미 있는 일인가? 조직 밖에서 우리를 보는 녀석들은 모두가 그런 의문을 가질 것이다.

하지만 이제 와서 의미가 없다고 결론을 내려버리면, 죽어간 동포들은 개죽음을 당한 꼴이 된다. 막대한 희생을 치러가면서까지 위업을 달성하고자 하는 지금 이 순간조차도 자신들이 속한 조직의 필요성을 의심받는 건, 매우 괴로운 일이다.

나는 깊이 탄식하며 책상에 놓인 그것을 바라보았다.

섬세하게 장식된 단검—— 칼집에 들어간 상태로도 아름다운 광택을 띤 그것을 보고 있자니, 가슴이 약간 술렁거렸다. 예전에 내 생일에 여동생에게 선물 받은 물건이었다.

눈을 감으면 동생과의 추억이 선명하게 되살아난다. 마치 저주처럼.

동생은 서투른 여자였다. 노력을 게을리하지 않고, 다른 사람의 마음을 살필 줄 아는 여자였지만, 요령이 없어서 중요한 순간에 실수를 했다. 그런 일이 반복되다 보니 부모님은 일찌감치 포기했다. 우리 집에 동생이 있을 곳은 없었다.

그녀는 그런 나날에 고뇌하고 있었다. 가문에 걸맞은 소질이 없었던 자신을 책망하면서도 계속해서 열심히 노력했다. 그건 인정한다. 노력이 부족했다는 말은 하지 않겠다. 하지만 결국 노력에 걸맞은 무언가를 손에 넣는 일은 없었던 것 같다.

동생을 언제나 미소 짓고 있었다. 그 배실배실 웃는 얼굴을 볼 때마다, 나는 우스꽝스럽다고 생각했다. 동생의 그런 삶의 방식에는 결국 끝까지 공감할 수 없었다.

"오라버니."

기억 속 그녀는 언제나 나를 그렇게 부르며 미소 지었다. 내가 어떤 생각으로 자신을 보고 있는지는 전혀 모른 채.

"저는, 오라버니에게 인정받는 인간이 되어서——."

정말로, 어리석은 여자다.

"대신관님."

의식을 수습하여 눈을 떴다.

"모였습니다. 지시를 내려주십시오."

차분한 말씨를 쓰는 남자가 의자에 앉은 내게 지시를 구했다. 나는 되도록 자연스럽게 부드러운 미소를 지으며 실내에 모인 부하들을 바라보았다.

네 명의 신관. 신에게 복종하는 저들은 기대로 가득한 눈빛을 내게 보내고 있다. 마치 숭배하는 신을 앞에 두기라도 한 듯이.

부정하진 않겠다. 언제나 나는 저들의 기대에 부응해, 저들이 바라는 쾌락을 제공해 왔다. 쾌락이란, 곧 싸움이다. 저들은 악을 멸하고 정의를 행하는 것이 자신들의 존재의의라고 믿는다. 그리고 지금 나는 조직의 최고위── 이단 심문의 대신관이라는 입장으로, 저들에게 그 의의를 증명할 기회를 주고 있었다.

"불사의 마녀가 하나 죽었다."

따라서 지금부터 할 일에도 아무런 망설임이 없었다.

제2장
마녀 사냥편

不變
불변

변하지 않는 것은 죄악이다.
정체(停滯)란 끔찍한 것이다.

당신은 그 죄악 때문에
동료들에게 과도한 질투를 사리라.

그럼에도——
설령 제아무리 처참한 인생을 산다 해도
당신은 결코 바뀌지 않는다.
미쳐버릴 수도 없다.

乖離
괴리

욕심 없는 당신은 모든 것을 남겨둔 채
절대적인 힘을 손에 넣는다.

그 힘으로 타인의 모든 것을 유린해도 좋고
시시하게 방관을 계속해도 된다.

하지만,
어떤 선택을 하건 당신 옆에는 아무도 없다.

마음이 언젠가 마모되어 스러질 때까지
당신은 고독을 곱씹을 수밖에 없을 것이다.

回歸
회귀

당신은 악몽을 꾸고 있다.
악몽 속에서 같은 이야기를 반복하고 있다.

우둔한 당신은 무슨 일이 일어났는지
알아채지 못했을지도 모른다.
알아채지 않는 편이 행복할 테니
계속 모르는 척하는 것도 나쁘지 않으리라.

격리된 세계에서 그 마음이 망가져 버릴 때까지
당신은 몇 번이나 그 끝을 반복한다.

愛憎
애증

아름다운 당신에게
이성은 비뚤어진 애정을 품는다.

그걸 이용할 수도
장난삼아 그 사랑에 응해줄 수도 있으리라.

하지만 그 사랑을 업신여겨서는 안 된다.
사랑은 증오로 변하여
당신 자신을 잡아먹고 말 테니.

轉換
전환

어제까지 사랑했던 것이
지금은 보잘것없게 느껴진다는 것을
당신은 깨달으리라.

당신에게 사람을 먹는 것은
짐승을 먹는 것과 다를 게 없다.

그저 당신을 채우는 최고의 행복을 목표로 하라.
그러한 벌레들에게,
가치관을 맞춰줄 필요는 없다.

忘却
망각

가엾은 당신은 홀로 여행을 떠나라.

누구의 기억에도 남지 않는 것은
당신이 시시한 존재이기 때문이다.
기억을 남길 수 없는 것은
당신이 가엾은 존재이기 때문이다.

그 어떤 슬픔도 당신과는 상관없는 일이다.
이제 당신은 이 말조차 기억하지 못하겠지만.

안녕하세요, 반가워요

여명

화창한 아침 햇살이 주방의 작은 창으로 들이친다. 고요하다고 생각했다.

비일상을 극복하고 난 뒤에 찾아온 평온함을 맛본다. 곱씹을수록 감사할 따름이다. 하지만――.

"꺄악!"이라는 비명소리와 함께 집이 흔들려서 긴장했다.

그 직후에 격렬한 땅울림이 일더니 계단을 미끄러지듯 내려오는 소리가 들려왔다. 평화가 멀어질 것 같은 예감이 들었다.

"최악이야!"

리나리아가 거실 문을 벌컥 열더니 대뜸 그렇게 외쳤다.

"일어났더니 쟤가 내 머리카락을 물어서…… 침으로 끈적끈적해졌어!"

"지, 진정하세요……."

"어떻게 진정하라는 거야! 애초에 쟤가 오늘도 내 침대로 오는 바람에!"

"세수부터 하죠. 개운해질 거예요."

"알바는 저 녀석한테 너무 물러!"

워워, 리나리아를 달래며 거실 밖으로 몰고 갔다.

"세면장은 이쪽이에요~."

"애초에 뭐냐고, 잰! 얹혀사는 주제에!"

시종일관 버럭대는 리나리아의 등을 밀어 다른 방으로 유도했다. 문을 닫았지만 "최악이야, 어쩜 이럴 수가 있어?!"라고 외치는 그 목소리는 벽 너머에서도 잘 들렸다.

"그래서, 무슨 짓을 한 거야."

바로 등 뒤에 서 있는…… 아니, 어느샌가 다리에 달라붙어 있던 소녀에게 묻자,

루피는 동그란 눈으로 나를 쳐다보며 "그냥 재가 호들갑 떠는 거야."라고 대답했다.

"나는 침대에서 밀려나서 떨어졌는걸, 그러니 비긴 셈이야."

"네가 침대로 파고들지 않으면 그럴 일이 안 생기잖아……."

"그렇다고 밀쳐낼 것까지는 없잖아~ 그치, 알짱?"

요리 중인 알바에게 화살이 돌아왔다. 아침부터 싸우지 좀 마.

"두 분이 사이좋게 지내니, 개인적으로는 기쁘지만 말이죠."

"누가 이런 애랑!"

"맞아!"

또 와~ 와~ 하고 말다툼을 하기 시작했다. 험악한 분위기가 등 뒤에서 느껴졌지만 움직이는 손은 멈추지 않았다.

"애초에 왜 나만 다른 방을 써야 해? 이상해!"

애초에 리나리아와 내가 같은 방을 쓰는 것 자체가 이미 이상했다. 거기에 루피가 추가되어 나의 단잠을 더욱더 방해하고 있었다. 지금 이 자리에서 이 사실을 폭로하고 싶지만 참는다.

"신참이 억지 부리지 마."

"횡포야!"
"쫓아낸다?!"
"저기 스승님, 식사 다 됐어요."
두 사람에게 달려가, 계란프라이와 핫케이크를 눈앞에 늘어놓았다.
"고, 고마워."
이걸로 잠시라도 얌전히 있어주면 좋겠는데.
"식사 준비는, 늘 알짱이 해?"
"어?" 루피가 갑자기 그런 소리를 하기에 "뭐어……." 하고 시선을 피하며 답했다.
아닌 게 아니라 요리는 물론이고 집안일을 모두 도맡아서 하고 있긴 하지만.
리나리아를 보니 그녀는 식사에 정신이 팔려 이쪽의 대화에 반응하지 않았다.
"스승님은 집안일을 별로 못 해."
알바는 루피의 귀에 얼굴을 가져다 대고서 말했다.
"생활능력이 없구나."
루피가 작은 목소리로 답했다. 그렇게 생각하더라도 말해서는 안 되는 사실이다.
"난 뭐든 다 할 수 있어. 과자 만들기가 취미야."
헤에, 언젠가 먹어보고 싶다.
"내 남편이 될 사람은 행복할 거야."
루피가 몸을 흔들며 그런 소리를 했다.
"알바, 더 있어?"

그런 가운데서도 리나리아는 텅 빈 접시를 앞에 두고 더 달라는 듯한 눈빛을 내게 보내왔다.

그래요…….

"아냐아냐, 좀 더 이음매에 붙여서 꿰매야지."

요란한 갈색 머리의 부인이 굵직한 목소리로 찢어진 옷을 가리키며 말했다.

로우프―― 숲과 산의 사랑을 듬뿍 받는 시골 마을.

피살리스 사건으로부터 일주일이 지난 뒤의 일이다.

알바는 리나리아의 옷도 수선할 겸 마을로 돌아와 있었다.

마을에 재봉소 같은 편리한 가게는 없어서, 자연스럽게 사람들에게 물어 잘 아는 사람을 의지하게 되었다. 그렇게 찾은 사람이 붙임성 좋은 미소로 응대해준 인자한 아주머니였다. 갑자기 찾아왔음에도 싫은 표정 한 번 짓지 않았다. 다정해 보이는 처진 눈에서는 사람 좋은 성격을 엿볼 수 있었다. 등 뒤에서 느껴지는 살기만 아니면 매우 유익한 시간이 됐을 텐데.

"그나저나 귀여운 옷인데 많이 상했네. 새로 장만하는 게 빠를 것도 같은데."

"그러게 말이에요……."

등 뒤에서 대기 중인 리나리아에게 시선을 옮겼다. 그녀는 엄폐물 뒤에서 얼굴만 내밀어 이쪽을 노려보고 있다. 아무래도 귀를 기울이고 있는 것 같아서 경솔한 소리는 할 수가 없었다.

"그러고 보니 좀 전에 한 얘기, 정말인가요?"

화제를 바꿔서 물었다. 아주머니는 복잡한 표정을 짓더니 주변에 누가 없나 두리번거리는 시늉을 했다.

"카이트 씨네 부인 얘기? 벌써 일주일이나 지나서 걱정이란 말이지이."

피살리스가 마을에서 모습을 감췄다는 게, 이 마을 사람들의 공통된 인식인 것 같았다.

"다른 남자랑 집을 나갔다느니, 원래 방랑벽이 있었다느니, 다들 멋대로 떠들어대고 소문을 내고 있더라고. 그렇게 귀여운 딸에 좋은 남편이 있는걸. 그런 이유로 사라지지는 않았겠지."

그런 이유 같지는 않다. 분명. 피살리스와는 안 좋은 일이 있었지만, 이루나 카이트하고는 무척 잘 지내고 있는 것처럼 보였다. 가짜 가족, 이라고 생각했던 건 아닐 거다. ——그렇다면 어째서 사라진 걸까.

직접 카이트에게 물어보면 뭔가 알 수 있을지도 모른다. 하지만 뭐라 말할 수 없는 불안감이 가슴속에서 솟아나고 있었다. '사실은 알잖아?' 내 안에 있는 누군가가 속삭였다. 불사신인 마녀라면 죽을 리가 없다. 실제로 두 번이나 눈앞에서 부활해 보였으니 틀림없다. 가슴을 꿰뚫었던 그 생생한 감촉이 머릿속에 되살아나서, 기분이 찜찜해졌다.

아주머니에게 옷을 수선하는 자세한 과정과 방법을 배우고, 필요한 재봉 도구를 한 세트 받았다. 공손하게 인사하고 그 자리를 떠나려던 참에.

"그런데 저기 있는 애는 누구니? 못 보던 아이인데."

엄폐물에 몸을 숨긴 리나리아를 가리켰다. 연인? 아주머니가 흥미진진하다는 듯 얼굴을 들이대며 물었다. 뭐라 표현하기 어려운 박력에 가슴이 철렁했지만.

나는 "동생 같은 거예요."라고 진지한 얼굴로 답했다.

"동생이라는 게 무슨 뜻이야?"

리나리아의 곁으로 돌아가자 갑자기 원망스럽다는 얼굴로 그렇게 물었다.

"들으셨어요?"

얼핏 보면 부끄러워서 사람들 앞에 나오지 못하는 어린 소녀 같은 인상이라, 동생이라고 말하는 게 적당할 것 같았는데.

"그럴 땐 솔직하게 스승님이라고 말해야지."

"스승님처럼 안 생겼잖아요."

"뭐야, 그게. 나 무시해?"

툭하면 화 좀 내지 말았으면 좋겠네…….

"그래서, 어땠어?"

"옷이라면 수선할 수 있을 것 같아요. 도구도 빌렸고, 저도 어떻게든 할 수 있을 것 같아요."

"아니, 그거 말고……."

어이없다는 표정이다. 어쩔 수 없이 진지하게 대답했다.

"피살리스는, 사라진 것 같네요."

폐성에서 조우한 피살리스. 그 행방을 알기 위해 오늘은 은둔형 외톨이인 리나리아도 어쩐 일로 마을에 같이 왔다.

"그렇구나……."

리나리아는 잠시 생각에 잠겼지만 "뭐, 됐어."라고 말하더니 바로 시선을 알바에게 옮겼다.

"그럼 오늘은 볼일 끝난 거지? 돌아가자."

자연스러운 동작으로 내 손을 잡았다. 그 손은 촉촉하고 아기처럼 따뜻했다.

"저기, 부끄러운데요."

"하지만 넌 눈을 떼면 금방 미아가 되잖아."

그건 납치를 당한 거지 길을 잃었던 게 아니다. 울컥해서 얼굴에 힘이 들어갔지만 "자, 가자." 동행자가 손을 잡아당기는 바람에 더 반론할 수 없었다.

걷는다. 걸으면서도 피살리스가 사라졌다는 사실을 좀처럼 받아들일 수가 없었다. 적잖은 충격을 받았다. 몇 번이나 말을 나누었던 목소리, 표정이 지금도 선명하게 떠올랐다.

주변의 풍경이 인기척 없는 숲속으로 바뀌었을 즈음.

"피살리스 같은 마법사는, 또 있나요?"

조심스러운 표정으로 물었다. 리나리아는 시선을 전방에 고정한 채 복잡하다는 듯 얼굴을 찌푸렸다.

"있어. 훨씬 빠르게 사람을 죽일 수 있는 마법사도――."

"그 녀석들도, 불사신인가요?"

그녀의 어깨가 움찔했다. 무언가를 겁내는 것처럼.

"그렇다는 보장은 없어. 불사신이라는 건 그냥 특성에 불과하니까. 루피도 불사신이지만 사역마를 사역하는 마법에 특화되어 있잖아. 원래는 전투에 적합하지 않아."

"스승님은, 불사신이죠?"

한시도 떨어지지 않으려 하는 그녀의 손에서 체온을 느끼며 물었다. 소녀는 앞을 본 채 "맞아." 하고 쌀쌀맞게 긍정했다.

"그런 마법도 있는 것뿐이야. 불로불사의 마법. 흔한 얘기잖아? 동화 중에도 비슷한 얘기가 있을 정도고."

그녀는 쌀쌀맞게, 빠른 속도로 말을 쏟아냈다. 그래서 그 이상 캐묻지는 않았다. 흔한 것으로 해두고 싶은 걸 거다.

뭐 그나저나.

"백 살 넘은 할머니라니……."

"맞을래?!"

"아야아아아아앗! 꼬집지 말아요!"

변하는 건 아무것도 없다. 이 사람이 불사신이라 해도 은인이라는 점에는 변함이 없다. 폐허에 가까워지자 눈에 익은 석조 건물이 보이기 시작했다. 그 굴뚝에서는 지금도 뭉게뭉게 하얀 연기가 새어나오고 있었다.

분명 루피가 저녁 식사 거리로 뭔가를 만들고 있는 걸 거다.

우리는 서로의 손을 잡은 채 달려 나갔다.

째깍, 째깍.

흉몽

더부살이가 한 명 늘어나도, 꾀죄죄한 사역마가 세 마리 늘어나도 변하지 않는 관습이 있다.

제자와 공부하는 시간이다.

나, 리나리아는 평소처럼 커다란 홀에서, 평소처럼 책상에 앉은 알바의 뒤에 서서, 평소처럼 손을 움직이는 모습을 주시했다.

"어떤가요?"
그가 다 만든 법진을 보고, 신음했다.
"여기, 틀렸어."
평소처럼 지적하고. 고치게 하고. 그러기를 반복했다. 그러기를 거듭해서 일반적인 마법학의 기반을 다져나가고 있는 거다. 별것 아닌 것 같아도 요령이 별로 좋지 않은 그에게는 필요한 공정이다.
"가깝지 않아?"
"어?"
하지만 평소와 다른 점이 하나 있었다. 옆에서 지그시 이쪽을 바라보는 여자애의 시선이다.
"늘 이렇게 하는데?"
"너무 가까워."
루피너스—— 좀 전까지 얌전하게 소파에 앉아있기만 했는데, 지금은 부루퉁한 표정을 짓고 있다.
"왜 그렇게 화가 난 거야."
"화난 거 아니야."
"화났잖아."
나까지 기분이 언짢아졌다. 아닌 게 아니라 이쪽만 배려를 하는 것도 바보 같다는 생각이 드는 상대다. 더부살이 주제에.
"저기요? 무섭거든요?"
봐, 공부에 집중하고 있던 그의 마음이 흐트러졌잖아.
"화난 거 아니라고……."
토라진 듯 팔짱을 끼고서 고개를 홱 돌린다. 유치한 행동이다.

결국 공부 시간 내내 루피는 심기가 불편해 보였다.

혐오

오랫동안 살았던 그 성을 떠났어도, 알바랑 리나리아와 함께라면 즐거운 나날이 계속될 거라 생각했다. 그 생각은 어떻게 보면 정답이었고, 다른 의미에서는 오답이었다.

두 사람의 사이가, 너무 좋다. 아침부터 둘이 딱 붙어서, 저렇게 가까이서 수다를 떨다니…….

이렇게 사이가 좋다는 말은 없었잖아.

스승과 제자 사이라기에 좀 더 팍팍한 관계일 줄 알았는데.

"재미없어……."

결국 지금은 공부에 집중하는 두 사람을 방해하지 않게끔 근처에 있던 소파에 드러누워 지켜보고 있었다.

한 명은 의자에, 한 명은 등 뒤에 달라붙다시피 해서 서 있다. 그 거리감에 처음에는 당황했지만, 익숙해지자 그냥 그러려니 하게 되었다. 리나리아가 알바의 실수를 지적하고, 알바는 기가 죽으면서도 법진을 그리는 일을 계속하고 있다. 평소 생활에 비하면 입장이 정반대인 듯했지만 조금은 재미있다는 생각이 들어서 보고 있었다.

두 사람의 모습에서 연인 특유의 분위기 같은 건 느껴지지 않았다. 하지만——

"나만 따돌림당하는 것 같잖아……."

심심하다기보다는 막연한 불안이 느껴졌다.

루피는 두 사람에게 등을 돌리고 누웠다. 먼지투성이 천 위에 머리를 얹고, 시간이 지나기를 기다렸다.

귀여워——. 과거의 루피에게는 아침 인사만큼이나 귀에 익은 말이었다.

더 어린 아이부터 나이 든 사람까지, 루피를 본 사람은 마치 보석이라도 발견한 듯 눈을 빛내며 행복한 미소를 짓고는 했다. 추켜세워주는 사람들에게 어리광을 부리며 자랐다. 즐거운 나날이었다. 모든 것들을 내 마음대로 할 수 있다고 생각했다.

백 년이라는 세월을 미움 받으며 살아왔지만, 그 무렵의 기억은 바로 어제의 일처럼 떠올릴 수 있었다.

이런 생각을 혼자서 끙끙대며 할 정도로, 나는 그 무렵으로 돌아가고 싶은 걸까…….

"루피."

석양이 창문으로 들이치기 시작했을 즈음, 어느샌가 잠들었던 내 얼굴을 알바가 내려다보고 있었다.

"왜, 왜?"

허둥대며 벌떡 몸을 일으키자 그는 어린애처럼 씩 웃었다.

"밖에 다녀올까? 스승님은 피곤해서 쉬겠다고 하고, 루피는 심심하잖아?"

천진난만한 미소로 그런 말을 하는 걸 듣고 있자니, 시간이 멈춘 것처럼 느껴졌다. 과거에 루피를 추켜세워줬던 사람들과 비슷한 것 같으면서도 다르다. 굳이 말하자면—— 이쪽을 위로하는 듯한 눈빛에, 어째서인지 가슴속에 따뜻한 무언가가 치밀어 오르는 것 같았다.

"으, 응!"

그가 내민 손을 잡고, 루피는 기쁜 듯이 자리에서 일어났다.

그 무렵과는 다른 무언가가, 몸 안에서 소용돌이치고 있다. 귀엽다고 말해주는 사람은 없다. 없지만.

"치사해, 리나리아……."

분한 마음이, 자연스럽게 말이 되어 입으로 흘러나왔다.

두 사람은 분명 가족일 거다. 피는 안 이어졌지만 서로가 있는 게 당연하다고 여기고 있고, 당연하다는 듯 그런 마음이 변치 않을 거라 믿고 있다.

"나도 되고 싶어……."

"어? 뭐라고?"

"있지, 알짱."

그 손을 잡은 채, 최고의 미소를 짓고서 그에게 속삭였다.

"나, 알짱의 누나가 될래."

"뭐?"

"자, 가도 돼."

조정을 마친 마법생물 도구마의 어깨에 손을 얹으며 그렇게 말하자 "네에에……!" 하고 떨리는 목소리로 대답하며 도망쳤다. 마치 잔뜩 화가 난 엄마한테 엉덩이를 얻어맞은 듯한 반응이다.

루피는 그 뒷모습을 복잡한 심경으로 바라보고 있었다.

커다란 홀, 부엌에 면한 그 실내에는 조리대에 선 알바와 의자에 앉아 아침식사를 하는 리나리아가 있었다.

반듯하게 썬 빵을 계란물에 적셔 구운 것――그는 프렌치토스트라고 했다――을 덥썩 베어 무는 리나리아를 별생각 없이 바라보았다. 외모는 그럭저럭 괜찮지만, 일어난 지 얼마 안 돼서 머리는 뻗쳐 있고 잠이 덜 깬 탓에 눈은 초점이 맞지 않아서 칠칠치 못해 보인다. 게다가 입가에는 빵조각이 붙어 있다.

빈틈투성이라 보고 있는 이쪽까지 졸음이 올 정도다. 원래 이런 성격이었던가? 못난 동생을 둔 기분이다.

"리나――."

주의를 주려고 입을 열었더니.

"아, 또 그러시네…… 입가에 묻었잖아요."

알바가 자연스러운 동작으로 끼어들어 천을 그녀의 입가에 가져다 댔다. 리나리아도 전혀 저항하지 않고 손길을 받아들였다. 그렇게 하는 게 당연하다는 듯이.

깨끗해진 입으로 당연하다는 듯이 식사를 재개했다. 우물우물 빵을 씹는 리나리아를 보며 생각했다. 뭐야, 방금 그 광경은?

"……."

천천히 손가락으로 빵 부스러기를 주워서 뺨에 붙였다.

"알짱, 내 입에도, 봐봐."

반쯤 장난으로 한 거였다. 그 반응을 즐기기 위한 장난이다.

"응?"

알바는 고개를 돌려 내 쪽을 바라보았다. 시선이 마주치고서야 갑자기 내가 한 짓이 부끄러워졌다.

"너도야?"

못 말려, 진짜. 그런 소리를 하며 망설임 없이 손을 뻗었다.

"옳지옳지."

"피유?!"

얼굴을 닦아줬다. 마치 갓난아이에게 하듯이.

"으음~!"

아니. 그렇게 말고.

"잠깐, 알짱! 리나리아랑 다르잖아!"

천을 뿌리치고 항의하자 맹한 얼굴로 내게 시선을 보내는 두 사람의 모습이 시야에 들어왔다.

왜 리나리아까지 놀란 거지?

"잘 들어, 알짱. 난 리나리아랑 거의 같은 나이야."

"아아…… 뭐 동급생이라고 했었지, 분명."

백 살도 더 됐다고. 정말 알아들은 거 맞아?

"내가, 누나라고. 어린애 취급 하지 마."

쏘아붙이듯이 말해줬다.

"하하."

알바가 얼빠진 미소를 지어 보였다.

"웃지 마, 바보야!"

루피는 그 뺨을 붙잡고 옆으로 죽 잡아당겼다.

누나로서 위엄을 보여야만 한다.

"저기 있지."

"응?"

아침 식사를 마치고 설거지를 하고 있는 알바의 옆에 섰다. 이렇게 나란히 서고서야 그의 어깨 높이에 내 머리가 있다는 사실을 알아챘다. 살짝 납득이 안 됐다…….

불로불사의 존재가 된 나이는 리나리아와 완전히 같았지만, 당시의 나는 주변 아이들보다 아주 조금 발육이 좋지 않았다. 아주 조금이지만. 그 사실이 지금은 아주 조금 원망스러웠다.

리나리아는 아직도 멍하니 의자에 앉아 있다. 지금이 비밀 이야기를 할 절호의 기회다.

"잠깐잠깐, 수그려 앉아 봐."

귓속말을 하고 싶어서 옷소매를 잡아당겼다. 그는 마지못해 식기를 내려놓고 고개를 돌렸다.

"몰래 밖에 나가지 않을래?"

"어째서?"

"누나랑 재밌는 거 하자."

그의 눈을 들여다본다. 물론 눈을 홉뜨고서.

"오늘은 어렵겠는데. 이걸 정리하고 나면 방 청소, 빨래 널기, 오후에는 스승님의 수업이 있으니까."

생각했던 것보다 둔감한 반응에 화가 나기 시작했다.

"뿌우, 그런 건 빼먹어버리면 되잖아."

"아하하, 안돼안돼."

웃는 얼굴로 내 머리에 손을 얹었다. 그는 그 손을 그대로 슥슥 좌우로 움직였다.

"잠깐, 왜 머리를 쓰다듬는 건데……."

쑥스러워서 거꾸로 그의 얼굴을 쳐다볼 수 없게 됐다.

"어? 아니, 어째설까? 루피는 키가 작아서 높이가 딱 좋은 것 같거든."

아니야! 그게 아니야!
딱 좋은 위치에 있던 그의 발을 맨발로 콱 밟았다.
"아얏! 어째서?!"

흉몽

이 세계는 어이가 없을 정도로 평화롭다.
혹자가 말하길, 세계에 만연한 악의의 화신인 '마물'은, 불과 100년 전에 어느 인물에 의해 도태되었다고 한다.
혹자가 말하길, 임금님의 뜻을 거스른 반란분자인 타국의 권력자들은 50년 정도 전에 나라와 함께 멸망했다고 한다.
때문에 이 세계는 어이가 없을 정도로 평화로운 것이다.
"통일국가, 그게 이 나라의 형태야."
리나리아는 두꺼운 책을 한 손에 들고 드문드문 이야기하기 시작했다.
"통일국가―― 그게 어떤 건가 하면, 나라를 다스리는 국왕은 세계에서 단 한 사람뿐이야. 그 나라의 임금님은 다시 말해서 세계의 임금님이라는 뜻이지. 수십 년 전에 있었던 대전의 종결을 계기로 타국을 남김없이 멸망시키고 세계를 정복했어."
"상당히 난폭한 역사네요."
"난 단순명쾌해서 마음에 드는데."
리나리아는 투덜대듯 말했다.
"타국과의 알력. 저 나라와 그 나라는 냉전 상태다. 그런 정세 따위는 성가시기만 하잖아. 그에 비해 지금 구도는 아주 알기 쉽거든."

그렇게 말하더니 리나리아는 책상에 펼친 세계지도의 중앙을 가리켰다.

"여기 있는 검은 원에 둘러싸인 곳이 왕도(王都). 이 세계의 유일한 왕이 있는 세계의 중심이야."

검은 원은 바다에 면해 있었다. 대륙은 전부 다 해서 네 개로, 바다에 의해 분단되어 있으며 어느 것 할 것 없이 비슷한 크기를 지녔다. 마치 날개를 펼친 나비 같다. 리나리아가 가리킨 장소는 남서쪽에 자리한 대륙── 플라스타나의 북동쪽 끄트머리였다.

그리고 왕도가 있는 플라스타나 대륙에서 한참 아래쪽에 아주 작고 빨간 원이 그려져 있다.

"여기가 우리가 있는 장소고."

남쪽 구석. 왕도와 같은 대륙에 있기는 해도 그 장소로 가려면 산맥을 몇 번이나 넘어야 한다.

"시골이지. 시골은 좋아. 사람은 적고, 이 근처에는 커다란 동물도 별로 안 나타나고."

"임금님이 한 명이면 임금님 마음대로 다 할 수 있는 건가요?"

"그렇지는 않아."

리나리아는 의기양양한 얼굴로 둘째손가락을 세워 보였다.

"왕도에는 평의회라는 게 존재하는데, 임금님을 비롯해서 여러 지위에 있는 사람들이 의석을 차지하고 나라의 법률이나 정세 대책 같은 걸 의논해서 결정해. 일단 왕족 세력. 신하 세력, 귀족 세력, 군 세력에 민간 세력, 그리고…… 교회 세력."

손가락을 접으며 헤아리던 리나리아가 마지막 단어를 입 밖에 낼 때만 심각한 표정을 지었다. 묘한 침묵이 흘러서 알바는 고개를 갸웃했지만 그런 분위기를 일축하듯 리나리아가 말을 이었다.

"그 여섯 개의 파벌이 의견을 내놓으며 여러 가지 일들을 결정해. 그러니 왕의 독무대라고 볼 수는 없어."

평의회…… 의석…… 세계정복이 성립된 뒤의 패권다툼 같은 걸까.

여러모로 신경이 쓰이는 이야기였지만 알바에게는 '교회'라는 말을 입 밖에 낼 때 보였던 리나리아의 복잡한 표정이 특히나 마음에 걸렸다.

그 후로도 역사 공부는 계속되었다. 루피도 더해진 상태에서의 공동생활도 별 탈 없이 계속되었다.

폐허 한구석이 정리되고 사역마들이 살 판잣집 같은 건물이 완성된 가운데, 알바의 마법 수업도 진행되었다.

한가할 때는 루피의 놀이 상대가 되어주거나, 리나리아와 함께 마을에 다녀오거나 했다. 밤에는 변함없이 리나리아와 같은 침대에서 취침했고, 아침에 눈을 뜨면 당연하다는 듯이 그 침대 안에 루피가 들어와 있고는 했다——.

째깍, 째깍.

그렇게 시곗바늘이 시시각각 시간을 새겨나가듯 움직였다.

얼핏 보면 평소와 다름없는 광경이었다.

여명

그날, 나 알바는 밖에서 빗자루질을 하고 있었다.

바람이 옮겨온 마른 이파리 따위를 한곳에 모아 숲으로 돌려보낸다. 이 경관을 유지하는 것도 나의 중요한 임무 중 하나였다. 바닷새의 울음소리가 들려서 머리 위를 올려다보니 마침 한 쌍의 새가 바다를 향해 날갯짓을 하고 있었다.

평화로운 일상을 상징하는 듯한 광경이었다. 어쩐지 기뻐져서 그 새의 행선지를 눈으로 좇았다. 자유로워서 좋겠다, 따위의 생각을 하며.

그 덕에 그 기묘한 현상도 금방 알아챘다.

새가, 부자연스럽게 정지한 것이다. 날갯짓을 멈춘 두 마리가 추락하지도 않고 공중에 정지해 있다.

소리가 사라지고 바람이 그쳤다.

풍경이, 마치 리모콘의 정지 버튼이라도 누른 것처럼 멈춰 있다. 주변을 둘러보아도 정지한 화면을 보고 있는 듯한 느낌이 들었다.

"어?"

풍경이 갑자기 전환되었다. 내가 서 있던 장소가, 흙바닥이, 정신을 차려 보니 단단한 석제 바닥으로 바뀌어 있었다.

온통 하얗다――. 물체의 뒷면에 해당하는 부분에만 희미한 그림자가 보인다. 머리 위에 조명 같은 것이 안 보이는데, 그럼 무엇이 방을 밝히고 있는 걸까? 천장 자체가 빛나고 있는지도 모르겠다. 창문은 없다. 눈앞에 거대한 테이블이 배치되어 있다. 그 테이블을 사이에 둔 반대편에는 낯선 소녀가 앉아 있었다.

"누구야?"

그것은 소리도 없이 나타났다. 사신처럼 보이는 핏기 없는 피부에 검고 탁한 눈동자. 표정은 어쩐지 음울해 보여서, 마치 죽음의 기운을 데리고 다니는 것만 같은, 종잡을 수 없는 인물이라는 인상을 받았다. 그녀는 나와 눈이 마주치자 살며시 온화한 미소를 지어 보였다.

"안녕하세요. 반가워요."

그리고 눈물을 글썽거리며 덧붙여 말했다.

"나의 구세주님."

——이라고.

혐오의 마녀
루피너스 레즐리르
Lupinus Lesleyr

지력	A(C)	수재 수준. 공부보다는 가정적인 일에 관심이 있다.
강인 민첩 완력	D(S) D(S) D(S)	평소에는 연약한 소녀지만, 일정 조건을 충족하면 강인, 민첩, 완력이 몰라볼 정도로 상승된다. 괄호 안은 ??? 상태의 능력치.
심력	B(A+)	겉모습과 달리 마음은 굳세다.
마력량	S	총량 : 100000(사역마와 합쳤을 때) / 회복 속도 : 매우 느림.
특수	S	죽은 생물의 영혼을 사용해 사역마(마법생물)를 만든다.
저주	A	그녀 이외의 생물은 그녀가 무시무시한 괴물로 보인다. 상시 공포 효과 방출. 일반인은 겁에 질린다. 마녀들은 집요할 정도로 적대시한다.
체내법진		마물 생성, 마물 광화. 크리에이트 마법의 도달점. 주인에게 충성을 맹세하는 믿음직한(?) 사역마를 만들 수 있다. 더불어 사역마에게 마력을 비축하여 긴급시에는 평소의 열 배 이상의 마력량을 다룰 수 있다.

흉몽의 마녀
리나리아 센티에르
Linaria Sentier

지력	S+	어릴 적부터 노력해서 얻은 지식.
강인	C+	마력량이 적어서 수비에 전념해도 뚫린다.
민첩	C+	민첩 상승 마법을 보유. 일반인보다는 월등하게 빠르다.
완력	C+	마력량이 낮은 탓에 다른 마녀에 비해 약하다.
심력	C	평소 허세를 부리지만, 약한 마음을 감추지는 못한다.
마력량	C+	총량 : 11000 / 회복속도 : 보통.
특수	A+	마력만을 대가로 치러 온갖 마법 사상을 재현할 수 있다.
저주	E-	모든 생물(동식물 포함)이 더없이 끔찍하고 추악한 괴물로 보인다. 평정심을 유지할 수 없다.

비뚤어진 성격, 죽기를 바라는

여명

그 공간은 정말이지 이상했다. 벽과 바닥은 새하얗고 의자와 테이블까지 하얀색으로 칠해져 있다.

그런 공간에서 나는 검은 머리 소녀와 마주앉아 있었다.

"아이비 포셋. 마녀야."

눈이 마주친 소녀가 가벼운 투로 그렇게 말했다.

"알바……인데."

쭈뼛거리며 이름을 말하자 화사한 미소를 지어 보였다. 좀 전까지 눈물을 글썽거리던 사람이 맞나 싶을 정도로 지금은 차분했다. 사려가 깊다는 인상을 받았다. 칠흑빛을 띤 머리카락은 이 새하얀 방에서 너무나도 눈에 띄었다.

"저기――."

말을 붙이려 했지만 아이비의 요상한 행동에 의해 가로막히고 말았다. 그녀는 다시 눈물을 흘리고 있었다.

"어, 어째서?"

"으……."

소녀는 허둥대며 눈가를 벅벅 손으로 문지르더니 "뭐가 말이야?" 하고 아무 일도 없었다는 듯 태연하게 말했다. 하지만 눈은 새빨갰다.

"……."

우선 이 아이는 누구일까? 마녀라고 말한 단계에서 이미 위험할 것 같은 예감은 들었지만 일단 적의는 없는 듯했다.

"그, 그래서? 난 언제까지 여기 있으면 돼?"

일단 소녀의 목적으로 화제를 옮기기로 했다.

"언제까지든 있어도 괜찮아. 이곳은 시간의 흐름이 아주 느리거든."

아니, 그럴 수는 없는데.

"참고로 나는 이곳에는 2년 정도 전에 들어왔어."

"무슨 소리야?"

"어떻게든 너와 대화할 방법을 찾아야겠다 싶어서, 준비를 시작했는데 결국 2년이나 걸려 버렸어. 꽤 잘 만들어졌지? 무슨 짓을 해도 밖에서는 알아챌 수 없는 아공간이야."

"아, 응……."

도통 알아들을 수 없는 이야기가 이어지고 있다.

"그런데 너는, 마녀에 관해 어디까지 알고 있어?"

"뭐?"

갑작스러운 질문에 알바는 얼빠진 목소리로 되물었다.

"갑자기, 그건 왜?"

"마녀라는 말을 듣고도, 너는 놀라지 않았어. 어느 정도는 알고 있는 거지? 그렇지?"

그렇게 몰아붙이듯 말한들 난감할 따름이다.

"일단 불사신이라는 것 정도는 아는데."

"그것뿐이야?"

"으음……."

생각을 해본다. 피살리스의 이야기를 떠올린다. 루피와 리나리아의 얼굴이 떠오르자, 약간 마음이 무거워지는 듯한 감각에 사로잡혔다.

"괴물로 보이거나…… 전직 현자? 라는 것이었다거나, 일이 이상하게 꼬였다는 것 정도는 알아."

"아아, 알고 있었구나."

아이비는 두 손을 모아 기쁜 듯한 미소를 지었다. 마치 보물을 손에 넣은 듯한, 행복해 보이는 미소다.

"그래, 그렇다면 본론으로 들어가도 되겠네."

무슨 본론? 이라고 물을 새도 없이,

"나를 죽여주지 않을래?"

소녀가 담담하게 말했다.

그 방은 좀 전에 있던 방과 마찬가지로 하얀 벽으로 둘러싸여 있었다. 벽에 손을 대 보니 돔처럼 왜곡되어 있고, 창문도 없다. 있는 것이라고는 사람이 지날 수 있을 정도의 타원형 구멍——아마도 출입구인 것 같다——과 원형 방의 벽에 같은 간격으로 장식된 액자 같은 것뿐이었다.

그것들은 다 합쳐서 열한 개였다. 가까이 가서 확인해 보니 액자 안에는 그림이 그려져 있지도 않았다. 타이틀과 본문이 한 세트로 된, 시 같은 것이 적혀 있을 뿐이다.

흉몽, 혐오, 사념, 무통, 불변, 괴리, 회귀, 애증, 전환, 분열, 망

각까지 열한 개.

대충 다 읽고 나서 아이비에게 고개를 돌렸다. 이게 뭐야? 라고 묻기도 전에 그녀는 입을 열었다.

"이건 마녀에게 내려진 계시야. 마녀 본인이 말하거나, 적은 걸 훔쳐보고 손에 넣었어. 원래는 다 합쳐서 열세 구절인데, 나머지 두 개는 결국 찾지 못했어."

"계시……?"

"신이 내린 메시지 같은 거야. 뭐, 이 경우를 보면 상대는 아무래도 악마인 것 같지만."

아이비는 묘하게 즐거운 듯 보였다.

"마녀에게는 결코 죽을 수 없다는 저주와 함께 계시에서 유래된 다른 저주가 있어. 죽을 수는 없는데 죽고 싶어지는 괴로움을 안겨주는 저주지. 만든 녀석의 취향이 아주 지랄 같다는 게 느껴지지?"

미소를 짓고 있는 데도 짜증이 난 말투다.

그나저나 여자애가 그렇게 험한 말 쓰면 못 써.

"아까 여기 오기 전에, 네 주변의 시간이 멈춘 것처럼 느껴지지 않았어?"

"아아……."

듣고 보니 정원에서 빗자루질을 하고 있었을 때, 새가 허공에 뜬 채 추락하지 않고 정지해 있었다.

"그건 시간이 정지한 게 아니라 이 공간의 체감 시간이 일반적인 시간보다 아주 빠른 탓이야. 이곳으로 널 데려오면서 생긴 영향이지."

"체감 시간이, 빨라? 그게 무슨 뜻이야?"

아이비에게 묻자 어째서인지 그녀는 놀란 듯 눈을 동그랗게 뜨고 있었다.

"왜, 왜 그래……?"

"아, 아아."

그 말을 듣고서야 다시 눈을 깜박였다.

"미안미안, 조금 놀라서."

방금 놀랄 만한 부분이 있었던가?

"평범하게 다른 사람과 대화한다는 사실에, 살짝 감동해서."

아이비는 고개를 들어 위를 쳐다보았다. 입가가 미세하게 떨리고 있다. 이유는 모르겠지만 또 울음을 터뜨릴 것 같은 모양이다.

여러모로 위험하지 않아, 이 애?

"이곳, 아공간의 시간의 흐름이 이상해진 것은 마법의 탓이 아니야."

그녀는 어느 액자 앞으로 다가갔다. 거기에는 '괴리' 라는 시가 적혀 있었다.

"괴리—— 고독을 곱씹는 저주. 네가 생활하고 있는 현실에서의 1초가."

단적으로, 하지만 자조 섞인 투로 말했다.

"내게는 백 배…… 100초로 느껴져."

말에 담긴 의미를 바로는 이해할 수 없었다.

"거의 정지해 있는 세계야. 이 공간은 내 체감 시간과 동기화시키고 있는 것뿐이야. 이건 마법이 아니라 저주야. 그래서 내 체감 시간은 다른 사람과 조금 달라."

아이비는 이해하지 못할 정도로 담담하게, 밝은 어투로 이야기했다.

"하루가 100일, 1년이 100년── 있잖아, 지금까지 내가 몇 년을 살았을 것 같아?"

"몇 년 살았을 것 같냐니……."

말문이 막혔다.

"단순히 계산하자면, 1만 년쯤 될 거야."

"뭐……?"

등골이 오싹해졌다.

1만 년──? 문명이 발생해 번영하고 멸망하는, 그런 사이클이 두 번 반복되어도 이상할 게 없는 세월이 아닐까.

그녀는 가속 장치가 영원히 가동되고 있는 것 같은, 그런 세계에서 살아온 걸까. 1만 년이나, 혼자서? 전혀 현실미가 없는 이야기다. 믿기지가 않는다. 하지만──.

"그러니까 끝내줬으면 하는 거야, 네가."

기대로 가득한 눈으로 웃으며 그렇게 말했다.

"나를 죽여줬으면 해. 피살리스를 죽인 너라면 할 수 있지?"

그녀는 듣고 싶지 않은 이름을, 알고 싶지 않은 사실과 함께 입 밖에 냈다.

"아아, 착각하지 마. 딱히 피살리스의 복수를 하고 싶다거나, 그런 생각은 전혀 없으니까. 난 늘 죽고 싶었어. 하지만 저주가 죽게 해주지 않았지. 상당히 오래전에, 포기했었거든. 이 벌은 영원히 계속되겠구나, 하고. 별다른 방법이 없어서 계속 살 수밖에 없었어."

아이비는 망가진 기계처럼 계속해서 말했다.

"하지만 널 발견했어. 너라면 그 벌을 끝내줄 수 있잖아."

아이비의 눈에는 깊은 기쁨이 있었다. 무의미한 세계에서 터무니없이 긴 시간을 홀로 보내온 그녀이기에 죽여 달라는 말을 웃으며 할 수 있는 걸지도 모른다.

"진심이야……?"

호신용으로 품안에 숨겨두었던 단도는, 지금도 주머니 안에 있었다.

"진심이야."

"……."

죽고 싶다, 죽여줬으면 한다. 갑자기 눈앞에 나타난, 처음 말을 나눈 상대에게 그런 요구를 받자 놀라운 게 아니라 그저 서글퍼졌다.

시험 삼아 단도를 꺼냈다. 그 칼끝을 아이비에게 겨누자, 그녀의 눈동자가 아주 잠시 흔들렸다.

"의욕이 넘치네……."

그녀는 감탄하고 있었다.

"후후…… 만약 거절하면 어쩌나 했는데, 의외로 말이 통하는 사람이라 다행이야."

허세를 부리는 걸로는 보이지 않는다. 진심으로 기뻐하고 있는 것처럼 보인다. 하지만── 죽인다고? 이 여자애를? 내가?

매우, 기분이 나쁘다. 사람을 죽이는 것 자체도 그렇지만, 마치 내가 이용당하는 것 같은 기분이 들어서──

아무리 마녀를 죽일 수 있어도 그렇지. 저런 말도 안 되는 소릴 하다니.

나의 의사는 고려하지 않았다. 그저 자신이 괴로움에서 해방되고 싶어서 저런 소릴 하고 있는 것뿐이다.

일방적으로 이용하려 하고 있다. 깔보고 있다.

짜증이 치밀어 올랐지만 생각에 생각을 거듭하자 좋은 생각 하나가 떠올랐다.

"그래, 죽여줄게. 그럼 어쩔까? 요란하게 화형? 마녀에겐 흔한 일이잖아. 아니면 신체관통? 말뚝이라도 가슴에 박아볼까?"

즉흥적으로 차례차례 제안한다. 아이비의 눈썹이 순간적으로 움찔했다.

"자, 어떻게 할까."

눈을 빤히 쳐다본다. 그 눈동자는 좌우로 크게 흔들리고 있었다.

뭐, 사실 피살리스 때도 총으로 머리를 쐈을 때는 부활했으니, 아마도 마녀는 심장에 나이프 따위를 꽂아야만 죽는 것 같았다. 그런 사실을 이 자리에서 순순히 알려줄 생각은 없지만.

"그, 그럼 요란한——."

"아아, 하지만 화형은 권장하지 않겠어. 불에 타죽는 건 엄청나게 괴롭다고 들었거든."

"……."

"목을 매다는 방법도 있지. 뭐 그건 사후에 구멍이란 구멍에서 이런저런 것들이 흘러나와서 그다지 깔끔한 방식은 아니라고 들었지만."

"……."

"그럼 역시 심플하게 심장을 찌르는 방법이 좋으려나?"

"그, 그럼…… 그걸로 해 줘."

물끄러미 아이비를 관찰한다. 죽고 싶어 하는 여자의 얼굴을 빤히 쳐다본다.

크고 사랑스러운 눈, 매끄러운 검은 머리. 세련된 디자인의 제복 차림은 약간 어두운 그녀의 분위기와 아주 잘 어울렸다.

"뭐, 뭐야."

"참 귀여운데 아까워."

"으……?"

"심장을 찌르면 어떻게 될 것 같아?"

"어? 뭐……?"

어째선지 그녀는 얼굴이 빨개질 정도로 동요한 듯했지만, 개의치 않고 말을 이었다.

"피가 잔뜩 나오겠지. 좌우간 몸 안에서 가장 피가 많이 지나다니는 부위니까. 그러면 입 안이 피로 가득해질 거야. 아무리 삼켜도 넘쳐나서, 자기 피에 질식하게 되겠지."

말을 하다 보니 목소리도 커졌다.

"질식……?"

"피에 질식하는 경험은 그리 쉽게 할 수 있는 게 아닐 거야. 뭐, 금방 끝날지도 모르지만, 아무튼 그걸 넘어서면 겨우 죽을 수 있겠지. 하지만 그 앞에는——."

어둠이 기다리고 있다. 아무것도 없는 새까만 어둠이.

어째서인지 나도 경험한 적이 있는 것 같다. 죽어서, 의식이 어딘가 먼 곳으로, 터무니없이 넓은 장소로 내던져지는 것이다.

"그곳에는 현재도 과거도, 미래도 없어. 분명 새까만 어둠 속일 거야. 그곳에는 아마 괴로움도 슬픔도 기쁨도 없겠지."

"나, 날 겁주려는 거야?"

그 목소리에 짜증이 섞이기 시작했다.

"보지도 못한 사후 세계 얘기 같은 시답잖은 헛소리로 내가 겁먹게 하려는 거지?"

"갑자기 말이 빨라졌네."

"시끄러워."

아이비는 알바의 머리를 때렸다.

"아얏."

정곡을 찔렸다고 때리다니 어린애냐, 라고 생각하며 이마를 짚은 채 그녀를 보자 입가를 일그러뜨린 채 이쪽을 노려보고 있었다. 씩씩하게 행동하려는 것 같았지만, 입가가 심하게 떨리고 있다. 그런 소녀를 알바는 담담하게 쳐다보았다.

"설령 그 무슨 일이 일어난다 해도, 절대로 지금보다 괴로울 리가 없어……!"

그녀는 그렇게 단언하더니 이를 악물었다.

"죽음만이 유일한 구원이라고……."

그리고 마치 자신을 타이르듯이 말했다.

그 말을 끝으로 부자연스럽게 대화가 끊겼다. 할 말을 더 찾지 못한 모양이었다.

"그럼 미련이고 뭐고 아무것도 없는 것 같으니, 죽을래?"

내 말에 아이비는 "아무것도 없다……."라고 중얼거리더니 자신의 손을 쳐다보았다.

"후후…… 아하하, 의외로 말이 통하는 녀석이라 다행이야!"

목소리를 내어 웃는다. 하지만 얼굴은 전혀 기뻐 보이지 않았다. 오히려 파랗게 질려 있었다.

"정말이지, 안 하겠다고 버티면 어쩌나 싶었는데, 그래, 이제 죽을 수 있는 거지?! 다행이야—— 정말 다행이야……."

목소리에서 힘이 빠지기 시작했다. 하지만 멈출 수는 없는 모양이라, 마치 말로써 자신을 상처 입히고 있는 것 같았다.

"이제 드디어…… 끝…… 끝이구나……."

"기쁘지 않아?"

"당연히 기쁘지. 최고의 기분이야."

"그럼 왜 우는 건데?"

그녀의 눈에서 뚝뚝 눈물이 흘러 나왔다. 무심결에 그걸 훔쳐 주었다.

나는 나이프를 내리고 그런 아이비의 곁으로 다가갔다.

"뭐야. 역시 무섭잖아."

"아, 아니야!"

"그럼 왜 우는 건데?"

"이건…… 그런 게 아니라……."

문득 무언가를 알아챈 듯, 나를 뚫어져라 쳐다봤다. 뭐야.

"그러고 보니 너, 정말 평범함의 화신처럼 밋밋하게 생겼구나. 근처에 널린 잡초 같아."

"뭐?"

갑작스러운 욕지거리에 나도 모르게 목소리가 거칠어졌다.

"그렇게나 오랜 세월을 살았는데, 내 최후를 지켜봐줄 사람이 이런 거라는 게 분해."
"'이런 거'."
"후후…… 이런 거랑 마지막 순간을 함께 하다니…… 괜히 웃음만 나네……."
남의 얼굴을 보고 '이런 거'라는 말 좀 그만했으면 좋겠는데.
"뭐, 하고 싶었던 일은 없어?"
본론으로 돌아가고자 묻자 아이비는 놀랐는지 순간적으로 눈을 동그랗게 뜨더니, 고개를 푹 숙이고 소곤소곤 말했다.
"많은 건 바라지 않지만…… 남들만큼의 행복 정도는…… 경험해보고 싶었달까……."
생각했던 것보다 겸손한 바람이네.
"그건 지금부터 찾아도 찾을 수 없는 거야?"
"간단한 것처럼 말하지 마, 멍청아!"
아이비가 갑자기 힘껏 테이블을 두드리며 소리쳤다. 조용한 공간이다 보니 소리가 크게 울렸다.
"남 일이다 이거지……?! 네가 뭘 안다고! 고작 십여 년 정도밖에 안 살았으면서!"
일만 살 먹은 마녀가 하는 말이니 반박할 수가 없었다.
"찾을 수 있을 리가 없어……! 못 찾을 거라고……. 벌써 몇천 년 동안 못 찾았는데…… 무리야……. 쉽게 말하지 마……."
아이비는 스커트가 주름투성이가 되도록 움켜쥐고서 마음속에 담아두었던 것을 토해내듯 소리쳤다. 그러고는 소리 죽여 울었다. 그녀에게도 여러 가지 갈등이 있다는 게 똑똑히 느껴졌다. 죽고 싶을 만큼 괴로운 일을 겪었지만, 그럼에도 살기 위한 이유를 찾고 싶었던 걸지도 모른다. 동정할 수도, 비웃을 수도 없다. 만난 지 한 시간 정도밖에 되지 않은 여자를 이해하려 한들 한계가 있겠지만, 한 가지는 확실하게 알겠다.

"네가 어떤 사람인지는 몰라. 네가 어떻게 살아왔는지는, 너 자신밖에 모를 테니까."

아이비는 눈물 맺힌 눈으로 가만히 이쪽의 말을 듣고 있다.

"그러니 괴로우면, 죽여줄게. 하지만 죽으면 네 미래는 거기서 끝이야. 정말 전부 포기해도 좋은지, 다시 한번 잘 생각해 봐."

"……."

"생각해 봤어?"

아이비의 얼굴을 들여다보았다. 그녀의 입술이 떨리고 있는 게 보였다. 그리고 몇 분 정도 찬찬히 생각하더니,

"오늘은 관둘래. 흥이 식었어."

그렇게 결론을 내렸다.

"아, 그래?"

침묵 끝에 겨우 긍정적인 말을 쥐어짜냈다. 자연스럽게 미소가 지어질 것 같아서, 나는 들키지 않게끔 고개를 돌렸다.

"나가……. 지금의 너는 내 최후에 걸맞지 않아."

어쩐지 갑자기 라스트 보스 같은 소릴 하기 시작했다. 정말 제멋대로네, 이 녀석.

"네이 네이…… 근데 여기선 어떻게 나가는데?"

반쯤 납치를 당하듯이 이곳에 온 탓에 출구가 어디인지도 알 수 없었다.

아이비는 맹한 얼굴로 "아아." 하고 그제야 생각이 났다는 듯

입을 열었다.

"이걸 줄게."

갑자기 뭔가를 내밀기에 반사적으로 받았다.

그것은 째깍, 째깍, 지금도 계속 시간을 새기고 있는, 오래된 회중시계였다.

"이게 뭔데?"

"이 공간의 열쇠 같은 거야. 오고 싶다고 생각하면 다시 이곳으로 불러들여줄게."

"뭐? 난 여기서 나가고 싶은데."

"지금 쫓아낼 거야."

그렇게 말하며 아이비가 알바를 힘껏 떠밀었다.

"으악……."

엉덩이에서 격통이 느껴진다. 동시에 바다 냄새가 났다.

정신이 들어보니 눈에 익은 폐허 마을에 널브러져 있었다. 좀 전까지 정지해 있던 새들이 날갯짓을 하며 바다 쪽으로 사라지는 모습이 보였다.

손에는, 억지로 건네받은 회중시계가 쥐어져 있었다.

흉몽

오늘도 역시나 리나리아의 아침은 늦게 시작되었다.

잠기운에 취해 비척거리며 거실에 들어서자, 소파에 드러누워 있는 금발 머리가 가장 먼저 눈에 들어왔다.

"흐암, 좋은 아침……."

하품을 하며 말했다.

"늦은 아침……."

금발 소녀── 루피는 어이없다는 눈으로 나를 쳐다봤다.

"어?"

방을 둘러본다.

"알바는……?"

"알짱은 오줌 싸러 갔어."

"으헤……?"

"어째선지 요즘 아침마다 10분 정도 틀어박혀 있어. 이상한 병이 아니었으면 좋겠는데……."

"10분이라니, 왜 그렇게 정확하게 아는데."

재고 있기라도 해? 살짝 무서운데.

그나저나 화장실에 틀어박히다니, 뭐 이상한 거라도 먹은 걸까. 뭐, 최근 들어 낮에는 오히려 기운이 넘칠 정도니 지나치게 신경을 쓸 필요는 없을 거다.

"그보다 루피 너, 이제 밤중에 침대에 침입하는 버릇 좀 고쳐! 안 그래도 좁단 말야!"

"뭐 어때서! 네가 자기 혼자 알짱을 차지하려고 하는 게 나쁜 거라고~!"

"스승과 제자가 같이 자는 건 당연한 거라고."

"그거 당연한 거 아니거든?!"

오늘도 역시나 두 사람은 똑같은 일로 당연하다는 듯이 말다툼을 시작했다.

괴리

현실 세계에서의 10분이 이 공간에서는 1000분, 70시간 정도에 해당된다.

아이비는 몇 번을 읽었는지 모를 책을 든 채, 옆에서 고른 숨소리를 내고 있는 소년을 흘끔 쳐다보았다.

바닥에 자신이 가져온 베개를 놓고 똑바로 누워서, 무방비한 얼굴로 잠들어 있다.

"그런 데서 자면 감기 걸려."

대답은 없다. 그렇게나 잠을 못 잔 걸까.

"어쩔 수 없지."

책을 덮고 바닥에 누운 그의 곁으로 다가갔다. 보면 볼수록 평범한 애다.

"하지만 뭐, 잠든 얼굴은 나쁘지 않네."

평소에는 건방지지만 잠들면 귀여운 구석이 없지는 않다. 그가 깨지 않도록 조심스럽게 모포를 덮어주었다.

그리고 바로 옆에 앉아 독서를 재개했다.

결말을 아는 이야기일 텐데도 매우 신선한 기분으로 페이지를 넘길 수 있었다.

괴리의 마녀
아이비 포셋

Ivy Fosset

지력	A	우등생. 노력가이지만, 리나리아와 달리 재능의 영향을 강하게 받았다.
강인	A+	저주를 견뎌내서 완성된, 디버프 마법이 없어도 내성이 높은 육체.
민첩	S+	상시 100배속 효과 발동.
완력	C+	상대를 힘으로 찍어 누르는 기술은 없고, 필요 없다고 생각한다.
심력	S+	만년을 산 탓에 정신이 승화했다. 다만 알바와 있을 때는 그렇지 않다.
마력량	C+	총량 : 6000 / 회복 속도 : 빠름
특수	S	그 가능성은 미지수.
저주	S+	체감 시간이 일반인의 100배가 된다. 아무도 그녀를 직접 볼 수 없다.
체내법진		각종 시속성 마법. 시간을 조작하는 마법, 시속성을 행사.

사념의 마녀
피살리스 엔포드

Physalis Enford

지력	D	마법 지식은 전무. 머리가 나쁜 건 아닌 것 같다.
강인	B	무투, 검술 소양, 보조 마법 있음.
민첩	B	가속 버프 마법이 있어 민첩하지만 전술은 없다. 적성도 없다.
완력	C	힘에 의존하지는 않는다. 넘치는 마력을 구사하는 타입.
심력	D	정신력이 다소 약하다. 저주에 의한 인격 오염의 영향이 나타나고 있다.
마력량	S+	총량 : 99900 / 회복속도 : 빠르다.
특수	S	타인의 법진을 빼앗을 수 있다.
저주	A	근처에 있는 인간의 부정적인 사고만을 무작위적으로 읽어낸다.
체내법진		궤적포식자. 타인의 마법을 훔친다. 또한 마력량이 많아서 다루지 못하는 마법이 거의 없다. 연비가 나쁘지만 상관없다. 단, 마법을 훔치려면 상대의 마력을 고갈시킬 필요가 있다.

햇빛이 닿는 사람, 그렇지 않은 사람

흉몽

"이건 알바를 지키는 데 필요한 일이야."

이른 아침—— 리나리아와 루피는 폐허 변두리, 삼림과 인접한 인기척 없는 장소를 찾았다.

별난 조합이라고는 생각한다. 알바를 곁에 두고 같은 공간에서 이야기를 하는 일은 있어도, 굳이 단둘이서 이야기를 하는 일은 없었다. 만약 있다 해도 얼마 안 가 말싸움이 시작된다.

"그래서 하고 싶은 얘기가 뭔데?"

루피는 졸린 눈으로 투덜거렸다. 지금의 그녀는 알바가 앞에 있을 때처럼 밝게 행동하지 않았다.

평소 내숭을 떤다는 건 진작부터 알았던지라 그 점을 지적할 생각은 없지만.

"부탁이 있어."

"부탁?"

눈을 동그랗게 뜬 루피에게 품에서 꺼낸 작은 돌을 건넸다.

"이 마도구를 사람이 있는 땅으로 옮겨줘. 너라면 사역마를 시켜서 할 수 있잖아? 되도록 사람들 눈에 띄지 않을 곳, 높은 건물 지붕 위 같은 데로 옮겨줬으면 해."

간결하게 말하자 그녀는 손에 놓인 돌을 흥미롭다는 눈으로 쳐다보았다.

"예를 들어 법진을 발동할 때, 마력이 부족하면 어떻게 될까?"

"어?"

갑작스러운 질문에 루피는 고개를 갸웃했다.

"마법이 발동하지 않겠지?"

"하지만 마력은 남아 있는 만큼 소비되지. 그럼 마력이 바닥나고 말아."

마력 고갈이라 불리는 현상이다. 마력이 고갈된 술자는 자연스럽게 회복될 때까지 얼마간 꼼짝도 할 수 없게 되고 만다.

자신이 그렇게 되어 버리면 누군가를—— 알바를 지킬 수도 없게 된다.

"이건 마력 고갈이 일어났을 때, 소량의 마력을 여러 생물들에게서 거둬들여서 체내로 흡수되게 해 줘."

"뭐야, 그 굉장한 효과는…… 그렇게 할 필요가 있어?"

"알바를 지키기 위해서라니까. 알바의 특성을 생각하면……."

머릿속에 몇몇 동급생의 얼굴이 떠올랐다.

"피살리스 때처럼, 다른 마녀와 적대할 경우도 생각해야 해."

리나리아가 심각한 표정을 지어 보이자 루피는 생각을 하듯 고개를 푹 숙인 채,

"그럼 아마도…… 시온이랑 칼미아, 그 둘이 제일 위험할 것 같네."

진지한 투로 그렇게 말했다. 귀에 익은 이름이 나오자 입술이 떨렸다.

"원래는 내—— 아니, 그건 됐어……. 어쨌든 그 둘은 저주 때문에 특히나 인격이 변질되었어. 심지어 아직도 둘이서 행동하고 있는 것 같아. 나만한 키에 드레스를 입은 애가 칼미아. 키가 크고 늘씬하고 과묵하지만 아주 예쁜 애가 시온이야."

"그래……."

정보 제공은 고맙지만, 유감스럽게도 지금의 리나리아는 겉모습을 통해 마녀를 구분해낼 수가 없었다. 만약 마녀로 추측되는 인간을 발견하면 루피의 눈을 의지해야 할 거다.

어찌 되었건 대책은 한 가지가 더 있다. 그건 이 다음에 바로 알바에게 줄 생각이다.

여명

그날은 잠에서 깨자마자 눈을 번쩍 뜬 리나리아의 얼굴이 바로 옆에 있어서 깜짝 놀랐다.

"깼어?"

아직 눈도 제대로 못 뜨는 알바에게 그녀는 말했다. 아침 햇살이 비치는 가운데 만면의 미소를 짓고 있다.

"깼어?"

다시 한번 말했다.

"깨는 중이에요……."

"안녕, 알바. 좋은 아침이네!"

환한 얼굴로 아침 인사를 해주었다.

"갑자기 왜 그러세요……?"

잠에 취해 묻자 그녀는 얼굴을 찌푸렸다.

"눈 뜨자마자 하는 소리가 그거야? 깰 때까지 조용히 기다려 줬는데, 그것 말고 해야 할 말이 있잖아?"

"안녕히 주무셨어요……. 근데 계속 기다렸다니, 어째서요?" 깨워도 상관없었는데.

"냐하하."

쓸데없이 귀여운 웃음소리로 웃었다.

"나도 참, 잠든 얼굴이 의외로 귀여워서, 시간 가는 줄 모르고 쳐다보고 말았지 뭐야."

잠에서 깨자마자 이 사람은 왜 이렇게 낯부끄러운 소릴 하는 걸까.

"네에, 아무리 그래도 귀여운 걸로는 스승님한테 상대가 안 되지만요……."

"……."

농담에 농담으로 답한 것뿐이었다. 그런데 그녀는 굳어버렸다. 그러더니 얼굴이 눈에 띄게 붉어졌다.

"어, 어쨌든 어서 일어나. 늦잠을 자는 건 내 교육 방침에 어긋나니까!"

누구보다도 늦잠을 즐기는 사람이 할 말은 아닌데.

"근데 아침 식사는요?"

"루피가 벌써 준비해뒀으니까, 그걸 먹고 나면 바로 와."

이야기하면서도 리나리아는 몸을 좌우로 흔들고 있었다.

"아, 하지만 그 전에 가야할 곳이……."

"그럼 밖에서 기다릴 테니까, 빨리 와!"

리나리아가 재촉하며 방에서 나가고 말았다. 한순간, 실내에 정적이 찾아왔다. 분위기를 보아하니 당장 가지 않으면 화를 낼 것 같다.

주머니 너머로 회중시계를 만졌다.

"뭐, 딱히 의무는 아니니까……."

한 번 정도는 괜찮겠지. 그런 안일한 생각으로 아이비에 관한 일은 일단 머릿속 한구석으로 몰아내기로 했다.

괴리

째깍, 째깍.

시곗바늘이 움직이는 소리가 났다. 예정대로라면 오늘은 그가 오는 날이었을 거다. 현실 시간으로 1, 2분 차이가 날 때는 있어도 반드시 와주기는 했다.

그가 찾아올 시기가 가까워지면 약간 긴장되었다. 아니, 실은 상당히 긴장된다.

"채, 책이라도 읽을까?"

이 공간에 읽지 않은 책은 없지만.

여명

정원으로 나가 보니 리나리아와 루피가 마주보고 이야기를 하고 있었다.

알바를 발견한 리나리아가 손을 허리에 얹으며 강한 어조로

"늦었잖아."라고 말했다.
"일어난 지 얼마 안 돼서요."
"그 얘긴 그만 됐어."
졸린 눈을 비비며 "그래서, 대체 뭘 하시려고요?"라고 묻자 그녀는 매우 복잡한 얼굴로 알바를 물끄러미 쳐다보았다.
"어째 아직도 졸려 보이네."
"잠을 설쳐서요."
"그럼 못 써, 알바. 밤은 푹 자서 몸을 쉬게 하는 시간이라고."
걱정해주는 건 기쁘지만, 밤에 잠을 못 자는 건 주로 같은 침대로 숨어드는 아무개 두 사람 때문이다. 그 원흉에 해당되는 사람이 그런 소릴 한들 마음에 와 닿을 리가 없다.
"맞아, 알짱. 푹 자야 무럭무럭 큰다구."
옆에 선 루피가 그렇게 말했다. 원흉에 해당되는 사람이——이하 생략.
"그래서 무슨 일인데요?"
"오늘은 알바에게 아주 좋은 걸 선물할게."
"선물?"
"알바는 마력도 하찮고, 습득력도 별로야."
시작부터 엄격한 정론을 들이미는 바람에 몸이 굳어졌다.
"그러니 오늘은 알바, 너도 간단하게 쓸 수 있는 마법을 가르쳐 줄게."
"가르쳐주신다고요? 스승님한테 법진을 배워서 그리는 거랑은 다른 건가요?"
그거라면 평소 하는 것과 다를 게 없는 것 같은데.

"아뇨, 법진은 이미 완성되어 있습니다. 딱히 그리기 위한 연습을 할 필요도 없습니다."

정중한 투로 말하고 있지만 의기양양한 미소까지는 감추지 못하고 있다.

"하지만 단순히 스승님이 그린 법진을 사용하기만 하면, 그다지 공부가 안 될 것 같은데요……. 법진이라는 건 익히고 그려서 사용해야 비로소 습득했다고 말할 수 있는 거잖아요."

"지금부터 쓸 수법에서는 그런 지식이 별로 중요하지 않아. 그냥 조금만 참으면 되지."

"참다니, 뭘 하시려고요?" 아픈 건 사양하고 싶은데.

"체내법진을 사용하겠습니다."

……그게 뭐더라.

괴리

턱. 아이비는 자신이 읽고 있던 책을 힘껏 덮었다.

말없이 허공을 바라본다. 분노가 부글부글, 조용히, 깊숙이 스며들기 시작했다.

째릿, 그녀가 노려본 곳에는 움직일 낌새가 전혀 없는 문이 있다.

혐오

체내법진이란 말 그대로 사람의 체내에 직접 법진을 심어 넣는 기술이다. 체내법진으로 인해 이식된 진은 외부에서 읽어낼 수 없게 되고, 마력을 짜내어 진에 마력을 싣는다는 통상적인 과정을 건너뛰고 마법을 그 자리에서 발동시키는 게 가능해진다. 한편, 한 번 심어 넣은 진은 술자의 목숨이 끊어질 때까지 꺼낼 수가 없다는 측면이 있다.

알바의 마력량은 평균 이하다. 아무리 단련을 해도 날 때부터 정해져 있는 그 총량을 늘리는 것은 불가능하다.

그런 그에게 대체 어떤 법진을 심어 넣을 생각인지, 루피는 궁금했다.

체내 법진을 심어 넣은 알바는 현재 폐허 변두리에 있는 거대한 암석 앞에 서 있었다. 그는 손을 내밀고 전에 없이 진지한 얼굴로 암석을 노려보고 있다. 루피는 리나리아와 함께 그의 등 뒤에서 그 모습을 지켜보고 있었다.

그러자 알바의 손에서 칠흑빛 탄환이 날아갔다. 그것은 바위를 꿰뚫더니 그 주변을 박살내고 잔해를 마구 튀겼다.

"?!!"

예상치 못한 위력이었다. 아무리 봐도 평균 이하인 그가 다룰 수 있는 마법이 아니다.

"우, 우와……!"

그는 눈을 빛내며 그 광경을 바라보고 있었다.

"성공이네."

리나리아는 응응, 하고 고개를 끄덕였다. 아니, 그렇게 얼렁뚱땅 넘길 수준이 아니잖아.

"아니…… 하지만 너무 지나치지 않나요? 아무리 봐도 제가 완벽히 다룰 수 있는 마법 같지는——.”

알바의 의문은 일리가 있었다. 그의 마력량으로 저렇게 강력한 마법을 사용하면 한 방에 마력이 바닥나고 말 거다. 자칫 잘못하면 마력 고갈로 쓰러져 버릴 가능성도 있다. 분에 넘치는 마법은 오히려 그를 위험한 상황에 빠뜨릴 수도 있다.

“그렇지는 않아. 알바의 마력을 최대한 사용하지 않게끔 특수 효과인 ‘대가분배’를 부여했거든. 주변에 있는 인간들에게 마력을 징수해서 마법을 발동시키는 거야.”

지금 은근슬쩍 뭐라고 했지?

“별것 아닌 것처럼 말했는데, 엄청난 효과 아닌가요……?”

“그렇지도 않아~. 메인인 공격 효과를 정한 다음에 적당히 주물주물 해서 커스터마이즈한 것뿐이거든.”

“주물주물이라니…… 무슨 점토도 아니고…….”

아니아니아니, 옆에서 두 사람의 대화를 듣고 있던 루피는 격렬하게 고개를 가로저었다.

간단할 리가 없다. 타인에게 마력을 징수해서 마법을 쏘다니, 마법의 전제를 완전히 무시하는 원리다.

“일단 이번에는 ‘오른손에 강하게 집중’ 하는 걸 방아쇠로 설정했으니 오발하지 않도록 조심해. 쓸데없이 쏘지도 말고! 본인의 마력을 완전히 소비하지 않는 건 아니니까. 네 마력량으로는 열 번 정도가 한계라고나 할까?”

“헤에, 그런가요?”

파격적인 횟수잖아!

마음속으로 몇 번이나 외치고 말았다.

하지만 여기까지 듣고 나니 알 것 같았다. 리나리아는 피살리스의 '마법을 훔치는 마법' 이나 루피의 '마법생물을 만드는' 것 같은 뛰어난 특성의 마법을 지니고 있지는 않지만, 마력 조작에 특화된 마법사인 것이다.

평범한 마법사라면 전투 중에 자신의 마력이 흡수될 것이라고는 상상도 못할 거다. 그런 의미에서는 마법사의 천적이라 할 수도 있을 듯했다.

"뭐, 어쨌든 고맙습니다. 역시 스승님이네요! 제가 이런 식으로 마법을 쓸 수 있는 날이 올 줄이야!"

"후후후, 그치?! 나는 위대한 스승님이니 당연하지."

아무래도 당사자들은 전혀 그런 인식이 없는 듯했지만——.

외톨이, 두 사람

여명

리나리아에게서 법진을 전수받은 다음 날――.

"실례합니다아……."

그날은 어쩐지 문을 여는 손이 무겁게 느껴졌다.

안은 고요하다. 하얀 공간이 시야 가득 펼쳐져 있는 가운데, 손을 뒤로 돌려 천천히 문을 닫았다. 정적 속에 뭔가 불온한 기척이 감돌고 있었다.

"나 왔어~."

평소처럼 마중을 오지 않는다는 사실에 불안해졌다. 이틀만인데도 공간 전체의 분위기가 무겁고 정체된 듯 느껴졌다.

한 걸음, 앞으로 내디뎠다.

"안녕."

바로 등 뒤에서 끈적끈적한, 들러붙는 듯한 목소리가 들려서 심장이 튀어나오는 줄 알았다. 돌아보니 아이비가 웃는 얼굴로 서 있었다.

"까, 깜짝이야……. 이, 있었으면 빨리 좀 나오지……."

"살짝 놀라게 해주고 싶어서."

웃는 얼굴로, 서 있었다.

"꽤 오랜만이네. 걱정했어."

"으, 응. 이틀만이네. 어제는 못 와서 미안해."

뭐, 그럴 의무는 없지만 일단 사과를 했다.

"어째서, 지난번에는 안 온 거야?"

나무라는 듯한 목소리였다. 아이비는 여전히 웃는 얼굴이었지만, 눈은 웃고 있지 않았다.

어제 얼굴을 비치지 않아서 화가 났나?

"어제는 좀 정신이 없어서…… 아침에 여기 올 시간이 없었거든."

"호오?"

그러자 결국 그녀의 얼굴에서 미소가 사라졌다.

"화, 화내지 마. 미안하다니깐, 그런 날도 있을 수 있잖아."

아이비의 상태가 이상하다. 하루 사이에 대체 무슨 일이 있었던 걸까.

"너, 밤에도 와."

갑자기 그런 소리를 했다.

"무슨 소리야, 뜬금없이."

"별로 대수로운 일도 아니잖아? 너한테는 10분 정도의 시간밖에 안 될 테니까."

"갑자기 왜 그래? 뭐 도울 일이라도 있어?"

힘쓰는 일이라면 못할 건 없지만, 이 공간에 그런 작업이 필요할 일이 있을 것 같지는 않은데.

발안자인 아이비 본인은 침묵했다. 입을 다문 채 얼굴이 새빨개져서 부들부들 떨고 있다. 솟구치는 격렬한 감정을 필사적으로 억누르고 있는 듯 보였다.

"저, 저기."

이쪽까지 괜히 긴장됐다.

"겨, 견딜 수가 없어."

목을 쥐어짜는 듯한 목소리로 말한다.

"3개월이나 외톨이가 되는 건, 견디기 어려운 일이라고……."

귀까지 새빨개져서 꺼낸 말에 당황했다. 외톨이가 되는 건, 견딜 수가 없다고?

"지금까지 계속 혼자 있었으면서 갑자기 왜?"

"이건, 심정적인 문제야."

"어어……."

"알겠어?! 이건 심정적인 문제라고!!"

"진정 좀 해……."

갑자기 소리치면 심장에 해롭다고.

"근질근질하다고, 먹먹하다고! 3개월은 미묘해! 미묘하게 길어! 1년에 딱 네 번만 오는 건 너무하지 않아?!"

3개월, 듣고 보니 막연하게 하루에 한 번씩 오는 게 습관이 되었지만, 이쪽에서는 시간이 그렇게 흐르는 건가.

"아니, 하지만 그게 있잖아. 이런 식으로 말하기는 좀 그렇지만, 딱히 하루에 한 번씩 널 만나러 와야 한다는 의무 같은 건 없었잖아?"

그런 규칙은 없었을 거다. 그냥 자연스럽게 발길을 옮겼던 것뿐이다. 하지만 그 말은 진정제가 아니라 기폭제가 되었다.

"뭐야, 그 말은? 더는 안 오겠다고 할 셈이야?"

분위기도 얼어붙었다.
"나는 밤에도 와달라고 했는데…… 횟수를 줄이겠다니 너무해! 너, 나한테 원한이라도 있어?!"
"지, 진정해……. 딱히 안 오겠다고는 안 했어. 주기적으로 오겠다고 약속한 적은 없다는 사실을 말한 것뿐이야……."
"잠자려고 여길 이용하고 있는 주제에."
그녀는 뚱한 눈을 한 채 말했다. 윽…… 신음소리가 흘러나올 정도로 부정할 수가 없었다.
"실컷 이용해 먹고 이제 와서 나를 버리겠다니, 최악이야."
대체 얘는 나의 무엇인 걸까.
"그러고 나서 일어나면 제대로 상대해 주잖아."
진지한 표정으로 성의를 담아 말한다. 성의란 건 중요하니까.
"뭐, 만약 잠만 자고 여기서 나갔다면 난 널 죽였을 거야."
"그, 그렇죠……?"
소름이 돋을 것 같은 미소였다.
어쩌지. 눈앞에서 히스테릭한 목소리로 소리치고 있는 소녀를 어떻게 상대해야 할지 모르겠다. 섣불리 적대할 수는 없다. 기분이 상한 채로 두면 앞으로 터무니없는 짓을 벌일지도 모른다. 하지만 알바가 양보할 수 있는 데에도 한도가 있었다.
"저기…… 밤에 한 번 더 이곳에 오면, 되는 거지? 그 이상 늘리지 않겠다고 약속하면 밤에도 얼굴을 비치도록 할게."
일단은 상대의 요구를 받아들여 상황이 악화되는 걸 막을 수밖에 없다.
그녀에게 미소를 지어보이며 안색을 살폈다. 팽팽한 긴장감은 사라지고 아이비의 얼굴을 물들이고 있던 분노도 종적을 감추어, 차분함을 되찾은 듯 보였다.

"왜 그렇게 쩨쩨하게 구는 건데."

"뭐……?"

순간적으로 무슨 소릴 하는 건지 이해가 안 됐다.

"적어도 그 백발 마녀한테는 하루의 대부분을 바치고 있잖아. 그런데 나한테는 한 시간 정도도 못 써?"

역시나 무슨 소릴 하는 건지 이해가 안 됐다.

"한 시간이면, 백 시간 말이야?"

"한 시간이라는 데는 변함이 없잖아? 산책이라도 다녀온다고 하고 이쪽에 오면 되잖아."

아주 당연하다는 듯 말한다.

"저기 말이야, 자기가 상당히 말도 안 되는 소릴 하고 있다는 건 알아?"

"아니, 당연한 말만 하고 있어."

당연할 리가 없잖아.

"딱히 뭔가를 하라는 게 아니야. 그냥 여기 있기만 하면 돼."

알바는 얼굴을 찌푸렸다.

"있기만 하면 된다니, 그럼 의미가 없지 않아? 무슨 같이 살기만 하는 중년의 부부도 아니고."

"부부……."

알바가 별생각 없이 한 말에 그녀는 살며시 얼굴을 붉혔다. 아니, 그 반응은 뭔데.

"어, 어쨌든 의미가 있고 없고는 내가 정해. 못 배운 너는 그런 생각 안 해도 돼."

왜 그렇게 윗사람이라도 되는 것처럼 말하는 건데?

"애초에 나 말고, 다른 사람을 여기 데려오면 되지 않아? 이야기 상대 정도로는 삼을 수 있을 것 아냐."

즉흥적으로 내뱉은 말이기는 했지만 내가 생각해도 적절한 조언이다.

"그건 무리야."

하지만 칼같이 쳐냈다.

"아마 너 말고 다른 인간을 이곳에 데려오면, 몸부림을 치다 죽을 거야."

"어째서?"

"전에 말했잖아? 내 저주는 체감 시간을 대폭 늘리는 거라고. 당연히 거기에 동기시키고 있는 이 공간에 있으면 그 사람에게도 같은 저주가 부여돼. 평범한 인간이 아무런 대가도 없이 1분을 100분으로 늘릴 수 있을 거라고 생각해? 바보 아냐? 빵 반죽을 짓눌러서 극한까지 얇게 늘리는 거나 다름없다고."

"얇게 늘린 빵 반죽은, 그래도 구우면 맛있게 먹을 수── 아얏!"

머리를 얻어맞았다.

"체감 시간의 증폭에는 상상을 초월하는 부하가 뒤따라. 혈액의 흐름이 엄청나게 빨라져서 끝내는 끓어올라 버린다고. 계속해서 전속력으로 달리는 거나 다름없어. 그로 인한 고통은 말 그대로 상상을 초월해. 쉴 시간도 없이 체내의 기관이 계속 혹사당해서, 몇 분도 채 되지 않아 피를 토하며 죽을 거야."

"……."

아무렇지도 않게 잔인한 진실을 입 밖에 내는 아이비를 보고 할 말을 잃었다. 아니, 그런데 잠깐만.

"그럼 어째서 넌 멀쩡한 거야. 그 논리대로라면 지금 여기서 네가 괴로워하고 있지 않은 건 이상하잖아?"

거짓말한 거지? 알바는 의기양양하게 손가락을 들이밀었다.

"나는 불사신이니까. 처음에는 그 부하에 몇 년이나 괴로워했지만, 서서히 몸이 적응하기 시작했어. 그때까지 몇 번을 죽었는지는 모르겠지만."

더욱 무시무시한 사실로 되받아치기는 바람에 알바는 손가락을 내민 채 굳어버렸다.

"아, 아니, 그래도 이상한 점은 또 있어. 내가 여기서 멀쩡한 것도 이상하잖아."

"너는 마녀의 저주를 무효화하잖아. 같은 원리 아닐까?"

그녀는 억지를 쓰듯 그렇게 말했다.

"애초에…… 하루에 한 번이라는 말도 마음에 안 들어. 왜 네 기준으로 말하는 건데, 바보 아니야?"

바보란 소리까지 살짝 화가 났다.

"아니, 아까부터 듣자듣자 하니까 이젠 대놓고 바보라고? 만 년을 살았으면서 그렇게 어휘가 빈약하다니, 놀라 자빠지겠네! 정말 만 년이나 산 사람이 맞는지 몰라?"

"뭐가 어째?!"

그녀는 얼굴이 새빨개져서 소리쳤다.

"정곡을 찔렸나 봐요?! 화내지 마시라고요, 할머니!"

이제 멈출 수가 없었다. 생각나는 대로 마구 말했다.

"닥쳐, 멍청아! 네 하루가 여기서는 백 일이라고 분명 설명했잖아?! 그런데 왜 아무렇지도 않게 99일이나 그냥 내팽개쳐 두는 건데! 왜 오는 걸 빼먹고 이틀만이니 어쩌니 떠들어대는 건데!"

"알 게 뭐야, 등신아! 내가 항상 네 사정에 맞춰서 행동할 수 있을 리가 없잖아! 멍청이!"

"이 자식이……! 껍데기를 벗겨서 쓸모없는 스크롤로 만들어듀까?!"

"방금 말 꼬였죠?! 꼬였죠! 푸흐흡, 할 수 있음 해보시든가~!"

"죽여 버릴 거야!"

아이비는 알바에게 덤벼들었다. 알바도 대항해서 자신의 목을 조르려 드는 그녀의 손을 잡아 뿌리쳤다. 몸이 뒤엉켰다.

저속한 욕설이 쉴 새 없이 오갔다――. 시간이 끝도 한도 없이 흘렀다――.

몇 시간 후――

허억허억, 두 남녀가 숨을 헐떡이며 바닥에 널브러져 있었다.

"제법이네……."

"후하하…… 오늘은 이쯤해서 봐줄게……."

"큭…… 그건 이쪽이 할 말이야……."

쓸데없이 체력만 낭비했다. 확인해 보니 벌써 이곳에 오고서 상당한 시간이 경과한 상태였다.

"똑똑히 들어, 아이비……. 너와의 결판은 다음에 내겠어……!

그때까지 그 빈약한 어휘나 보충해두라고!"

"뭐어……?! 너, 너야말로 다음까지 그 무례한 태도를 고치고 오라고!!"

조금 전까지 티격태격했는데, 또다시 불온한 분위기가 감돌기 시작했다.

"후후…… 그 스승님이라는 녀석이 얼마나 질 나쁜 교육을 했는지 티가 나네……. 사제가 사이좋게 손잡고서 평균 수준의 예절이라도 익혀 보지 그래?"

"스승님 험담은 하지 마!!"

이 자식, 끈질기기도 하네. 알바는 눈을 부릅떴지만 그 이상은 화를 내지 않으려 노력했다. 일단 과도한 요구는 유야무야하는데 성공했다. 그 점만은 기뻐해도 될 거다. 아직은 냉정할 수 있다. 호흡을 가다듬고, 마음을 가라앉혔다. 좋아, 진정됐다.

"그…… 그리고 똑똑히 들어. 하루에 세 번……이야."

아이비가 숨을 헐떡이며 얼굴을 붉힌 채 그런 소리를 할 때까지는.

"으으으으은근슬쩍 하나 늘리지 마, 납작 가슴! 웃기지 말라고, 납작 가슴!!"

아이비의 소박한 가슴을 가리키며 폭언을 쏟아냈다. 이 말에 그녀도 오늘 겪은 것 중 최대의 치욕과 분노로 인해 얼굴이 터져나갈 듯 벌게졌다.

"두, 두 번이나 납작 가슴이라고 했겠다, 이 망할 애새끼가아아아아!!"

그렇게 다시 무익한 싸움에 불이 붙었다——.

"겨우 풀려났네……."

결국 한숨도 자지 못하고 말싸움만 하다가 아공간에서 빠져나왔다.

잠을 자기는커녕 피로만 쌓였다. 방에 있는 시계를 보니 놀랍게도 아침 일곱 시 정도를 가리키고 있었다.

"어쩌다 이렇게 된 거지……."

최종적으로 상황을 봐서 아이비가 있는 곳에 하루에 세 번 얼굴을 비치게 되었다. 이렇게까지 양보했으니 아주 알뜰하게 활용해줄 테다. 멍한 머리에 채찍질을 해서 거실로 향했다.

"알짱!"

거실로 나갔다가 소파에 앉은 루피와 딱 마주쳤다.

"루피뿐이야……?"

"리나리아는 지금 목욕 중이야. 그보다 누나라고 불러야지."

"그 소리, 아직도 계속하고 있었구나……."

어딜 어떻게 봐도 누나 같은 외모가 아니었지만, 그 점을 지적하면 또 일이 꼬일 것 같으니 그냥 누나라고 하지 뭐…….

"어디 갔었어?"

루피는 맹한 눈으로 이쪽을 쳐다보았다.

"아아…… 욕구불만 좀 해소하러 다녀왔어."

히스테릭한 여자의 욕구불만을 말이다. 루피는 약간 의아한 듯 쳐다보았다.

"상스러워, 알짱……. 아무리 누나 앞이라고 해도 그런 소릴 하는 건 좀……."

다른 의미로 알아들은 것 같다. 하지만 그 착각을 바로잡을 기력도 없어서 쿠션 위에 엎어졌다.

"잠깐 누워 있을게……. 몸이 좀 안 좋아서……."

루피는 걱정스러운 얼굴로 "괜찮아?"라고 말하며 곁으로 다가왔다. 그러고는 엎드려 있는 알바의 등을 상냥하게 쓰다듬어주었다.

아이비와는 천지차이인 그녀의 행동에 울음이 날 것 같았다. 낙원은 바로 여기 있었던 거다. 그녀의 부드러운 목소리, 포근한 냄새. 이대로 잠기운에 몸을 맡겨버릴까.

"배가 아야해? 누나가 쓰담쓰담해줄까?"

"지능 지수가 떨어질 것 같은 소리 하지 마……."

꾸벅꾸벅, 의식을 놓을까 말까 하던 그때.

"응? 으응?"

루피가 어쩐지 불온한 빛을 띤 목소리로 말했다.

"뭔가, 다른 여자 냄새가 나."

심장이 철렁했다.

"누구랑 같이 있었어?"

알바는 엎드린 자세로 자신을 내려다보는 루피의 분위기가 급변했음을 확신했다.

"스, 스승님 냄새 아닐까……?"

"말을 더듬네."

들어본 적이 없는, 무섭도록 낮게 깔린 목소리였다. 아닌 게 아니라 평소의 귀여운 말투조차 아니게 되었다.

"어디의 누구 냄새를 묻혀서 온 거야? 누나한테 솔직히 말해!"

루피의 얼굴에서, 조금 전까지의 귀여운 분위기를 전혀 찾을 수 없게 되었다. 어둠 속에 사는 맹수처럼 눈을 부릅뜨고 소름이 돋을 것 같은 눈빛을 알바에게 날려대고 있다.

"진정해, 누나……."

"얼버무리지 말고 말해!"

진정하자. 오늘 벌써 몇 번을 반복했는지 모를 일시적인 암시로 마음을 가라앉혔다.

"이 폐허에 스승님이랑 루피 말고 다른 애가 있을 리가 없잖아. 그도 그럴 게 왜, 스승님이랑 루피는 성가신 체질을 지녔잖아?"

"으응? 으음…… 뭐, 듣고 보니 그러네."

큰일 날 뻔했네. 냉정한 반론에 루피는 어두운 오라를 거두어주었다. 아무래도 납득해준 모양이다.

"아하하…… 이해해 줘서 다행이야."

리나리아와 달리 루피는 말로 하면 알아들어 주는 애다. 이런 점은 정말이지 고마울 따름이다.

"응? 으응~??"

또다시 루피가 불온한 목소리를 냈다. 이번에는 또 뭐야, 하고 긴장했다. 하지만 좀 전보다 분위기가 험악해질 일은 없겠지, 라는 생각으로 낙관하고 있었다. 그 예상은 최악의 모양새로 빗나갔다.

"뭘까, 이게~?"

그녀는 무언가를 손가락으로 집어 알바의 코앞에 내밀었다.

그것은 가늘고 긴…… 검은 머리카락── 그 녀석 거다…….

"누구 머리카락일까?"

눈이, 웃고 있지 않다.
“검은 머리니까, 내 것도 리나리아 것도 아니지? 게다가 짐승의 것치고는 너무 곱고 가느다란 것 같고.”
모든, 가능성을, 하나씩, 틀어막고 있다.
“누구야, 응?”
어질어질, 시야가 일그러졌다.
“모, 모르는 일이라고, 할 수밖에…….”
애초에 소개할 수 있는 존재가 아니니까…….
“그럼 리나리아랑 의논해 볼게.”
루피는 미소를 지으며 자리에서 일어났다. 알바에게서 거리를 벌려 자연스러운 발걸음으로, 출구로 걸어가려 했다. 순간적으로 그 다리에 매달렸다.
“그것만은 제발, 진짜로, 하지 말아주세요!! 제발요! 부탁드리겠습니다!!”
“히요와……?! 잠깐만!”
알바가 다리에 이마를 비비자 루피는 다른 의미에서 비명을 질렀다.
사죄는 중요하다. 아마도 모든 상황을 타파할 가능성을 지니고 있을 테니.
“리, 리나리아——!!”
“그만둬어어어어어어!!”
하지만 이번에는 형세가 상당히 불리한 것 같았다.

친구 이상, 연인 미만

여명

지난 회까지의 줄거리—— 루피가 아이비와 바람을 피운(?) 증거를 발견했습니다. 리나리아에게 들키면 끝장입니다.

평온했던 생활에 불온한 분위기가 흐르기 시작했다.

"큰일이네……."

리나리아는 심각한 얼굴로 마루 아래 있는 저장고를 들여다보고 있었다. 그 등 뒤에서 나는 옆에 있는 루피의 동향을 살피며 "왜, 왜 그러세요?"라고 물었다.

"슬슬 식량이 바닥날 것 같아……."

거실에는 무거운 분위기가 감돌고 있다.

"자원도 간당간당하고."

리나리아는 얼굴을 찌푸렸고, 루피는 의미심장한 눈빛으로 알바를 빤히 쳐다보고 있다. 속 쓰려 죽겠다.

"그, 그럼 어떻게 할까요? 또 마을로 원정을 다녀올까요?"

"그러고 싶어도, 팔 물건을 준비하는 데 시간이 걸리잖아. 당분간은 주변에 있는 걸로 버티면서 준비를 해야겠어."

"그, 그럼 역할을 분담할 필요가 있겠네요……."

루피에게 시선을 주고 말했다.

"숲에 들어가면 조금 정도는 먹을 만한 걸 찾을 수 있겠죠? 그런 방법으로 식량을 확보할 수도 있을 것 같은데요."

"그래. 여기 있는 땅의 일부로 채소밭을 만드는 방법도 있고."

"채소밭이라면 내 사역마들도 만들 수 있어."

갑자기 루피가 손을 들고 발언했다. 갑작스러운 참견에 리나리아는 눈이 동그래졌다. 가슴이 철렁했다.

"헤에, 그 짐승들이?"

감탄하는 리나리아를 곁눈질하며 나는 긴장감으로 어깨를 바들바들 떨고 있었다. 루피는 음흉한 미소를 띤 채 이쪽을 흘끔 쳐다보았다.

"그럼 나는 팔 물건을 만드는 작업에 착수할게. 루피는 사역마들을 부려서 채소밭을 만들어. 그리고 알바는 숲에 가서 먹을 걸――."

"사역마들과 같이 있을 필요는 없어. 난 알짱이랑 숲에 갈게."

그 말투는 사람이 달라진 듯 담담했다. 긴장감이 감도는 것 같은 기분이 들었다.

"무, 무슨 말도 안 되는 소릴 하는 거야? 사역마들한테만 맡길 수 있을 리가 없잖아."

"할 수 있어! 인간 어린애 수준으로는 말을 잘 듣는단 말야!"

그거, 말을 잘 듣는다고 할 수 있는 건가?

"게다가 리나리아. 알짱을 혼자 숲에 보낼 셈이야? 잘 생각해 봐. 그쪽이 더 위험하잖아? 내가 같이 가면 지켜줄 수 있으니 그게 더 나을 것 같은데~."

"다른 마녀한테 호되게 당한 지 얼마나 됐다고…… 네가 알바를 지킬 수 있을 리 없잖아."

사적인 감정에 사적인 감정으로 맞서는 듯한 상황에 알바는 무심결에 쓴웃음을 짓고 말았다. 루피는 울컥해서 입술을 삐죽 거리더니, 이쪽으로 시선을 돌렸다. 불길한 예감이 들었다.

"있지, 알짱. 알짱도 누나랑 같이 가는 게 좋지? 누나랑 가고 싶지?"

그치? 동의를 구하는 그 눈동자 앞에서, 숨을 죽였다.

"누나라니, 무슨 소리야……?"

리나리아가 식겁하고 있었다.

리나리아가 잠에서 깨기 얼마 전——.

알바는 바닥에 닿도록 머리를 조아린 채 루피에게 용서를 구하고 있었다.

"고개 들어."

암흑가의 일원이 아닐까 싶을 정도로 낮은 목소리였다.

"누나가 언제 사과하라고 했어?"

그 목소리에는 평소의 활발한 느낌이 전혀 없어서 등줄기가 오싹했다.

"그, 그럼, 용서해주시는 건가요……?"

알바는 넙죽 엎드린 자세에서 고개만 들어, 창백해진 얼굴로 말했지만 "용서?"라는 무자비한 말만 돌아왔다.

"애초에 누나한테 비밀을 만들면 못 써. 떽."

손가락을 흔들며 동생을 타이르듯 그런 소릴 했다. 하지만 눈빛이, 무섭다.

"하지만 스승님한테만은, 비밀로 해주시면 안 될까요? 분명, 모두가 행복하지 않게 될 테니까요."

아닌 게 아니라 왜 지금 이런 상태가 된 거더라……? 아이비의 머리카락 하나가 나왔을 뿐인데, 왜 이렇게 된 거지……?

루피의 의아한 눈빛이 더욱 매서워져, 야차와도 같은 박력을 띠기 시작했다.

"왜 그렇게 필사적으로 숨기는 거야? 이런 건 나중에 발각되는 게 더 위험할 것 같은데."

안다. 알고는 있지만, 설명할 방법이 없다. 이 검은 머리카락의 주인을 눈앞에 데려온다 해도, 분명 두 사람은 인식하지 못할 거다. 심지어 지금 그 소녀와는 대판 싸우는 중이다.

"제, 제대로 설명할 수는 없지만, 하지만 절대로 떳떳하지 못한 사정이 있는 건 아니야. 그냥 제대로 설명하지 못할 건 분명하고, 스승님한테 들키면 여러모로 일이 꼬일 것 같아……. 아니, 무조건 그럴 거야!"

이것만은 확신할 수 있다.

"스승님을 화나게 하면 여러모로 성가셔진다고. 루피도 알잖아? 그 사람이 얼마나 성가신지~ 하하."

웃어넘겼다. 하지만 루피는 눈에 띄게 기분이 상한 듯한 표정을 지었다. 분노의 임계점을, 훌쩍 넘겨버린 듯이. 어째서——?

"아까부터, 자꾸 스승님 타령만 하네."

아무래도 다른 지뢰를 밟은 모양이다.

"뭐야, 누나보다 리나리아가 중요해? 뭔가 슬프네."

"그렇지 않은데……?"

"거짓말쟁이."

작은 얼굴을 바짝 들이대고 코앞에서 노려본다. 알바는 갈수록 눈앞이 깜깜해지는 걸 느꼈다. 다 끝난 걸지도 모르겠다.

"용서해 줄까? 둘만의 비밀로 해줬으면 좋겠어?"

흐름이 바뀌었다.

"으, 응."

루피의 입에서 긍정적인 말이 나와서 알바의 눈앞이 다시 밝아졌다.

알고 보면 착하고 상냥한 애다. 공포에 벌벌 떠는 알바를 배려해서 분노를 가라앉혀주지 않았는가. 지금은 좀 전까지 넘쳐나던 살기도 거둔 상태다. 그 희미한 광명에 매달리는 수밖에 없다.

"조건에 따라서 비밀로 해줄게."

"뭔데? 내가 할 수 있는 일이라면 뭐든 할게!"

"방금 뭐든 하겠다고 했지?"

루피가 바짝 다가섰다.

"내, 내가 할 수 있는 일이라면."

허둥지둥 덧붙여 말했다. 그녀는 불만스럽게 얼굴을 찌푸리더니, 얼마쯤 지나 "요즘 들어 알짱, 나한테 매정하게 굴었지?"라고 말했다.

"어?" 고개를 갸웃했다. 그럴 생각은 전혀 없었는데.

"리나리아만 챙기고 누나한테는 매정해. 나도 똑같이 해줘."

"그, 그러진 않았던 것 같은데……."

"아냐, 매정한 거 맞아! 편애하고 있잖아!"

호통을 듣는 바람에 몸을 움츠렸다.

"매정하게 굴고 있지?"

"모, 모르겠어."

"그렇다는 자각도 없구나? 그건 그것대로 상처받을 것 같네, 너무 충격이 커서 입이 가벼워질 것 같아."

죄송합니다!

"지, 지금 내 태도를 돌이켜 보니 나라는 인간이 얼마나 무심했는지 알겠어! 난 못난 인간이야! 열 번이고 스무 번이고 반성해야겠어!"

루피는 알바의 답변에 만족했는지, 미소를 지어 보였다.

"그럼 부탁은 그걸로 할까? 반성해야 할 점을 바로잡기 위해 나랑 데이트를 하는 거야."

루피의 말에 어안이 벙벙해졌다.

"누구랑, 뭘 해?"

"나랑 데이트 해 줘."

그녀는 쑥스러운 듯이 눈을 내리깔고 있었다.

"데이트라는 게, 내가 아는 데이트랑 같은 의미야?"

만약을 위해 확인했다.

"밀회(密會)라고 말하면 알아듣겠어?"

"결정적인 한마디로 확인시켜줘서 고마워……."

"그럼 결정된 거다? 데이트해 주는 거야?"

"뭐, 뭐 그 정도라면."

잽싸게 생각했다. 문제는 없다. 그렇게 자기 자신을 설득했다.

그런 이벤트는 리나리아하고도 종종 있었다. 분명 거기에 루피가 끼는 정도일 거다. 부족한 상상력으로 그런 생각을 하고 있자 "참고로 밀회는 단둘이 하는 거야." 라고 루피가 뚱한 눈을 하고서 사형선고나 다름없는 말을 던졌다.

"아니아니, 무리잖아."

그 리나리아가 그런 일을 허락할 리가 없다. 폐성에서 그 일이 있고 나서 리나리아는 상당히 신경질적으로 바뀌었다. 그 사람의 눈을 몇 시간이나 피할 수 있을 리가―― 아, 그렇지.

"루피 누나, 애초에 밀회라는 건 말이죠."

"연인이 하는 거라고 말하려고?"

하려고 했던 말이 루피의 입에서 그대로 나오는 바람에 말문이 막혔다.

"아…… 그래그래, 좋아하는 사람하고…… 말이야."

"그럼 일단은 연인이 되면 돼? 그런 이유라면 부탁을 그걸로 바꿀까?"

"부족한 몸이지만, 열심히 데이트에 임하도록 하겠습니다~!"

그런 수십 분 전의 대화를 떠올리고 있었다.

"저도 숲에는 혼자보다 둘이서 가는 게 좋을 것 같은데요."

적당한 핑계거리라는 무덤은 준비됐다. 남 일도 아닌데 '이제 거기 들어가서 묻히면 되겠네' 라는 생각이 들었다.

"뭐?" 리나리아가 깜짝 놀랐다.

"그렇게 멀리는 안 갈게요. 저라고 설마 또 납치 같은 걸 당하겠어요?"

"전혀 설득력이 없는데."
리나리아의 말이 맞다.
"괜찮아요."
조금도 그렇게 생각하지 않지만.
"저한테는 스승님한테 받은 강력한 법진이 있는 데다, 전 스승님의 수제자잖아요! 스승님 얼굴에 먹칠을 하지 않으려면 제 몸 정도는 지킬 줄 알아야죠! 믿어주세요!"
묻힌다, 파묻히고 있다. 내가 판 무덤에 묻히고 있다.
리나리아는 눈을 가늘게 뜨고서 알바를 노려보더니, 한 발짝 양보하듯 "뭐, 네가 정 그렇다면……."이라고 말했다.
"아싸아!"
루피는 두 손을 들고 크게 기뻐했다. 아아, 이걸로 이 소동도 겨우 마무리될 것 같네.
안도하며 리나리아에게 시선을 돌려보니, 꿰어 죽일 듯한 눈빛으로 알바를 쳐다보고 있었다.

혐오

화창한 푸른 하늘 아래, 예정대로 단둘이 산책을 시작했다.
숲에 들어서기 전, 이마에 핏대를 세운 채 배웅을 하던 리나리아의 모습은 지금 생각해도 웃겼다. 그때 알바도 얼굴이 상당히 경직되어 있었지만, 그것까지 포함해서 모두 재미있었다.
지금 나는, 분명 두 사람 사이에 서 있다.
"어째 기분이 좋아 보이네."

옆에서 걷던 알바가 갑자기 말을 붙여 와서 화들짝 놀랐다.
"어?"
"아…… 아니야? 콧노래를 부르기에."
콧노래, 같은 걸 불렀던가? 당황하며 입가를 손으로 쓸어보니, 어느샌가 얼굴에 미소가 걸려 있다는 사실을 알 수 있었다.
"뭐, 그렇게 기뻐해주니 다행이야."
아주 싫지는 않은지 그는 웃고 있었다.
거의 반강제로 약속을 받아낸 밀회이다 보니, 싫은 티를 팍팍 낼지도 모른다고 생각했다. 루피는 그런 부분까지 포함해서 즐기고 있었는데.
"가, 가자!"
알바의 손을 잡아당기며 앞으로 걸었다. 잡은 손이 시원하다. 내 체온이 높은 탓일지도 모르겠다.
"이제 와서 도망치지 않을 테니 서두르지 않아도 돼……."
그 웃음소리가 귀에 들려와서 머릿속이 뒤죽박죽이 된다. 잡힌 손을 마구 흔들린다. 데이트를 하는 연인이 아니라, 나이 차이가 나는 오빠와 놀러 나온 동생처럼.
"아니. 내가 누나잖아……."
그 부분은 양보 못 한다.
하지만 지금, 아마도 내 얼굴은 새빨갈 거다.
그 사실을 자각하고 나자 어째서인지 조금 분해졌다.

"긍정적인 자세는 중요해."
과실 맺힌 나무들이 있는 숲 한구석에 도착했을 때, '화 안 났어?' 라고 묻자 그가 그렇게 답했다.

"긍정적인 자세……."

"이왕 이렇게 됐으니 나도 너와의 데이트란 걸 산책을 겸해 즐기기로 했거든."

알바는 나무에 열린 과일을 따면서 말했다. 에헴, 하고 그야말로 오빠라도 된 듯한 말투로.

"그거, 새가 쪼아 먹은 흔적이 있어. 벌레도 잔뜩 붙어 있고."

"엑……."

검게 변색된 열매의 뒷면을 보고 알바가 깜짝 놀랐다. 루피는 그 모습을 보고 키득키득 웃었다.

그는 과일을 땅바닥에 버리고 헛기침을 했다.

"그보다 그거 알아, 루피?"

"뭐를?"

백 년은 더 살았으니 그만큼 아는 건 많아.

"산책의 목적은, 좌우간 먹을 만한 걸 찾는 거야. 많이 걸어 다니면서 말이야."

"그렇지."

"손을 잡은 채로는, 좀 힘들 것 같지 않아?"

알바는 마주잡은 손으로 시선을 떨구며 말했다.

잠시 생각하는 척을 했다가 "별로 그럴 것 같진 않은데에?" 웃는 얼굴로 답했다.

"그래……?"

"우후후!"

착, 그의 팔에 두 손으로 매달렸다. 난감하게 됐다는 듯한 한숨소리가 들려왔지만 뿌리치지는 않았다.

그 사실이 기뻤다. 그 집에서는 계속 리나리아한테 붙어 있던 그가, 지금은 내 손안에 있다.

훼방꾼은 없다. 숲속—— 수없이 늘어서 있는 나무들의 건너편, 그보다 더 멀리 둘이서 가고 싶다고 하면 그는 어디까지 같이 가줄까.

루피는 좋은 생각이 나서 그의 손을 놓고는 눈앞에 있는 길로 달려 나갔다.

"있잖아!"

뒤돌아서 그를 불렀다.

"술래잡기 하자! 알바가 술래야!"

"어? 잠깐만!!"

어디까지 따라와 줄까.

기대로 부푼 가슴을 안고 달렸다. 뒤에서 나를 쫓아오는 발소리가 들린다.

——.

술래잡기가 시작되고서 얼마쯤 지났을 때. 뒤를 돌아보니 알바는 가만히 멈춰 서서 풀숲 안을 쳐다보고 있었다.

"알짱?"

안녕의 끝, 재앙의 시작

흉몽

완성된 스크롤 더미를 앞에 두고 허리를 펴고서 한숨을 돌렸다. 불사의 몸이기는 해도 같은 자세로 오랫동안 작업하면 힘들다. 아니, 불사인 건 별로 상관없으려나…….

서재에서 마도구를 만들기 시작하고서 얼마나 집중했을까. 어느새 창밖에서는 석양이 들이치고 있었다.

"그러고 보니 알바는?"

늘 곁에 있던 제자의 모습이 보이질 않는다. 방금 내 입으로 의문을 자아내기 전까지 까맣게 잊고 있었지만.

"휴식을 취할 겸 찾으러 가볼까……."

그런 생각에 책상 앞에서 일어났다.

"스승님."

"히익?!"

갑자기 목소리가 들려서 펄쩍 뛸 만큼 놀랐다. 그것은 좀 전까지 아무도 없었던 실내에, 아무런 전조도 없이 서 있었다.

"뭐…… 뭐, 뭐뭐."

검고 커다란 곰 모양 탈인형이었다. 번영한 도시에서 아주 가끔 본 적이 있다. 사람이 매우 많이 다니는 큰길에서 공중에 뜨는 풍선이나 꽃다발을 나눠주는 그거다. 작은 애들이 재미로 장난을 치는 모습이 먼 옛날의 기억에서 발굴되어 떠올랐다. 아니, 지금 그런 건 아무래도 좋아…….

"누, 누구……?"

"주인님의 충실한 하인, 열 배 곰입니다."

"열…… 뭐라고?"

"열 배 곰입니다."

날 놀리는 걸까. 탈인형에는 당연히 표정이 없다. 하지만 목소리는 사람의 말을 이루어 리나리아의 귀로 들어왔다.

"세 마리의 마법생물은 말하자면 마력 탱크입니다."

갑자기 무슨 소릴 하는 거람……?

"한 마리당 주인님이 선천적으로 지니고 있는 마력량의 세 배를 보유하고 있습니다. 따라서 주인님은 자신이 지닌 마력 자원의 열 배를 보유할 수 있습니다. 그 열 배의 마력을 한 곳에 모아 만들어진 제가 바로."

"열 배 곰……?"

"과연 스승님, 대단한 통찰력이십니다!"

"……."

"우후후."

굵은 손으로 머리를 긁적이며 몸을 들썩이고 있다. 이건, 웃고 있는 걸까?

"주인님의 모습으로 행동하면 여러모로 눈에 띄니 말이죠. 이렇게 우리 마법생물들은 때때로 대부분의 행동 권한을 주인님에게 양도받아, 주인님의 손과 발이 되어 행동하고는 합니다."

“무슨 의미가 있는지는 모르겠지만…… 다시 말해서 루피란 말이지, 너도……?”

일단 그렇게 이해해 두기로 했다.

“주인님은 지금, 제 안에서 잠들어 있습니다.”

“그래서, 그건 뭘 하는 놀이인데……?”

어이가 없다는 투로 물었다.

“사라진 알바 군을 찾기 위해서.”

“뭐?”

뜬금없는 소리에 귀를 의심했다.

“어디론가 가버린 모양이더군요.”

“자, 잠깐만 있어 봐……. 이야기의 흐름을 못 따라가겠어.”

“아 정말~! 꾸물대다가는 늦고 말 거라고요!”

그가 이곳을 떠나다니, 그럴 리가 없다.

하지만 결론을 내리고―― 폐허 곳곳을 둘러보아도 그의 모습은 보이지 않았다.

주변에서 숲으로 향하는 두 개의 발자국을 발견했을 때는, 슬픔보다 나 자신에 대한 실망감이 더 컸다.

뭘 하고 있었던 거야, 리나리아, 라고 나 자신을 나무랐다. 늘 그의 동향을 주시하고 있었다. 그 빈틈을 찔러 여기서 빠져나갔다? 누구랑――?

싸늘한 바람이 불더니 숲 쪽에서 날아온 낙엽이 뺨을 스쳤다.

“망설이고 있을 때가 아니야…….”

숲 앞에 멀거니 선 리나리아는 잠꼬대를 하듯 중얼거렸다.
"잠깐, 정리 좀 하게 해 줘……."
이마에 손을 짚은 채, 지친 얼굴로 리나리아는 열 배 곰을 바라보았다.
"누가 데려갔어……?"
"모르겠습니다."
"넌 뭘 하고 있었는데?"
"저요? 자고 있었죠."
화가 나기 시작했다.
"난 맨손으로는 못 싸워……. 만약 알바를 납치한 녀석이 요전의 피살리스 같은 녀석이라면…… 싸울 준비를 할 필요가 있어."
"그러면, 먼저 가겠습니다."
마치 감정이 없는 생물과 대화를 하는 것 같은 기분이었지만, 말이 잘 통해서 다행이다.
"너…… 믿어도 되겠지?"
"당연합죠!"
못 미덥기만 한 대답을 남긴 후, 그것은 믿기지 않을 정도의 돌풍을 일으키며 하늘로 점프했다.
스커트를 억누른 채 그 커다란 몸이 숲속으로 사라지는 모습을 바라보았다. 폭풍이 지나간 후에야 리나리아는 뒤늦게 생각이 난 듯 폐허를 향해 달려 나갔다.

청교(淸敎)

산스타웨이. 그 마을의 유래는 '부의 보옥(寶玉)'.

부와 부패가 동거하는, 산에 둘러싸인 분지 속 도시에는, 건조물이 마치 곰팡이처럼 펼쳐져 있었다.

슬럼과 거주 구획의 경계에 버려진 낡은 교회가 있다. 그곳에 듬직한 갑옷으로 몸을 감싼 남자들이 북적거리고 있었다.

이단 심문—— 손을 피로 물들이는 일을 하는 그들에게 그곳은 적절한 은신처라 할 수 있었다.

"휴켄과 잔트는 이곳에서 남쪽에 있는 삼림과 황야가 인접한 땅, 구(舊) 자피드 요새를 주둔지 삼아 침공 준비를 진행하고 있습니다."

먼지투성이인 실내, 책상에 펼쳐진 지도 중심에 빨간색과 녹색으로 된 장기말이 배치되어 있다. 두 신관이 그 장소에 진을 치고 내 지시를 기다리고 있음을 뜻했다.

"대신관님과 히긴즈는 미리 그보다 남쪽에 위치한 산맥 지대로 향해서——."

——.

한 달 정도 전의 이야기다.

모든 것을 내다볼 수 있는 천리안을 지닌 여자가 말했다. 이 땅에서 한 명의 마녀가 죽었다고.

마녀—— 불에 태우건 목을 치건, 그 상처가 본인의 마력을 빨아들여 그 즉시 재생하고 마는. 열세 명의 불로불사의 괴물.

그들을 죽일 방법 같은 건 이 세계에 존재하지 않는다. 설령 그 몸을 붙잡을 수는 있을지 몰라도, 처형을 집행할 수는 없다. 그것이 이 세계의 섭리였다.

그런 마녀가, 죽었다.

"대신관님."

생각에 잠겨 있던 머리에 남자의 목소리가 울렸다.

"괜찮으십니까?"

그완── 성직자의 옷을 입은 빨간 머리의 남자가 걱정스러운 눈으로 나를 쳐다보았다.

"미안하군, 무슨 얘기 중이었지?"

"소수정예로의 조사 진행 안건입니다. 천리안에게 얻은 정보에 따르면, 산맥 계곡에 위치한 채굴장 터가 그 마녀의 거처라고 합니다."

그 말을 듣고 지도로 시선을 떨구었다. 남쪽에 위치한 산맥에 흰색과 검은색 장기말이 놓여 있다.

"최종적으로는 이곳에 전력을 투입하여, 마녀 살해자를 탈취하는 데 방해가 될 마녀들을 일망타진──."

"이 로우프라는 마을은 뭐지?"

지도상 그보다 남쪽에 위치한 곳으로 시선을 옮겨 보니 녹음이 우거진 땅 구석에 작은 마을을 뜻하는 마크가 오도카니 그려져 있었다.

"작은 시골 마을 같군요. 천리안의 조언에는 포함되어 있지 않았습니다만."

"모든 걸 천리안의 조언대로 진행할 필요는 없을 텐데."

"하지만 천리안은 오늘까지 우리에게 잘못된 조언을 한 적이 없지 않습니까?"

담담한 목소리였다. 그걸 통해서는 진의를 파악할 수 없었다.

"그완, 그것도 마녀다. 교회의 적이라는 데 변함은 없어. 나는 조금 방법을 바꿔야 한다고 생각한다."

나는 장기말을 계곡에서 남쪽으로 이동시켰다.

"우선은 산맥을 넘어 마을로 향한다. 그곳에서 일단 마을 사람에게 이야기를 들어보지. 운이 좋으면 마녀 살해자와 관련된 무언가를 손에 넣을 수 있을지도 몰라."

"마녀 살해자에 관한 정보도 마녀에게서 나온 것입니다."

"찾아낸다면 운이 좋은 거고, 그러지 못한다면 그 여자에게 배신자의 최후에 관해 알려주면 그만이다."

이단 심문의 최고위자로서 그렇게 발언해 두었다.

천리안의 마녀——녀석을 믿지는 않지만——는 자기보신을 위해서라면 동료라 해도 팔아넘긴다. 그런 성질은 실로 인간다워서 바람직하다고 본다. 그완의 앞에서는 그렇게 말할 수 없지만.

"그럼, 출발하는 거군요."

"내일 아침, 이곳을 떠난다. 신도들에게 전해라. 우리는 이곳의 남쪽에 자리한 땅으로 향해, 마녀의 죽음에 대한 진상 조사에 착수한다."

나는 천천히 책상에 꽂힌 단검을 움켜쥐어 그걸 머리 위로 치켜들고는——

"우리는 반드시, 마녀 살해자에 해당하는 것을 찾아내고, 장해물인 마녀를 칠 것이다."

지도의 남쪽—— 계곡 쪽에 박았다.

애증

다른 사람의 손이 내 허벅지에 닿았다. 손가락이 그 안쪽을 쓸듯이 쓰다듬으며, 슬금슬금 옷 안으로 파고들었다. 딸꾹질을 하는 갓난아기를 달래는 듯한 손놀림으로 등을 훑는다. 남자가 얇은 카디건 자락을 입에 물고, 욕망에 굶주린 짐승 같은 눈으로 이쪽을 바라보았다.

어디까지나 사무적인 행위다. 그럼에도 어정쩡하게 반응할 수는 없었다.

남자의 포옹을 받아들이며 몸에서 힘을 뺐다.

"퀸스, 너는 아름답구나."

남자의 목소리가 끈적한 액체처럼 귀를 파고든다. 옷자락을 문 채, 능숙하게 입가를 일그러뜨린다.

"그렇게 긴장하지 마라, 퀸스. 쾌락을 위해서가 아니라 애정을 품어라. 다른 것도 아니고 나와 가정을 일구기 위해 필요한 일이 아니냐."

남자의 악의에 삼켜질 것만 같아서 현실감이 사라졌다. 시야가 부예졌다. 그는 보란 듯이 쓴웃음을 지은 채 내 가슴에 두 손을 얹었다.

얼마 지나지 않아 이물(異物)이 내 몸을 누비듯 미끄러져 들어왔다.

욕망을 토해낸 뒤에도 몸을 덮친 남자의 움직임은 멈추지 않았다. 품에 안은 채, 근육질인 팔다리로 온몸을 옭아맨다. 그런 행위가 영원히 반복될 듯한 착각에 사로잡혔다.
쾌락의 나선, 나락으로 억지로 끌려가, 쉼 없이 추락하고 있다.
갑자기—— 살덩이가 움찔 떨려, 퀸스는 두 어깨를 경직시켰다. 발목을 쭉 뻗자 쾌감이 온몸을 관통하듯 퍼져 나간다.
남자는 힘을 풀고, 내게 몸을 기대듯이 쓰러졌다.
거친 숨결이 목에 닿는다. 남자의 번들거리는 눈에, 눈물이 그렁그렁해져서 황홀한 표정을 짓고 있는 내 얼굴이 비쳤다.
"너는 마약 같군……."
턱끝을 살며시 쓰다듬었다.
돌아가고 싶다. 돌아가고 싶어. 그 저택으로. 간절하게 그렇게 생각했다.
그렇다. ——돌아갈 장소가, 내게는 있다. 그러기 위해서는 이 남자의 협력이 반드시 필요하다.
퀸스는 남자를 살며시 밀어냈다.
시트에 손을 짚자 아래 깔린 털가죽에 되밀려나는 듯한 느낌이 들었다.
"그 장소에, '꽃'을 전해줘——."
가쁜 숨을 몰아쉬며 말하자, 남자는 옷을 입으며 퀸스를 내려다보았다.
"그래, 한 송이도 남기지 않고 전해주지. 너의 사랑에 보답하기 위해."
그완 샤르와. 신경질적일 것 같은 빨간 머리 남자는 그렇게 말하고는 방에서 나갔다.
기척이 사라진 걸 확인한 후, 그대로 침대에 쓰러졌다. 피로감이 단숨에 밀려들었다. 가슴에 손을 대고서, 마음을 진정시키려고 애를 썼다.

“난폭한…… 자식 같으니…….”

퀸스는 부루퉁한 표정을 지었다. 땀이 밴 이마에 손을 짚고 신음했다.

애증── 그 저주는 이성으로 하여금 끔찍할 정도의 집착을 품게 하는 마성의 힘을 지녔다. 남자와 눈이 마주치는 그 순간, 상대는 마음속까지 나에게 매료되어 다른 일은 생각할 수 없게 된다. 정신오염에 가깝다.

하지만 이것도 보다 많은 허수아비를 찾기 위한 일── 마녀살해자를 찾기 위한 일이다.

“그 녀석들이 오고서부터 좋은 일이 하나도 없네…….”

퀸스는 어깻숨을 쉬며 우울한 투로 한탄했다.

그리고 시온, 칼미아. 저주를 받고서 가장 많이 변질된 두 마녀에 관해 생각했다.

무통

로우프── 그 마을의 이름이다. 마을이나 도시의 규모는 대체로 명칭의 글자 수로 구분할 수 있다. 세 글자인 걸 보면 가장 작은 수준은 아니지만 시골이라고 평가해도 지장이 없는 수준의 규모일 거다. 어디에나 있는 자연에 둘러싸인, 졸음이 올 것 같은── 좋게 말하자면 평온한 분위기를 띤 마을이었다. 뭐 그런 마을이라도 할 일은 변함이 없지만.

시온은 칼미아와 함께 마녀를 죽이는 존재를 찾아내기 위해 로우프에 들어왔다.

오래된 목재 건축물의 정원에 놓인 의자에 앉아서, 지금은 그녀가 돌아오기를 기다리고 있다.

그때, 집주인과 대화를 나누는 칼미아의 목소리가 들려왔다.

천진하고 사랑스러운 목소리다.

그녀와 주민의 부드러운 대화 소리가 들려온다. 성공적으로 단서를 이끌어내기를 기대하며 눈을 감았다.

졸리지는 않다. 아무것도 느껴지지 않는다. 무(無)다——.

칼미아의 목소리에만 집중하고 있자, 과거 그녀와의 추억이 하나둘씩 머리에 떠올랐다.

"시온 양."

왕도에서 같은 학사(學舍)에 있었을 때, 칼미아는 시온을 그렇게 불렀다. 사랑스럽고 섬세한 아이였다.

퉁명스럽고 말수가 적었던 내게 적극적으로 말을 걸어서는, 시시콜콜한 세상 돌아가는 이야기를 해주었다. 존경하는 오빠가 있고, 언젠가 그 오빠에게 부끄럽지 않은 인간이 되고 싶다며 재미없는 꿈을 이야기하고는 했다.

마법의 힘이 더욱 중시되어 왕도에 강한 마법사들이 모여 있을 무렵. 그녀는 자신의 재능을 타인을 위해 쓰고 싶다, 누군가를 지키기 위해 쓰고 싶다고 말했다.

"칼미아는, 좀 더 자신을 위해 사는 게 마음 편하지 않겠어요?"

나답지 않게 그런 잔소리를 입 밖에 낼 정도로는, 그때의 나는 분명 그녀를 걱정하고 있었다. 한결같은 노력가에 지나치다 싶을 정도로 착한 사람이었기 때문이다——.

하지만 그런 그녀는 저주를 받고 끝나고 말았다.

누군가를 구하기 위해 만들어낸 절대 방어 마법은, 지금은 사람을 순식간에 베는 잔인한 마법으로 변질되었다.

그런 과거를 추억한들 마음은 아무런 반응도 하지 않았지만.

하얀 숨을 내쉰다. 몸이 떨리는 게 추위 때문인지, 싸늘해진 마음 때문인지 구분은 할 수 없었지만 적어도 내가 살아있다는 사실은 알게 해주었다.

무통의 마녀—— 시온.

아무것도 느끼지 않는 저주를 지녔다. 고통을 못 느끼는 건 물론이고, 시각 정보에 의해 감정이 흔들리는 일도 없다. 아름다운 경치, 아름다운 그림, 그러한 것들의 아름다움을 정확하게 이해할 수가 없다.

항상 소지하고 다니는 나이프를 만지작거리다가 변덕이 고개를 들어 칼날로 손가락을 쓸었다. 벌어진 피부 사이에서 빨간 액체가 흘러나와 땅바닥에 뚝뚝 떨어졌다. 그 모습을 심드렁한 눈으로 좇았다.

천천히 손가락을 입에 머금었다. 맛이 나지 않는다. 내게는 미각도 존재하지 않는다.

없다. 아무것도 없다. 그게 괴롭다고는 생각지 않는다.

민가에서 사람의 기척이 사라진 게 느껴졌다. 얼마 지나지 않아 입구에서 진홍빛 드레스를 입은 소녀가 고개를 내밀었다.

"분열, 어떻게 됐죠?"

시온은 손바닥만한 나이프를 만지작거리며 칼미아를 쳐다보지도 않고 나직하게 말했다.

"예상대로 최근에 행방불명된 사람 중 피살리스라는 이름이 나왔어요. 분명 본인이겠죠."

시온은 일어나서 그녀를 향해 미소를 지은 후, 막힘없이 말하기 시작했다.

"죽은 건 피살리스인가요."

"아마도. 서열 6위인 우수한 애였는데 말이에요."

피살리스, 사념의 마녀라 불리는 소녀. 타인의 악의를 무차별적으로 거두어들이는 저주 탓에 잡음으로 괴로워하는 마녀였던 걸로 기억한다.

"아아, 그리고. 이 집에서는 재미있는 이야기 하나를 더 들을 수 있었어요."

시온은 고개를 갸웃했다.

"실은 그 사라진 피살리스와 교류가 있었던 행상인이 있었다고 해요. 바로 어젯밤에 그 사람이 이상한 소녀와 함께 이 집을 찾아왔다네요."

"헤에."

손톱을 깨문 채 생각에 잠겼다.

"그 녀석, 수상하네요. 하지만 어젯밤에 왔다면 이미 이곳을 떠났겠군요. 길이 엇갈린 걸까요."

"그건 모르겠지만, 아."

무언가가 떠오른 듯이 칼미아가 외쳤다.

"그리고 말이죠. 듣자 하니 피살리아 씨에게 가족이 있었다는 모양이에요."

"가족? 마녀인 그 녀석에게?"

조금 의외였다. 그 녀석에게 그런 상대가 있다는 게.

"네에, 남편과 아이가 이 마을에 살고 있대요. 어디에 있는지도 모두 다 알려주셨어요. 끝으로 그쪽에 가보죠."

"빈틈이 없네요. 역시 분열이에요."

시온은 웃으며 손뼉을 쳤고, 그러면서 그 시선을 칼미아의 복부로 옮겼다.

"그런데 분열."

억양 없는 목소리로.

"아무래도 상관없지만, 너무 요란하게 죽이면 이단심문 놈들이 마녀 살해자보다 먼저 우리에게 대처하기 위해 움직일 가능성도 있어요. 장난감 놀이는 적당히 하도록 하세요." 표정 하나 바꾸지 않고 말했다.

칼미아가 내려다본 옷의 배 부분에, 빨간 반점이 여럿 묻어 있었다. 무엇의 자국인지는 확인할 것도 없다. 분명 이곳에 사는 주민을 해쳤을 때 튄 피일 거다.

칼미아는 다소 짜증난다는 듯이 눈살을 찌푸렸다.

"네에, 알겠어요. 적당히 할게요."

그녀는 기품 있는 미소를 지었지만 이것도 분명 거짓일 거다.

분열의 마녀—— 칼미아는 겉모습만 보면 귀엽다. 좌우의 색이 다른 두 눈도 분명 평범한 인간에게는 숨을 죽일 정도로 아름답게 보일 거다. 몸의 윤곽은 안타깝게도 성숙한 여성이라고 하기 어려웠지만 풋풋한 꽃봉오리 특유의 순수한 분위기를 띠고 있다.

그런 소녀의 본성은, 살육을 즐기는 악마다.

"그러면 피살리스 씨의 집에 가볼까요. 마녀 살해자, 있으면 좋겠네요."

이미 수십 년이나 곁에 있는 그녀를, 시온은 무감정한 눈으로 바라보았다.

"네, 갈까요."

조용히, 그저 의무적으로 답했다.

분열의 마녀
칼미아 톨루아

Kalmia Toleuoia

지력	A+	사리를 분별하는 능력이 매우 뛰어나다.
강인	S+	특성에 의해 절대적인 방패를 지녔다.
민첩	C	본체는 빠르지 않다. 특성 앞에서는 상관없는 일이라 생각하고 있다.
완력	S+	특성을 통해 살상력이 높은, 자유자재로 늘어나고 눈에 보이지 않는 검을 다룬다.
심력	B	그녀는 살인자지만 제정신이기도 하다.
마력량	B	총량 : 51000 / 회복 속도 : 느림
특수	S+	절대로 침범할 수 없는 영역을 조종한다.
저주	S	잔인한 인격이 몸을 지배하여 본래 인격은 절대 밖으로 나올 수 없다. 특수 능력의 공격성을 강화하는 요인으로도 작용.
체내법진		절대 영역 + 형상변화. 절대영역이란 마법명이 아니라 특수 효과의 이름. '타인은 절대로 침범할 수 없다'는 특수 효과를 추구한 결과, 발현.

무통의 마녀
시온 마르두크

Sion Marduc

지력	S	수재이자 천재. 자신의 특성에 맞는 마법을 적절하게 선택한다.
강인	S+	저주로 인해 피해 개념이 존재하지 않는다.
민첩	A	저주로 인해 부담이 큰 버프 마법을 다루는 데도 망설임이 없다.
완력	A+	거대한 낫을 가볍게 휘두른다.
심력	C	고통을 모를 뿐, 마음이 강한 건 아니다.
마력량	A	총량 : 54000 / 회복 속도 : 보통
특수	S	공격, 방어, 회복을 아우르는 범용성.
저주	S+	고통을 느끼지 않는다. 전투에서는 이점으로만 작용한다.
체내법진		자상(自傷)마법 + 부동. 현자 시절의 부동 마법. 마녀가 된 뒤로 자신이 입을 대미지를 대가로 치를 걸 전제로 자상 마법을 습득. 훨씬 강한 상대라 해도 조건이 맞으면 승리로 이끌 수 있는 잠재성을 지닌 법진 구성. ※하지만 훨씬 강한 존재가 나타나는 것 자체가 거의 불가능한 일.

그것만으로는, 아무도 못 구한다

여명

"엉?"

멀리서 물이 흐르는 소리가 들렸다. 공기는 화들짝 놀랄 만큼 차갑고 주변에는 정적이 가득하다.

"알짱!"

귀에 익은 목소리다. 아니, 그 호칭으로 부를 사람은 그 애밖에 없다.

"루피……?"

"겨우 찾았네!"

달려온 그녀는 알바의 앞에서 멈춰 서더니 숨을 헐떡이면서도 웃는 얼굴로 이쪽을 바라보았다.

"어라? 왜 그래?"

"응?"

따뜻한 봄의 하늘 아래, 그런 질문을 받은 알바는 약간 혼란스러웠다.

"괜찮아?"

낯익은 금발 소녀가 눈을 홉뜨고 이쪽을 올려다보고 있다.

주변을 둘러보니 민가들이 평탄한 길 끝에 드문드문 늘어서 있었다. 평소 생활하고 있는 폐허의 광경이 아니라 눈에 익은 산촌 마을이다.

"백일몽인가……?" 알바는 고개를 갸웃했다.

조금 전까지 나무들로 둘러싸인 장소에 있었던 것 같은데.

"우리가 왜 마을에 있는 거였지?"

루피에게 물어보자 "잊어버렸어?" 그녀는 입가를 구기고 부루퉁한 투로 말했다.

"알짱이 숲에서 미아가 돼서 이런 데까지 오게 된 거잖아!"

왜 저렇게 화가 난 걸까. 그나저나 미아가 됐다니——

"내가 미아……?"

어쩌다 그렇게 된 거지?

"모처럼의 데이트를 망쳤잖아."

루피는 하아, 하고 한숨을 내쉬며 작은 발로 땅바닥을 차고 있었다.

"그보다 온 김에 상점에 들르자."

"이루 씨네?"

"뭐 필요한 게 있지 않았어? 리나리아의 심기가 불편해지기 전에 얼른 끝내자."

심기가 불편해진 그녀의 불평을 듣고 있자니 조금씩 여러 가지 것들이 기억 밑바닥에서 떠오르기 시작했다.

"즐거운 시간은 눈 깜짝할 새에 끝나버린다니깐."

루피는 진심으로 마음에 안 든다는 듯이 말했다. 마주잡은 손에 힘을 꼭 주며 아쉽다는 듯이.

"자, 가자."

손을 잡아끄는 루피를 따라서 시키는 대로 걷기 시작했다.

좌우간 둘이서 다시 폐허로 돌아가야 한다. 리나리아에게 할 변명도 준비해둬야겠다.

길을 따라 걷자 낯익은 여성이 눈앞을 걷고 있었다. 이전에 리나리아와 마을을 찾았을 때 재봉 도구를 빌려주었던 아주머니다.

"어머……."

자연스럽게 따라붙어서 나란히 걸었다. 그녀는 부드러운 미소를 띤 채 말을 붙여왔다.

"손도 잡고 다니고, 사이가 좋나 보네."

아주머니가 얼굴을 바짝 들이댔다. 그 말에 놀란 루피는 슬그머니 알바의 등 뒤에 숨고 말았다.

"어머, 미움을 샀나 보네. 미안하구나."

아주머니는 딱히 개의치 않고 사람 좋은 미소를 짓고 있다.

"이런 시간에 떠나려고? 좀 느긋하게 있다가 가지."

"아뇨, 집에서 기다리는 사람이 걱정할 것 같아서……."

"그러니? 아쉬워라~."

시답잖은 대화를 나누며 걷는다. 걸으면서, 뭔가 이상하다고 생각했다.

루피는 계속 숨어서 대화에 끼지 않았다.

무시할 수 없는 무언가가 있는 것 같은데, 그에 관한 생각은 머릿속에 머무르지 않고 순식간에 사라져 버렸다.

어느 모퉁이에 접어든 순간, 아주머니가 무언가를 알아채고 "어라?"라고 말했다. 그녀의 시선 끝, 한산한 길 한복판에 피처럼 붉은 무언가가 보여서 알바는 무의식중에 뒷걸음질 쳤다.

붉은 무언가는 소녀가 입은 옷이었다. 진홍빛 드레스다. 옆에서 본 그녀의 눈동자 중 한쪽도 새빨갰다. 하늘을 올려다보는 그 빨간 눈은 순도 높은 보석처럼 눈부신 광채를 띠고 있었다.

"길이라도 잃었나?"

아주머니는 그렇게 말하며 소녀에게 다가갔다. 말릴 새도 없이 그 뒷모습이 멀어졌다.

아주머니의 기척을 알아챈 소녀가 천천히 고개를 돌려 이쪽을 쳐다보았다.

"……!"

좌우의 색이 다른 두 눈이 이쪽을 보자 숨이 턱 막혔다. 앳되고 사랑스러운 겉모습을 하고 있지만, 그와 전혀 어울리지 않는 분위기가 부조리하게 입을 틀어막고 있는 듯한 기분이었다.

"어머나, 넌 꼭 이국의 공주님처럼——."

아주머니가 말을 건네려 한 순간, 그 몸이 좌우로 쪼개졌다. 꽃봉오리에서 순식간에 빨간 꽃이 피어난 듯한 광경이었다.

"……어?"

불과 몇 미터 앞에서 일어난 사건에 알바의 두 눈이 휘둥그레졌다.

과일을 도끼 같은 걸로 짓이긴 듯, 무언가가 날아와 알바의 발치에도 튀었다. 아주머니의 몸은 땅바닥에 그냥 쓰러지더니, 그대로 꼼짝도 하지 않았다.

조금 전까지 대화를 나눴던 그것은, 머리에서 많은 액체를 쏟아내며 자신이 널브러진 땅바닥에 빨간 얼룩을 만들고 있다.

무슨 짓을 한 거지? 뭘 어떻게 하면 이렇게 되는 거지?

소녀는 그저 여유롭게 그 자리에 서 있을 뿐이었다. 두 개의 가늘고 여린 손에는 아무런 무기도 들려 있지 않다.

마법—— 그것도 매우 살상력이 높은 무언가.

"루피——."

그녀는 아주 잠시 겁에 질린 듯 몸을 움찔하더니 알바와 얼굴을 마주보았다. 눈물이 그렁그렁해져서 움켜쥔 손에 힘을 실었다.

루피는 사역마를 사역하는 마법에 특화되어 있다. 본래는 전투에 맞지 않다.

언제였는지, 리나리아와 이 마을을 찾았을 때의 일이 떠올랐다. 그때 그녀가 사람을 간단히 죽이는 마법사가 있다는 말을 했던 것도.

——지켜야 한다고 생각했다.

충동적으로 루피의 손을 잡아끌고 반대쪽으로 달렸다.

도망치자, 도망쳐야 해.

제대로 된 생각을 하기 어려운 가운데, 그런 단순한 직관에 매달려 움직인다.

"어딜 가시는 거죠?"

반대쪽, 달려가려 한 길의 구석에 다른 여자가—— 사신이 서 있었다. 검은 후드 아래로 보이는, 그림자가 드리운 눈이 이쪽을 쳐다보고 있다.

"다, 당신은——?"

머릿속이 새하얘진 상태로 간신히 뭐라고 되물어 보려 했지만,

"당신, 피살리스의 딸인가요?"

그녀는 알바 같은 건 보고 있지도 않았다.

등 뒤에 숨은 소녀를 향해 놀리듯이 그렇게 말하더니, 사신은 "마을 처녀치고는 마력량이 굉장하군요."라며 루피에게 손을 뻗으려 했다.

"——큭!"

사신에게서 루피를 멀리 떼어놓고자 달려 나갔다.

루피의 손에서 따뜻한 온기가 전해져 온다.

지금의 알바에게는 지켜야 한다는 생각 말고 다른 생각을 할 여유가 없었다.

무통

다소 기묘한 감각이 시온의 눈에 남아 있었다. 그 소녀를 본 순간, 희미하게 느껴졌다.

"어째서 도망치는 걸까요."

쏜살처럼 달아나는 그들을 칼미아는 매우 불만스러운 눈으로 쳐다보고 있었다.

눈앞에서 그렇게 알아보기 쉬운 살인자의 행색을 하고 있었으면서 저런 소릴 하다니.

"그러게 말했잖아요, 장난감 놀이는 적당히 하라고."

시온은 미소를 지으며 말했다.

"무서우면 당연히 도망칠 수밖에요."

"하지만 무통 씨도, 아무것도 안 하고 놓아주면 너무해요."

"뭐어——."

그다지 관심이 없었으니까.

반격하는 인간이 있었다면 그녀—— 칼미아와 마찬가지로 사람을 베는 것도 망설이지 않겠지만.

"어쩌면 여자 쪽은 피살리스의 딸일 가능성도 있었잖아요? 분열이 실수로 죽여 버리거나 하면 안 되니까요."

일단 그녀를 타이르고자 그렇게 조언해 두었다. 역시나 그다지 관심은 없지만.

"진정하죠, 분열. 우리의 목적은 어디까지나 마녀 살해자예요."

"알아요."

알긴 뭘 안다고. 지금도 대뜸 베려고 했으면서. 시온은 그렇게 생각했다.

"살해당하는 게 무섭다는 건 이해하지만, 지금은 마녀 살해자가 사람인지 도구인지 알 수 없어요. 어찌 되었건 너무 생각 없이 움직이다가는 접촉하기 전에 표적을 놓칠 가능성도 있어요."

"무서워한 적 없어요."

자존심이 상했는지 칼미아는 부루퉁한 표정을 지었다. 이게 토라질 만한 일인가.

"그런고로, 완만하게 처리하죠."

"어쩌게요?"

"우선 제가 접촉하겠어요. 하다못해 죽일지 말지는 엄중하게 고려해서 판단하죠."

으음~. 칼미아는 입가에 손가락을 대고 심정이 복잡한 표정을 지었다.

"마력이 많은 여자는 죽은 피살리스의 관계자일 가능성이 높아요. 그러니 일단 확보하고 애증의 곁으로 데려가죠.”

“애증이라면 뭐, 이래저래 정보를 끌어낼 수 있겠지만…….”

그제야 납득했는지 칼미아의 표정이 부드러워졌다.

“자세한 조사는 애증의 허수아비를 쓰면 그만이에요. 우리는 우선, 되도록 많은 참고인을 확보하는 작업에 착수한다. 그럴 예정이었잖아요?”

“……알겠어요. 선처할게요.”

“이해해주셨군요. 그럼 가죠.”

시온은 크응~ 하고 콧숨을 내쉬며 목적한 장소를 향해 걷기 시작했다.

천천히 품속에서 손바닥 크기의 나무상자를 꺼냈다.

두르는 월륜(月輪)(시야칸)——.

그렇게 이름 지은 마도구의 덮개를 연 직후, 그녀의 손에는 좀 전까지 없었던 거대한 낫이 쥐어져 있었다.

대형 낫을 쥔 시온은 마치 진짜 사신처럼 보였다.

여명

집 앞으로 뛰어간 나는 일단 숨을 가다듬었다. 여기까지 계속 달려온 탓에 루피도 숨이 거칠었지만, 불안한 듯한 눈동자를 보고 자신의 역할을 기억해냈다.

그곳에 사는 사람이 있는지 없는지도 확인하지 않고 그 집의 현관으로 들어갔다.

“이루 씨!”

주민의 이름을 불렀다. 눈앞에 자리한 통로에서 불쑥 고개를 내민 소녀를 보고서야 가슴을 쓸어내릴 수 있었다. 일단은, 살아 있었다.

"왜, 왜 그래?"

숨을 헐떡이는 나를 보곤 그녀는 눈이 휘둥그레졌다.

"……카이트 씨는?"

"어? 아빠라면 출장 갔는데……."

카이트는 상품을 납품하러 다른 땅에 가는 일이 많았다. 마을에 없다니 오히려 잘 됐다.

어깻숨을 쉬며 목소리를 냈다.

"살인마가, 와 있어. 지금 당장 이곳을 벗어나자."

"살인마?"

이루는 얼굴을 찌푸렸다.

"그 녀석들, 이루 씨를 찾고 있었어."

"나를? 어째서? 그보다 살인마라니……."

목적은 모르겠다. 하지만 위험한 녀석들이라는 건 분명하다. 사람의 머리를 무기도 쓰지 않고 쪼갰다고 말해도 이루는 이해하지 못할 거다.

"어쨌든 빨리 이곳을 벗어나야——."

오싹. 발끝부터 머리끝까지 뭔가가 기어 다니는 듯한 감각에 사로잡혔다.

무언가의 전조를 감지한 건 아무래도 나뿐이 아닌 모양이다. 이루는 겁에 질린 얼굴로 현관 쪽을 쳐다보고 있었다. 살기란 건 이렇게 공기를 타고 퍼지기도 하는 걸까——?

재빨리 루피의 손을 잡아끌고 부엌 쪽으로 이동했다.

현관 방면에 있는 작은 창으로 밖을 내다보니 두 명의 사람이 이 집을 향해 천천히 다가오고 있는 모습이 보였다.

"뭐야?"

나를 따라서 상황을 살피러 온 이루가 말했다.

"녀석들이 왔어."

"녀석들이라니……."

"사람이 순식간에 베여 나가는 마법, 본 적 있어?"

이루가 저 붉은 드레스와 사신, 두 사람과 면식이 있을지 궁금해졌다.

이루는 눈이 동그래져서 무슨 소리인지 모르겠다는 듯한 표정을 지었다.

"어, 없는데?"

"좌우 눈동자 색이 달라. 한쪽은 새빨개. 그런 사람을 본 적은?"

"없어."

이번에는 또렷하게 답했다.

"이 집에 뒤로 나갈 수 있는 방법은 있어?"

"있기는 하지만."

"이 애를 데리고 나가서 숲 쪽으로 도망쳐줄 수 없을까."

말하고서야 알아챘다. 그녀가 그런 걸 알 리가 없다. 나도 상당히 마음이 급해져 있었다. 알바는 팔에 달라붙은 루피를 보았다. 불쌍하다는 생각이 들 정도로 몸을 벌벌 떨며 겁에 질린 눈으로 나를 바라보고 있다.

그때——.

"실례합니다~."
여자의 목소리가 들렸다. 긴장감과는 거리가 먼, 얼빠진 목소리다. 그 목소리가 불안감을 더더욱 부추겼다.
"누, 누구야?"
"시간이 없어, 빨리."
정신이 하나도 없었다. 루피를 이루에게 떠밀었다. 불안한 표정을 짓는 두 사람을 무시하고 다시 현관 쪽으로――
"잠깐, 만약 살인마라는 얘기가 사실이라면, 넌 죽을 셈이야?"
이루가 창백해진 얼굴로 쳐다보는 바람에 말을 머뭇거렸다. 죽는다――? 어쩐지 현실미 없게 느껴지는 그 말이 가만히 몸 안으로 스며들기 시작했다.
죽을지도 모른다. ――그런 좋지 않은 예감도 들었다.
"저기, 저 사람들은 나한테 볼일이 있는 거지? 그렇다면――."
이루의 그 말에 알바는 복잡한 심경으로 얼굴을 찌푸렸다.
"무모한 짓이야."
"내버려두면 네가 죽을 것 같아서 제안한 거야."
이렇게 간이 큰 아이였던가. 앳된 얼굴을 하고 있는데 오히려 내가 기세에서 밀릴 것 같았다.
"이 집의 주인은 나니까, 나한테 맡겨."
이루는 그렇게 말하고서 현관 쪽으로 걸어갔다.

분명 알바가 그녀들의 방패가 된다 해도 기껏해야 몇 초밖에 시간을 벌지 못할 거다.
정면으로 맞붙어 싸우면 알바의 목숨은 순식간에 꺼져버릴 거다. 이 자리에 있는 모든 사람의 목숨도 위험해진다.
싸울 거라면 빈틈을 찌르는 수밖에 없다. 이루가 앞으로 나간 순간, 알바도 각오를 굳혔다.
"안녕하세요."
행운인지 불행인지, 벽 너머에서 들려온 건 빨간 드레스 소녀가 아니라 후드를 뒤집어쓴 사신의 목소리였다.
알바는 루피의 손을 잡아끌고 살금살금 부엌으로 이동했다.
테이블 위에 아침 식사 때 사용한 것으로 보이는 식기가 늘어서 있었다. 분명 좀 전까지는 평온한 일상을 보내고 있었을 터. 알바는 그걸 지나쳐, 안쪽에 있던 칸막이용 커튼에 손을 집어넣어 안을 들여다보았다.
그곳은 좁은 창고 같은 공간이었다. 조리도구 같은 게 난잡하게 놓여 있다.
"여기 숨어 있어……."
그곳에 밀어 넣고 나니, 불안해하는 루피와 눈이 마주쳤다.
"알짱은……?"
"괜찮아, 어떻게든 할게."
느긋하게 대화를 나눌 시간은 없다. 그녀를 그곳에 웅크려 앉게 하고서 다시 부엌으로 돌아갔다.
알바는 벽에 다가가 귀를 기울였다.
"아까 봤던 것과 다른 애네요."
가녀리고 고운 목소리였다. 사신의 목소리다.
"그 커다란 날붙이는 뭐야……."
이루의 목소리다——.

덕분에 벽 너머에 서 있는 두 사람의 위치를 알 수 있게 됐다.
“네? 이건, 문을 안 열어주면 이걸로 파괴하려고 한 건데.”
무기—— 이루가 자연스럽게 내게 정보를 알려줬다는 걸 알아챘다.
“그보다 당신은, 정체가 뭐죠?”
“궁금하면 당신부터 밝혀.”
“저요? 저는 시온, 시온 마르두크.”
사신은 전혀 망설이지 않고 자기소개를 했다. 시온—— 역시 들어본 적 없는 이름이다.
“당신은요?” 시온은 어쩐지 감정이 느껴지지 않는 목소리로 담담하게 말을 이어나갔다.
“이, 이루! 이루 슈이가르야.”
“아아, 당신이.”
허세를 부리는 이루와 달리 덤덤한 반응이다.
하지만 예상한 대로 방문자는 이루에게 관심을 보이고 있다. 이루의 이름이 나온 순간, 긴장의 끈이 팽팽해졌다. 평소에는 공기마저 온화하게 느껴지던 이루의 집에서 적의가 감돌고 있는 것이다.
자신을 시온이라고 소개한 여자를 경계하며 알바는 의식을 오른손에 집중시켰다.
‘오른손에 강하게 집중한다.’
폐허에서 리나리아에게 받은 법진의 존재를, 알바도 느낄 수 있었다.
평범한 인간에게 쏘면 그때 봤던 바위처럼 산산조각이 날지도 모른다. 하지만――

“그런데 이리로 도망친 남녀 두 사람은 어디로 갔죠?”

여자의 살기가 알바의 피부에 꽂혔다.

――신호는 없다. 빈틈을 찌를 타이밍은 모두 스스로 판단하는 수밖에 없다. 공격할까, 기다릴까.

알바는 벽을 향해 손을 내밀었다.

귀를 찢는 굉음이 울렸다.

마법―― 꿰뚫는 탄환을 벽 너머의, 사신이 서 있는 위치를 향해 쏘았다. 그것은 간단히 벽을 관통해 여자에게 날아들었다.

“――.”

사신은 표정 하나 바꾸지 않고 날아든 그것을 몸만 숙여서 피했다. 지나간 탄환은 반대편에 있던 벽도 관통해 어딘가로 사라졌다.

법진에 의한 기습은 실패다. 나는 나이프를 쥐고 근거리전으로 몰고 가기로 했다.

구멍 뚫린 벽을 사이에 두고 사신과 눈이 마주쳤다. 그 손에는 본인의 키만큼 커다란 낫이 쥐어져 있다.

거대한 날붙이에서는 상상도 되지 않을 만큼, 놀랍도록 빠른 속도로 낫을 휘두르자 벽과 기둥이 파괴되었다.

“아앗!”

굉음 사이에 이루의 비명소리가 들려왔다. 그쪽을 신경 쓸 여유는 없다.

“의외네――.”

사신은 중얼거렸다.

"크!"

잔해가 튀는 좁은 실내에서 한껏 몸을 웅크려 커다란 낫의 공격을 피했다. 거의 우연이나 다름없었다.

어지럽게 튀는 나무 조각을 온몸에 맞으면서도 여자의 사각(死角)으로 이동해 반격에 나선다.

"좀 전에는 도망쳤으면서, 상당히 용감한걸, 너."

그 말에는 약간의 칭찬이 담겨 있었다.

——탱, 경쾌한 소리를 내며 나이프가 바닥을 나뒹굴었다.

"……크."

사신이 목을 잡고 있다. 그 손가락이 가차 없이 내 목에 파고들고 있다는 게 느껴졌다.

"그만!"

이루의 비명소리가 들렸지만 사신은 꿈쩍도 하지 않았다.

"유일하게 살려둘 필요가 없는 상대가 저항해줘서 잘됐어. 그리고 부질없는 저항을 하느라 수고했어."

그 힘은 여자라는 게 믿기지 않을 정도로 흉악해서, 알바의 몸을 한 손으로 가뿐하게 허공으로 들어 올릴 수 있을 정도였다.

제길……. 뼈저리게 느껴진다. 실력 차이가 너무 크다.

"죽기 전에 몇 가지 질문에 대답해주겠어요?"

사신의 목소리는 이런 상황에서도 담백했다.

어쩌지. 당황스럽기는 했지만 이제 내가 할 수 있는 일은 없다.

"솔직하게 대답하면 금방 죽게 해주겠어요. 말하지 않으면."

으득으득, 사신의 손가락이 목에 파고들어 숨 쉬기도 어려운 상황이었지만, 그럼에도 기력까지 사그라질 정도는 아니었다.

"이렇게 천천히 목을 졸라 죽여주죠. 그러면 잘 생각하고 대답하세요."

즐거운 듯 사신은 미소 지었다.

"아…… 아무것도 말 안 해……."

그 불쾌할 정도로 단정한 얼굴에 침이라도 뱉어주고 싶은 기분이었다.

"네?"

사신의 눈썹이 살짝 씰룩거렸다. 표정에서 불쾌함이 엿보였다. 담백한 여자 사신에게 그 표정을 이끌어냈다고 생각하니 그나마 기분이 좀 나아졌다.

"말 안 하겠다고…… 이 할망——."

알바의 욕을, 사신의 가차 없는 라이트 스트레이트가 가로막았다. 뺨에 여자의 작은 손이 파고들어, 그대로 뒤로 날아갔다. 그뿐이건만 입 안에 피 맛이 확 퍼져서 토해냈다. 깨진 어금니가 같이 땅바닥을 나뒹굴어서,

"크…… 후후……."

메마른 웃음소리가 흘러나왔다.

목 졸라, 죽인다고 하지 않았어?

쓰러진 눈앞에, 방금 떨어뜨린 나이프가 널브러져 있었다.

나는 그걸 움켜쥐고 최소한의 동작으로 일어섰다.

이번에야말로 칼날을 사신의 가슴에 박아주겠다는 각오로, 나이프의 칼날을 사신에게——

"——어?"

사신은, 눈물을 흘리고 있었다.
동요한 탓에 손이 멈췄고, 방심으로 이어졌다. 순간, 푹, 하고 알바의 가슴에 무언가가 꽂힌 듯한 느낌이 들었다. 그 기세에 의해 몸은 공중으로 떠올라, 또다시 바닥을 굴렀다. 타들어가는 듯한 고통이 배에서 느껴지고, 뚫린 구멍에서 피가 흘러나왔다.
"알바――?!"
누군가의 비명소리가 귀에 들려왔다.
루피인지, 이루인지, 둘 다인지는 모르겠다.
나의 시야는 서서히 좁아지고, 흐려졌고, 결국 깜깜해지기 시작했다.
분명 지키지 못한 걸 거다. 이 자리에 있는 그 누구도, 무엇도 구하지 못했다.

무통

"알짱?!"
"알바――!"
눈앞에서 소년이 엄청난 양의 피 위에 드러누워 있다. 두 사람이 비명을 지르며 그에게 매달렸다.
하지만 그의 몸은 그 이상 꿈쩍도 하지 않았다.
인간이 죽은 것뿐이다. 그저 그뿐일 텐데.
"죽인 건가요……?"
시온은 쭈뼛거리며 뒤로 돌아, 어느샌가 바로 등 뒤에 서 있던 칼미아에게 물었다.

"네, 심장을 꿰뚫었으니 확실하게 죽었을 거예요."

시온이 품었던 희미한 희망은, 그 한마디에 사라져 버렸다.

희망을, 품어? 어째서 그런 생각을 한 거지? 그래서는 마치 소년의 죽음을 안타까워하는 것 같지 않은가.

말도 안 된다. 있을 수 없는 일이다.

"애초에 마력량이 저렇게 하찮은 남자는 굳이 살려둘 필요가 없잖아요."

그 냉담한 말에 웃기지 마, 라고 외치려다가 간신히 참았다.

머리를 싸쥔다. 어째서―― 나는 칼미아에게, 그런 소리를 하려고 한 걸까?

모르겠다…….

"당신, 표정이 왜 그런가요? 눈물을 흘리다니, 이상하잖아요."

"네……?"

훌쩍훌쩍, 내가 울고 있다는 사실을 알아챘다.

눈물―― 그런 인간다운 기능은, 사라져버린 지 오래라고 생각했다.

이상하다. 이상해. 억눌러야 할 감정은 있지도 않을 텐데.

꿈이었다고 단정하기에는 끔찍하게도 또렷한 고통이, 그를 때린 손에서 지금도 온몸으로 퍼지고 있었다.

백 년 만에 느낀 그 고통이 불러일으킨, 감정의 격류에 거스를 수가 없었다.

"으아아아아아아!"

누군가의 비명소리가, 들렸다.

"어째서! 왜 죽인 거예요?!"

아까 전에 남자와 손을 잡고 있던 소녀였다. 왜냐고 한들, 모르겠다.

"피살리스의 딸이, 둘이었던가요?"

칼미아는 두 여자를 번갈아 쳐다보며 무덤덤하게 말했다.

아무래도 좋다. 이제 아무래도 상관없다.

이제 모든 게 다, 늦어버렸으니.

잔재들은 속삭이고, 불씨로 바뀐다

흉몽

스트레스가 증대하고 있다. 주변의 진흙을 바짝 졸인 듯한 풍경에 의한 게 아니다.

리나리아는 가지고 나온 물통을 집었다. 안에 든 물을 신중하게, 입을 적시듯 마신다. 계속 걸었더니 발의 움직임도 느릿해졌다. 불로불사이기는 해도 그 점을 제외하면 평범한 인간의 몸이다. 몸은 수분을 요구하고, 걷다 보면 체력도 줄어든다.

이전에 지났던 길이다. 거리가 얼마나 되는지도 머릿속에 들어 있다.

비관할 필요는 없다. 그는 아직 살아 있고 생명의 위기에 빠질 만한 일도 그리 흔치 않을 거다.

준비하느라 시간이 걸렸다. 평범한 인간이 상대라면 그다지 경계할 필요는 없겠지만, 만약 상대가 마녀라면 이야기가 달라진다.

불로불사의 마녀—— 죽일 수는 없다. 만약 죽이더라도 그 자리에서 즉시 부활해 버린다. 그 점을 고려하면, 그녀들에게 가장 효과가 있는 건 마력 고갈이다. 부활에 필요한 마력을 모종의 방법으로 고갈시켜 버리면 부활에 걸리는 시간을 지연시킬 수 있다. 잘만 하면 구속할 수도 있을 거다.

마력을 빼앗는 단검. 투척용 침. 품안에 있는 마도구들을 확인한다.

싸울 준비는 됐다. 이 정도면 아마도——

"……?"

숲을 빠져나가기까지 얼마 남지 않았을 즈음, 그 일이 일어났다.

푸욱. 몸속에서 날카로운 소리가 났다.

그 직후, 식도(食道)에서 무언가가 솟구치는 게 느껴져서 허둥지둥 입을 손으로 틀어막았다. 기침을 하자 하얀 손에 엄청난 양의 새빨간 액체가 묻어 있었다.

"어……?"

눈을 의심할 새도 없이 리나리아의 몸은 기울어져서, 흙바닥 위에 쓰러졌다.

주변의 소리가 단숨에 멀어져, 사라지려 하고 있다.

거짓말이었다.

이건 정말 최악의 상황이 벌어졌을 때를 위한 보험이었다.

만에 하나 그의 심장이 멈출 만한 일이 생기면, 그 부담을 자신의 심장이 대신 짊어진다. 그런 법진을, 건네 두었던 거다.

"다행……인데……."

밀려드는 약한 파도에 몸이 젖듯 싸늘해지고 있다——. 어느샌가 무릎을 꿇고, 분한 마음에 눈물을 흘리고 있었다.

죽고 싶지 않다. 죽어 있을 때가 아니다. 그런 생각을 하며 뚝뚝 눈물을 흘렸다.

하지만 그 바람은 이루어지지 않아, 의식은 어둠에 녹아들기 시작했다.

무통

"무통 씨."

나는 멍하니 걷고 있었다.

"무통 씨, 들려요?"

멈춰서 바로 옆에 있는 칼미아에게 고개를 돌렸다.

그녀는 고개를 갸웃하며 "피곤한가요? 안색이 안 좋은데요." 하고 걱정스러운 얼굴로 말을 걸어왔다.

"아뇨."

그렇게 답하자 그녀는 시시하다는 듯이 빰을 부풀렸다.

"아무렇지도 않지는 않아 보이는데요."

그랬다. 그녀는 자신을 무시하는 걸 극단적으로 싫어한다.

하지만 솔직히 지금은 그녀의 얼굴을 똑바로 볼 수가 없었다.

내버려뒀으면 좋겠다는 마음이 앞서고 있기 때문이다.

"왜 그렇게 낙담한 거죠? 말을 해야 돕죠."

"괜찮아요."

꺼질 듯한 목소리밖에 안 나왔다.

그 어떤 위로도 무의미하다. 그것은 이미 죽고 말았으니.

당신에게 살해당하고 말았으니.

"이상한 사람이네요."

칼미아는 고개를 갸웃했다.

그렇게까지 관심이 있지는 않았는지, 걱정하는 듯한 빛이 섞여 있던 옆얼굴에 금세 미소가 밝혀졌다.

"그러고 보니 무통 씨는 정식 제자가 없었죠? 적절한 인간이 손에 들어왔으니, 이 기회에 키워보는 게 어때요?"

갑작스러운 제안이었다. 그건 좀 전에 포획한 피살리스의 딸을 가리키는 걸까. 아니면 또 한 명의 소녀?

하지만 그런 건, 아무래도 좋았다.

"소용없어요. 저는 조절을 못해서 분명 금방 못 쓰게 만들어 버릴 테니."

"조금 참아보시지 그러세요. 나약한 동물을 변덕에 따라 귀여워하는 것도 즐거우니까요."

"그런 인간 같은 짓을 할 생각은 없어요. 제가——."

별하늘을 올려다보며 손을 뻗는다. 결코 닿지 않을 별하늘을 붙잡으려는 것처럼.

"제가 원하는 건 대등한 존재예요."

"대등?"

칼미아의 의문에는 답하지 않고 다시 걸음을 옮겼다.

"그건 어떤 괴물인가요?"

빈정거림이 섞인 말이 등 뒤에서 들려왔다.

청교(清教)

"요새라기보다는 성에 가깝군."

그완은 전망대에서 보이는 광대한 황무지를 바라보며 옆에 서 있는 휴켄에게 말했다.

구릉지대에 세워진 그 건물에서는 남쪽 땅으로 이어진 입구, 황무지와 숲의 경계를 구석구석까지 내다볼 수 있었다. 숲에서 누군가가 모습을 보이면 보초의 눈에 띌 수밖에 없을 거다.

과거에 있었던 대전에서는 숲에서 밀려드는 군세를 모조리 물리쳐 왕도로의 침공을 막았다고 한다.

구(舊) 자피드 요새——

과거의 산물인 그 장소에는 현재 이단 심문이라는 조직의 태반이 주둔하고 있었다.

"대신관님은 히긴즈와 함께 남쪽으로 떠났어. 이상한 작전이라고 생각하지 않아?"

그완의 말에 휴켄은 눈을 돌리지 않고 "뭐가 말이지?"라고 답했다.

"여긴 난공불락의 요새지. 자네가 이곳에서 마술에 소양이 있는 삼백 명 이상의 교도를 지휘하고, 대신관의 신호에 맞춰 일제히 남쪽으로 침공하여 선행한 그와 마녀를 협공한다."

"그래, 마르크스는 정예를 이끌고 움직여 마녀 살해자의 단서를 쫓으며 마녀를 몰아세운다. 나쁘지 않은 작전이야."

그완은 쓴웃음을 지었다.

"하지만 내게는 딱히 지시가 없었어. 그냥 내 마음대로 하라고 하던데."

"마르크스답군. 그 녀석은 너와 잔트를 신뢰하고 있으니까."

휴켄은 덤덤한 목소리로 대꾸했다.

"이상한 건 자네야."

그완은 표정을 바꾸지 않고 휴켄을 가리키며 말했다.

"자네는 우리 신관들 중에서도 유일하게 마녀의 절대적인 힘에 저항할 수단을 지녔지. 그런 카드를 곁에 두지 않다니, 이상하지 않아?"

"분명 뭔가 뜻이 있겠지."

휴켄의 눈에는 회의적인 빛조차 보이지 않았다. 마르크스 대신관을 완전히 신뢰하고 있는 거다.

"그렇다면 좋겠지만 말이지."

그완은 비아냥거림과 충고를 담아 말했다. 그게 딱히 그의 격한 반응으로 이어지는 일은 벌어지지 않았지만,

"그완…… 너의 신에 대한 신앙심은 진짜인가?"

"갑자기 무슨 소리야. 난 근본부터가 순교도(純教徒)라고."

상대가 갑작스럽게 화제를 돌려도 동요하지는 않는다. 이단 심문관으로서의 입장을 잊은 것은 아니다. 그완은 그렇게 답하고서 그 자리를 뜨려 했다.

"어딜 가지?"

"대신관의 기대에 응해 마음대로 하려고. 난 움직임이 가벼운 게 장점이니까."

뒤도 안 돌아보고 전망대를 나섰다.

이 순수한 마음에 떳떳하지 못한 부분은 조금도 없다. 대신관도 그 사실은 알아주었다. 그를 자유롭게 풀어두고 있는 게 무엇보다도 큰 증거다.

"분명 나의 신앙심에 거짓은 없지."

휴켄의 눈이 닿지 않는 곳에서 그완은 중얼거렸다.

"신을 신앙하고는 있지만, 그 이상의 사랑에 따르고 있을 뿐."

그녀에게 꽃을, 전해야만 한다.

애증

여자는 좋다. 여자는 내 뜻대로 조종할 수 있으니.

남자는 싫다. 싫고, 무섭다. 왜냐하면 나에게 편집증적인 애정만을 품기 때문이다. 하지만 그건 굳이 말하자면 원래 그런 생물이니까 그렇다고 여기기로 했다.

"무서워?"

"어……."

의자에 앉은 퀸스가 의미심장한 미소를 수녀에게 보내자, 그녀는 뱀 앞에 놓인 쥐처럼 표정이 굳어졌다.

수녀들의 우두머리이자 고위 사제의 지위를 가진 여자. 채굴장의 관리자가 이용하고 있었던 말끔한 서양식 저택 안에는 이미 그녀의 부하인 수녀 수십 명이 들어와 있다.

"겁먹지 말고 긴장 풀어. 몇 살? 묻고 싶은 게 있는 것뿐이야."

퀸스는 들뜬 목소리로 말했다. 그에 반해 고위 사제는 완전히 겁에 질려 있었다.

그녀는 순수한 순교도인지, 결벽증적인 분위기마저 느껴졌다. 그 점이 매우 신경에 거슬렸지만, 지금은 상관없는 일이니 쓸데없는 생각은 접어두기로 했다.

"그러면 신관들이 지닌 법진에 관해 알려주겠어?"

그녀는 고민스러운 표정을 지어 보였다.

"죄송합니다……. 저들에게는 그러한 정보를 전해 듣지 못했습니다……."

분명 거짓말은 아니다. 그러지 못할 테니.
교도들의 실력은 별 볼 일 없지만, 신관 정도 되면 개별로 특수한 법진을 다룰 수 있다고 그완에게서 들었다. 쓸 만한 정보만 빼내면 좀 더 원활하게 일을 진행할 수 있을 거라 생각했지만…….
"역시 당신들을 안 믿었나 보네."
"저기…… 제발 부탁이니…… 동료들을 풀어주세요……."
그녀는 울음을 터뜨릴 듯한 얼굴로 애원했다.
"쓸데없는 소리를 해도 된다고 허락한 적은 없는데?"
냉랭하게 말하자 그녀는 실의에 젖어서 눈물을 글썽거렸다.
"진정해, 아가씨. 나도 딱히 당신들을 죽게 하고 싶은 건 아니니까."
그래, 역할을 완수할 때까지 쉽게 죽게 할 수는 없지.
"그러면, 마지막 질문이야."
퀸스는 지휘를 하듯 손을 움직였다.
"나를 위해 죽으라고 하면, 넌 기꺼이 목숨을 바칠 수 있어?"
짧은 침묵이 흐른 후, 고위 사제는 고개를 숙인 채로 "당신이 그러길 바라신다면……."이라고 조용히 답했다. 그 모습을 퀸스는 주의 깊게 관찰하고서 만족스럽게 고개를 끄덕였다.
"그럼 당신은 수녀들을 이끌고 입구 부근의 경비를 맡아줘."
그녀는 명령에 따라 터벅터벅, 당장에라도 쓰러질 것 같은 발걸음으로 방을 나섰다.
그 뒷모습을 배웅한 후, 방구석에서 대기하고 있던 남자가 감탄스럽다는 듯이 손뼉을 쳤다.
"훌륭한 솜씨로군."

신관 그완—— 애증의 저주에 홀린 남자가 퀸스에게 지금도 뜨거운 시선을 보내고 있었다.

"당신도. 수녀들을 인솔해 오느라 수고했어."

퀸스가 칭찬의 말을 던지자 그는 조용히 미소 지었다.

그 미소에 내심 겁이 났다. 설마 수녀들을 통째로 납치해 올 줄은 몰랐기 때문이다.

"너의 사랑에 답하기 위한 일이니 당연히 해야지."

느끼한 말에 소름이 돋았지만 그런 반응을 눈곱만큼이라도 보여서는 안 된다. 남자는 퀸스의 사랑을 시험하고 있다. 이 저주에 걸린 자에게는 퀸스의 정신 간섭도 통하지 않는다. 경솔한 말을 해서는 안 된다.

"그나저나 적이지만 불쌍한 애들이네."

퀸스는 마음에 솟아난 감정을 그대로 입 밖에 냈다.

"뭐가 말이지?"

"그렇잖아. 동포인 당신이 마녀의 선물로 바친 꼴이니까."

명확한 배신행위일 텐데도 그완은 전혀 개의치 않고 "그런가?" 하고 관심 없다는 투로 답할 따름이었다.

그는 마녀의 저주가 낳은 괴물이다. 그 괴물을 가장 두려워하고 있는 게 마녀 본인이라니, 이보다 얄궂은 일이 또 있을까.

저주를 받기 전에는 이렇게까지 남자라는 생물 때문에 골머리를 썩인 적이 없었다. 마음에 안 드는 소릴 하면 얼마든지 정신 조작으로 뜻대로 조종할 수 있었고, 필요가 없어지면 간단히 멀리 밀어낼 수 있었다.

하지만 만약——.

지금 그때와 같은 '남자' 가 나타나면——있을 수 없는 일이지만, 분명——

"엉망진창으로 만들고 싶어지겠지……."

황홀한 기분에 젖어 생각한다. 분명 울부짖는 모습만 봐도 나는 기쁨에 몸을 떨 거다.

그런 인간이 나타날 일은, 없겠지만.

흉몽

춥고 아프다. 죽었을 때는 늘 그랬다. 깜깜하고 정체된 물속에서 손을 뻗는다. 물을 아무리 헤쳐도, 꼴사납게 발버둥을 쳐도 손끝에 무언가가 닿는 일은 없다. 그저 한없이 가라앉을 뿐이다.

——.

정신이 들어보니 리나리아는 깜깜한 숲속에 쓰러져 있었다.

"…………?"

혼탁함 속에서 리나리아는 조금씩 정신을 추슬러 나갔다. 흙 위에 놓인 손에, 기분 나쁜 민달팽이 같은 생물이 얽혀 있다.

"힉…… 우와아아아악!"

이마에 달라붙은 무언가에 놀라 떨쳐냈다.

몸서리를 치며 땅에서 일어나자, 발치에 있던 흙이 우글우글 꿈틀대고 있었다. 기분 나쁜 생물들이 나를 둘러싸고 슬금슬금 내 발치로 몰려들고 있다.

가만히 있을 수가 없어서 리나리아는 걸어 나갔다.

허억, 허억, 내쉬는 숨소리에 호응하듯 심장 고동도 격해지기 시작했다.

"알바…… 루피……."

리나리아의 세계에서 의미를 지닌 두 개의 이름을 입 밖에 내며, 그녀는 어두운 숲을 걸어 나아갔다.

그 만남은, 행운인가 재앙인가

◆ 여명

알바는 무너지고 구멍이 난 천장을 올려다보고 있었다.

태양이 산 너머로 넘어가자 붉은색을 띠었던 하늘에 군청색 커튼이 드리우려 하고 있었다.

"어……라……?"

이상하다, 어째서 다시 의식이 돌아온 건지 모르겠다. 자신은 그때 무언가에 가슴을 관통당해 쓰러졌을 텐데. 심상치 않은 양의 피가 흘러, 눈 깜짝할 새에 의식을 잃었을 텐데.

가슴 언저리를 문질러 보니 입고 있는 옷이 피로 흠뻑 젖어 있었다. 안을 확인해 보았지만 눈에 띄는 상처는 없었다.

"어라……?"

일어난다. 피와 잔해가 널려 있는 가운데, 혼자만 있었다.

"저기."

말을 해봤지만 아무도 대답하지 않았다.

머리가 어질어질해서 생각이 정리되질 않는다.

"이루 씨! 루피!"

사라진 두 사람의 이름을 외쳤다.

시체는 없다. 아직 살아 있을 거다. 멍하니 그런 생각을 하며 알바는 밖을 향해 걸어 나갔다.

작은, 정말로 작은 여자애가 어머니로 보이는 여성의 품 안에서 죽어 있었다.

두 몸이 포개지듯 쓰러진 걸로 미루어, 어머니는 자식을 지키려고 했을 것이다. 그 여성의 등에는 몇 개나 되는 구멍이 뚫려 있다. 잔인하게도 여성의 부드러운 몸을 꿰뚫은 무언가는 그녀의 몸을 관통해, 그녀가 안고 있던 여자애의 배까지 꿰뚫었다. 어느 쪽이 먼저 목숨을 잃었을까. 어느 쪽이 먼저였든, 그 결과는 몸을 던져 자신을 지키고 죽은 어머니를 본 딸의 슬픔, 딸을 지키지 못한 어머니의 슬픔 중 어느 한쪽이 될 뿐임을 알아챘다.

뛰어서 도망쳐온 경로를 따라 마을로 돌아와 있었다. 누구든 좋으니 살아있는 사람이 있으면 목격 정보 정도는 얻을 수 있지 않을까 하고 기대했지만…….

물을 댄 논에 붉은색이 퍼져 있다. 그 위에 커다란 덩어리가 둥둥 떠 있었다. 노부부의 시신이었다. 길바닥에 널브러진 몇몇 사람들을 보았다. 누구 할 것 없이 거대한 날붙이로 인해 인간 사이즈의 채소를 토막 낸 듯 절단되어 있었다. 그러한 것들을 보아도, 놀라움이나 슬픔을 느끼지 않게 되었다.

눈에 익은 옷이 보였다. 그것은 길 한복판에서 땅바닥에 앉은 듯한 모양새로 정지해 있었다. 목 위쪽에 있어야 할 것이 존재하지 않았다.

"아주머니……."

그녀가 죽는 순간만은, 불과 몇 시간 전에 직접 눈으로 보았다.

아무것도 해줄 수 없었다.

그 사신과 붉은 드레스를 입은 소녀에 관한 단서를 찾겠다는 당초의 목적에서, 살아 있는 사람을 찾자는 걸로 목적이 바뀌었다. 몇몇 집들을 돌아다녀 봤지만 어느 집에서도 기대했던 성과를 얻지 못했고, 이 마을에 일어난 참극만 더욱 자세히 이해하게 되었다.

"예상이 빗나갔네."

해가 저물어 마지막 민가에서 나온 참에 한숨을 내쉬었다.

얼마간 멀거니 서서, 서서히 마음속에서 솟구쳐 오는 감정을 견디듯 어금니를 악물었다.

"젠장……."

땅을 걷어차며 신음했다.

마을에 있던 사람들과 말을 나누었던 일들이, 선명하게 기억난다. 별것 아닌 일상적인 대화였을지도 모른다. 시답잖은 잡담 수준이었을지도 모른다. 그럼에도 1년을 통틀어 많은 추억이 있는 장소가 되어 있었다. 그곳에 부조리하게 쳐들어와, 유린한 자들에 대한 증오가――.

"어째서……."

치밀어 올라온 것이 서서히 차갑게 식어가기 시작한다.

"어째서 나는…… 이렇게 약한 거야……."

내 손바닥을 쳐다보았다. 아무것도 해낼 수 없는, 이런 전장에서는 아무런 가치도 없는 몸이다.

"모두…… 구하고 싶은데……."

자신을 지탱하기도 힘들어진 나약한 몸은, 무릎을 꿇고 한없이 우는 소리를 내뱉었다.
분노로 힘을 얻을 수 있다면 얼마나 좋을까.
그런 기적 같은 일은, 일어나지 않는다. 지금도 알바는, 아무도 구하지 못하는 나약한 인간일 뿐이다.
째깍, 째깍.
정적 속에서, 품에 넣은 어느 물건에서 바늘이 움직이는 소리가 났다.

청교(淸敎)

말을 할 수 없게 된 남자가 마르크스를 공허한 눈으로 바라보고 있다.
"아버지인가."
옆에서 히긴즈가 신음하듯 말했다.
그것은 마을 입구에 널브러져 있었다. 오른쪽 어깻죽지로 들어간 예리한 칼날이 왼쪽 다리의 이음매 부분을 통과해 그의 몸을 벤 것이다. 놀라서 눈이 휘둥그레진 얼굴로 그는 숨을 거두었다.
화물 같은 걸 지닌 것으로 미루어, 외부에서 물품을 사서 돌아오던 도중에 살해당한 것으로 보인다. 손에는 돌아오기를 기다리는 사람을 위한 선물로 보이는 천 주머니가 쥐어져 있다. 열어보니 디저트며 과일과 같은, 피투성이가 된 남자에게는 어울리지 않는 화사한 색채가 눈으로 날아들었다.
"그만, 먹지 마라."
그걸 아무렇지도 않은 얼굴로 입에 넣으려던 히긴즈를 제지했다. 그는 불만스럽게 혀를 찼다.

"근처에 사는 내연녀한테 주려고 산 걸지도 모르잖아."

"아니, 그 남자의 잔재가 딸을 위한 것이라고 말했다. 카이트라는 이름의 남자다."

어디에나 있을 법한, 가정을 가진 평균적인 사고의 남자다. 유일하게 특이한 점을 말하자면, 그 남자의 아내에 해당되는 여자의 출생 정도지만.

"다른 단서는 없고?"

"그래."

그건 굳이 히긴즈에게 말할 필요가 없을 거다.

"이미 잔재는 내게 모여 있다. 이곳은 마녀가 지저분하게 포식을 하고 떠난 현장에 불과해."

"마녀는 없는 거야……?"

아쉬운 듯한 히긴즈의 말을 흘려들으며, 영혼의 목소리에 귀를 기울였다.

눈에 보이지 않는, 죽은 영혼의 조각을 접해 그 기억을 읽어 들인다. 그것이 대신관 마르크스의 특성이자 행사할 수 있는 기적이다. 사람에 따라서는 그 즉시 소실되고 마는 덧없는 흔적이기는 하지만, 이 세상에 미련이 있는 자의 것은 그렇지가 않다. 인간은 일반적으로 생에 집착하는 어리석고도 가엾은 생물이기 때문이다.

가족이 죽었다, 원통하다.

지키지 못했다, 원통하다.

그 빨간 여자가 나의 소중한 것을 빼앗아갔다.

그 빨간 여자의 모습이 가증스럽고, 두렵다.

잔류 사념을 읽어낸 후, 마르크스는 눈을 감고 기도를 올렸다.

"늘 그랬지만 이곳을 덮친 건 서열 9위다."

"뭐, 당연히 그렇겠지."

"여전히 목적은 알 수 없고, 눈에 띄는 움직이는 물체를 닥치는 대로 벤 것 같군."

서열 9위 마녀. 이단 심문의 원수라 할 수 있는 피투성이 마녀의 행방은, 여기서 일단 끊겼다.

"또 처음부터 다시 시작해야 해……? 짜증나네."

머리를 쥐어뜯는 히긴즈를 곁눈질하며 마르크스는 생각했다. 이곳 일대를 맴도는 영혼의 잔재 중에, 있어야 할 것이 없다. 딸은 아직 살아있나?

그것이 새로운 길로 이어질지를 음미하던 도중, 마을 안으로 보냈던 신도의 목소리가 들려왔다.

마법에 의한 전달 기법── 텔레파스 의한 조사 보고.

"생존자라고……?"

지금껏 전례가 없었던, 마녀에게 잡아먹히지 않은 목숨이다.

소년은 밧줄에 묶인 상태로 눈앞에 나타났다.

"윽……."

이곳에 올 때까지 험하게 다루었는지. 로프에 묶인 손목에는 멍자국이 나 있었다.

그런 그가 조금 전까지 조사하던 행상인으로 보이는 남자의 시체를 본 순간, 그 얼굴에서 동요와 분노의 감정이 흘러나왔다.

"그 남자의 시신에 뭔가 있나?"

"아뇨……."

그는 그런 감정을 억누르듯 시선을 피하며 고개를 푹 숙였다.

"왜 구속했지?"

풀 플레이트 아머를 입은 신도를 바라보며 묻자 그중 한 사람이 허둥지둥 마르크스의 앞에 무릎을 꿇었다.

"따, 딱히 위험한 물자를 소지하지는 않았지만, 피로 물든 옷을 입고 있기에 위험하다고 판단한 자가 그대로 포박했습니다."

듣고 보니 분명 소년의 옷은 가슴부터 아래쪽이 검붉게 물들어 있었다.

"그렇다 해도 너무 난폭하게 다루지 마라. 겁을 먹으면 사정을 캐물을 수 없지 않나."

"죄, 죄송합니다……!"

듬직한 체구의 남자가, 체격 차이가 나는 마르크스에게 긴장한 얼굴로 답하고 있다. 그 대화를 통해서도 소년은 무언가를 알아챈 듯했다. 말없이 이쪽을 주시하며 위협적인 눈빛으로 묻고 있다. 너희는 대체 뭐냐고.

많은 시체를 보아온 것치고는 냉정한 듯했다.

"우선 무례를 범한 걸 사과하고 싶군. 미안하게 됐네."

마르크스는 땅바닥에 꿇어앉힌 소년에게 고개를 숙였다.

"나는 교회의 대사교이자 이단 심문의 최고위에 있는 마르크스라고 하네. 부하가 실례한 것 같군. 마을에서 배회하고 있던 자네를 개인의 판단으로 구속한 것을, 우선은 진심으로 사과하지."

"교, 교회……?"

그 점에 의문을 품을 거라고는 예상치 못했지만,

"그렇게 경계하지 말도록. 이름을 알려줄 수 있겠나? 이곳에서 무슨 일이 일어났는지, 우리는 최대한 자세히 알고 싶네. 자네의 힘을 빌려주었으면 해."

최대한 경계심을 풀도록 부드러운 말투로 접근해 보았다. 그와 동시에 이단 심문관들끼리 텔레파스를 통해 교신했다.

죽여서 영혼을 읽어 들이는 편이 빠르지 않겠어? 라는 히긴즈의 단락적인 말은 무시했다.

"……그 전에, 이 손부터 풀어주시죠."

그는 두 팔을 묶은 밧줄을 내밀며 호소했다.

듣고서야 알아챘다.

"이 남자를 풀어줘라."

마르크스는 신도에게 지시했다.

여명

의문의 살인마 다음은 이단 심문이라는 단체에 붙잡혔다.

더불어 천을 뒤집어씌운 수많은 시체들 중에서 카이트도 발견하고 말았다. 시체에 남은 흔적으로 볼 때, 알바 일행을 덮친 그 빨간 드레스를 입은 소녀의 짓이 분명했다.

나리, 친근함을 담아 그렇게 불렀던 그는 말 없는 시신이 되고 말았다. 내 가슴이 찢어지는 소리가 들렸다.

"……."

자유로워진 두 손을 쥐락펴락하자, 약간의 고통이 느껴져 얼굴을 찌푸렸다.
덮어놓고 좋아할 정도로 단순한 상황은 아니지만, 가만히 있을 시간도 없다.
당장에라도 루피와 이루를 구하러 가야 한다.
하지만 나의 주변은 지금도 정체 모를 갑옷을 입은 집단과, 리더로 보이는 마르크스라는 남자가 에워싸고 있다.
"당신 순교도와 얽힌 건 처음이지?"
코앞으로 얼굴을 들이댄 남자가 있었다. 금색 머리를 단발로 자른 남자다. 갑자기 다가와서 깜짝 놀랐지만 "대답하라고."라고 추궁하는 그의 언짢은 표정을 보고 엉겁결에 고개를 끄덕이고 말았다.
"역시 그랬구만."
남자는 껄껄대고 웃었다.
"보통은 신부님이 왔다며 좋다고 다가오거나 겁먹고 도망치기 마련이니까."
무슨 뜻이지……?
"어째서…… 그 둘 중 하나라는 거죠?"
"엉?"
되물을 거라고는 예상치 못했는지 단발머리 남자는 눈살을 찌푸리고 나를 노려보았다.
"그만둬라, 히긴즈."
마르크스는 나무라듯이 말했다.
"이런 변경의 땅에는 우리와 교류가 없는 자가 있어도 이상할 게 없지. 그런 사람에게 가르침을 주는 것도 우리의 성의가 아니겠나."
"성의라……."
교류가 있고 없고를 떠나, 애초에 알지도 못했지만 그다지 환영하는 분위기가 아닌 지금 이 자리에서 그 사실을 말하자니 꺼림칙했다.
히긴즈── 그렇게 불린 단발머리 남자는 미간을 잔뜩 찌푸린 채 지긋지긋하다는 투로 말하기 시작했다.
"교회파, 순교도, 호칭은 여럿이지만 저걸 보라고."
그가 가리킨 곳에서는 풀 플레이트 아머를 입은 남자가, 검은 십자가가 그려진 깃발을 들고 있었다.
"저 마크가 바로, 교회파 중에서도 특히나 호전적인 '이단 심문' 이라는 단체의 증표야."
"이단 심문……."
"울던 애도 뚝 그친다고들 하지."
그는 그렇게 말하며 이히히, 하고 어린애처럼 웃었다.
교회파에 관한 이야기는 리나리아에게 들은 적이 있다. 분명 왕도에 파벌을 지닌, 거대한 조직이었을 거다.
"교회 녀석들은 말이야, 교황이라는 인간이 꼭대기에 있는데 그 신앙에 대한 사상의 차이 때문에 크게 온건파와 과격파로 갈라섰거든. 우리는 그 과격파 중에서도 무투파로 이루어져 있고. 그리고 우리는 모두 다 어느 목적을 가지고 움직이고 있지."
"목적?"
"사교도를 구축하는 거야."
히긴즈는 목소리를 낮추어 말했다.

"요컨대 사교도에게는 가장 만나고 싶지 않은 단체다 이거지. 평범한 사람들은 그런 나쁜 녀석들에게 벌을 주는 우리를 두 손 들고 환영하기 일쑤고."

그의 설명은 엉성했지만, 이해는 할 수 있었다. 사교도라는 존재와 적대하는 무장 집단. 듣고 보니 병사 한 사람, 한 사람의 사기가 높다는 게 느껴지는 것도 같았다.

"참고로 사교도라는 건……?"

"아아, 사교도의 정의는 애매하지만 마녀는 우리의 최우선 구축 대상이지."

히긴즈가 아무것도 아니라는 듯 내뱉은 말에 나는 전율했다.

"마녀와 그 마녀를 따르는 모든 존재가 사교도야. 아, 마녀에 관해서는 알아? 뭐 끝장나게 센 마법사라고 하는데, 그런 만큼 머릿속 어딘가가 망가진 미친 자식들이지. 그런 녀석들이 불로불사가 되어 더더욱 질이 나쁘다고나 할까."

마치 지인의 험담을 듣는 것 같아서 속이 끓었지만, 지금 동요해서는 안 된다.

교회와 마녀—— 그의 말 덕분에 그 관계성을 알 것 같다.

"알겠냐, 꼬마?"

난폭한 말투를 쓰는 그 남자는 이를 보이며 웃더니 벌떡 일어나 나에게서 거리를 벌렸다.

식은땀이 흘렀다. 눈앞에 있는 집단은 마녀를 적대시하고 있다. 다시 말해서 리나리아 일행의 적이다——.

"그래서 알바."

교대라도 하듯 마르크스가 고개를 들이대며 물었다.

"자네는 마을에서 무얼 하고 있었지?"

다정한 미소와는 결코 양립되지 않을 살의가 느껴졌다. 무슨 말을 하고, 무얼 숨겨야 할까. 이 남자의 마음에 들지 않는 답변을 하는 순간, 목숨을 잃을 것 같아 겁이 났다.

이 집단이 리나리아나 루피와 접촉하게 할 수는 없다. 한편, 그들의 목적이 마녀라는 점에서 위화감을 느꼈다.

리나리아 일행을 쫓아온 건가 싶어 걱정이 되었지만—— 애초에 이 집단은 왜 마을에 온 걸까?

널브러진 시체, 이단 심문——.

"그 녀석들도 마녀인가……."

마을에서 맞닥뜨린 붉은 드레스를 입은 소녀와 큰 낫을 지닌 사신, 그 둘도 불로불사의 마녀——?

거의 확신에 가까운 예상이었다.

알바가 작게 중얼거린 말에 마르크스가 눈살을 찌푸렸다.

"방금 뭐라고 했지?"

저들은 마녀의 적, 다시 말해서 본질적으로는 리나리아 일행과 관계가 있는 알바의 적이기도 하다. 하지만——

"두 명의 마녀와 만났어요. 붉은 드레스 차림, 큰 낫을 가진 마녀였죠."

저들을 이용해, 그 둘과 충돌시키는 건 좋은 방법인 것 같다.

무통

몸을 공중에 띄우는 마법이라는 것은 진지하게 실현하고자 하면 여러모로 비효율적이다. 무거운 몸을 띄우는 데 필요한 운동량, 그리고 이 지표의 중력과의 균형 잡기와 같은 고도의 제어가 요구되기 때문이다.

그런 고등 기술을 칼미아는 매우 쉽게 행사하고 있다. 뭐, 중력과의 균형이니 뭐니 하는 걸 복잡하게 정의하고 있는 건 아니지만.

그녀는── 자신 이외의 그 누구도 침범할 수 없는 물질을 만들어낼 수 있다. 그것을 널빤지처럼 늘려서 공중에 전개하면 손쉽게 그 위에 다리를 얹고 걸을 수 있고, 복잡한 조정도 필요 없는 만큼 소비되는 마력도 적다.

유일한 결점을 들자면, 그것은 새처럼 바람을 타는 부류의 이동방법이 아니라는 거다. 칼미아는 맨다리로 허공을 걸어, 요새로 향하고 있다. 그 광경은 매우 이질적으로 보였다.

그녀는 언제나 변덕스럽다. 이렇게 적진에 혈혈단신으로 쳐들어가는 일에 대한 망설임도 없다. 그 모습을 시온은 언덕 위에서 바라보고 있다.

조용한 밤이었다.

높은 언덕 위에서 눈앞에 펼쳐진 평야로 시선을 옮기자 저 멀리에 튼튼할 듯한 건물이 보였다. 옅은 오렌지빛을 띤 수많은 등불이 별빛처럼 드문드문 건물 안에서 흘러나왔다.

내부에는 인공적인 빛이 밝혀져 있고 갑옷을 입은 많은 수의 인간들이 횃불을 들고 계속해서 들락거리고 있다.

퀸스에게 농락당한 신관에게 얻은 정보에 따르면 조만간 시온 일행의 거점으로 삼고 있는 계곡으로 이단 심문의 군세가 쳐들어

올 거라고 한다. 산으로 들어서기 직전에 위치한 거대한 옛 요새에 그러기 위한 전력이 결집하고 있다고도 했다.

칼미아는 신이 나서 그리로 향했고, 시온은 평소처럼 그녀의 뒤를 쫓고 있다.

그런 일이 있었음에도 결국 자신은 평소처럼 주변에 휩쓸려 움직이고 있다.

요새에서 쿠웅, 하고 굉음이 울렸다. 공기가 진동하고 지표의 나무들이 흔들림과 동시에 숲 쪽에서 새들이 퍼덕퍼덕 날아오르는 소리가 들렸다.

요새 측의 조촐한 저항이었다.

발사된 대포알을, 그녀는 손만 슬쩍 움직여 튕겨냈다.

상공을 통해 건조물 안으로 들어선 그녀가 눈에 띄는 움직이는 물체를 닥치는 대로 베기 시작한 것을 확인한 후, 시온은 그 자리에 웅크려 앉아 하늘을 올려다보았다.

"제가 나설 차례는, 없을 것 같군요……."

이렇다 할 감상도 떠오르지 않는 별빛을 바라보며 시온은 중얼거렸다.

청교(淸敎)

구 자피드 요새——.

난공불락으로 알려진 그 장소에는 현재 이단 심문이라는 조직의 태반에 해당되는 무력이 모여 있었다. 검술에 소양이 있는 신도가 대략 삼백. 누구 할 것 없이 검만 다룰 줄 아는 병사의 약 열 배에 달하는 전투력을 지녔다.
더욱이 정예로 알려진 이십여 명의 분대장이 소대를 이끌었고, 그들 모두가 텔레파스에 의한 의사소통이 가능했다. 타의 추종이 불가한 통솔력. 그것이 실현되고 있는 현재의 전력에 빈틈 같은 게 있을 리 없었다.
『방벽에서 침입자가! 지시를 내려주십시오!』
방에서 대기 중이던 휴켄에게 도착한 텔레파스는, 요새 내에서 이미 전투가 시작되었음을 알리는 급보(急報)였다. 얼마 지나지 않아 텔레파스 건너편에서 누군가의 노성과 단말마가 섞여 들려왔다.
『적은 한 명! 단 한 명입니다!』
창문으로 다가간다. 밤의 장막 너머로 횃불이 드문드문 밝혀진 게 보였다.
그 빛들이, 텔레파스로 울리는 단말마의 비명과 함께 사라지고 있었다.
"설마 혼자서 전부 죽이고 있는 건가……?"
휴켄은 자신의 역할을 떠올리고 방 밖으로 뛰쳐나갔다.
텔레파스 속 비명은 지금도 계속되고 있다.

닫힌 성문에 번개가 내려친 듯이 균열이 갔다.
쩌억 소리를 내며 균열이 퍼지더니 파열음을 내며 박살났다.
아연실색한 하급 신도들의 머리 위로 거대한 돌덩이가 쏟아져 짓뭉개졌다.
곳곳에서 절규가 일었다. 공포에 질린 나머지 갈라진 목소리는 전염병처럼 퍼져 나갔다.
무너진 성벽에서 훌쩍 나타난 그것을 보고, 병사들은 할 말을 잃었다.
사랑스러운 소녀였다. 벌레도 못 죽일 것처럼 가녀리고, 섬세한 팔다리를 지녔다. 아름다운 곱슬머리가 바람에 나부끼면, 시간이라는 개념을 잊고 매료될 것만 같다.
그렇게 빛나도록 아름다운 소녀는 선혈처럼 붉은 드레스를 나부끼며 늠름하게 잔해 위에 서 있었다. 방금 성문을 무너뜨린 당사자라는 게 도무지 믿기지가 않았다.
"어머."
그녀는 고개를 움직여 넋을 놓고 그녀를 바라보고 있는 주변 사람들의 얼굴을 훑어보았다.
"꽤 많네요……." 그리고 난감하다는 듯 웃었다.
"이렇게까지 바글바글하니 기분이 나쁘네요. 꼭 음식물 쓰레기에 몰려든 벌레 같아서."
좌우의 색이 다른 두 눈을 움직이며 자아낸 말은, 겉모습과 어울리지 않게 신랄하기만 했다.
"마녀다! 죽여라아!"
집단 안에서 누군가가 외쳤다. 제정신을 유지하고 있던 몇 사람이 그에 반응해 무기를 들었다.
"원거리 부대! 조준——."
대장급 남자의 구령에 궁병이 일제히 움직이기 시작했다.
"쏴——."
말을 마치기 직전. 교도들이 늘어서 있던 곳을 무언가가 순식간에 지나갔다. 직후, 마치 작물을 낫으로 벤 듯, 많은 사람들의 목이 아무렇지도 않게 떨어져 나갔다.

"뭐야?"

대장이 등 뒤를 돌아보며 얼빠진 소리를 냈다. 목이 달아난 부하를 발견한 순간, 본인의 몸도 세로로 양단되었다.

칼날이 보이지 않는 참격, 간신히 그렇게 판단할 수 있는 현상은 여자의 가벼운 손동작만으로 발생해 순식간에 수십 명에 가까운 인간을 절명케 했다.

검을 든 다른 부대의 병사들도 마녀가 몸을 돌리자마자 철갑옷과 함께 머리나 몸통이 절단되었다. 방어구는 더 이상 의미가 없었다.

"이, 이놈――."

뭐라고 외치려던 남자의 목이 날아갔다.

마녀가 가볍게 손을 휘두른다. 그 궤적을 따라 아무런 공기 저항도 일으키지 않고 공간이 갈라져, 인간을 베어 나갔다.

휙, 휙, 손을 휘두를 때마다 인간의 몸이 잘게 썰려 나갔다.

"제가 평등하게 죽음을 드리겠어요."

마녀는 노래했다.

"싸우다 죽을지, 영문을 모른 채로 죽을지."

손을 뻗어, 손가락을 집단에게 내민다. 그들은 넋이 나간 듯이 소녀의 가녀린 손을 바라보고 있다.

"아무리 발버둥 쳐도 결과는 둘 중 하나뿐이니. 선택하세요, 벌레들."

싸늘한 목소리가 떨어졌다.

"우……."

누군가가 천천히 발을 내디뎠다. 그 등 뒤에서 다른 누군가의 머리에 바람구멍이 났다.

"우오오오오오오오오오옷!!"

풀썩 쓰러지는 시체 옆을, 다른 누군가가 소리치며 지나갔다.

이미 그곳에 있는 목숨에는 가치가 없었다. 벌레처럼, 가볍게 밟혀 죽을 목숨에 불과하다.

신도들은 죽음을 각오하고 돌격했다. 그녀의 말대로, 거기에는 상하관계도 없었다. 이 자리에 있는 모두가 알고 있었다. 병력의 차이는, 저 기상천외한 마법 앞에서는 무의미하다는 것을.

"그럼, 저승까지 좋은 여행하시길."

드레스 자락을 살며시 집은 채 소녀가 우아한 미소를 지었다.

많은 인간들의 검이 마녀에게 닥쳐든다. 땅울림과 노성이 뒤섞인 곳 중심에서, 마녀는 기분 좋은 노랫소리라도 음미하듯 눈을 감았다.

짙은 피냄새——.

휴켄의 고향은 교회파 인간이 모여 사는 비교적 커다란 시가지로, 지하에서 퍼 올린 물이 시가지 곳곳으로 흐르는, 물과 일체가 된 풍요로운 땅이었다. 땅의 은혜는 신의 축복, 그렇게 믿어 의심치 않는 순교도들의 낙원이었다——.

그랬던 곳이 기름과 인간들의 피, 그것을 뒤섞어 불태운 듯한 이상한 냄새에 휩싸였던 그 모습이, 떠올랐다.

고향을 덮친 재앙은 부모와 친구를 모조리 앗아갔다.

새빨갛게 물든 그때의 광경이 눈꺼풀 안쪽에 떠올라, 심장이 쿵쾅쿵쾅 빨라졌다.

마르크스는 나에게 이곳을 맡기겠다고 했다. 추후에 그 재앙이 있는 협곡으로 향해 함께 싸우자고도 했다.

그가 그린 미래는 지금까지 한 번도 빗나간 적이 없었다. 분명 앞으로도——.

그래, 그렇다면 여기서 내가 살아남아 그에게 다시 등 뒤를 맡기고 사투의 기쁨을 누리는 미래도 약속되어 있을 거다.

내뱉는 숨이 무거워진다.

요새에 있는 사람들의 기척은 불과 몇 분 만에 사라진 상태다.

죽은 영혼의 잔재마저도 사라진 그 자리에는, 활활 불타는 횃불만이 자리하고 있을 뿐이다.

무너져 내린 성문 앞에 무수히 많은 시체가 드러누워 있다.

휴켄은 걸음을 멈추고 귀를 기울였다.

————누군가의 숨소리.

순간적으로 땅을 굴러 등 뒤에서 닥쳐든 살의로부터 물러났다.

조금 전까지 서 있던 땅에 날카로운 참격의 흔적이 나 있었다.

"피한 건가요."

기습적으로 첫 공격을 내지른 상대는 입을 헤 벌린 채 굳어져 있었다.

휴켄이 어떻게든 해야만 했다. 활약을 강요받고 있는 상황이라는 것은 안다. 하지만 그게 가능할까 하는 불안감도 솟아나고 있었다. 여러 가지 상념이 솟아오른 나머지 자연스럽게 주먹에 힘이 실렸다.

"당신, 신관인가요."

카속, 가슴에 단 검은 십자가가 달린 로사리오(묵주). 그러한 단서만 보고 휴켄이 누구인지를 알아챈 모양이다.

머리를 식히자——.

주변에 널린 무수히 많은 붉은 꽃을 둘러보고서 졸린 듯한 마녀의 얼굴을 흘끔 쳐다보았다. 그 표정에 휴켄은 걷잡을 수 없는 분노가 치솟았다.

다음 순간, 마녀는 손을 크게 휘둘렀다. 소리도 없이, 공기를 가르며 눈에 보이지 않는 칼날이 이쪽을 향해 날아든다.

이 공격으로 수많은 동포들을 벌레처럼 베어 죽였겠다.

그것을 휘두르는 마녀는 자신만만한 표정을 하고 있었다.

건방 떨지 말라고, 휴켄은 마음속으로 욕지거리를 했다. 그렇게 간단하게 죽어줄 것 같으냐.

충돌음과 함께 길게 늘어난 투명한 검에 금이 갔다. 눈에는 보이지 않아도 그의 손에 충돌한 무언가가 유리처럼 깨져서 소실된 게 느껴졌다.

대치한 소녀는 '뭘 한 거지?' 라는 생각이 담긴 의아한 눈빛을 이쪽에게 날리고 있다. 하지만 이쪽은 그냥 손을 앞으로 내밀고 있을 뿐이었다.

"너, 내 절대 영역을 파괴했구나."

그 힘에 어지간히 자신이 있었는지, 마녀는 짜증스러운 표정을 짓고 있었다.

휴켄은 입술에 손가락을 대며 중얼거린 마녀의 말에 귀를 기울이지 않고 땅을 박차 행동에 나섰다. 마녀는 경계도 하지 않고 멀거니 서 있다.

죽고 싶은 모양이다. 아니, 상대는 죽지 않는 마녀니 죽일 수는 없겠지만 고통을 줄 수는 있다. 포박해서 살아있는 걸 후회하게 해줄 수는 있다.

분열의 마녀—— 신도들의 목숨을 가장 많이 앗아가고, 농락한 악귀.

그것이 행사하는 것은 눈에 보이지 않는 자유자재로 늘어나는 장검, 그것이 자아내는 것은 모든 것을 가르는 참격.

마녀의 참격은 차원이 다르다 할 정도로 강력하지만 결국 검술이라는 데에는 변함이 없다. 검을 다루는 자로서 보았을 때, 마녀의 몸놀림은 솔직히 말해서 어정쩡했다. 어린애가 나무 막대를 휘두르고 있는 것에 가깝다. 분명 오로지 살인을 즐기기 위해서만 휘둘러온 거다. 검사로서의 향상심 같은 것은 녀석에게 없다. 거기에 파고들 여지가 있다.

손의 움직임을 주시해라. 거리를 지나치게 벌리지 마라. 온 신경을 집중해라.

손의 움직임에만 주의하면 참격의 궤도는 어느 정도 예측할 수 있다. 가장 성가신 건 회전운동에 의한 무시무시하도록 빠른 후리기다. 거리가 멀면 멀수록 참격의 속도는 치솟을 거다. 뒤집어 말하면, 거리만 벌리지 않으면 무기를 휘두를 줄만 아는 소녀에 불과하다. 충분히 대처할 수 있다.

그리고 현재 휴켄은 저 소녀의 칼날을 파괴할 수단을 가지고 있다.

"죽인다——."

살의를 품고 돌진한다. 마녀는 유쾌하다는 듯 웃었다. 미소를 지은 채, 손을 휘둘렀다.

가로로 검격(劍擊)이 날아들어, 머리털 중 일부가 흩날렸다. 몸을 숙여 간신히 공격을 피했다. "어머, 훌륭하시네." 마녀는 공세를 늦추지 않았다. 눈에 보이지 않는 칼날을, 확실하게 휴켄의 목숨을 빼앗고자 휘두른 게 느껴졌다. 가공할 만큼 빠른 찌르기. 하지만 휴켄의 손은 이미 그 검의 움직임을 포착하고 있었다.

무언가가 파열되는 소리가 나서, 보이지 않는 그것이 박살났다는 걸 알 수 있었다.

디스펠―― 그 법진의 효과 범위는 오른손 끝 정도뿐이지만, 닿기만 하면 명령을 전달받은 모든 마소의 움직임을 백지로 돌릴 수 있다.

"성가시네."

그제야 마녀가 이쪽을 무시하는 듯한 미소를 완전히 지웠다. 휴켄은 지체 없이 품안으로 뛰어들어 검을 뽑는다.

조금 전처럼 배리어로 막거나 반격을 하면 됐을 텐데, 견제의 의미밖에 없는 그 공격을 어째서인지 마녀는 옆으로 펄쩍 뛰어 피했다.

어째서 회피한 거지?

어떤 가능성이 떠올라 마녀를 추격하고자 다시 몸을 날렸다.

팔을 몸에 붙이고, 이번에는 주먹을 똑바로 마녀의 얼굴로 뻗었다. 내지른 그것은 소녀의 코끝을 스쳤다. 직격은 하지 않았지만 붉은 피가 소녀의 얼굴을 적셨다. 배리어가 소멸했다. 마법의 검과 배리어는 연동된 것인가? 디스펠은 검뿐 아니라 마녀를 뒤덮고 있던 배리어까지 없앤 걸지도 모른다.

그렇다면 이대로 제압해서, 죽여주마. 휴켄은 숨을 죽이고, 앞으로——

오한이 일었다. 짐승과도 같은 직감에 따라 반사적으로 도약해서 물러나자 슉, 이라는 소리가 나더니 조금 전까지 서 있던 땅이 세로로 쪼개졌다. 동시에 까마득한 후방에 솟아 있던 탑의 꼭대기가 갈라져, 땅바닥에 곤두박질쳐서 산산 조각났다.

"아프잖아요."

코에서 흐르는 피를 훔치며 마녀가 태연하게 말했다.

전황만 놓고 보면 이쪽이 유리한 상황이라고 생각했다.

하지만 이 한 수에 나를 까마득히 웃도는 마력량이 여실하게 느껴져, 입술이 파르르 떨렸다.

"좋은 판단이네요. 그대로 돌진했다면 당신은 죽었을 거예요."

지나치게 접근한 것만이 문제는 아니었던 것 같다.

"분명 성가신 법진이었어요. 하지만 이제, 알겠어요."

마녀가 담담하게 말했다.

"덤비세요. 다음이 마지막이에요."

뭘 알겠다는 거지? 마지막이라는 소리는 또 뭐고.

이쪽에게는 녀석의 검은 물론이고 배리어까지 깨부술 수단이 있다.

그럴 텐데도, 어째서인지 터무니없는 거리감이 느껴진다. 돌진하면 몇 걸음 만에 좁힐 수 있는 거리가, 감각적으로는 까마득히 멀게만 느껴졌다.

심호흡을 했다.

"왜 그러시죠? 안 덤빌 건가요?"

이 마당에 와서도 눈앞에 있는 소녀는 웃었다. 휴켄은 눈앞의 적을 노려보았다. 겁먹을 필요는 없다. 나라면 할 수 있다. 보기 좋게 저 목을 쳐서, 마르크스에게 헌상해 보이겠다.

다리를 움직인다. 자세를 낮추고, 지그재그로 나아간다. 조금 전과 마찬가지로 살기가 날아들었지만, 손의 움직임을 주시하고 피한다. 문제없이 피했다. 다시 주먹을 쥐고 앞으로—— 어라?

피했다고 생각했다. 첫 번째 공격은 문제없이 피했다. 하지만 보이지 않는 칼날을 휘두를 수 있는 건 한 손뿐이라고 착각하고 있었다. 그야말로 맹점이었다.

예상치 못한 좌측에서의 참격에, 휴켄은 반응하지 못했다.

"————어?"

몸통이 절단된다.

반신의 감각이 사라진 채, 천지가 뒤집혔다.

마르크스……. 의식이 급속도로 꺼져가던 찰나에, 전폭적인 신뢰를 보냈던 남자의 이름을 불렀다.

가능하다면 그 곁에서 싸우고 싶었다. 이 몸에 깃든 법진은, 눈앞에 있는 분열을 타파하기 위해 만들어낸 것이기에.

하지만 그의 기대에 답하지 못한 채, 마녀에 대한 원한을 마그마처럼 쌓아두고 있던 이 몸도 죽음을 향해 가고 있다.

이제 아무 생각도 할 수가 없다. 머릿속이 검게 물들었다.

멀리 떨어진 곳의 소식을 들었다. 그것은 바람처럼 사뿐하게 나의 손에 내려왔다.

별것 아니다. 그저, 예정대로, 벗이 한 명 죽었을 뿐이다.

대신 그의 선물을 손에 깃들게 했다.

"그런가……."

마르크스는 혼잣말을 하듯 중얼거렸다. 구멍이 뚫린 듯한 가슴에 도달한 것은 그를 믿고 그 땅에서 쓰러진 휴켄의 한탄과, 그가 지니고 있던 디스펠의 법진뿐이었다.

그의 주변은 걷잡을 수 없을 만큼 혼란스러워지기 시작했다.
분열, 무통, 애증. 세 마녀는 마녀 살해자를 제거하기 위해 같은 땅에 발을 디뎠다.
이단 심문은 마녀 살해자를 손에 넣기 위해서.
그는 마을에서 마주친 이단 심문과 행동을 함께하기 시작했고, 그 여자—— 흉몽은 느릿느릿 숲속을 걷고 있다.
그렇게 나는 그저 그를—— 그와 관련된 모든 것을 계속 관측하고 있다.
무엇을 위해서? 무얼 위해서일까.
어떻게 해야 할지를 생각한다.
생각할 시간이라면 넘치도록 많으니——.

아그
산스타웨이
자피드 요새터
채굴장터
폐성
지하 폐성
로우프
대륙 플라스타나 남서쪽

수많은 죄, 유린당하는 성(聖)

여명

많은 사람들이 마차를 에워싸다시피 늘어서서 산길을 걷는다. 그 마차에는 마르크스와 알바가 마주보고 앉아 있었다.

행선지가 어디인지, 창밖의 풍경을 눈으로 좇고 있어도 알 수가 없었다.

"그런가……."

눈앞에 앉은 남자가 뭐라고 중얼거렸다.

반사적으로 그를 보았지만, 그 뒤로 그가 입을 열 낌새는 없었다. 그냥 혼잣말이었던 모양이다.

매우 여윈 듯한 인상을 풍기는 체구였지만, 이상하게도 약해 보이지는 않았다. 나이는 20대 후반 정도. 냉정해 보이는 눈, 혈관이 튀어나온 가늘고 긴 손가락에 손바닥.

그는 구속된 알바를 풀어준 후, 동행을 제안했다. 그들이 향하고 있는 곳에, 마을에서 만난 두 명의 마녀가 있을 거라 단언하며.

주머니에 손을 넣었다. 손가락에 단단한 무언가가 닿았다. 이 자리에서 지닌 유일한 무기── 권총이었다. 이런 것이 도움이 되기는 할지 모르겠지만, 압도적인 전력 격차를 조금이라도 줄일

만한 요소가 있다면 매달릴 수밖에 없었다.
목적은 변함이 없다.
루피와 이루, 두 사람을 그 두 마녀에게서 구해내는 것.
한번 죽을 뻔하기는 했지만, 그건 도망칠 이유가 되지 않는다.
나는 입을 꾹 다문 채, 남몰래 이를 따닥따닥 부딪히며 주먹을 움켜쥐고서 두 사람이 무사하기를 기도했다.
그런 결의를 가슴에 품고서 가만히 있자——.
"자네, 가족은 있나?"
"네?"
갑작스러운 질문에 목소리가 갈라졌다.
맞은편에 앉은 남자—— 마르크스가 온화한 표정으로 이쪽을 보고 있었다.
가족—— 그 말을 듣고 가장 먼저 떠오른 건 행방을 쫓고 있는 루피였다. 이어서 리나리아도 생각났다.
"두 명……."
둘 다 가족이라 해도 문제는, 없을 거다. 아마도.
"내게도 여동생이 있네."
자신에 관한 이야기를 할 줄은 몰랐던지라 조금 놀랐다.
냉정한 사람 같다는 인상을 받았다. 속을 알 수 없지만, 그렇다고 음흉한 사람은 아닌 것 같다. 그런 남자가 어째서일까——.
"못난 동생이었지만, 나를 잘 따랐지."
여동생 이야기를 하는 그는, 좀 전보다 조금 부드러운 분위기를 두르고 있었다.
"어릴 적부터 내 뒤를 졸졸 따라다니던 아이였네."

"사이가 좋으셨군요……."

그저 사소한 잡담을 나눌 때처럼 평범하게 대답한 것뿐이었다. 그는 어째서인지 의아하다는 얼굴로 나를 쳐다보더니 쿡쿡, 소년 같은 웃음소리를 내기 시작했다.

"제, 제가 뭐 이상한 말이라도 했나요?"

"아니, 됐어."

그는 어째서인지 입가에 미소를 머금은 채, 창밖으로 다시 시선을 돌렸다. 그리고 지금은 웃음을 참듯 어깨를 들썩이고 있었다.

청교(淸敎)

못난 동생이었다. 시시한 일에 집착하는 여자였다.

"사이가 좋으셨군요……."

그 너무도 익숙지 않은 평가가 우스운 나머지, 허무한 기분이 들었다.

동생은 이미 죽었다고 말해주고 싶었다.

"만약."

나는 천천히 고개를 돌려 그를 보았다.

기묘한 소년이라 생각했다. 마을에 남은 유일한 생존자지만, 신원은 알 수 없다. 그 자리에서 신도들의 불신을 살 바에는 제거해 마땅하다. 평소처럼 합리적인 판단에 근거하면 그렇게 했겠지만, 그럼에도 나는 그를 살려두고 있다.

"만약 자네의 가족이 위기에 빠지면, 자네는 모든 것을 걸고 그들을 구하고 싶다고 생각할 건가?"

무언가를 느낀 걸지도 모른다.

"……."

그는 아무 말도 하지 않았다. 조용히 나를 쳐다볼 뿐이었다.

흉몽

왕도에 있는 마법학교에서 특별히 깊게 교류를 나눴던 사람은 없었다. 친구라 부를 수 있는 사람은 아무도 없었다——.

도서관에서 이것저것 교본을 집어 들다가, 문득 시답잖은 잡담으로 이야기꽃을 피운 소녀들을 보았다.

도서관 안에 자리한 의자에 앉아서 우아하게 홍차를 즐기고 있는 그녀들에게, 선망과 같은 감정을 품지 않았다면 거짓말이 될 거다. 하지만 내게는 해야 할 공부가 있으니, 책을 싸 들고 빠른 걸음으로 그 자리를 뜨는 수밖에 없었다.

그렇게 나 자신이 외톨이라는 사실을 외면했다.

"서열 13위."

책상에 앉아 책과 눈싸움을 벌이고 있는 내게, 누군가가 말을 붙였다. 옅은 하늘색을 띤 머리카락이 아름다웠다. 그렇게 내게 올곧은 눈빛을 보내오는 사람은 너무 오랜만이라, 말이 잘 나오지 않았다.

"또 책? 여전하네."

어이가 없다는 듯한 말투에서는, 그다지 좋은 인상을 받지 못했다.

얼굴에도 다 표가 났을 거다.

"혼자 심심해 보여서 말을 건 건데. 괜찮으면 같이 식사라도 할래? 같은 현자끼리 친하게 지내자고."

담담하게 말을 늘어놓는 그녀를, 노려보았다. 연민도 배려심도 느껴지지 않았기 때문이다.

"참견하지 마."

"하지만 앞으로 우리 열세 명은 행동을 함께 하는 팀이 될 거잖아? 여차할 때는 서로 도와야 하기도 하고."

"누가 시켜서 온 거지?"

내가 생각해도 배배 꼬인 성격이라고는 생각한다. 하지만 눈앞에 있는 저 여자처럼 진심이 담기지 않은 소릴 하는 사람에게 식사를 같이 하자는 말을 들어봐야 마음은 움직이지 않는다. 오히려 그녀의 제안에서는 혐오감마저 느껴졌다.

"됐으니까 내버려 둬."

소녀는── 살짝 눈살을 찌푸리더니 "아, 그러셔?"라는 냉랭한 말로 대화를 마쳤다.

그로써 끝이었다. 발걸음을 돌려 떠나가는 그녀의 뒷모습을 바라보던 시선도, 몇 초 후에는 책으로 돌아와 있었다.

서열 13위── 최하위라는 꼬리표. 그럼에도 그곳에 있는 의의를 찾아내려면, 책에 매달리는 수밖에 없었다. 지식을 쌓는 수밖에 없었다──.

마을에 도착해 보니, 시체가 널려 있었다. 인간의 시체다. 그것이 마을 입구에, 천을 뒤집어씌운 상태로 반듯하게 늘어서 있다. 악몽이라도 꾸는 듯한 기분이었다.

삼각 모자를 깊숙이 눌러쓰며 시체 옆을 지나쳤다.

마을에 온 건 이번으로 세 번째지만 상당히 분위기가 달라져 있었다. 피냄새 같은, 고기 썩는 냄새 같은 악취가 나서 코를 손으로 움켜쥔 채 마을로 들어갔다. 움직이는 물체는 나타날 기미가 없다.

나, 리나리아는 망설임 없이 어느 장소를 향해 걸어갔다. 알바가 한 번 죽었던 장소로.

심장 고동이 둥둥, 큰 소리로 귓속에서 울리고 있다. 어쩌면 이미 시체가 된 알바가 그 장소에 널브러져 있을 가능성도 있었다. 처참한 몰골이 된 그의 몸을 봤을 때, 제정신을 유지할 자신이 없다. 그 공포가 발걸음을 무겁게 했다.

어느 민가 안에서 혈흔을 발견했다.

"알바는……?"

바닥에 튄 그것은 검게 굳어져서 상당히 시간이 흘렀음을 알 수 있었다. 주변에서는 마법이 발동했을 때 남는 미약한 마력의 잔재가 희미하게 느껴졌다. 지금 손에 넣을 수 있는 유일한 단서였지만, 그의 정확한 위치는 알 수 없었다.

"찾아야 해……."

어디에서? 무슨 수로?

무릎을 꿇은 다리가 느릿해지더니 결국 움직이지 않게 되었다.

생각해야만 할 것은 잔뜩 있는데, 불길한 예감이 앞섰다.

소용없어, 분명 벌써 죽었을 거야. 그런 가능성까지도 머릿속에 떠올랐다.

옛날부터 무슨 짓을 해도 헛수고로 끝났다. 분위기 파악을 못해서, 다른 사람과 어울리면 결국 불쾌해지는 일이 많았다. 그래서 주변의 잡음을 무시하고 공부에 힘썼다. 내게는 그것밖에 없다고 생각했다. 친구도 사귀지 않고, 그저 마학의 지식을 얻는 데만 집중했다.

사람을 접하는 일을 계속해서 거부해 왔거늘, 나중에 저주를 받아 진정한 의미에서 천애 고독한 몸이 되자, 과거에는 그토록 거부해 왔던 타인을 이제 와서 미칠 듯이 갈구하게 됐다. 나의 이해자를, 내가 허용할 수 있는 무언가를. 이 세계와 계속 이어져 있기 위해서.

알바는, 그 욕구를 충족시키는 데 반드시 필요한 존재.

"아니야."

처음에는 그랬을지도 모른다. 차가운 바람이 몸 안으로 흘러드는 걸 거부하듯, 리나리아는 말을 내뱉었다.

하지만 이제는, 똑똑히 알겠다.

즐거웠던 기억이 쉼 없이 떠오른다.

조촐한 수업, 시답잖은 말싸움도 했다. 식사할 때나 잠을 잘 때도 많은 이야기를 나눴다.

문득 생각해 보니. 죽음을 바랐던 고통스러운 나날은, 알바를 거둔 그날부터 머릿속에서 사라져 있었다.

죽음을 생각하던 나날에서, 알바만을 생각하는 나날로 바뀌었다. 색이 없던 일상에 색채가 돌아오고, 밤에 잠자리에 들며 아침이 오는 것을 불안해하는 일도 없어졌다.

무언가를 꾹 참듯, 가쁘게 뛰는 가슴을 억누르고 자리에서 일어났다.

탁한 빛을 띤 하늘이 원망스럽다는 생각을 하면서도, 발을 앞으로 움직였다.

"가야 해……!"

애증

퀸스는 저택에 자리한 방을 어슬렁거리고 있었다.

"입구에 이단 심문이 왔어."

그 목소리에는 짜증이 배어나 있었다.

"심지어 정예야……. 그 둘이 자리를 비운 틈을 노리다니, 타이밍이 너무 좋잖아. 설마 당신이 배신한 게 들킨 건 아니겠지?"

붉은 머리의 남자, 그완을 가리키며 말하자 그는 턱을 손으로 쓸며 "짚이는 바는 없는데."라고 대답했다.

"나의 신앙심을 의심하는 사람은 없어."

정말 괜찮은 걸까. 불길한 예감에 가슴이 뛴다. 마르크스——칼미아의 말에 의하면 영혼과 관련된 이상한 계통의 마법을 다룬다고 한다. 어떤 특성인지는 확실치 않지만 낙관할 수 없는 상황이다.

"뭐, 됐어……."

하지만 상대는 평범한 인간이다. 방심하지 않으면 능력으로 유린할 수 있을 거다.

"일단은 현재의 전력만으로 버티자. 나도 전직 현자야. 이런 건 원초와의 싸움에 비하면 아무것도 아니야."

스스로 사지(死地)에 발을 들인 걸 후회하게 해주겠다는 생각에 퀸스는 입꼬리를 치올려 웃었다.

이단 심문, 마녀를 없애는 일에 집착하는 그들이 아무리 무리를 지어본들 고작 절반의 절반 남짓을 산 인간이 할 수 있는 일은 그리 많지 않다.

퀸스는 저택 밖으로 시선을 돌렸다. 수녀들이 대열을 갖추고 대기하고 있는 게 보였다.

"그런고로 수녀 여러분, 들리지?"

텔레파스로 이어진 그녀들에게 텔레파스를 보냈다. 멀리 떨어진 여자들이 일제히 이쪽으로 시선을 돌리는 게 보였다.

"다 같이 본 거점의 정문으로 가 줘. 자잘한 지시는 텔레파스로 전달할 테니 각자 거기에 따르고."

본래의 목적은 마녀 살해자였지만, 일이 이렇게 되었으니 수녀들은 쓰다 버리기로 하자. 이 협곡에 있는 거점은 견고하고 출입구는 하나뿐이다. 두 명의 동료가 합류할 때까지는 시간을 버는 수밖에 없다.

"원래 오래 머물 생각은 없었는데…… 그 둘도 참, 나한테 큰 빚 진 줄 알아."

퀸스는 창밖을 보며 지긋지긋하다는 듯이 말했다.

문득, 등 뒤에서 차가운 바람이 흘러들어왔다. 뒤를 돌아보니 방의 문이 약간 열려 있었다.

"당신, 저기 열었어?"

그완에게 물었지만 그는 고개를 가로저었다. 부자연스럽다는 생각이 들었지만, 깊이 생각할 일은 아니었다. 이렇게까지 누구에게도 감지되지 않고 침입할 인간이 있을 리가 없으니까.

여명

몇 시간 정도 달그락거리던 마차가 갑자기 정지했다.

"도착한 것 같군."

그는 창밖을 보았다.

"보이나, 알바?"

알바가 다른 창문을 통해 그의 시선을 좇아보니, 높다란 언덕이 벽처럼 옆으로 펼쳐져 있고 그 중앙에 갈라진 틈이 있었다. 그리고 인공적으로 만들어진 요새의 문 같은 것이 자리해서, 길을 틀어막고 있었다.

"이곳은……?"

"채석장이 있던 곳이네. 그리고 지금은 아무도 없어야 했지만 말이지."

애초에 정상적인 곳은 아니었지. 그는 어이가 없다는 투로 말했다.

"강제노동수용시설이라고도 하네. 지금은 자원이 고갈된 상태지만, 과거에는 이곳에서 많은 사람들이 일을 했지. 산을 깎아 만든 분지와 같은 지형이네. 입구를 제외하면 빠져나올 수 없는 구조로 되어 있지."

그의 눈에 무엇이 보이는지, 알바는 짐작도 할 수 없었다.

"이곳에 마녀가 있네."

마르크스는 앞장서서 마차에서 내렸다. 알바는 허둥지둥 그 뒤를 따랐다.

신도라 불리는 강철로 된 갑옷을 입은 자들은 마르크스를 보자마자 공손하게 고개를 숙였다. 그가 이 자리에 있는 그 누구보다 지위가 높다는 걸 새삼 깨닫게 해주는 광경이었다.

웅성웅성, 소란스러운 분위기 속에서 누군가가 마르크스에게 다가와 귓속말을 했다. 그는 문이 있는 쪽을 바라보고 있다.

알바의 눈에도 무언가가 움직이는 게 보였다. 입구를 막듯 옆으로 늘어서서, 이쪽을 향해 적의 어린 눈빛을 날리고 있는 것처럼 보인다. 그 집단의 중앙에서 웬 소녀가 뭐라고 소리쳤다.

"멈추세요, 천박한 인간들!"

큰 소리로 외친 여자는 수녀복을 입고 있었다. 아직 앳된 분위기가 남은, 겉모습만으로 말하자면 10대 중반쯤 되는 소녀였다.

"이 땅에 다가오면 이유를 막론하고 공격하겠어요!"

그런 소녀가 소름 돋는 얼굴로 계속해서 외쳐댔다.

저게 뭐지? 상황이 이해되지 않아 당황하고 있자,

"무익한 살육을 벌이고 싶지 않다면 즉시 이곳을 떠나십시오!"

소녀는 충고의 말을 쉴 새 없이 큰 소리로 외쳐대는 바람에 목이 상할 것만 같았다.

눈물을 흘리며 계속해서 말을 쏟아대는 그 모습은, 보기만 해도 애처로웠다.

마르크스는 한숨을 내쉬었다.

"진정으로 마녀의 손에 떨어진 자란 저런 자들을 말하는 거네. 자유의사마저 빼앗겨, 마녀의 수족이 되어 행동하지. 이미 그녀들에게는 순수한 자기 의지라는 것이 없네."

그의 옆얼굴은 무언가를 결심한 듯 보였다.

그 말과 연민 어린 눈빛을 통해, 더 이상 눈앞에 있는 저들을 같은 교회의 인간이라 생각하고 있지 않다는 걸 알 수 있었다.

이 앞에는 분명, 마르크스의 예상대로 마녀가 있을 거다.

그 덕에 알바 또한 확신을 가지고 이 앞에 있을 위협과 대치할 각오를 다질 수 있었다.

"히긴즈."

마르크스는 곁에 선 금발 남자에게 말했다. 그는 눈이 휘둥그레져서 겸연쩍다는 듯 머리를 긁적였다.

"아아, 그러셔?"

"미안하군, 히긴즈."

무슨 신호인지는 알 수 없었다. 히긴즈가 혼자서 집단이 있는 곳을 향해 걸어 나갔다. 주변에 있는 신도들은 그 모습을 말없이 지켜보았다.

저릿저릿, 불길한 기운이 감돌고 있다는 것을 알바도 느낄 수 있었다.

청교(淸敎)

작년 말, 모범적인 학생을 배출하는 교회학교에서 막 파견된 신참 수녀는 붙임성이 좋아서 같은 수녀들이 동생처럼 아껴주었다.

부모를 잃고 교회에 맡겨진, 힘든 경험을 한 아이였을 터다. 그렇건만 그녀는 밝고 사랑스러운 표정을 아낌없이 보여주었다.

결코 목이 쉬도록 소리치는, 그런 벌을 받아야 할 아이가 아니었다.

이제 그만하게 해. 그녀를 잘 아는 수녀 중 한 명이 애원이라도 하는 듯한 눈으로 주변을 둘러보았다. 하지만 모두가 말없이 고개를 가로저었다. 말릴 수 있다면 진작 말렸을 거다.

현재 수녀들은 그 여자가 명령한 것 이외의 행동을 취할 수가 없다.

동료가 괴로워하고 있건만 목소리조차 낼 수가 없다.

명령이 없으면 괴로워하는 동료에게 위로의 말 한마디조차 건넬 수 없다.

"꼭, 체스판에 놓인 말 같아."

누군가가 얄궂은 말을 입 밖에 냈다.

"무이칸 싸으믈 하코 싶디 안타면――!!"

어린 수녀는 그 작은 몸으로 필사적으로 외치고 있었다. 그렇게 한들 아무도 구원을 얻을 수 없다는 사실을 알지만, 그녀는 눈에서 눈물을 흘리며 우스꽝스러울 만큼 충실한 마녀의 종복 노릇을 할 수밖에 없었다.

한 남자가 천천히 이쪽으로 다가오고 있다. 탁해 보이는 금발, 풀어진 옷깃, 목에 걸린 십자가 목걸이. 교회에 속한 인간답지 않은 체격을 지닌 남자의 등장에, 그 자리에 있던 모두가 숨을 죽였다.

신관 히긴즈―― 이단 심문이라는 집단에서도 특히 위험한 부류에 속하는 마법사다. 그 남자가 손가락을 튕기며 비열한 미소를 짓자, 곁에 굴러다니던 주먹만한 돌멩이가 허공에 떠올랐다. 무엇을 할 생각인지 모를 수녀들이 아니었다.

잔혹한 미소로 내쏜 그것은, 계속해서 소리치고 있는 소녀를 향해 눈에 보이지 않는 속도로 이동하기 시작했다.

말도 안 돼. 수녀들은 눈을 의심했다. 저런 잔혹한 일이 어째서 저 아이에게 일어나는 것이란 말인가.

"즉시이——."

다음 순간, 그의 손에서 사출된 돌은 퍽 소리를 내며 소녀의 몸을 지나쳤다. 아니, 관통했다.

"떠……어……?"

돌은 뒤에 펼쳐진 요새의 문에 부딪혀, 부서졌다. 그녀는 무릎을 꿇고 쓰러졌다. 주먹만 한 구멍이 쓰러진 그녀의 등에 뚫려 있다. 물주머니가 터진 듯이 혈액이 흘러나와, 땅을 새빨갛게 물들이기 시작했다.

쿨럭, 입에서 무언가를 토해내듯 작은 신음소리를 낸 후, 그녀는 눈을 부릅뜬 채 더 이상 움직이지 않았다. 몇 명이 입술을 깨물어 피가 배어나왔지만, 비명을 지르지는 않았다.

목소리를 내도 좋다는 명령은, 떨어지지 않았기 때문이다.

"신도들은 나를 따라와라."

히긴즈는 걸으며 말했다.

"착한 사람을 죽이는 건 괴로운 일이지만, 뭐 괴로운 건 처음뿐이야."

소녀의 죽음이 수녀들을 동요케 했다. 히긴즈의 목소리는 그녀들의 마음에 치명타를 가했다.

도망쳐야 해. 모두가 그렇게 생각했을 거다. 발을 슬쩍 움직여 뒷걸음질을 친 몇몇 사람도 도망친다는 선택지를 어떻게든 고르려 했다. 하지만——

『도망치지 마——.』
목소리가 들려온다.
사악함으로 가득한 여자의 목소리가, 귓가에.
『도망치지 마.』 싫어. 『도망치지 마.』 죽고 싶지 않아.
눈동자는 흔들리고, 공포로 눈물을 지을 수도 있건만 왜 이 목소리에는 거스를 수 없는 걸까.
『죽을 때까지 싸워.』
물러나려 했던 발이, 그 이상 뒤로 가질 않았다.
『싸워.』 품에 있던 무기로 손을 뻗는다. 『싸워!』 자신의 의도와는 상관없이 눈앞으로 접근해 오는 신관에게 적의를 품는다.
마녀란, 무엇일까.
신관 앞으로 뛰쳐나간 누군가가 문득 생각했다.
어째서 이렇게 위험한 존재가 지금까지 붙잡히지 않고 자유롭게 행동하고 있는 걸까.
동료의 몸이 내부에서 파열되어도, 끊임없이 그 남자를 향해 철제 지팡이를 내려친다. 그 팔이 무언가의 간섭으로 인해 끊어져 날아갔다. 그 아이도 비명조차 지르지 못하고 얼굴이 날아가 절명했다. 염동력과 비슷한, 마법으로 추측된다. 그렇게 분석한 수녀도 있었다. 반광란 상태에 빠져 공격 마법을 쏴대는 아이도. 그리고—— 그리고——
아아. 후방에서 그러한 광경을 바라보던 수녀 한 명이 납득한 듯 한숨을 흘렸다. 더 이상 이름을 밝힐 필요도 없을 정도로, 곧 뽑혀 나갈 가벼운 목숨이지만 그녀는 알아챘다.
분명 다들 제대로 알지 못하는 거다. 마녀가 얼마나 위험한 존재인지를.

저런 녀석들이 한 명이라도 도시에 발을 들이면, 분명 사태를 파악하기도 전에 인간들의 삶은 붕괴되었을 거다

하지만 누군가가 그 위험성을 인식한 시점에는 이미 늦은 뒤고, 늦어버린 그 누군가는 확실하게 죽음을 맞이해서——

그래서 마녀는 지금도, 마녀인 거다.

여명

알바는 금발 남자—— 히긴즈의 싸움을 멀리서 보고 있었다.

그가 수녀들의 무리에 뛰어들어, 마치 꽃을 흩뜨리듯 쓸어냈다. 저항하는 여자들을 모조리, 가차 없이 유린하고 있다.

일방적이었다. 직접 대치하고 있지 않음에도 알 수 있었다. 지금의 알바는 저 히긴즈라는 남자에게조차도 상대가 안 된다.

그런 그의 뒤를 따라 갑옷을 입은 무리가 문을 향해 침공을 개시했다.

"하하……."

식은땀이 흐른다. 다리가 달달 떨린다.

사람이 죽었다. 그중에는 리나리아 또래의 소녀도——

"큭."

무릎을 주먹으로 쳤다. 떨리는 몸을 채찍질해, 알바는 걸어 나갔다. 그 군중에 섞일 수 있도록.

마르크스는—— 눈앞에서 펼쳐진 전투에 집중하고 있는 듯했다. 이 집단에서 빠져나갈 기회는 지금뿐이다.

누군가의 단말마가 들려왔지만, 쓸데없는 생각은 하지 않기로 했다.

주제넘게도 피와 비명이 난무하는 곳에 권총 한 자루만 들고 뛰어든 내가 할 수 있는 일은 한정적이다.

목적은 적을 죽이는 게 아니다. 루피와 이루를 구하는 거다. 약한 사람은 약한 대로 할 수 있는 일을 하면 된다.

이 혼란을 틈타 안으로 들어가자. 루피와 이루, 두 사람을 찾아내서 그 폐허로 다시 돌아가자.

두 사람을 찾아내는 것뿐이라면 그렇게 어려운 일이 아니다.

자신을 설득한다. 땀이 밴 손을 움켜쥐며 알바는 문으로 갔다.

————.

갑자기 좋은 향기에 감싸였다.

『같이 가자.』

누군가가 귓가에서 그렇게 속삭였다.

의문을 입에 담을 새도 없이, 알바가 보고 있던 광경은 물에 파문이 퍼지듯 순식간에 일그러져, 보이지 않게 되었다.

누군가가 손을 잡아당긴 듯한 기분이 든다.

기분 탓이라고 생각할 정도로 짧은 시간이라, 그 온기는 물론이고 향기도 사라져 있었다.

그와 교대라도 하듯——

"넌 누구지?"

눈앞에서 누군가가 위협적으로 말했다.

알바

Alba

지력	–	마법을 익히지 않아도 쓸 방법은 있다. 대다수 인간은 보통 손대지 않지만.
강인	E	마법과 무관한 신체적 능력치는 빈약.
민첩	E	위와 동일.
완력	E	위와 동일.
심력	E	마(魔)를 접하지 않고 평범하게 산다는 사실 자체가 가장 큰 행복이다.
마력량	E	마법을 다룰 수 있는 일반 마법사의 평균치는 총량 1000. 알바는 300.
특수	–	마력이 없으면 애초에 발견할 수 없다.
저주	C	저주받지 않은 인간에게는 이점도 결점도 없다.

애증의 마녀
퀸스 윈스테드

Quince Winstead

지력	A+	마법 지식보다는 교활함에서 우수.
강인	C	전선에 나설 생각 자체가 없다.
민첩	C	위와 동일.
완력	D	위와 동일.
심력	S	죽음을 자주 경험한 덕에 뚝심이 생겼다.
마력량	B	총량 : 33000 / 회복 속도 : 보통
특수	S	타인을 세뇌해 조작하는 일에 능하다.
저주	C	눈을 마주친 이성을 모두 매료한다. 자신을 편애하는 하인을 만들어낸다. 상대는 최종적으로 반드시 주인을 죽이려 들기에, 다루는 데 주의할 필요가 있다.
체내법진		심(心)속성 전반. 자신의 목소리에 심의 마소를 실어 대상의 마음을 조작하거나, 기억을 날조하거나, 정신을 파괴한다. 이러한 간섭들을 본인의 힘으로 간파하기 매우 어렵지만, 제3자로부터의 간섭에는 약하다.

소녀를 죽이는, 유일한 방법

여명

그곳은 온화한 분위기가 감도는 실내였다. 호사스러운 가구와 조명이 실내를 장식하고 있다. 창밖에는 사람이 전혀 지나지 않는 한산한 거리 풍경이 보인다.

리나리아와 살았던 폐허의 방보다 훨씬 고급스러운 그 방에서, 알바는 한 여자와 마주하고 있었다.

너무도 갑작스러운 전개에 얼마간 벌어졌던 입이 다물어지지 않았다.

"어떻게 이곳에 왔지, 인간?"

차가운 목소리에 정신을 차리자 자연스럽게 여자가 시야에 들어왔다. 노출이 적은 얌전한 옷차림을 하고 있음에도 묘하게 색기가 느껴지는 여자였다.

그녀는 알바를 물끄러미 쳐다보더니, 옅은 미소를 지었다.

좀처럼 사태 파악이 되지 않아서 알바는 일단 자신이 지닌 붙임성을 총동원해 미소를 건네 보았다.

"저택 안에는 보초도 몇 명 남겨뒀을 텐데 말이지."

하지만 무시당했다.

"뭐, 됐어. 어차피 너는 네가 아니게 될 테니. 게다가 너처럼 찌꺼기 같은 마력을 가졌을 뿐인 게 상대라면 그 녀석을 불러낼 필요도 없고."

찌꺼기…… 그렇게 매도를 당하자 저절로 미간이 찌푸려졌다.

여자는 그 반응이 만족스러운지 새침한 얼굴로 입을 다물었다.

알바는 그런 그녀를 다시 한번 주목해 보았다. 머리카락은 길게 쭉 뻗어 있고, 예쁜 사람이기는 했다. 고압적인 태도와 다소 날카로운 눈초리를 제외해도 사람들의 눈길을 끌 만큼 아름다운 외모를 지녔다. 자신감이 넘치는 화사한 표정을 보고 있자면 이쪽이 위축되어 버릴 것만 같았다.

그런 여자의 표정이 점차 당혹감으로 일그러졌다.

"이상하네……. 너, 왜 아무 반응도 보이지 않는 거지?"

어떤 반응을 기대했기에.

"나를 앞에 뒀을 때 남자가 취하는 행동 중 첫 번째."

여자는 둘째손가락을 세워 보이며 뭐라고 떠들어대기 시작했다.

"내가 너무도 사랑스러워서 이성을 잃고, 발정 난 원숭이처럼 덤벼든다."

가슴에 손을 얹고 큰 소리로 그런 소릴 했다. 알바는 당혹감에 얼굴을 찌푸렸다.

"행동 중 두 번째, 내가 사랑스러운데 자신은 너무도 부족하다. 이룰 수 없는 사랑이라는 생각에 절망해 스스로 목숨을 끊는다."

정신적으로 불쌍한 여자인가, 라는 말이 튀어나올 뻔했지만 꾹 참고 도로 삼켰다.

"마지막 세 번째, 내가 사랑스러워 미칠 것 같다! 견디기 어려운 독점욕에 사로잡히지만 추한 자신은 어떻게 할 수가 없다. 자신을 돌아봐 주지 않는 고통을 견디지 못하고, 나를 죽인다."

여자는 자신의 어깨를 끌어안으며 괴롭다는 듯 눈꼬리를 늘어뜨렸다. 그러더니 아무 일도 없었다는 듯이 원망스러운 눈으로 알바를 노려보았다.

"너 같은 비굴해 보이는 타입이라면 당연히 세 번째 행동을 취할 줄 알았는데."

아주 제멋대로 떠들어대네…….

"당신, 누구죠? 여기는──."

그렇게 말을 꺼내자 여자의 표정이 돌변했다.

"너, 정체가 뭐지?"

갑자기 목소리 톤이 낮아졌다. 명확한 적의를 띤, 험악한 눈으로 이쪽을 노려보고 있다. 어째서 갑자기──

"어떻게 방금 평범하게 대답을 한 거야? 설마, 여자라고 하지는 않겠지?"

"나, 남자이긴 한데요……."

만약을 위해 사타구니에 손을 대보니, 손에 익은 감촉이 분명히 느껴졌다.

"달려 있으니, 남자 맞네요."

"웃기지 마, 이 망할 자식."

"에엑……."

부조리해…….

"넌 왜 나를 보고 아무것도 느끼지 않는 거야? 아무런 감정도 느끼지 않는 거냐고?!"

마치 나르시시스트 같은 말이었지만, 여자의 표정은 진지하기 그지없었다.

"이유를 묻잖아! 무슨 말이라도 해 보라고!"

엄청난 서슬로 몰아세우기에,

"그게…… 예쁘다고는 생각하는데요, 네."

여자의 눈빛에 분노가 서렸다.

"죄죄죄, 죄송합니다……! 처음 만나는 분께 할 말은 아니었네요!"

싹싹 빌며 여자의 시야에서 벗어나고자 옆으로 이동했다.

여기서 나가자. 위험한 여자다.

"저기, 방을 잘못 찾은 것 같으니 이만 실례할게요! 헤헤……!"

알바는 허겁지겁 출구로 향했다.

문손잡이에 손을 댄 순간,

"움직이지 마."

——그런 여자의 말소리가 들려왔다. 그 직후, 위화감에 사로잡혔다.

손이, 안 움직인다.

머리끝부터 발끝까지, 손가락 하나 구부릴 수 없어졌다.

마치 뇌가 보낸 명령이 모두 무시되고 있는 것처럼 몸이 말을 듣지 않는다.

또각또각, 여자가 알바에게 다가온다. 고개를 움직일 수 없어 어찌어찌 눈만 그쪽으로 돌리자, 여자가 냉랭한 눈으로 나를 쳐다보고 있다는 걸 알 수 있었다.

그녀는 자연스러운 동작으로 알바의 손을 잡았다.

"역시."
알바는 그걸 뿌리칠 수도 없었다.
"안녕." 만면에 미소를 띤 채, 여자는 그 말을 입 밖에 냈다.
"마녀 살해자 알바 씨."

청교(清教)

영혼은 많은 것들을 알려준다.
육체가 어디서 죽었는지, 최후의 순간에 그, 혹은 그녀는 무엇을 보았는지.
죽음은, 헛되지 않다. 죽음으로 인해 육체에서 해방된 영혼에는 많은 자원이 잠들어 있다. 그래, 자원이다. 영혼에 새겨진 마력량, 법진. 그 특성을 마르크스는 죽은 인간에게서 계승할 수 있다. 선천적으로 정해져 있는 마력량을 증가시키고, 본래 습득하지 못했던 마법을 익힐 수 있다.
이단 심문의 신도와 수녀들이 사력을 다해 싸우고 있다. 어떤 신도는 그녀들을 죽이는 걸 망설이다가 거꾸로 둔기에 맞아 죽었고, 어떤 신도는 반광란 상태로 여자의 가녀린 몸을 검으로 베고 있다.
수녀의 저항에는 망설임이 없어서, 신도 세력은 다소 고전을 하고 있는 듯했다. 쌍방에서 사망자가 계속해서 불어나, 지옥도 같은 광경을 낳고 있다.
그는 그 모습을 까마득히 먼 후방에서 바라보고 있다.
그는 주변 사람들 그 누구의 눈에도 비치지 않는 것을 보고 있

다. 그것은 피아를 가리지 않고 시신에서 마치 연기처럼 솟아나고 있다.

그 연기가 마르크스의 손으로 모여든다. 마력과 기억을 지닌 원천이. 죽은 자의 원통함이 마르크스의 머릿속에 메아리친다.

"자네들의 원통함은 내가 계승하지."

조용히 눈을 감고, 기도한다. 그것은 죽은 자를 향한 애도의 말이었다.

"그러니 망설임 없이 죽고 죽이도록."

그것은 아직 살아서 싸우고 있는 자들에게 바치는 말이었다.

입꼬리를 올리고 미소를 짓는다.

마르크스의 그러한 행동을 알아챈 사람은 아무도 없었다.

여명

"만나서 반가워, 마녀 살해자."

요염한 여자는 꼼짝도 못하는 알바의 귓가에 대고 그렇게 속삭였다.

"나는 퀸스. 이 일대를 점령하고 있는 마녀 중 한 명이야."

만나고 싶었어. 그녀는 친구와의 재회를 기뻐하는 사람처럼 말했다.

방에는 퀸스와 알바 둘 뿐이다.

"멋진 만남에 감사해야겠어. 이렇게까지 나약한 인간일 줄은 몰라서 맥이 빠지는 것 같기는 하지만."

손가락조차 움직일 수 없게 된 알바를 내려다보며 말했다. 유열에 젖은 눈으로.

"어떻게……?"

알바가 원망스러운 투로 말하자 퀸스는 쿡, 하고 웃으며 윙크를 했다.

"피살리스를 죽인 너를 쫓고 있었거든. 하지만 개인적으로는 기뻐. 예상치 못한 깜짝 선물을 받은 기분이야."

퀸스는 들떠 있었다. 조금 전부터 본인만 아는 정보를 가볍게 입 밖에 내고 있을 정도로.

그녀는 무릎을 굽혀 자세를 낮추더니 그 단정한 얼굴을 들이댔다. 알바는 압도되어 눈을 이리저리 굴렸다.

"어머, 쑥스러워?"

퀸스는 귓가에 숨을 불어넣으며 속삭였다.

"하, 하지 마, 기분 나빠."

"뭐야, 좋으면서."

언짢은 듯한 눈빛을 보인 것도 잠시뿐, 금방 다시 미소를 지었다.

"있잖아, 나 예쁘지?"

웃기지 말라며 침을 뱉어주고 싶었다. 예쁘긴 하지만.

"우후후, 고마워."

알바는 속으로 욕했다. 젠장, 젠장. 대체 뭐야, 이 여자는!

전혀 맞물리지 않는 대화를 하고 있자니 농락당하고 있는 듯한 기분이 들었다.

"지금, 내가 무슨 생각을 하고 있을 것 같아?"

"알 게 뭐야!"

"너를 한껏 괴롭혀줄 방법을 생각하고 있어."

눈을 가늘게 뜨고 의기양양한 미소를 지었다. 차가운 물이 등줄기를 훑고 지나가기라도 한 듯 몸이 떨려왔다.

"난, 다른 사람의 마음을 읽을 수 있어."

퀸스는 노래하듯 말했다.

"육대원소 중 어디에도 속하지 않은 특이한 속성—— 심(心)속성. 난 선천적으로 그걸 다룰 수 있거든."

알바는 그 말이 무슨 소리인지, 금방은 이해가 안 되었지만 육대원소라는 단어는 들어본 적이 있었다.

"인간의 감정, 기억…… 그것들은 본래 불이나 물 등의 다른 육대원소와 같이 그걸 관장하는 마소가 존재해. 마소가 존재한다는 건 다시 말해서—— 그걸 볼 수 있다는 거지. 그건 만들어낼 수 있어. 그건 바꿀 수 있어. 그건 지울 수 있어."

퀸스는 말을 끊더니 알바의 머리에 다시 손을 얹었다.

"이 정도 설명이면 둔감한 너라도 알아들었겠지, 응?"

퀸스가 만면에 미소를 띤 채 한 말을 되받아칠 만한 말이 떠오르지 않았다.

"그나저나 마녀의 저주에 대한 저항라니, 성가신 특성을 가지고 태어났구나. 너."

심장고동이 빨라진다.

"원초의 마녀의 관련자 같은 건가? 하지만~ 그녀 같은 마법의 재능은 없는 것 같고, 이상한 일도 다 있네. 뭐 그건 둘째 치더라도 우리에게 이 정도의 영향력을 지닌 존재는 흔치 않은데."

"무슨 소릴 하는 건지 전혀 모르겠는데……."

"약한 것도 모자라 자신이 처한 상황도 이해하지 못하다니, 구제불능이네."

"그, 그보다 어서 풀어줘!"

억지로 마음을 다잡고 호소해 보았지만,

"아니. 아니지, 그게 아니구나."

그녀는 말을 그치지 않았다.

즐거운 듯 웃는 목소리가, 장난스러운 몸짓이 알바의 불안감을 부추겼다.

"실은 어느 정도 알고 있지? 모르는 척하고 있을 뿐이지."

"뭐……?"

"하긴, 본인이 그저 이용당하고 있을 뿐인 존재라고는 생각하고 싶지 않을 테니까."

시야가 일그러진다.

금단의 마법에라도 걸린 듯이.

"무슨, 소릴 하는 거야……."

"기특하네, 너무 기특해서 눈물이 날 것 같아."

"기특하다는 건 또 무슨 소리야."

"하지만 현실은 그렇지 않아. 그 특질이 아니면 너한텐 아무런 가치도 없으니까."

"……."

"그건 너 자신도 또렷하게 자각하고 있잖아."

"그런 생각은 한 번도 해본 적 없어."

"진짜 너는 딱히 착한 사람이 아니야."

서투른 저항의 말은, 그 한 마디로 일축되었다.

"마을에서 여자애를 필사적으로 구하려 했지? 목숨 걸고 그 애를 지키면, 나름의 대가가 돌아올 거라 기대했던 거야."

"…아니야."

"너는 그냥 이용만 당하는 게 싫었어. 그래서 정말로 좋아해줬으면 했지? 그 방법을 집요하게 생각해서, 손에 넣으려 했어. 타산적이고 교활하고, 합리적이고, 지저분한 인간의 본질과 같아. 그렇다는 걸 자각하고 있으면서 착한 사람인 척해서 더더욱 악질적이지."

"닥쳐."

"그래서 아는 거야. 그렇게 지저분한 자신을 다른 누군가가 좋아할 리가 없다는 걸, 사랑받을 수 있을 리가 없다는 걸."

알바의 심장고동이, 격해진다.

"루피는, 리나리아는 내게 아주 잘해줘……."

"아하핫."

퀸스가 비웃듯이 웃었다.

"그야 그것들한테는 너밖에 없으니까! 당연히 잘해주겠지."

검고 질척한 것이 귓구멍으로 들어와, 머릿속에서 꿈틀대고 있다. 서서히 퍼져 나간다. 시야가, 일그러지고, 좁아진다.

과거 혼자였을 때, 정신이 들어보니 낯선 땅이었고, 아무것도 모르는 알바에게 손을 뻗어주는 사람은 아무도 없었다.

하지만 리나리아는 아무런 대가도 바라지 않고 자신의 집으로 들여, 곁에 두어주었다. 아무짝에도 쓸모없고, 장점이랄 것도 없는 인간인데.

나를 좋아하지 않았을 리 없다.

그럴 리가 없다.
웃고 있었다. 아주 즐겁게 웃고 있었다고.
"아아…… 뭐야. 그 스승님이라는 거한테 걸린 저주가 뭔지도 넌 알고 있잖아."
그건――.
"알면서 함께 있었지. 너도 이용하고 있구나."
그건――.
"저주가 있으니, 자신의 취급이 보장된다고 생각하고 있어. 정말 쓰레기구나, 너."
――.
추억 속에서 밝은 미소를 보내주던 그녀들의 얼굴이, 갑자기 일그러졌다.
"아, 상처받았어. 너, 지금 엄청 상처받았지?"
알바는 더 이상, 아무런 반박도 할 수 없었다.
반박할 말이 떠오르질 않는다. 모든 것을, 인정하는 거나 다름없는 상태가 됐다.
"오랜만에 정상적인 남자와 대화할 기회를 줬으니, 좋은 걸 하나 알려줄게."
이 이상 무슨 소리를. 알바가 빛을 잃은 눈으로 퀸스를 쳐다보았다.
"난 말이야. 남자가 정말 싫어."
――퀸스의 얼굴에서 감정이 사라졌다.
"어째서인지 알아?"
얼어붙은 눈동자에 내가 비치자, 조금 전과의 다른 종류의 공포가 느껴졌다.

“남자라는 것들은 나를 보자마자 이성을 잃고, 내 소중한 것에 모조리 상처를 주고, 최종적으로는 반드시 내 목숨을 빼앗거든.”

무섭다. 무서운 눈이다.

나를 깔보는 눈이다.

“하지만 그놈들은 내가 어떤 앙갚음을 해도 알아먹지를 못해!”

퀸스는 흥분한 듯 소리쳤다.

하지만 그것도 잠시뿐—— 좀 전과 같은 부드러운 미소를 지어 보였다.

그렇지만 증오라는 감정만은 알바에게 계속 쏟아붓고 있었다.

“자아, 너무 말로만 괴롭힌들 재미가 없는데, 어쩔까.”

나쁜 장난을 칠 궁리를 하는 어린애처럼 퀸스는 손톱을 깨물며 히죽거렸다.

“좋은 생각이 났어.”

그리고 손뼉을 짝 치며 미소 지었다.

“심심하니까. 내가 재미있고 웃기게 만들어줄게. 나를 실컷 즐겁게 하고서 죽게 해줄게.”

죽음—— 죽는 건가.

“왜냐하면 넌 내 증오를 받아주는 유일한 남자인걸.”

흐리멍덩한 눈에 비친 퀸스는, 마치 어린애처럼 사랑스럽게 말했다. 알바는 그저 그것을 마주보고 있을 수밖에 없었다.

짜깍, 짜깍.

시곗바늘이 소리를 내며 움직이고 있다.

무통

요새를 뒤로 한 시온은 칼미아와 나란히 거점인 채굴장으로 향하고 있었다.

지독한 날씨는 좋아질 낌새조차 보이지 않고, 두꺼운 구름이 머리 위의 대부분을 점령하고 있었다. 때때로 내리쬐는 햇볕이 등을 뜨겁게 달구었다. 주변에서 수집되는 정보에서 불쾌하다는 느낌은 받지 못했다. 하지만 지금은 그 사실이 어째서인지 약간 슬프게 느껴지는 것 같다.

풀숲을 지나 거점을 향해 뻗은 짐승길을 따라 걷자, 눈에 익은 문이 보이기 시작했다.

드디어 다 왔구나. 그렇게 생각한 그 순간, 나무에 등을 기대고 앉아 있는 인간을 발견했다.

삼각 모자를 쓴, 하얀 머리 소녀였다.

놀라서 비명을 지를 만한 인간은, 이 자리에 없다.

갑자기 낯선 인간과 맞닥뜨린 이상한 상황임에도, 시온은 물론이고 칼미아도 그저 걸음을 멈춘 채 소녀를 바라보기만 했다.

눈을 감고 있다. 정신을 잃은 건가? 어떻게 해야 할지 고민하던 중에 칼미아가 그녀의 모자를 쳐서 떨어뜨렸다. 소녀는 정신을 차리고 "앗!" 하고 소리를 지르며 깨어났다. 그리고 이쪽을 보자마자 어깨를 움찔하더니 이상할 정도의 경계심을 내비치기 시작했다.

소녀는—— 상당히 너덜너덜한 차림새를 하고 있었다. 백발 머리는 너저분하게 헝클어졌고, 진흙과 상처투성이가 된 맨다리를 보란 듯이 드러내고 있다.

"당신."

칼미아는 의외라는 투로 말했다.

"그 얼굴, 낯이 익어요. 분명…… 그래, 맞아. 무능한 천재라고 불렸던."

천재. 무슨 소리인지 금방은 기억이 나지 않아서 그 소녀의 얼굴을 응시했다.

"리나리아……?"

머리에 떠오른 그 이름을 입 밖에 냈다. 마법학교에 있었을 때, 딱 한 번 말을 건 적이 있다. 교본만 죽어라 읽고 있던 모습만 기억나는 그 소녀는, 지금은 상처투성이가 되어 숨을 헐떡이고 있었다.

"맞아요, 리나리아 센티에르! 오랜만이네요."

칼미아는 손뼉을 치며 웃었다.

"조금 뛰어난 머리만으로 현자가 된…… 희한한 분이었죠."

반감을 살 만한 말이었지만, 리나리아는 대답하지 않았다.

그저 이쪽을 향해 의아하다는 눈빛을 보내올 뿐이다.

그녀는 갑자기 입술을 꾹 다물더니,

"가까이 오지 마! 난 마녀야!!"

갑자기 호통을 치듯 소리쳤다.

"물러서지 않으면 죽이겠어! 난 진심이야! 정말로 죽는다고!!"

너무도 뜬금없는 외침에 모두가 당황했다.

"갑자기 무슨 소리를 하나 싶었더니 우릴 죽이겠다고요?"

칼미아는 바보 같다고 욕지거리를 했다. 그 말에 심기가 불편해진 것인지 어떤지는 모르겠다. 백발의 소녀가 늘어뜨린 손에 마력이 집속되는 것을 감지했다. 명백한 적대 의사에 칼미아도 의아하다는 듯 눈을 가늘게 떴다.

"어머, 혹시 싸울 생각인가요? 여기서 우리와?"

살기를 띤 목소리—— 또다시 그녀의 안 좋은 버릇이 고개를 들었다.

백발의 소녀는 움츠러들어 겁에 질린 눈빛으로 칼미아를 쳐다보았다.

"안 덤비나요? 아니면 실력 차이가 커서 겁을 먹은 건가요?"

이상하게 위축되어 공격하기를 망설이고 있다. 칼미아가 한 걸음 다가가자,

"우, 우와아아아아아아악!"

리나리아는 비명을 지르며 갑자기 달리기 시작했다. 비통한 표정으로 이쪽을 향해서.

마법을 쓴 건지 속도는 빨랐다. 반격할 생각으로 품에서 날붙이를 꺼냈다—— 하지만 그녀는 눈길도 주지 않고 두 사람을 지나쳐갔다.

등을 보이고 쏜살처럼 문 쪽으로 향하고 있다.

"어라, 도망치는 건가요?"

칼미아는 느릿한 속도로 손을 휘둘렀다.

"놓칠 생각은 없지만요."

참격이, 날아간다. 눈에 보이지 않는, 자유자재로 늘어나는 검

이다. 그 칼날은 싱겁게 리나리아의 두 다리에 닿아, 허공을 소리도 없이 절단했다.

"아――."

다리 아랫부분이 사라져 힘을 잃은 탓에, 도약했던 그녀는 공중에서 균형을 잃고 추락했다.

"알바――."

땅바닥에 처박히기 직전, 그녀가 누군가의 이름을 불렀다.

"히익……?!"

다리를 잃은 리나리아가 몸도 가누지 못하고 딱딱한 땅바닥을 뒹굴자, 절단면에서 뿜어져 나온 피가 주변에 폭죽처럼 튀었다.

"아……악! 아아아아……악! 끄……아! 다, 다리."

언어의 형태를 이루지 못한 리나리아의 비명이 울렸다.

스커트에서 빠져나온 가녀린 다리의 무릎 아래쪽이 소실된 상태다. 돌이킬 수 없는 상태가 된 자신의 모습에, 그녀의 눈동자가 바닥을 알 수 없는 절망의 빛으로 물드는 것이 보였다.

"아, 알바……."

그럼에도 그녀는 필사적으로 손을 뻗고 있었다. 뭔가를 찾고 있는 걸까?

그걸 비웃기라도 하듯 칼미아가 그녀의 앞을 가로막았다.

"무시하지 마세요."

손을 치켜든 칼미아의 모습을, 리나리아는 공포에 질린 눈으로 쳐다보았다.

"백 년 만에 어렵게 재회했는――데!"

그 손을 내려쳐, 무언가가 자신의 어깨를 꿰뚫은 순간까지는.

"끼야아아아아아아아아악!!"

단말마 같은, 절규가 울려 퍼졌다. 칼미아는 그 모습을 보고 웃고 있었다.

"아아아…… 크으, 어, 째서……! 어째서어……!"

"어째서? 이런 일은 마녀에게 일상다반사잖아요."

이제는 격통과 원망만이 리나리아를 제정신의 영역에 묶어두고 있는 듯 보였다. 칼미아는 신이 나서 그 시선을 받으며, 다시금 상처에 검을 쑤셔 넣었다. 푸욱, 소리와 함께 칼날이 살을 더욱 파헤치며 침입하자, 리나리아의 가열한 절규가 더욱 커졌다. 그 모습을 보고 칼미아는 더 크게 깔깔대고 웃었다.

"분열."

엉겁결에 말을 걸었다. 눈이 마주치자 칼미아는 아쉽다는 듯이 눈꼬리를 늘어뜨렸다.

"저도 모르게 열중하고 말았네요."

칼미아는 흙바닥에 들러붙어 신음소리를 내고 있는 리나리아를 내려다보았다.

"하지만 방해가 될 것 같으면 제거해야죠. 죽여도 다시 살아날 테니까. 마력을 고갈시키고 손도 절단해서 어디 매달아둘까요?"

의외로 가벼운 말투였다. 그와 달리 눈에는 잔인한 빛이 깃들어 있었지만.

그 사악한 낌새에서 무언가를 느꼈는지 리나리아는,

"안돼애……."

신음했다.

"안돼애! 안돼애애애애애!!"

소리를 지른 것뿐인데도 마치 슬픔의 감정이 봇물 터진 듯 흘러나오는 듯했다.

"가게 해 줘어! 가게 해달라고오오오오!"

왜 이렇게 필사적인 건지, 시온은 궁금했다.

하지만 이미 칼미아는 다시 머리 위로 손을 치켜들고 있었다. 유리로 된 눈이다. 세상 모든 것을 그것 이상으로도, 이하로도 비추지 않는 냉랭한 기운을 띤 눈이다.

"가게 해———."

목소리는 무자비한, 절단의 고통에 의한 절규로 덧칠되었다.

여명

깜깜한 어둠 속에, 백발의 여자애가 서 있다. 그 사람은 나를 인식하더니 어색한 듯 시선을 피했다.

"저건 누구야?"

마법을 가르쳐주는 스승님——.

나를 가족 같은 거라고, 말해 줬다.

"헤에, 그런 관계구나."

백발의 아이가 사라지고 좀 더 몸집이 작은, 금발 여자애가 나타났다. 긴 머리를 나부끼며 미소 짓고 있다.

"저건 누구야? 어떤 관계지?"

친구, 누나——.

매우 활발한 애였고, 이런 나를 좋아해줬다.

"누나라니, 뭐야 그게? 너희 그러고 놀았니?"

——.

"뭐, 됐어. 그럼 말야, 지금 그 녀석을 만나고 싶어?"

만나고 싶다. 구하기 위해 이곳에 왔으니.

"그거 정말, 아주 좋은 관계구나."

이 모든 것이 애매한 세계는 뭘까. 아무것도 보이지 않고, 여자의 목소리 말고는 아무것도 들리지 않는다.

잠들어 있는 걸까.

잠들어 있는 거라면, 좋은 꿈을 꾸게 해줬으면 좋겠다.

리나리아, 그리고 루피와 보냈던 그 폐허에서의 평온한 나날로, 다시 돌아가고 싶다.

"돌아갈 수 있을 거야, 분명."

——정말?

"그래, 만나면 끌어안아줘. 분명 그 애는 좋아해줄 거야. 오랜만에 얘기하는 거니, 그래. 좀 더 다정하게 얘기하도록 해. 하잘것없는 일이라도 다 얘기해 줘. 뭣하면 가끔은 네 고민거리를 털어놔도 좋아. 상처받아서, 누군가가 달래줬으면 좋겠다고, 너도 그렇게 생각하지? 그렇지?"

시야가 다시 어둠에 삼켜진다. 아무것도, 보이지 않는다.

"어쩌면, 그 애라면, 그런 너도 받아들여줄지 몰라."

들러붙는 듯한 여자의 목소리가, 멀어지더니.

누군가가 내 등을 떠밀었다.

뚝뚝, 이마에 뭔가가 떨어지기 시작했다.

눈을 떠 보니, 나는 빗속에 있었다.

죄악 너머에 있는, 종착점은

여명

발치에 있던 물웅덩이에, 유령처럼 새파랗게 질린 소년의 얼굴이 비치고 있다. 송장 같은 얼굴이다.

키잉~. 귀울림 같은 소리가 머릿속에서 계속 울리고 있다.

한쪽 머리가 지끈지끈 아프다.

자신이 어째서 지금 밖을 걷고 있는 거였는지 알 수가 없었다.

시야가 부옇다.

발걸음이 불안하다.

의식이 혼미하다.

흙을 밟고 있는 감촉이 정상으로 돌아오고, 신발 안까지 물이 가득 찼을 즈음——.

"알짱——!"

목소리가 빗소리에 섞여 들렸다——.

그가 계속 찾아다니던 소녀의 목소리다.

왜 이런 곳에? 처음에는 의심했다.

하지만 이쪽을 향해 달려오는 그녀의 모습을 본 순간, 알바의 얼굴에 생기가 돌아왔다.

"루피!"

눈이 마주치자 그녀는 기쁜 듯 미소를 지었고, 알바도 무의식중에 팔을 벌리고 뛰어든 그녀를 끌어안았다.

비에 젖어 완전히 차게 식은 그녀의 몸에 닿자, 알바는 자신도 모르게 눈시울이 붉어졌다.

"어, 어딜 갔었던 거야……."

한심하게도 목소리에 울음이 섞였다.

"미안…… 정말 미안해……."

꼭 끌어안은 채 필사적으로 사과의 말을 하는 소녀의 머리에, 알바는 이마를 가져다 댔다.

"괜찮아, 네가 무사하다면……."

"너 아니야…… 누나야……."

루피의 그 말에, 상당히 오랜만에 진심으로 웃은 것 같았다.

꿈이라도 꾸고 있는 걸지도 모른다. 하지만 그건 악몽 같은 게 아니다.

비는 계속 내리고 있다. 하지만 마음은 어느 정도 정상으로 돌아오고 있었다.

지금은 그보다도 루피가 걱정되었다.

지붕이 있는 장소를 찾아, 둘이서 인기척 없는 통로를 걸었다.

팔에 매달린 그녀의 몸도 평소처럼 따뜻하지 않았다. 하지만 그녀의 미소를 보자, 지금까지 있었던 일은 다 아무래도 좋아졌다.

"괜찮아? 춥지 않아?"

그 말을 입 밖에 낸 건, 놀랍게도 루피 쪽이었다. 이럴 때마저 얘는 누나 노릇을 하려고 하고 있다.

아니── 단순히, 나 알바를 잃는 게 무서운 걸 거다.

"나보다 자기 몸부터 걱정해."

"나는 괜찮아. 왜냐하면 누나잖아."

실없이 웃고 말았다.

"왜 웃는 거야."

처음에는 친구였다가 그다음은 누나, 그렇게 변한 이유는 잘 모르겠다.

평소 모습이 어린애 같은 탓에 그냥 장난을 치고 싶은 건가 싶어서 지금까지는 신경도 쓰지 않았지만,

"나도 가족이 되고 싶었는걸……."

루피는 매달린 팔에 힘을 꼭 주며 부루퉁하게 말했다.

그래. 그렇지.

"따돌림 당하는 건, 싫지."

"싫어."

그녀의 얼굴을 들여다보며 안심하도록 온화한 미소를 지어 보였다.

눈이 마주치자 루피는 기쁜 듯이 웃었다.

루피와의 추억은 얼마 되지 않는다. 하지만 지금이라면 그 일에 관해 이야기할 수 있을 것 같았다.

"어째서 나야?"

팔에 달라붙은 그녀가 동그란 눈으로 이쪽의 얼굴을 올려다보았다.

기대는 안 했다.

"나한테는, 마녀의 저주가 안 통해서?"

동요한다 해도 그런가보다, 하고 넘길 수 있다.
다만 확실하게 해두고 싶었던 거다. 확실하게 해두고, 마주하고 싶었다.
그래도, 적어도 저주가 지속되는 동안에는, 그녀가 날 필요로 해줄 테니까.
그거면 되잖아.
그거면 충분해.
"알짱이, 나를 받아들여줬기 때문이야."
"……."
"저주는 상관없어."
거짓말이다.
"거짓말."
"정말이야."
똑바로 나를 바라보는 루피의 눈에, 내 모습이 비쳤다.
사람을 의심하는, 추한 남자의 모습이었지만 그녀의 눈빛에서는, 그렇게 여기는 듯한 낌새를 느낄 수 없었다.
그럴 리가 없다. 분명, 허세를 부리는 거다.
"아니…… 거짓말이잖아. 왜냐하면, 그게 아니라면 나 같은 놈 옆에—— 읍."
짝. 말을 끝맺기도 전에 뺨에 충격이 퍼졌다. 욱신욱신 아파오는 그곳에 무의식적으로 손을 댔다. 피는 안 난다.
"때, 때렸어."
"그래."
루피는 허리에 손을 얹은 채 냉랭한 얼굴로 고개를 끄덕였다.

"어째서……?"

"바보 같은 소릴 하니까."

얼굴을 불쑥 들이댄다. 키 차이가 상당한데도 그 박력에 압도되었다. 순간적으로 떨어지려 했지만 멱살을 잡아서 거리를 벌릴 수도 없었다.

"만약 이제 와서 내가 싫다고 해도, 곁에서 떨어져 주지 않을 거야."

귓가에서 위협을 하는 듯한, 열기를 띤 목소리가 들려와서 온몸이 떨렸다.

"절대로 떨어져 주지 않을 거야!"

그 목소리는 점점 커졌다.

"다른 사람처럼, 도망쳐도! 꼭 붙어 있을 거야! 저주 같은 거 상관없어……!"

그녀는 분한 듯 이를 악물고, 눈물을 흘리고 있었다.

그 말이 좀처럼 납득되지 않아서,

"그거…… 힘들겠네……."

그런 바보 같은 대답밖에 안 나왔다.

"그래……! 하지만 절대로 봐주지 않을 거야! 평생 곁에 있어줄 거야아! 바보! 우와아아앙――!!"

끝내는 큰 소리로 울부짖으며 투닥투닥 두 팔을 휘둘러 가슴을 때려댔다.

이런. 난감하게 됐다.

나, 알바는 자신의 옷에 스며든 물기를 짜는 루피의 뒷모습을 바라보고 있다.
주름투성이가 된 옷의 틈새로 젖은 피부가 비쳐서, 자연스럽게 시선을 돌렸다.
주변을 살폈다. 이곳은, 공장 터 같은 장소인 듯했는데, 구멍이 잔뜩 난 함석판 지붕에서는 엄청나게 비가 샜지만 비바람을 피할 수는 있을 듯했다.
"너무 시답잖은 소릴 해서 깜짝 놀랐잖아."
"……."
루피는 손에 묻은 물방울을 털며 내게로 몸을 돌렸다.
조금 전까지 흐느껴 울던 사람이 맞나 싶을 정도로 지금은 차분했다.
"젖은 채로 있으면 감기 걸려."
"그럼 책임지고 간병해줘."
전에 없이 경쾌한 답변이었다.
"정말 왜 그래? 뭐 이상한 거라도 주워 먹었어?"
전에 없이 누나 같은 말투라 놀랐다.
"갑자기 그런 소릴 다 하고."
"의외로 그게 진리가 아닐까 싶어서."
"뭐, 하지만. 리나리아는 어떨지 모르겠네? 아무리 리나리아라도 알짱이 괴물로 보이면 떨어질지도 몰라."
별것 아니라는 듯이 말했다. 심지어 어쩐지 묘하게 기뻐 보이기까지 했다.
그토록 괴로워하며 고민했던 일인데…….
"그렇게 되면 나하고만 같이 있을 수 있겠네?"

그녀는 고개를 갸웃하며 장난스럽게 웃었다.

고민하는 게 바보 같다는 생각마저 들기 시작했다. 정말로 약간의, 긍정적인 생각에 불과했지만.

"잘 생각해 보면 맞는 말이란 말이지……."

분명 루피의 말이 맞았다. 결국 가정일 뿐이지만——.

마녀의 저주가 만에 하나 알바에게 통하게 된다 해도, 루피의 경우에는 오히려 나에게 거절당할 가능성이 있다.

저주가 통하지 않는다는 것은 루피에게는 그저 계기에 불과했던 거다.

"하지만 그래도 결국 루피는, 내 곁을 떠날 거잖아?"

분명 그렇게 될 거다. 루피가 과거 어머니 곁을 떠났던 것처럼.

"또 어두운 생각한다."

그녀가 정강이를 툭 걷어찼다. 은근히 아픈 그 행위에 원망스러운 얼굴로 루피를 노려보았다.

"그런 만약의 경우 얘기는, 해봐야 소용없잖아? 뭐, 울며 도망치는 알짱을 끈질기게 따라다니다 보면, 결국 넌더리가 날지도 모르지만——."

말을 끊었다가,

"그렇게 되면 알짱을 죽여 버릴지도 몰라."

혀를 날름 내민 그 모습에, 소름이 돋았다. 농담, 일까. 장난을 치는 걸로 보이기도 했지만, 알바를 쳐다보는 그 눈은 고양된 듯 황황히 빛나고 있었다. 지금까지 본 적이 없는 눈빛이었다.

"그러니까 생각해 봐야 소용없어. 그때가 되어야 알 수 있는 일이니까."

결국 그게 루피의 결론인 모양이다.
웃어넘길 만큼 마음을 다잡지는 못했지만,
"그런데, 지금까지 어디에 있었어? 마을에서 헤어진 뒤에, 같이 붙잡혀 있던 이루 씨는……?"
"아아——."
문득 생각이 나서 묻자, 루피는 침묵하더니 시선을 이리저리 돌리며 뺨을 긁적거렸다. 뭐야, 그 반응은.
"뭐 그게, 괜찮을 거야, 분명."
뭐야, 그 애매한 설명은.
"뭐, 어쨌든 리나리아한테 가자. 그 애는 혼자서 엉엉 울고 있을 거야."
"루피도 울었잖아……."
"그 얘긴 그만하고, 자 돌아가자."
내게 내민 그 손과 그녀의 미소에는 아무 망설임도 없었다. 알바는 잠시 망설였지만, 결국 쓴웃음을 지으며 그 손을 잡았다.
함석판 지붕 아래를 지나, 그녀와 함께 밖으로 뛰쳐나갔다.

————여.

"……방금, 뭐라고 하지 않았어?"
문득 누군가의 목소리가 들린 것 같아서, 손을 잡아끄는 루피에게 물었다.
"……? 아무 말도 안 했는데?"
루피가 의아하다는 듯 눈을 동그랗게 뜨고 되묻기에 알바도 고개를 갸웃했다. 분명 방금 무슨 소리가——

——여.

귀로 흘러든 목소리에 의식이 멀어졌다. 모든 감각이 둔해지기 시작했다.

발걸음이 무거워지고 뭐라 형용할 수 없는 감정이 분출되어, 몸을 꽉꽉 동여맨다.

뭐야, 이건.

견디지 못하고 그 자리에 웅크려 앉았다.

"왜 그래?"

뭔가 이상하다는 걸 알아챈 루피가 무릎을 꿇고 알바의 어깨에 손을 얹었다.

이상하다. 뭔가 이상하다. 지금 보고 있는 광경이, 꼭 의자에 앉아서 보고 있는 영상처럼 느껴진다.

루피가 내 얼굴을 들여다보려 하고 있다——.

이상해, 라고 입을 열려 했는데, 목소리는 나오지 않고 그 대신 슈팍, 이라는 소리가 나더니 시야에 붉은 뭔가가 굴러떨어졌다.

"어?"

바로 옆에서 무언가가 떨어지는 소리가 나더니, 세찬 빗소리와 심장 고동소리가 끊임없이 들려왔다.

"어라…… 어째서……?"

루피가 휘둥그레진 눈으로 이쪽을 보고 있었다.

조금 전까지 내 어깨에 얹어져 있던 그녀의 손이,

손이,

손이,

땅바닥에 널브러져 있고,

"아, 아파……."

그녀는 비명도 지르지 않고, 그저 그렇게만 중얼거렸다. 울고 있었다.

그런 그녀의 어깻죽지에 가차 없이 푹, 하고 날붙이의 칼날이 꽂힌다.

내가 내지른 나이프였다.

어째서――?

피에 젖어, 번들번들하게, 빛난다.

그만. 그만해.

애원한다. ――무엇에게? 누구에게?

바람과 달리 작은 소녀의 몸을 그대로 힘을 써서 밀쳐 넘어뜨린다.

아름다운 금색 머리카락이 진흙으로 더러워졌고, 그녀는 똑바로 누운 채 동그래진 눈으로 알바를 보고 있었다.

어이가 없을 정도로 능숙하게 어깨에서 나이프를 뽑자, 그녀는 아주 잠시 고통에 신음했다.

그 나이프를 머리보다 높이 치켜들었다.

――죽여. 그 녀석을 죽여.

마치 남의 일처럼, 꿈이라도 꾸고 있는 것처럼, 알바는 나이프를 소녀의 몸에 내리쳤다.
죄책감을 품을 시간조차 없었다.

——.

칼날은 루피의 가슴에 닿기 직전에, 남아있던 오른쪽 손등에 꽂힌 상태로 멈췄다.
힘껏 내리찍은 칼날을, 격통을 견디며 막고 있었다. 공중에서 정지한 나이프는, 지금도 손안에서 부들부들 떨리고 있다.
이대로 가면 루피를——
알고 있는데, 몸을 자유롭게, 움직일 수가 없다.

돌이켜 보니—— 과분한 생활이었다.
아무것도 없는. 아무것도 가진 게 없는 내게는, 아까울 정도로 행복한 나날이었다.
내 호흡 소리가 들린다. 심장은 일정한 리듬으로 뛰고 있다.
"죽여줘……."
그런 나날을 선사해준 그녀에게 간신히 목소리를 쥐어짜냈다.
"죽여줘…… 죽여줘…… 죽여줘어!"
꼭 아무것도 못 하는 갓난아이가 된 듯한 기분이다.
불안과 절망에 짓눌린 채, 한없이 도움을 구하고자 울부짖는 갓난아이 같다.
하지만—— 루피는 부드러운 미소만 지어 보였다. 마치 모든 걸 안다는 듯이, 차분한 표정이었다.

지금도 나이프를 꽂고자 힘을 주고 있는 알바를 향해서——
"모, 못 해."
소리가 없는 세계에, 처박힌 듯한 기분이 들었다.
칼날은 무자비하게 그녀의 가슴으로 빨려 들어갔다.
물이 든 컵을 기울인 것과 같다. 그 결과를 뒤집는 건 불가능하다. 계속해서 나아가는 수밖에 없다.
"어…… 어째서……."
분한 듯 입술을 구겼다.
그럼에도 루피는 알바에게 미소를 지어주었다.
"왜, 왜냐하면…… 사랑…… 하니까."
그 말이 가슴에 스며들듯 울렸다. 그녀가 쥐어짜낸 그 말에,
"나도…… 좋아해……."
그러한 대답밖에 나오지 않았다.
"저, 정말?"
누군가에게 도움이 되고 싶다. 누군가에게 필요한 사람이 되고 싶다.
누군가에게, 사랑받고 싶다——.
아무것도 없는 내게는 그게 유일한, 마음속 깊은 곳에 잠든 욕구였다.
그걸 충족시켜 마지않는 감정의 물결이, 소녀의 '사랑해' 라는 말에서 또렷하게 흘러드는 게 느껴져서 눈물이 흘렀다.
"기뻐…… 정말 기뻐어……."
이미 손에 쥔 나이프는 묘비처럼 그녀의 가슴에 꽂혀 있었다.
분명, 그 순간은 잊지 못할 거다.

알바는 시선을 돌리지 않고, 소녀의 아름다운 눈에서 빛이 사라져가는 모습을, 언제까지고 바라보고 있었다.

스륵스륵, 소리도 없이 알바를 좋아한다고 말해준 소중한 사람의 몸이, 재가 되어 사라져버릴 때까지.

"────으아악!!"

통곡은, 사라져 버린 그녀가 있는 곳까지 닿을까.

포효는, 빗소리를 뚫고, 하늘에──

무통

사납게 돌진해 오는 갑옷 차림의 남자를 향해, 시온은 표정 하나 바꾸지 않고 커다란 낫을 옆으로 후려쳤다.

그는 검을 들고 응전할 뜻을 내비쳤지만, 칼날에 닿은 순간 갑옷이 산산이 부서지고 상체는 나무 블록을 옆으로 쳐낸 듯 어딘가로 날아가 버렸다.

숨이 끊기는 순간에도 비명 한 번 지르지 못했다.

"……."

피가 튀어 손에 약간 묻어 있었다. 그걸 쳐다보아도 딱히 아무것도 느껴지지 않았다.

"이단 심문은, 대충 다 정리했네요."

"그런가요. 마녀 살해자는 찾지 못했으니, 바람직하지 않은 전개네요."

칼미아는 시시하다는 듯이 말했다.

"분열."

——시온은 그녀를 그렇게 불렀다. 칼미아라고는 부르지 않고.

왜냐하면 그녀는, 칼미아가 아니기 때문이다.

지금으로부터 정확히 100년 전, 분열이라는 저주로 인해 진짜 칼미아와는 동떨어진 가치관을 지닌 인격이, 그녀의 인격과 교체되듯 태어났다.

기억만은 원래 인격의 것을 이어받았지만, 그 성질은 이질적이고도 잔인했다.

살인마답게 윤리라는 개념을 지워버린 듯했다.

칼미아의 추억, 경험, 그것은 모두 그녀에게 남의 일이었다.

그래서 그녀는 이름으로 불리는 걸 무척 싫어한다.

마치 자신이 아닌 다른 누군가의 이름을 부르는 것 같기 때문일 거다.

"뭐죠?"

"우리, 꽤 오래 알고 지냈죠?"

칼미아의 동그랗고 커다란 눈이 살짝 흔들렸다.

"그렇죠. 그날부터 계속 함께였으니까요. 그런데 그게 뭐 어쨌다는 거죠?"

"그냥 잡담하려는 것뿐이에요. 문득 옛날 일이 생각나서요."

칼미아는 마법학교 시절의 학우였다. 그녀는 오빠에 관한 이야기를 자주, 신이 나서 했다.

가능하면 다시 그녀를 만나고 싶었다. 분열과 함께 있으면, 언젠가 칼미아를 만날 기회가 올지도 모른다고 생각했다.

저주로 고통을 잃은 시온이 매달린 것은, 결국 추억이었다. 아무것도 느끼지 못해도, 지니고 있는 기억만은 그 시절 그대로이기 때문이다.

하지만 이제 때가 된 걸지도 모르겠다.

"만약 마녀 살해자를 찾으면――."

칼미아는 멈춰 섰다.

자기 귀를 의심하는 듯한 표정으로 시온의 얼굴을 살폈다.

"방금, 뭐라고 했죠?"

"그걸 부수기 전에 나를 죽여달라고, 그렇게 말했어요."

공기가, 순식간에 얼어붙었다.

"그 무슨 웃기지도 않는 소리죠?"

나무라는 듯한 말투였다.

"그렇게 생각해도 딱히 상관은 없지만…… 단지 이제, 그만 된 것 같아서."

"후후, 엉뚱한 소릴 다 하시네요."

칼미아는 차가운 미소를 짓고 있다.

"당신은 그런 약한 소릴 할 부류의 사람이 아니라고 생각했는데요."

"실망했나요?"

그렇다면 미안하다고는 생각한다. 아무것도 느껴지지 않지만.

"피곤하다거나 괴로운 건 아니지만요. 저 자신은 아무것도 느끼지 못하는 체질이니까요."

하지만. 그렇게 덧붙여 말하며 고개를 푹 숙였다. 마을에서 죽은 그 소년의 모습이 떠올랐다.

"그렇게 무슨 일을 겪어도 아무렇지도 않은 제가 조금, 무서워졌어요."

"무슨 뜻이죠?"

"분명 앞으로 저는 소중한 것을 알아채지 못하고, 많은 것들을 놓치고, 지나쳐 가겠죠. 후회나 죄책감도 없이——."

목소리는, 어느샌가 떨리고 있는 듯했다. 아무것도 느끼지 못할 텐데 이상한 기분이다.

"끝은 없어요. 불사신이니까. 하지만 분명 우연한 계기로 끝이 온다 해도, 저는 분명 아무것도 못 느낄 거예요. 지금 죽든, 나중에 죽든, 저는 분명 아무것도 못 느껴요. 그렇다면, 더 이상 살아봐야 의미가 없지 않나 싶어졌어요."

침묵이 두 사람을 감쌌다.

이렇게나 목소리를 내서 말을 자아낸 게 얼마 만인지 모르겠다.

"왜 그런 결론에 다다른 거죠? 그런 웃기지도 않는 결론에?"

"웃기지도 않는……이라."

그런 평가를 여러 차례 들어도, 반박할 말이 떠오르지 않았다. 실제로 그럴지도 모른다. 나 자신도 최근에 한 생각이 두서없게 느껴져서…… 솔직히 당황스러웠다. 이렇게까지 혼란스러워할 일은 없었을 텐데.

무통의 저주는 '느끼는' 모든 감각을 빼앗아 간다. 다른 마녀들만큼 괴롭지는 않지만 느끼질 못한다. 아무런 욕망도 솟아나질 않는다.

"하지만…… 그래서 더더욱…… 나는 그 아픔을 잊을 수가 없는 거겠지……."

머리를 울리는 격통, 온몸에 퍼진 열기를 띤 전류. 그를 때린 순간의 아픔을 떠올리면, 지금도 손이 떨렸다.

"아픔이라니, 저주를 받기 전의 이야기인가요? 무슨 소리인지 모르겠는데요."

이해할 수 있을 리가 없다. 이 마음을 그 누가——.

"어찌 되었건, 그런 건 허락 못 해요."

목소리 톤을 통해 그녀가 짜증을 내고 있음을 알 수 있었다.

"살든 죽든 다를 게 없다면, 죽을 필요는 없잖아요."

시온은 그저 가만히 그 말을 듣고 있었다. 그 이상 대답하지 않았다.

흉몽

리나리아는 벽에 매달린 상태로 방치되었다.

시야 끄트머리에 절단된 두 다리와 왼손이 널브러져 있는 게 보인다.

유일하게 남은 오른손이 머리 위로 치켜 올라간 채 나이프에 꿰여 있고, 몸통은 벽에 등을 밀착시키는 모양새로 고정되어 있다.

공허한 눈으로 하늘을 올려다보았다. 피를 너무 많이 흘려서, 생각조차 제대로 할 수가 없다.

"알……바……."

그럼에도 재회하고픈 소년의 이름을 입 밖에 내자 어느 정도 기력이 돌아왔다.

이 정도 고통은 그를 잃는 것에 비하면 아무것도 아니다.

조작할 만한 마력은 체내에 남아있지 않다. 이 상황을 타파할 방법은——.

신음소리가, 입에서 흘러나온다. 고통이라는 감각이 머리를 지배해, 난잡한 노이즈처럼 온몸을 훑고 있다.

『이 마도구를 사람이 있는 땅으로──.』

폐성에서 돌아온 뒤에 루피와 나눴던 대화를 떠올리고 있었다. 그녀의 사역마가, 사람이 있는 도시로 운반한 그것은 지금도 나와 이어져 있다. 다른 사람에게 들키지 않을 정도로 주변에 있는 사람들로부터 마력을 징수하는 마도구가, 고갈된 체내에 약간의 마력을 주입해주고 있다.

아직, 할 수 있는 일은 있다.

저항할 수 있을 거다.

"크…… 흐윽……!"

리나리아는 이를 악물고 신음했다. 피를 너무 많이 흘린 몸은 이제 정상적으로 생각을 하기도 어려운 상태였다. 그럼에도 필사적으로, 방금 손에 넣은 마력을 조작한다.

빈사 상태이기는 해도 명확한 죽음이라는 단계에 이르려면 아직 어느 정도 시간이 남았다. 그게 분명 좀 전에 조우했던 자들의 목적일 거다. 마력을 고갈시키고 몸의 자유를 빼앗는 것── 불로불사의 존재를 구속하는 게 목적이라면 이치에 맞는 방법이다.

하지만, 리나리아는 입을 꼭 다물었다.

너희 뜻대로는 안 돼. 그 눈동자에 강한 결의가 깃들어 있다.

벽에 꽂힌 검이, 혼자서 휘청휘청 흔들렸다. 움직일 때마다 오른손에 심상치 않은 고통이 퍼졌지만, 그게 혼탁해진 의식을 조금이라도 이 추악한 현실로 돌려놓아 주었다.

얼마쯤 지나, 검은 손에서 뽑혀 댕그렁, 하는 소리를 내며 바닥에 떨어졌다.
있는 힘을 쥐어짜서 떨어진 검이 있는 쪽으로 축 처진 오른손을 뻗었다. 느릿느릿 칼끝이 리나리아가 있는 쪽을 향하자, 리나리아는 해냈다는 듯이 미소를 지었다.
"이 몸으로는…… 아무것도 못하니까……."
휙, 손을 끌어당기듯 움직이자 검이 빠른 속도로 튀어 올라 리나리아의 가슴을 꿰뚫었다. 몸에 박힌 칼날은 심장을 관통하고 있었다. 커헉, 입에서 피를 토하며 리나리아는 벽에 매달린 상태로 움직일 수 없게 됐다.
시야가 흐려진다.
죽음의 세계를 엿본 듯한 기분이 들었다. 시야가 전환되어, 검은 풍경 속으로 빠져들었다. 어둠을 향해 곤두박질치는 가운데, 리나리아는 간절히 기도했다.
빨리, 나를 되살려줘.

여명

몸속을 순환하는 피는, 용암에 쏟아진 쇳덩이 같았다.
격렬한 분노와 절망이라는 감정이 끔찍한 색으로 뒤섞이고 녹아들어——
"죽여버리겠어……!!"
감정에 몸을 맡겨 땅을 후려쳤다. 진흙이 튀어 올라 얼굴에 묻었다.
얼굴의 근육이 붕괴해, 어떤 감정을 얼굴에 드러내야 할지 모르겠다. 흉측한, 인간이란 게 믿기지 않는 얼굴, 악귀(惡鬼)라고 밖에 표현할 수밖에 없는 소년의 얼굴이, 물웅덩이에 비추어져 있었다.

『살기등등하게 말해봐야, 이미 돌이킬 수 없잖아.』

여자의목소리가들렸다여자의목소리가들렸다여자의목소리가들렸다.

"우아아아아아악! 죽여버리겠어죽여버리겠어죽여버리겠어죽여버리겠어어어어어……!!"

밤의 어둠보다도 농후한 증오가 부풀어 올랐다.

『그렇게 화가 나면 네 얼굴이라도 때리지 그래?』

그 말이 들린 순간, 격렬한 감정과는 무관하게 손이 망설임 없이 내 뺨을 두들겨 팼다.

신체의 자유를 빼앗겼다는 것은, 이제 의심할 여지가 없었다.

분노를 실어 땅바닥을 두들기던 주먹이, 이제는 내 뺨을 두들겨 패기 시작했다.

퍽, 둔탁한 소리와 함께 충격으로 휘청거려도 가차 없이 다음 일격이 이어졌다. 몇 번이고, 계속해서.

얼굴이 피와 진흙으로 더럽혀지고 때린 횟수가 스무 번을 넘었을 즈음, 갑자기 그것이 멈췄다.

알바는 머리가 어지러워 균형을 잃고 쓰러졌다.

"죽인……다……."

의식이 까마득해져도 입 밖에 내는 말은 변하지 않았다.

죽인다. 내가 루피를 죽이게 한 그 여자를 죽인다. 그게 지금 내 목적이다. 이제 그 이외의 생각은 나지 않았다. 열이, 몸에서 빠지질 않는다. 슬프다. 밉다. 슬프다. 밉다.

『하아, 너, 그만 됐어. 아까 그 괴물이랑 저 세상에서 사이좋게 지내렴.』

――눈물이 줄줄 나오고 있다는 걸 알아챘다.

입에 고인 피를 뱉어낸다. 분노가, 문득 깊은 슬픔에 삼켜져, 떠내려간다. 어린애처럼 오열을 하기 시작했지만 머리에 울리는 그 목소리에게 자비란 없었다.

『그런고로, 넌 그만 죽――.』

째깍, 째깍――.

흙에 얼굴을 파묻듯 앞으로 쓰러져 있었다.

아주 잠시 정신을 잃었던 것 같다. 격렬한 감정의 열기는 아직 또렷하게 몸 안에 남아 꿈틀대고 있었지만, 가벼운 뇌진탕이 일어난 건지 생각한 대로 몸이 움직이지 않았다. 하지만 이상하게도 그 여자―― 내게 루피를 죽이게 한 마녀의 목소리는 더 이상 들리지 않았다.

마녀의 힘을 무효화하는 내 체질에 의한 걸까.

어찌 되었건, 이제 루피는 되살아나지 않는다.

피를 토하며 견딜 수 없을 만큼 무거운 머리를 꾸물꾸물 들어 올렸다.

비――.

대지에 쏟아지는 비가, 물웅덩이에 떨어져 물방울을 튀기는 모습을 보고 있다.

생각이, 행동으로 이어지지 않는다. 아니, 행동하지 않는 건 포기했기 때문이 아닐까.

누군가의 신발이 물웅덩이로 들어왔다. 그 바람에 튄 진흙이 얼굴에 묻었다. 발끝부터 거슬러 올라가듯, 그 발의 주인을 눈으로 좇았다.

"불쌍한 마녀 살해자……."

빨간 머리의 남자가, 서 있었다.

차가운 눈으로, 나를 쳐다보고 있다.

"내가 사랑하는 그녀에게 명을 받았다. 네놈을 처분하라는 명령을."

그렇구나.

"원망하려거든 무력한 자신을 원망해라——."

그래——.

이 원한을, 저 세상까지 가져가야 하나——.

분하다. 원통하다.

그때 천둥이 쳤다.

"하지만 그 전에, 못 다한 일은 없나?"

남자는 입꼬리를 치올리며 사악한 미소를 지었다.

사람을 죽이는 건 망설여진다.

아니, 망설여졌다, 라고 표현해야 옳을 거다. 손에 쥔 날붙이를 살아있는 인간의 몸에 박아 넣는 감촉은, 끔찍하다고밖에 표현할 수 없으니.

하지만 지금, 그런 건 펄펄 끓는 용암에 떨어져 사라져 버렸다.
죽인다는 행위에 망설임이 없느냐고 묻는다면, 거꾸로 묻고 싶다. 망설일 여지가 어디에 있지?
그 여자를 살려둘 이유가 어디에 있지?
나, 알바는—— 문 앞에 서 있다.
옆에 선 남자가 문을 두 번 두드렸다.
"헉?"
그 순간, 또다시 머릿속에서 무언가가 꿈틀대기 시작했다.
뇌가 뜨겁게 끓어오르는 듯해서, 그 생각 말고는 할 수 없었다.
작은 그것을 움켜쥔 손에서, 무언가를 짓이긴 듯 피가 흘러나오기 시작했다.
"누구야?"
벽 너머에서 들린 여자의 목소리에 이를 악물었다.
"나다."
문을 두드린 남자의 목소리.
청각이 이상할 정도로 예민해져 있다. 끓어오른 감정이, 그 광경을, 모든 생물의 동작을 놓치지 말라고 온몸에 명령을 보내고 있다.
"마녀 살해자를 처분했다는 보고를 할 겸, 겸사겸사 네 얼굴을 보러 왔다."
"벌써 죽였어?"
"네가 서두르라고 하기에……. 빨리 끝내고 왔다. 의외로 싱거운 남자더군."
"당신 말이야, 이런 건 텔레파스로 보고하면 그만이잖아. 겨우 그런 일 때문에 저택의 수비를 느슨하게 하면 어떡해!"
문이 열린다. 문이 열린다. 문이 열린다.
"자, 얼굴 봤으니 됐지? 그러니 어서——."
문이 열려서,
"어?"
눈에 들어온 여자의 목을 향해, 움켜쥐고 있던 그걸 내질렀다.
푹, 둔탁한 소리가 났다. 칼날은 생각했던 것보다 맥없이 여자의 목 안으로 파고들었다.
"어…… 커헉……?!"
여자가 필사적으로 내 손을 움켜쥐었다.
"어……떻게……?"
"사랑하는 그대……."
등 뒤에 선 남자가 속삭였다. 사랑하는 여자를 영원히 자신의 것으로 만들고 싶다——. 그런 이해할 수 없는 욕구를 채우기 위해, 나의 복수에 가담한 남자——.
"처음부터 알고 있었어. 네가 나를 사랑하지 않는다는 걸."
그렇게 말하자 여자는 서글프게 신음했다. 목에 꽂힌 그것을 뽑을 수 없다는 사실을 알고는—— 나의 어깨에 손을 얹었다.
"하지…… 마……."
목숨 구걸—— 등 뒤에 선 남자가 아니라, 그토록 무시했던 내게 매달리는 모습을 보니, 아주 잠시 불쌍하다는 생각이 들었다.
하지만—— 멈추지 않는다——.
드득. 힘줄을 끊는 소리가 들렸다. 나조차도 놀랄 정도로 가볍게 움직여, 나이프의 칼날 부분을 뽑아서 이번에는 여자의 가슴에 깊숙이, 아주 깊숙이 꽂았다.

루피를 죽인 나이프로.

원수를 갚았다.

——여자는 바닥에 쓰러져 얼마간 기침과 함께 피를 토했고,

"사랑할 수 있을 리 없잖아……."

다음 순간, 그 눈동자에서 지성의 빛이 사라지더니 그녀의 몸은 먼지가 되었다.

죽을 곳조차, 주어지지 않은

여명

가장 오래된 기억. 새로운 인생이 시작된 날. 지금으로부터 1년도 더 된 일이다.

모르는 도시의 길바닥에서 정신을 차렸다.

마음을 좀먹는 상처는 처음부터 있었다.

낯선 땅에, 낯선 옷을 걸친 사람들, 그런 광경 앞에서 가장 먼저 느낀 것은 '슬프다'는 감정이었다.

가진 게 아무것도 없어도, 기억마저 잃었어도, 그것만은 마음에 문신처럼 새겨져 있었다.

누군가에게 사랑받고 싶다―― 그 욕구가 슬픔의 정체일 거다.

분명 사랑받지 못한 걸 거다. 누구에게도, 부모에게조차.

그래서 길거리를 헤매도, 아무도 쳐다봐주지 않아도, 어쩔 수 없는 일이라고 생각했다. 누군가에게 사랑받을 수 있을 리가 없다고 생각했다.

그런 내게 손을 내밀어 준 사람이 있었다. 리나리아는 아무런 대가도 바라지 않고 나를 자신의 옆에 둬 주었다. 분명 이전의 인생에 비하면, 그녀와 보낸 나날은 매우 행복했을 거다.

나 같은 것과 가족이 되고 싶다고 말해준 사람이 있었다. 루피는 친구가 되고, 누나가 되어── 그녀 나름대로 동생을 귀여워해준 것 같다. 그녀와 나눈 애정으로 가득한 기억은, 내 비굴한 부분을 잊게 하는 치유제가 되어주었다.

외톨이인 아이가 있었다. 아이비는 오랜 세월을 고독하게 살아온 아이였다. 나 말고는 관계할 인간이 없었던 그녀는, 나를 필요 이상으로 갈구했다. 누군가 나를 필요로 해준다는 데서 기쁨을 느꼈다. 그런 그녀를, 지금의 나라면 구할 수 있을지도 모른다고, 생각했다.

………….

왜 이런 내게, 그녀들은 그렇게나 다가와 준 걸까.

『그 특질이 아니면 너한텐 아무런 가치도 없으니까.』

이유는 있다. 그저 모르는 척을 해왔을 뿐이다.

여기는 현재의 내가 있는 현실이다. 지저분한 과거를 가진 남자가, 실실 웃으며 비위나 맞출 줄 아는 남자가── 아무 이유도 없이 사랑받을 리가 없다.

"행복해질 수 있을 리가…… 없잖아……."

자신을 인정하고 앞으로 나아갈 수 있을 리 없다.

자신을 좋아할 수 있을 리 없다.

뭔가 엄청난 치트 능력이라도 가지고 있었다면, 이런 놈에게도 자존심이나 덧없는 미래에 대한 기대라거나, 그런 감정이 싹텄을지도 모르지만.

내게는 아무것도 없었다.

누군가를 구할 힘도, 행복하게 해줄 힘도. 아무것도…… 없었다…….

루피, 나를 좋아한다고 말해준 여자애.

그 호의를, 겨우 진심이라고 믿을 수 있게 됐건만, 그걸 내 손으로 파괴하고 말았다.

비극이다. 절망밖에 찾아오지 않는다. 그럼에도 살기 위해서는 녀석을 미워할 수밖에 없었다. 하지만── 내게 남겨진 살아야 하는 이유, 복수라는 목적조차 맥없이 이루고 말았다.

어째서, 나는 아직도 살아있는 걸까.

주변을 보았다. 남자가 피를 흘리며 쓰러져 있었다.

목의 경동맥을 말끔하게 베여서, 괴로운 표정을 지은 채 숨을 거뒀다.

이 남자는 누구였더라……?

아니, 이제 나밖에 없는 이 방에서는 의미 없는 생각이었다.

"어째서 살아있지……?"

자리에서 일어나, 그 방을 뒤로했다.

"왜 숨을 쉬고 있어……?"

저택의 복도로 나와, 그저 목적도 없이, 걷는다.

죽어, 죽어버려. 죽어서 흙으로 돌아가.

두 번 다시 되살아나지 마. 지옥에도 천국에도, 네가 있을 곳 따윈 필요 없어.

나는 지금 나 자신을 욕함으로써 제정신을 유지하고 있는 거나 다름없었다.

하지만, 기분은 전혀 나아지지 않았다.

"사라져 버려…… 사라져……."

사라져 버리고 싶다. 사라지고 싶어.

눈을 감으면 루피의 얼굴이 눈앞에 어른거렸다.

지금도 그녀가 내게 미소 짓고 있는 것 같은 기분이 든다.

문득 그쪽으로 걸어갈까 싶었지만, 고개를 가로저었다. 비틀거리는 발걸음으로, 계속해서 나아간다.

"스승님……."

이제, 무슨 낯으로 그녀를 보란 말인가. 애초에——

"마지막으로, 무슨 얘길 했더라……?"

기억이 안 난다. 리나리아—— 내게 손을 뻗어준 소녀. 이용당하고 있었다는 사실을 알게 되기는 했지만, 그녀에게 악감정을 품는 건 잘못인 것처럼 느껴졌다.

"루피……."

생각만 해도 괴로운 이름을 입 밖에 내자, 감정이 슬픔으로 기울어져서 단숨에 그쪽으로 굴러떨어져 버릴 것만 같다.

어리석은 나 때문에 죽고 말았다. 타오르는 불 속에 뛰어든 나만 불타면 좋았을 텐데, 그녀가 휘말려들고 말았다. 내가 약한 탓이다…….

좀 더 빨리 스스로 목숨을 끊을 수도 있었을 거다.

피살리스와 일대일 싸움을 했을 때부터, 내게 마녀를 죽일 힘이 있다는 사실은 알고 있었다.

나는 유일하게 그녀를 죽일 수 있는 존재였다.

그럼에도 함께 하는 기분 좋은 생활에 안주하고 있었다.

나만 좋으면 상관없다고 생각했던 걸지도 모른다. 이 손으로 그 아이를 죽일지도 모르는 미래를 외면하고, 그저 평온하게 사는 쪽을 택했다.

그 판단이, 나를 좋아한다고 말해준 소녀의 목숨을 앗아갔다.

"미안……."

사과해도 죽은 그녀는 더 이상 돌아오지 않는다. 돌이켜보면 나는 늘 무언가에 기대고 있었다.

약한 주제에, 생각도 없는, 멍청하고 어리석은 인간이었다. 그런 놈 때문에 죽어도 될 아이가 아니었다. 내가 죽었어야 했다. 하지만 입을 앙다물고 매달리기라도 하듯,

"리나리아……."

그녀의 이름을 불렀다.

앞으로 나아갈 이유가, 필요했다. 그녀에게는 아직 내가 필요할 거다. 설령 그 이유가, 이용하기 위해서라 해도.

"리나리아를 만나자……."

목숨을 끊는 건 다음에 해도 된다. 만나서, 루피에게 한 일을 내 입으로 말해야 한다.

그 마음을 가슴에 품고 저택의 통로를 걷기 시작했다. 어디를 어떻게 걸었는지는, 전혀 알 수가 없었다. 실의에 젖어 하염없이 발을 움직였다.

현관으로 보이는 장소가 나왔다.

그때, 위압적인 존재 둘이 중앙에 자리한 채 이쪽을 쳐다보는 모습이 보였다.

"어머, 어머나."

청초한 드레스 차림의 그 소녀는, 나와 눈이 마주치자 악귀 같은 눈빛으로 나를 노려보았다.

어째서, 생각대로 되는 일이 이렇게나 없는 걸까.

"——아하, 그렇구나. 죽은 척이라도 했던 건가요?"

마을에서 죽었을 터인 남자가 살아서 눈앞에 나타난 사실에 화가 난 건지 어떤지는, 모르겠다.

이제 와서는, 아무래도 좋은 일이다.

새빨간 드레스를 입은 그 소녀는 분명 그때처럼 내 가슴을 꿰뚫을 거다.

"당신들은……."

그저 담담하게 말한다.

"내가 죽을 장소도, 못 고르게 하는구나……."

체념에 가까운 감정이 내 속을 까맣게 물들였다.

그런 나를, 한 사람만은 안개가 걷힌 듯한 눈으로 바라보고 있었다.

무통

시야에 들어온 순간, 손이 움직였다.

거대한 낫을 뽑자마자—— 완전히 허를 찌르는 모양새로, 소녀에게 살의를 품은 칼미아의 팔을 베어 버렸다.

일체의 망설임도 없었다. 죄책감도 들지 않는 가운데, 성공했다는 사실에 기쁨만이 느껴졌다.

계속 칼미아와의 추억에 매달려 살아왔다. 그렇게 해야만 아무것도 느낄 수 없는 이 세계에서 행동하는 의미를 찾을 수 있었기에. 감정도, 욕구도 없었다. 하지만 과거 그녀를 좋아했던 기억은 머리에 새겨져 있다. 진짜 칼미아와 보냈던 마법학교에서의 일상 속에서 있었던 사소하지만 행복했던 나날을, 당시의 마음을 떠올리고자—— 하지만 일시적인 위안에 불과했다. 진짜가 아니었다.

내 삶의 지침을, 이번에는 절대로 누군가가 빼앗아가게 두지 않겠어.

그다. 그가 내 삶의 의미가 될 거다. 그만이 내게 삶을 가져다줄 거다.

"어——?"

턱 소리를 내며 바닥에 떨어진 팔을, 칼미아는 넋을 놓고 바라보았다.

"무슨 짓인가요?"

팔에서 피를 뚝뚝 흘리며 말한다.

칼미아가 아무런 감정의 동요도 없이 그렇게 대꾸하기에 역시 대단해, 라고 평가를 내리지 않을 수 없었다.

"미안해요, 분열. 조금 갑작스럽지만——."

날에 묻은 피를 슉, 하고 한 차례 낫을 휘둘러 털어내고,

"협정은 여기서 파기하죠."

커다란 낫을 등에 짊어지며 미소를 지은 채 말했다.

고통을 갈구하고, 흉몽에 빠져

종마

몇 분 전——.

어둡고 습한 뒷골목이라는 점도 한 몫 거들어, 그곳은 초상집 같은 분위기였다.

주인이 사라진 탓에 마력 공급은 끊기고, 이제 소실되길 기다리는 몸이 된 가련한 존재들.

"버려진 사역마의 숙명이지."

하얀 인형인 도구마가 단추로 된 눈을 손가락이 없는 손으로 누르며 말했다. 자세로 보아 우는 시늉인 걸지도 모르겠다.

"아아아아아아~~악!!"

갈색 인형인 키이누는 천으로 된 몸에서 낼 수 있는 소리라는 게 믿기지 않을 정도로 이상한 소리를 내며 주인의 죽음을 애도하고 있었다.

"대체 어디서 그런 흉한 목소릴 내는 거야."

라메우의 매정한 말에 키이누의 비명소리가 더욱 커졌다.

주인과 함께 들어온 채굴장 터, 그곳 한구석에 노동자를 수용하기 위한 거주 구획이 있다. 그 뒷골목에서 세 마리는 앞으로 어떻게 할지에 관해 이야기하고 있었는데——.

"지금 안 울면 언제 울어! 주인님이 죽어 버렸잖아!"
"주인님이 죽으면 구체적으로 무슨 일이 일어나는데?"
키이누가 비명을 지르자 검은 인형인 라메우는 넌더리가 난다는 투로 물었다.
"이런 경우는 처음이라…… 확실히는 알 수 없어."
다만, 도구마는 말을 이으며 눈에 띄게 침울한 표정을 지었다.
"이런 상황이 오래 갈 리가 없어……. 주인님의 마력 공급이 사라졌으니까……."
비장감 넘치는 그의 표정에 라메우도 복잡한 얼굴로 고개를 푹 숙였다.
사역마 세 마리에게는 주인인 루피너스가 지닌 것의 세 배에 해당하는 마력이 비축되어 있다. 그렇게 간단히 존재가 소실될 일은 없을 것 같았지만── 이대로 가면 언젠가 사라져 버릴 운명이다.
"그러고 보니 전에 그러지 않았어? 우리는 법진을 쓸 때 주인님의 마력을 소비한다고."
"맞아. 앞으로 우리가 마법을 쓰면 모두 우리 자신의 목숨이 깎여나가겠지. 활발한 행동은 삼가야겠어."
"애초에 주인님이 없어진 우리는 어디로 가면 되냐고!"
태평한 소리를 하는 두 마리에게 키이누는 버럭 소리쳤다.
"쓸 수 있는 마법도 적고! 주인님을 보살핀다는 우리의 역할도 사라져 버렸어!"
"어이쿠…… 울보 주제에 갑자기 대화에 끼어들지 말라고. 죽은 엄마가 그렇게 보고 싶냐?! 이 오줌싸개 자식!"

"이 자식이 뭐가 어째?!"

키이누와 라메우의 주먹다짐이 시작되었다. 키이누가 라메우의 멱살을 붙잡더니 지체 없이 펀치를 먹였다.

"으헉?!"

푸욱, 이라는 소리와 함께 라메우의 겉겨가 가득 찬 배에 키이누의 주먹이 박혔다.

"우리의 주인님은 죽어 버렸는데!! 왜 너희는 그렇게 차분한 거냐고오오오!!"

"이게 무슨 짓이야, 이 울보 자식이!"

라메우가 반격에 나섰다. 오른발을 힘껏 내디디며 물 흐르듯 자연스러운 동작으로 레프트 훅을 날리자, "억!" 하고 키이누의 턱에 명중했다.

"모, 목이 비틀어져 끊어지겠어!! 얼굴은 반칙이야! 보디를 치라고, 보디를!"

"미안해, 손이 미끄러졌어!!"

라메우는 도움닫기를 해서 키이누의 얼굴에 드롭킥을 먹였다.

"끼야아아아아아!!"

"자, 잠깐 그만하지 못해, 너희들!"

허둥지둥 도구마가 중재에 나섰다.

골목이 소란스러워진 가운데――.

"뭐, 뭐 하는 거야……?"

귀에 익은 목소리다. 두 마리는 주먹 싸움을 멈추고 얼마간 입을 다물었다. 나타난 것은 '스승님'이라 불리는, 저 폐허의 주인이었다.

"숙주다……."
라메우가 중얼거렸다.
"숙주야, 도구마! 새로운 숙주라고!"
"갑자기 무슨 소릴 하는 거야……."
"이 사람이라면 우리의 주인님을 대신할 수 있지 않을까?! 같은 마녀잖아."
그 한마디에 도구마는 화들짝 놀랐다.
"말이 되는 소릴 해!!"
키이누가 소리쳤다.
"이 사람에겐 주인님의 법진에 관한 지식이 없다고!"
키이누의 말은 당연한 주장처럼 들렸다. 법진에는 제작자 본인만 알 수 있을 정도의, 세세한 조정이 가해진 경우도 있다. 하물며 술자 본인이 죽어버린 법진의 해석은——
"아니……."
도구마가 진지한 얼굴로 속삭였다.
"마법생물을 만드는 기술은 흉내 내지 못할지 몰라도, 우리를 그와 동등한 조건으로 받아들여줄 연결고리를 구축하는 거라면——."
도구마는 리나리아라는 소녀가 과거에 보여준 재능의 편린을 떠올려 보았다.
"이 사람이라면 가능할지도 몰라……."
"저, 정말이야, 도구마?! 그럼 최고 아니야?!"
"그건 무리야! 아무리 마녀라도!"
"물론 그냥 마력량만 충분하다고 가능한 일은 아니지……. 우리를 만든 법진은 주인님과 함께 소멸해 버렸으니 말이야."
하지만. 도구마는 태도를 바꾸어 밝은 표정을 지었다.
"이분에겐 재능 없는 인간에게 강력한 마법을 전수할 수 있을 정도의 보기 드문 재능이 있어! 분명 우리의 새로운 주인님이 되어줄 수도 있을 거야……!"
키이누는 입을 쩍 벌린 채 넋을 놓고 있더니——.
"우리의 새로운 거처가, 정해진 것 같군요."
키이누가 두 팔을 펼쳐 기쁨을 표현했다.
"오늘 밤은 진수성찬을 차려야겠어."
동의하듯 도구마가 고개를 끄덕였다.
"최고구먼."
라메우는 기쁨에 몸을 떨었다.
"저기……."
옆에서 지켜보고 있던 리나리아가 문득 한마디를 던졌다.
"일방적으로 들떠 있는 중에 미안한데…… 너희가 무슨 소릴 하는지, 잘 모르겠으니까……."
화제의 중심에 있던 그녀는 다소 거북한 얼굴로 중얼거렸다.
"일단 루피너스는 어디 있어? 왜 개랑 같이 있지 않은 거야?"
인형들이 얼굴을 마주보았다. 진지한 분위기에 리나리아는 고개를 갸웃했다.
키이누가 조용히, 소곤소곤 인간의 언어로 말했다.
『주인님은 돌아가셨습니다.』
그가 내뱉은 텔레파스를 들은 리나리아는, 할 말을 잃고 경직된 표정을 지었다.

분열

말도 안 돼. 칼미아는 평정심을 잃지 않고자 분노로 감정을 억눌렀다.

시온에게 날린 참격은 그녀의 머리 위를 가로지르고 등 뒤에 있던 벽에 몇 줄이나 되는 균열을 가게 했다.

대기를 떠도는 무수히 많은 빛의 마소에 '거절' 이라는 명령을 계속 보냄으로써 만들어지는 영역.

어떠한 것도 그 영역은 침범할 수 없다.

자유자재로 늘어나는, 눈에 보이지 않는 그 영역은 때로 칼날이 되고, 벽이 되기도 한다. 대부분의 인간은 그 특성조차 이해하지 못한 채 목이 날아가거나 심장을 꿰뚫려, 죽는다. ——칼미아가 지닌 마법은 그러한 것이다.

반면, 시온은 본인의 키만큼 거대한 대형 낫을 오른손에서 왼손으로 가볍게 고쳐 쥐었다. 공기저항이 전혀 느껴지지 않는 그 움직임은 무기가 가볍기만 해서는 성립되지 않는다. 무기로서의 내구도를 완전히 포기한 그것은 본래 휘두르기만 해도 붕괴될 물건이었다.

그럼에도—— 땅을 후려친 대형 낫은 구부러지기는커녕 대기를 갈랐다.

대형 낫을 둘러싼 빛의 마소가 '부동' 의 특성을 띰으로서 발생하는 기적이다——.

비슷하면서도 다른 두 개의 기적이 충돌하자 그 즉시 불꽃과 금속음이 울렸다. 마치 서로 반발하듯이.

"저와 당신의 마법, 특성은 유사하고 성능도 거의 동등할 테지만──."

보이지 않는 참격을 대형 낫으로 튕겨낸 시온이 이쪽을── 베어낸 한쪽을 쳐다보았다.

"하지만 한 손으로는, 동시에 공격하지 못하겠죠?"

시온은 매정한 미소를 지은 채 앞으로 돌진해 왔다.

"최악이군요."

칼미아는 정말로 최악이라는 투로 말을 내뱉었다.

"당신, 본인이 무슨 짓을 하고 있는지 아는 건가요?"

"아뇨?"

대형 낫을 휘둘러 칼날을 때린다. 칼미아는 다시 배리어를──

"──?"

쓰지 않았다. 칼미아는 공격을 받아들여, 허리에 박힌 대낫을 보고 괴로운 표정을 지었다. 하지만 물러서지 않고 피가 배어난 이를 내보이며 웃었다. 방어를 버리고 반격의 포문을 연다──.

짜악. 채찍에라도 맞은 듯한 소리가 났다.

칼미아는 땅을 굴러 곧장 자세를 바로잡고 일어섰다. 피를 토하며 상대를 노려봤다.

목을 칠 생각으로 날린 참격은, 시온의 뺨을 약간 베어냈을 뿐이다.

시온이 여유로운 미소를 지음과 동시에 그 상처도 급속도로 재생되고 말았다.

"짜증나."

형태를 유지하는 마법. 형태를 되돌리는 마법. 방어와 재생을 하나의 법진으로 해내고 있다.

적으로 돌렸을 때 이보다 짜증나는 이는 없을 거다.

"하지만 제일 짜증나는 건——."

멀뚱히 선 소년을 노려보았다.

특별한 점이라곤 전혀 없는, 마력량이 적은 인간에 불과하다.

마을에서 처음 대치했을 때도, 위험하다는 느낌은커녕 살기조차 느끼지 못했다.

채앵, 시온이 대형 낫으로 지면을 훑어 돌바닥을 쳤다.

날아드는 돌을 불가침영역으로 쳐내며——

"큰 착각을 했군요."

칼미아는 한탄했다.

조금 전, 동료인 퀸스의 텔레파스가 끊겼다.

그녀는, 살해당한 거다.

정황상 저택에서 가장 먼저 맞닥뜨린 그가 퀸스를 죽인 것이 분명하니—— 마녀 살해자 본인이라고 확신할 수 있었다.

하지만 그녀가 정말로 예상치 못했던 것은, 시온이라는 동등한 전투력을 지닌 마녀의 배신이었다.

"정말, 어떻게 된 건지……."

대형 낫을 휘두르는 시온의 맹공을 벽으로 막으며 투덜댔다. 한쪽 팔이 없는 지금은, 쓸 수 있는 방법이 없다. 그렇다면——

"최악이군요."

역시 이 방법밖에 없다.

칼미아는 자신의 가슴에 손가락을 짚은 채 "잠시 작별이에요.

다음엔 봐주지 않겠어요." 그런 말을 남기고 자신의 심장에 절대 영역의 칼날을 박아 넣었다.
망설임은 없었다. 피가 솟구쳐, 구체로 된 벽을 안쪽에서 검붉게 물들였다.
자결——.
"단단히 각오하고 기다리세요……. 다음에는 확실하게 그 남자를, 죽여줄 테니……."
피로 흠뻑 젖은 입술을 움직여 말한 후, 칼미아는 그 자리에 스러졌다.
"후후…… 그, 그나저나…… 죽는 건, 제법…… 오랜만……."
다음에 만나면 어떻게 갈가리 찢어줄까. 칼미아는 멀어지는 의식 속에서 그런 생각을 했다.

무통

적이 행동불능 상태가 됐음을 확인한 후, 시온은 대형 낫을 나무상자에 다시 넣었다.
칼미아가 자살을 택하리라는 건 쉽게 예상할 수 있었다.
자신을 치료할 수단이 없는 그녀는 죽어서 재생하는 방법으로만 완전히 부활할 수 있다. 하지만 칼미아는 죽은 자신에게 손을 대지 못하도록 배리어를 쳐둘 정도로 용의주도했다.
"정말 대단하군요, 분열."
즉사, 했을까. 우선 그런 생각이 시온의 머릿속에 떠올랐다. 죽고 나서 재생하기까지의 시간을 고려하면 그다지 여유가 없다는 건 확실했다.
시온은 발걸음을 돌려 멀거니 선 그의 곁으로 달려갔다.
긴장해서 알바의 손을 잡았다.
따뜻하다. 살아있는 인간의 온기가 손가락을 통해 또렷이 전해진다. 그것만으로 가슴이 뛰었다.
"같이 가주세요."
끌어당긴다. 저항은 없었다.
알바와 시온, 두 사람은 함께 그곳에서 달려 나갔다.
그 후방에 쓰러져 있는 소녀의 절단된 팔은, 벌써 재생될 조짐을 보이고 있었다.
저택을 벗어나자마자 소년은 걸음을 멈췄다. 그를 따라서 시온도 움직임을 멈췄다.
뒤를 돌아보니 그는 모종의 심리적인 중압감을 가만히 견디고 있는지 답답한 표정을 짓고 있었다.
"왜 그러시죠?"
묻기도 전에 그는 난폭하게 내 손을 뿌리쳤다.
그의 미간에 불길함이 느껴지는 검은 그림자가 감돌고 있다. 명백한 적의가 담긴 눈을 보고, 당황했다.
"도망쳐야 해요. 아까 그 애가 금방 쫓아올 테니까요."
어찌 되었건 이번에는 죽게 하고 싶지 않다. 지키고 싶다.
느긋하게 이야기나 할 시간은 없다.
다시 손을 잡으려 다가갔지만, 그는 냉랭한 표정을 지은 채 시온의 손을 피해 거리를 벌렸다.
거절의 뜻이 담긴 눈이다. 어째설까. 저런 눈으로 쳐다보니 지금까지 느껴본 적 없는 감정이 마음속에서 넘쳐났다.

두려움이나 불안—— 저주를 받고 나서는 전혀 인연이 없던 감정이, 독침을 맞은 듯 온몸으로 퍼져 나간다.

이런 일이 있을 수 있는 걸까 싶어서 시온 본인도 당황스러울 정도였다.

"그, 그런 얼굴, 하지 말아 주세요. 당신이 그런 눈으로 보면, 슬프니까요."

매달리듯 손을 뻗었지만 소년은 개의치 않고 시온이 의도치 않은 방향으로 혼자 걷기 시작했다.

"어, 어디로 가시는 거예요?!"

내가 아닌 다른 사람처럼 목소리를 높였다.

"그냥 좀 내버려둬!"

그는 처음으로 시온의 말에 답하는가 싶었더니, 곧장 뛰어가기 시작했다.

"기다리세요!"

허둥지둥 뒤를 쫓는다. 이젠 잃고 싶지 않아!

"가지 말아요……!"

그 말을 듣고 흔들린 건지는, 모르겠다.

그는 걸음을 멈추고 이쪽으로 시선을 돌렸다.

사나운 눈빛에 덜컥 겁이 났다. 가슴이 욱신욱신 아팠다. 이런 아픔은 저주를 받기 전에도 경험한 적 없다. 뭐든—— 뭐든 말해야 해——.

"때, 때려서 화난 거예요?!"

시온은 마을에서 있었던 일을 기억해냈다.

"그, 그때는 저도 착각하고 있었어요! 하지만 저는 당신의 적이 아니——."

"그뿐만이 아니잖아."

정말이지 어이가 없다고, 그의 눈이 말하고 있었다.

"따지고 보면 그때 너희가……."

분노로 떨리고 있던 그의 목소리가, 무언가를 알아챈 듯 잠잠해졌다.

"아니…… 누굴 탓해서, 뭐 하겠어."

공허한 눈빛을 머금은 채 그는 다시 걸어 나갔다.

어쩌지, 어떤 말을 건네야 하지?

"죄송해요…… 미안해요!"

시온은 울음을 터뜨릴 듯한 목소리로 애원하는 것 말고는 할 수 있는 게 없었다.

"그때 당신을…… 지켜주지 못해서 미안해요! 그때 당신을 구하지 못한 걸…… 계속, 줄곧…… 후회하고 있었어요……!"

오열을 토하는 시온의 눈에 떠오른 물방울이, 소년의 눈에 들어왔다.

눈물을 흘리는 기관이 있다는 사실조차 그가 봤을 때는 의외였을지도 모른다.

"하지만 이제는, 잃고 싶지 않아요……!"

소년은 물끄러미 이쪽을 쳐다봤다.

그가 보고 있다, 단지 그뿐인데 칼날을 겨누고 있는 듯한 긴장감이 느껴졌다.

그가 바라는, 선(善)이 되기 위해

여명

끈질기게 달라붙는 그 녀석의 끈기에 졌다.

그 여자에게 분노를 쏟아내는 건 간단한 일이지만, 굳이 이곳까지 따라온 의미를 생각해 보았다. 그런 생각을 할 수 있을 정도의 사고력은 돌아온 듯했다.

루피는 이미 죽었다. 하지만 아직 붙잡혀 있는 사람은 있다. 살아서 이곳을 빠져나갈 이유도, 아직 남아 있다.

"우선…… 마을에서 날 때렸던 것부터 사과해. 지키네 마네, 이야기가 너무 비약됐잖아."

나의 말에 여자는 한 줄기 희망을 얻은 듯 환한 미소를 지어 보였다. 마음에 안 들었다. 갑자기 돌변한 듯한 여자의 태도도 그랬지만, 그 이유를 대충 짐작한 나 자신이, 그걸 아낌없이 이용하려 하는 나 자신이 너무나도 기분 나빴다.

"그, 그랬죠…… 죄송합니다……."

쭈뼛거리며 여자가 사과했다.

역시 마을에서 만났던 그 사신 여자와 동일인물인 것 같다. 그때와는 인상이 완전히 다르지만——.

"너희는 그 마을을 습격했지? 사람들을 몰살했지?"

여자의 얼굴이 파랗게 질렸다.

"저, 저는 안 죽였어요."

나는 고개를 갸웃했다.

"전부, 죽었던데."

"저, 전부 분열이 한 짓이에요."

부운열, 분열? 아니, 누가 했는지는 관심이 없는데.

"누가 했는지는 아무래도 좋아. 하지만 너희가 마을에서 훔친 게 있을 텐데?"

이루, 그녀의 시체는 아직 보지 못했다. 살아있다면, 아직 이곳 어딘가에 있을지도 모른다.

"제, 제가 훔친 게……."

나의 이마에 힘이 잔뜩 들어갔다.

"그건 관심 없다고 했잖아!"

무심결에 소리치자 눈앞에 있는 여자가 어린아이처럼 겁먹은 얼굴로 몸을 움츠렸다.

"화…… 화내지 마세요……. 그때의 저는, 제정신이 아니었어요……."

죄송해요, 죄송해요. 눈물을 글썽거리며 당장에라도 큰 소리로 울음을 터뜨릴 것만 같은 얼굴로 그 말을 계속했다.

"뭐야, 대체……."

기운이 빠진다. 눈앞에 있는 여자는 정상이 아니다. 정신 상태가 어린애 수준으로 퇴행하기라도 한 건가?

일단 분노를 가라앉히기 위해 심호흡을 했다.

"난 그냥…… 당신들이 데려간 사람을 되찾고 싶은 것뿐이야."

분노로 찌푸려지려는 얼굴을, 손으로 가린 채 말했다.
"납치한 사람은, 지금 어디에 있지? 그리로 안내해."
내 말을 들은 여자는 눈물로 엉망이 된 얼굴로 환한 표정을 지으며 답했다.
"그, 그 사람이라면, 아마 저택 뒤 지하실에 있을 거예요."
드디어 일을 진행할 수 있을 만한 정보를 입 밖에 냈다.
"따라와 주세요."
의욕적으로 앞장을 선 여자의 얼굴에 미소가 떠올랐다.
이해할 수 없는 상황이 이어지자 뭐라 형용하기 어려운 기분이 들었다.
"아! 그러고 보니!"
쓸데없이 밝고 들뜬 목소리다. 나는 되도록 반응하지 않으려 애썼다.
"저, 저기! 저, 제 이름은요, 시온이라고 해요! 시온 마르두크예요……!"
그게 뭐 어쨌다는 거냐고 말하고 싶었지만 입을 굳게 다문 채 흘려 넘겼다.
"당신의 이름은……?"
기대가 담긴 눈빛이다. 어이없다는 의미를 담아 코웃음을 쳐줬다.
왜 이 녀석에게 이름을 밝혀야 하지?
그러자 갑자기 주변에 정적이 깔렸다. 안내하기 위해 앞장을 섰던 시온이 멈춰서 어깨를 들썩이고 있다.
"이봐, 멈추지 마."

거친 투로 말하며 고개를 푹 숙인 그녀의 얼굴을 확인했다가, 깜짝 놀랐다. 또다시 굵은 눈물을 흘려, 땅바닥에 물방울을 뚝뚝 떨구고 있었기 때문이다.

"왜, 왜 우는 건데……."

"그게…… 이름을 물어도…… 아, 알려주지 않으셔서……."

식겁할 정도로 많은 눈물이 내 눈에 날아들었다.

장난이라도 치는 건가? 아니면 정말로 진심이라고?

"알바야. 그만 울고 안내해 줘."

피곤한 투로 말했다.

"알바 씨?"

버려진 개 같은 눈으로 쳐다보기에 알바는 굳어진 얼굴로 고개를 끄덕였다.

"멋진 이름이네요……."

어쩐지 내게는 빈정대는 걸로만 들렸다.

"마녀예요."

시온의 안내를 받으며 저택 주변을 걷던 중에 그녀는 싱겁게 그 사실을 인정했다.

딱히 놀라지는 않았다. 마르크스에게도 들었던 이야기니.

"저주를 받은 열세 명 중 한 명, 서열은 2위예요."

열세 명 중에서 두 번째로 강했다고요. 시온은 그렇게 말하며 의기양양하게 웃었다.

"……."

그러고 보니 마르크스도 서열이라는 말을 했었다. 강한 순서로 매긴 순위였나.
“그런 걸 해석하는 법진이 있거든요.”
반쯤 흘려들으며 알바는 확인하고 싶었던 것 하나를 물었다.
“너는, 날 도와줄 거야? 같이 다른 마녀와 싸워줄 거야?”
시온은 어색하게 미소를 머금은 채, 눈을 동그랗게 떴다.
“그럼 제게 뭔가, 대가를 주실 건가요?”
눈을 반짝반짝 빛내고 있어서, 정말로 대가를 기대하는 것처럼 보였다.
“……아니, 그냥 잊어줘.”
“피이~ 포기하시는 거예요오? 그럴 땐 ‘뭘 원하지?’ 라고 물어보셔야죠.”
“너한테 빚 같은 거 지고 싶지 않아…….”
퉁명스럽게 말하자 시온은 잠시 눈을 동그랗게 뜨고서 “정말 아쉽네요.”라고 말하더니 부드럽게 상냥한 미소를 지었다. 그런 사신의 모습이 눈에 들어와서 엉겁결에 시선을 돌렸다.
“마녀를, 무서워하지 않네요.”
“무섭지 않을 리가 없잖아, 죽을 뻔했는데.”
눈길도 주지 않고 매정하게 말했다.
무섭지 않을 리가 없다. 한 번은 죽을 뻔했다는 사실을 생각하면 몸서리도 쳐진다.
하지만 마녀라서 무서운 건 아니다. 목숨을 빼앗으려 한 자도 마녀였지만, 목숨을 구해준 것도 마녀였기 때문이다.
“아뇨, 그런 뜻이 아니라, 마녀에 대한 혐오감이 별로 없는 것 같아서.”

“무슨 소리야, 그게――.”

“알바 씨.”

갑자기 여자의 냄새가, 들러붙었다. 리나리아와는 다른, 미약(媚藥)처럼 달콤한 향기가.

“위험해요.”

시온이 내 몸을 꽉 붙잡더니, 함께 도약해 공중으로 날아올랐다.

“이, 봐――.”

눈 깜짝할 새 일어난 일이라 저항할 새도 없었다.

굉음이 일어난 직후, 거대한 암석이 땅에 격돌했다. 그것은 좀 전까지 알바 일행이 있던 땅을 짓뭉개고 분쇄되었다. 시온이 나를 안은 채 무너져 내린 바닥을 피해서 다시 땅에 내려섰다.

“무, 무슨 짓을 하는 거야…….”

팔을 뿌리치고 시온에게서 거리를 벌렸다.

또 도움을 받았다는 건 알지만, 인정하고 싶지 않았다.

“…….”

시온은 대답하지 않고 다른 방향으로 시선을 날렸다.

그곳에는 눈에 익은 남자가 서 있었다.

“너는――.”

이미 대상을 발견했던 시온이 낮은 목소리로 위협했다.

“계속 모습이 보이지 않기에 도망친 줄 알았는데요.”

“어렵게 만났는데, 그런 매정한 소릴 하면 쓰나.”

마르크스—— 마녀와 악연으로 엮인 이단 심문의 최고위 성직자인 남자는 마녀가 앞에 있는 이 상황에서도 온화하게 웃고 있었다.

"게다가 만에 하나라도 도망치는 일은 있을 수 없다. 사교도에게 등을 보이는 것은 순교도에게 있어서는 안 되는 일이니. 특히나 나의 동포의 목숨을 닥치는 대로 빼앗은 네게는 말이야."

"이, 이분 앞에서 이상한 소리 하지 마세요!"

남자의 말에 시온은 당황한 듯이 소리쳤다.

"저는 어디까지나 당신들이 싸움을 걸어서, 어쩔 수 없이 대처한 것뿐이에요!"

시온은 알바를 흘끔 쳐다보더니 "알바 씨도 진지하게 받아들이지 마시고요! 알겠죠?!"라고 변명했다.

알바는 "어어……." 하고 대답이라고도 할 수 없는 애매한 태도로 반응하는 수밖에 없었다.

"거기 있는 남자에게 왜 그렇게까지 변명을 하려 드는 거지?"

"너와는 상관없어."

시온은 본인의 키만한 낫을 진자처럼 움직여 칼날을 마르크스에게 겨누었다.

"그래서 뭐죠? 저와 싸우겠다는 건가요? 싸우고 싶은 거죠? 좋아요, 빨리 시작하고 끝내죠. 어차피 곧 분열도 따라올 거라 시간이 없으니까요."

그녀는 나를 지키려는 듯이 앞에 서서 마르크스를 노려보았다. 그는 한숨을 내쉬더니 싸늘한 눈으로 알바를 쳐다보았다.

"역시 자네를 풀어두길 잘했군."

알바는 조용히 그의 말을 듣고 있었다. "네?" 시온은 그 말에 당황했다.

"알바 씨와 아는 사이인가요……?"

아는 사이── 마주앉아서 이야기도 그럭저럭했으니, 그럴지도 모르겠다고 생각했다.

하지만 시온이 의아하다는 눈빛을 보내와도, 적의가 담긴 눈으로 마르크스가 쳐다봐도 이렇다 할 감정은 일지 않았다. 이미 돌이킬 수 없는 상황이 되었기 때문이다.

"다 알고 계셨군요, 마르크스 씨."

그래서 알바는 눈앞에 있는 남자가 진실을 입 밖에 냈음에도 그다지 놀랍지 않았다.

"자네를 만났을 때는 확신이 없었지만 말이지."

마르크스의 차분한 말투에는, 여전히 공허한 알바의 마음에도 스며드는 듯한 압박감이 있었다.

"하지만 나는 자네를 보고 한 가지 가설을 세우고 행동하기로 다짐했네. 자네는, 마녀를 죽일 수 있는 존재지?"

마르크스는 확실하게 단언했다.

"왜 그렇게 생각하죠?"

알바가 의문을 입 밖에 내자 그는 막힘없이 말을 자아내기 시작했다.

"마녀가 습격한 그 마을에서 살아남을 수 있는 인간이 있을 리 없네. 녀석들이 지나간 뒤에는 아무것도 남지 않으니. 그게 계속 마음에 걸렸네."

마르크스가 두 팔을 벌리고 자신에게 취한 듯 말을 이어나갔다.

"알바, 순교도들은 설명할 수 없는 현상을 모두 신의 안배라고 믿네. 특수 효과의 이름, 속성, 법진의 원리도 그러하지, 그리고 ——."

거기서 말을 끊더니 마르크스는 유쾌하다는 듯 웃으며 알바를 보았다. "자네야."

위축될 정도의 살기가, 눈앞에 있는 마르크스에게서 느껴졌다.

"자네가 설명할 수 없는 무언가라는 것만으로도, 자네를 마녀 살해자로 가정하기에는 충분하다고 생각했네. 그래서 만일의 경우에는 자네의 목숨을 지켜줄 생각이기는 했지만…… 설마 그 자리에서 모습을 감출 줄이야."

아쉽다는 듯 말했지만, 그때 일어난 일은 알바도 아직 완전히 파악하지 못한 현상이었다. 정신이 들어보니 그 방으로 이동해 있었다. 그 사람을 세뇌하는 마녀의 방에.

"좀 전부터 혼자서 나불거리고…… 대체 뭐죠?"

시온의 적의가 다시금 장중에 긴장된 분위기를 불러일으켰다.

"그런 이야기를 마녀인 제 앞에서 한 뻔뻔함은 인정하지만, 당장 죽을 각오는 되어 있는 건가요?"

"어째서 자네는 마녀와 행동을 함께 하고 있지? 녀석을 죽일 힘이 있으면서."

"저를 무시하고 이야기를 진행하지 말아주시겠어요?"

마르크스는 시온을 개의치 않고 이쪽과의 대화에만 집중하고 있다.

이 남자는 간파한 것이다. 시온이 알바 앞에서 선뜻 무례한 행동을 취하지 않으리라는 것을.

그렇다면. 알바는 자신 또한 날카로운 목소리로 말다툼에 어울려주기로 했다.

“나는 당신 같은, 숭고한 사명? 그런 의식이 전혀 없어요.

스스로 생각해도 웃음이 날 정도로 냉랭한 목소리가 나왔다.

“마녀가 어떻다거나, 마녀니 어떻게 해야 한다거나, 그런 건 아무래도 좋아.”

“호오……?”

“애초에 나는, 그걸 이용하고 있을 뿐이니까.”

턱짓으로 시온을 가리키며 말을 잇는다. “나는 혼자서는 아무것도 못하는 약골이니까.”

비굴한 말이었지만 사실이었다.

“또 그런 소릴 하시는 거예요?! 매정한 분이시네요~.”

뺨을 부풀리며 불평을 하는 시온의 말을 무시하고,

“그 여자를 이용해서 지금의 궁지를 벗어나려는 속셈이었던 것이군.”

거의 시간차를 두지 않고 알바는 냉담하게 말했다.

“그래. 나는 그걸 이용하고 있는 것뿐이야, 나는. 나는 약하니까…… 혼자서는 아무것도 못 하니까…….”

이용―― 알바가 그렇게 말한 순간, 시온의 눈동자가 매우 슬퍼 보였다.

“그런가.”

마르크스가 중얼거렸다.

“역시 자네는 사교도인 것 같군.”

적절한 평가다. 딱히 반박할 생각도 없다.

"자네는 사교도, 마녀와 협력해 우리 청교의 뜻을 거스르는 어리석은 자네. 마녀 살해자라기보다는 마녀 사역자라고 평가해야 하려나?"

그 올곧은 매도가 지금의 알바에게는 오히려 속 시원하게 느껴졌다.

"그럼, 당신은 날 어쩌고 싶은데?"

"설령 우리의 적이라 해도, 그 능력은 우리의 미래를 다지는 초석이 되기에 적합하다."

힘찬, 광적인 기쁨이 배어나는 목소리였다. 무덤덤한 태도를 유지하고자 애쓰던 알바도 그 말을 듣고 약간의 공포를 느끼지 않을 수 없었다.

"따라서 이 자리에서 자네를 포박하여, 연구 재료로 사용하고자 하네. 물론 대죄인에 걸맞은 대우가 되겠지만, 얌전히 동행해 주겠나?"

"……."

그렇구나, 어떻게 보면 당연한 일이다. 마녀 살해자인데 마녀의 편── 이토록 우스꽝스럽고 비뚤어진 존재는 없을 거다.

"신께서 싫어하실 만하네……."

지독하게 우울한 기분에 빠졌다. 그런 어두운 분위기를 날려버리듯,

"그러게 놔둘 것 같나요!"

시온은 외치며 달려 나갔다.

우아하게 선 마르크스에게 덤벼든다──.

"그에게서 떨어져도 되는 건가?"

거대한 낫이 그의 얼굴에 그림자를 드리웠다.

"——어?"

무언가를 꿰뚫는 소리가 귓가에 들리더니 시야가 흔들리고, 두 사람의 모습이 보이지 않게 되었다.

무통

곧장 고개를 돌린 시온의 눈에, 알바의 몸이 딱딱한 땅바닥을 뒹굴고 있는 모습이 보였다.

"아……! 안돼애!"

발걸음을 돌려 그의 곁으로 달려간다.

쓰러진 그를 앞에 두고 "으으……." 하고 절망적인 목소리로 신음했다.

그의 머리는, 무언가가 관통한 듯 옆면이 뚫린 채 피로 물들어 있었다. 지금도 계속해서 피가 땅을 검붉게 물들이고 있다.

시온은 무릎을 꿇고 그에게 다가가 "괘, 괜찮아요." 그러는 게 당연하다는 듯이 끌어안았다.

"제가, 고칠 수 있어요. 금방 원래대로 될 거예요."

자신을 설득하는 듯한 울음 섞인 목소리. 그럴 만도 한 것이, 알바의 얼굴은 창백하고 돌이킬 수 없을 정도의 피를 쏟고 있었다. 그럼에도 그녀는 최선을 다해 그의 몸에 마력을 흘려 넣어 치료했다.

이런 상황에도 온몸에 전해지는 그의 온기에서 기쁨을 느끼고 있는 자신이 너무도 우스꽝스러웠다.

또 구하지 못할지도 모르건만——

"——컥?!"

갑자기 등에 충격이 퍼져 기침을 했다. 아프다…… 그에게 닿아 있을 때는, 몸과 마음, 양쪽 모두가 다 아팠다.

"마녀가 사람을 돕다니, 내가 꿈이라도 꾸고 있는 건가?"

조금 전보다 강하게 등을 걷어차였다.

"크……윽! 이 자식……."

원망을 실어 고함을 치자 마르크스는 무미건조한 목소리로 "왜 그렇게 허둥대는 거지?"라고 대꾸했다.

시온은 이를 악물고 노려보았지만, 반격은 할 수 없었다. 치료 중에는 공격할 수가 없기 때문이다.

하지만 머리를 재생하는 데는 성공했다. 그의 이마에 묻은 피를 닦고서 상처가 나은 걸 확인했다.

"눈을…… 떠주세요……."

의식이 돌아오지 않는다.

"피도 눈물도 없는 마녀가, 꽤나 기특한 모습을 보여주는군."

남자의 불쾌한 목소리에 시온은 결심했다.

"나중에 반드시, 죽여주겠어……."

마르크스를 노려보며 축 처진 알바의 몸을 안고 일어선다.

그리고 몸을 웅크렸다가 땅을 힘차게 박차, 마르크스의 머리 위로 도약했다.

청교(淸敎)

서열 2위는 건물 지붕을 따라 도약해, 눈 깜짝할 새에 시야에서 사라졌다.

"인명이 우선이라 이건가——."

보면 볼수록 이해가 안 된다.

서열 2위는 애초에 저렇게 격정에 사로잡히는 타입이 아니었다. 좀 더 무기력하고, 무감동한 여자였을 거다.

"뒤를 쫓아라, 히긴즈."

멀리서 이쪽을 감시하고 있는 신관에게 텔레파스를 보내자, 신이 난 그의 목소리가 귓가에서 시끄럽게 울렸다.

"그래, 마음대로 해도 좋다. 네 힘을 보여줘라."

텔레파스로 이어진 남자의 천박한 목소리를 들으며 마르크스는 눈을 감았다.

이제 얼마 안 남았다. 그렇게 중얼거리며.

무통

"이런 곳으로 데려와서 미안해요."

눈을 뜰 낌새가 없는 알바를 안은 채 채굴장 안을 뛰어다녔다. 낡은 거주구의 지붕을 건너뛰며 돌아다니다가 최종적으로는 어느 빈집을 발견해 들어갔다.

비교적 깨끗한 침구를 찾아 그를 천천히 내려놓고서 가슴에 귀를 가져다댄다.

심장은 문제없이 뛰고 있다. 그럼 괜찮다, 분명 금방 눈을 떠 줄 거다.

그렇다면 할 일은 하나뿐——

"훼방꾼을 제거해야겠어요……."

그와 나, 둘 사이를 방해하는 인간을 모조리 제거한다. 그가 눈을 뜨기 전에, 그렇게 하면—— 그렇게 하면 어떻게 될까?

면밀하게 계획을 세우는 건 성미에 안 맞는다. 하지만——

"어찌 되었건 계속 함께 있을 수 있겠네요."

그의 이마에 얼굴을 가져다대며 속삭인다.

멀리 여행을 떠나는 것도 괜찮겠다. 사람들 사이에 섞여 생활하는 것도——.

아쉬움이 컸지만 그 방을 뒤로했다.

문을 닫은 후, '부동'의 마법을 행사했다. 견고하게 그 형태를 유지하라는 명령을 내렸으니, 그 방은 모든 간섭으로부터 그를 지켜줄 거다.

건물을 나선다. 한산한 바깥세상에서 살아있는 인간을 찾는 건 쉬운 일이다.

"하하, 찾았다."

남자가 있었다. 위험한 눈빛을 지닌 남자가 다가왔다.

본 적은 없지만, 성직자의 차림새를 하고 있다. 교회 관계자라면 망설임 없이 제거해야 한다.

"드디어 마녀를 만나게 됐군. 대신관님께 고마워해야겠어."

대신관—— 아아, 그 남자가 보낸 건가.

"제 발로 죽으러 온 건가요?"

"어엉? 아니~ 내가 죽이러 온 거지. 얼마나 보고 싶었는데. 날 즐겁게 해달라고!"

상스러운 남자였다. 굶주린 짐승 같은 얼굴은 보기만 해도 괴로울 정도라, 사람으로서 말을 나눌 가치조차 느낄 수 없었다.
아무것도 느끼지 않는 상태의 나는 증오를 표현할 수 없지만, 조용하게, 냉담하게 말했다.
"약한 개일수록 잘 짖어댄다죠."
남자의 미간에 주름이 잡혔다. 그는 치올렸던 입꼬리를 확 내리더니.
"지금 뭐라고 했냐, 너?"
개처럼 짖었다.
"약한 개일수록 잘 짖어댄다고 했어, 멍멍아."
멍멍, 손으로 개 모양을 만들어 울음소리를 흉내 내보였다.
"날 조롱하는 거냐, 너."
"계속 까불어대는 너한테는 잘 어울리는 말 같은데?"
무시하듯 말하자 그는 보기 흉하게 얼굴을 찌푸렸다.
"죽인다."
걸으며, 말한다. 서서히 가속해, 달린다.
"죽인다, 죽인다, 죽인다!"
땅을 튕겨내듯, 가볍게 몸을 날려 다가온다.
"죽어어어어엇――!"
덤벼든다. 그 움직임을 빤히 쳐다보며, 시온은 가벼운 동작으로 거대한 낫을, 마술을 부리듯 옷 아래서 꺼냈다.
"하하, 뭐냐, 그건?! 재미있는 마술이구만!"
"사납기만 하고 귀엽지 못한 개네……."라고 중얼거리자 그는 더욱 심하게 얼굴을 일그러뜨렸다.

"계속 지껄여봐라, 송사리이!"

남자는 손을 내질렀다. 붙잡아서, 뭉개버릴 생각이었을지도 모른다. 전혀 관심은 없지만.

"앗?"

손을 가볍게 피해 그의 품안으로 파고든다. 동시에 남자의 팔을 낫의 안쪽에 걸쳐놓고, 자연스럽게 잡아당겼다.

"흐갸아아아아아아아아악?!" 내밀었던 두 손이 맥없이 절단되자, 절규와 함께 피가 간헐천처럼 뿜어져 나왔다.

"어째서어?! 어째서냐고오!"

끊어진 팔을 휘두르며 남자가 소리쳤다.

"너 대체, 무슨 짓을 한 거야?!"

관심 없다. 귀를 기울일 필요성도 느끼지 못해서, 시온은 커다란 낫을 가볍게 회전시켜 다시 휘둘렀다.

"잠깐…… 이봐, 잠깐만——."

그 순간, 히긴즈의 몸은 가랑이 아래에서부터 세로로 찢어져, 거대한 진홍빛 꽃을 머리 위로 피워냈다.

조금 전까지 기세등등하게 짖어대던 남자의 몸은 주변이 자욱해질 정도로 피를 뿜어내는 두 개의 고깃덩어리로 전락해 나뒹굴고 있다.

"그 남자는, 내 역량 정도는 알고 있을 텐데."

너무도 싱거운 상대였다. 대신관은 이런 녀석으로 뭘 하고 싶었던 걸까.

약간의 위화감이 느껴졌지만, 역시나 관심이 지속되지 않아서 커다란 낫을 휘둘러 날에 묻은 피를 털어냈다.
바닥에 널브러진 시체를 빤히 쳐다보고서,
"역시, 아무것도 안 느껴지네요."
나직하게 말했다.
아무런 감흥도 일지 않는다.
"역시 그가 아니면……."
커다란 날을 다시 작게 접어 집어넣은 후, 시온은 그제야 생각이 났다는 듯이 걷기 시작했다.
어느샌가 비가 그친 하늘에서는, 석양의 빛이 퍼지기 시작하고 있었다.

청교(淸敎)

사람이 잔뜩 죽었다. 수녀와 이단 심문 신도의 시신이 가득한 이 저주받은 영지를, 죽어간 인간들의 영혼이 정처 없이 헤매고 있다. 개중에는 신관의 영혼도 있었다.
그완, 휴켄, 잔트, 그리고 방금 히긴즈도 쓰러졌다.
신도들 중 대부분이 순직했고, 간부도 전멸했다.
"이단 심문은 사실상 끝장이군."
스스로 생각해도 감정이 느껴지지 않는 목소리가 튀어 나왔다.
전쟁에는 희생이 따르기 마련이다. 게다가 죽어서 그 힘으로 가증스러운 마녀를 처치할 수 있다면, 그들도 여한이 없을 거다.
"자네들의 죽음은 헛되이 하지 않겠다."

염동력의 법진도 방금 수중에 넣었다. 휴켄의 디스펠도, 죽은 신도들의 마력도, 법진도 이제 모두 마르크스의 손안에 있다. 남은 것은——

"마녀 살해자뿐이군——."

마르크스는 침대에 누운 그에게로 시선을 돌렸다.

갈구하는 마음과 감춰진 마음

여명

각성한 순간, 차가운 바닥이 느껴졌다.

알바는 어두운 실내에 누워 있다.

"정신이 들었나."

눈앞에 마르크스가 있다.

나직하게 비명을 지르며 뒷걸음질 쳤지만, 금방 벽에 닿고 말았다.

"윽."

머리가 쑤시듯 아파 와서 얼굴이 찌푸려졌다.

여긴 어디지? 이마에 손을 짚은 채 주변을 둘러보자, 탁한 잿빛으로 칠해진 벽이 있었다. 진한 쥐색이 천장부터 바닥까지 퍼져 있어서 원근감이 정상적으로 기능하지 않았다.

"서열 2위가 방해를 하면 성가셔져서 말이지."

마르크스가 아무런 감정도 담기지 않은 목소리로 말했다. "자네를 이 아공간으로 끌어들였네. 단둘이 다시 이야기가 하고 싶었거든."

그 기계와도 같은 목소리에 알바는 말없이 경계심을 강화했다.

이상 사태라는 것을 이해했다. 좀 전까지 명확한 적의를 내비쳤던 상대와 단둘이 있는 상황이었으니.
"나는 자네의 마녀 살해자의 힘을 원하네."
마르크스는 미소를 던졌다.
숨길 생각도 없는 듯한 살의가, 지금도 눈앞에 있는 남자에게서 강하게 흘러들고 있었다.
"자네가 지닌 마녀 살해자의 힘을 얻기 위한 방법을 몇 가지 시험해보고 있는데, 좀처럼 잘되지가 않는군."
그는 난감하게 됐다는 듯 얼굴을 찌푸렸다.
"자네가 지닌 그것은 우리가 다루는 마법과는 근본부터 다른 것인 듯하네."
알바는 침묵을 지켰다. 주변을 둘러보아도 출구 같은 곳은 보이지 않고, 이곳에서 빠져나갈 방법도 생각나지 않았다.
"자네의 영혼, 혹은 목숨 그 자체와 이어진 것이거나. 훨씬 터무니없는, 신이 내린 선물이거나. 어찌 되었건 특수한 존재라는 점에는 변함이 없는 것 같더군."
"여기서 내보내줘……."
"자네는 무엇이지? 어디서 왔지? 정체가 뭔가?"
마르크스는 개의치 않고 말을 이었다.
"마력량도 적고. 뭔가 특수한 법진을 다루고 있는 것도 아니고. 무얼 위해 존재하는 것이지?"
알바는 대답할 수 없었다. 무엇을 위해 존재하는지 알고 싶은 건 오히려 알바 본인이었다.
말을 머뭇거리자 마르크스는 슬픈 듯이 눈살을 찌푸렸다.
"제발 말해주게, 알바. 어떻게 하면 그 힘을 얻을 수 있지?"

모르겠다……. 정말로 모르니 가르쳐 줄 방법이 없다.

무언가에 씐 듯한 공허한 눈. 그런 눈으로 바라본들 대답할 말이 없다.

"왜 그러지……?"

보고 있는 이쪽이 불안해질 정도다. 궁지에 몰린 건 알바일 텐데, 눈앞에 있는 남자는 조금도 여유로워 보이지 않았다. 조금 전의 험악한 기세는 어디로 사라져 버린 걸까.

"동료들은 나를 신뢰하고 있었네. 그렇게 되도록 행동했기 때문이지."

마르크스의 손이 알바의 어깨를 붙잡았다.

"하지만 사실 그딴 건 아무래도 좋았네. 누가 죽건, 나와는 상관없는 일이었으니."

"무슨 소릴 하는 거야……?"

"못난 여동생 이야기는 했었지?"

여동생—— 워낙 갑작스러웠던지라 똑똑히 기억했다.

마차에서, 그 얘길 했었다. ……하지만 아주 잠시뿐이었다. 가족은 있느냐고 묻기에 둘 있다고 답했다. 그러자 자신에게도 여동생이 있다고——.

"나는 싫었네. 하지만 그런 일을 당할 만한 아이는 아니었어."

그의 눈이, 분노로 물들었다.

"못난 동생이었네. 하지만 바보 같이 선한 녀석이었지. 무슨 사정이 있건, 아무렇지도 않게 다른 사람을 죽이고 다닐 녀석이 아니었어."

점점 말이 빨라진다.

"세상에는, 있다네. 아무 대가도 바라지 않고 타인에게 선의를 베푸는 녀석이. 나는 그런 그 녀석이, 무서웠네. 아무리 괴로운 일을 겪어도 선한 사람으로 있을 수 있는 그 녀석이."

"누구 소릴 하는 거야……?"

"마치 나 자신이, 흙탕물에서 뒹굴고 있다고 말하는 것 같아서…… 그래서, 용납할 수 없었지……."

알바의 옷을 움켜쥔 채, 그는 침묵했다. 괴로운 표정으로 눈을 감고서,

"그 녀석이…… 갑자기 나타난 다른 누군가로 인해, 그 선한 마음을 꺾은 걸, 용납할 수 없었네."

조용하게 말했다. 그 격한 감정이, 천천히 숨을 거두듯 싸늘하게 식어갔다.

"그러니, 나는 그 마녀를 죽여야만 하네……."

알바는 눈을 뜬 채, 움직일 수가 없었다. 긴장된 분위기 속에서, 덥지도 않은데 땀이 뺨을 타고 흘러내렸다.

그의 손안에서 빛나는 무언가가 보였다.

"뭘 어쩌려고……?"

가만히 물었다.

그는 대답하지 않았다.

그 직후, 알바의 왼팔에서 돌이라도 깨진 듯한 소리가 났다.

"아……."

입을 벌린 채, 물고기처럼 뻐끔거린다. 강렬한 위화감에 시선을 옮겨 보니, 손목 아래에 존재해야 할 것이 없었다. 빨간 과실을 짓이긴 듯, 새빨간 액체가 절단면에서 뿜어져 나오고 있다.

"아, 아, 아, 아."
이성이 흘러내릴 정도의 격통이 밀어닥쳐, 와해되었다.
"아흐악…… 팔이이……익!!"
알바는 반광란 상태가 되어 바닥을 데굴데굴 굴렀다. 이를 악물고 고통에 몸부림치며 자신을 공격한 마르크스를, 눈알이 빠져나오지 않을까 싶을 정도로 눈을 부릅뜨고 노려보았다.
"흐히이…… 악! 무……슨 짓?! 어째서어?!"
"자네의 팔에, 마녀 살해자의 힘이 있지 않을까 싶었거든."
마르크스의 무미건조한 목소리에서는 현실감이랄 게 전혀 느껴지지 않았다.
"시험해볼 가치는 있지 않나."
"뭐……라는 거야, 당신……!!"
알바는 고통과 부조리함으로 인한 분노로 미쳐버릴 것 같았다.
괴로움에 몸부림치는 그를 내려다보며,
"함께 마녀를 죽이자, 알바."
마르크스는 중얼거렸다. 그는 다시 나이프를 움켜쥐고 알바의 멱살을 잡아 끌어올렸다. "끄윽……." 상처 입은 짐승처럼 알바가 신음함과 동시에 농후한 피냄새가 코를 찔렀다.

죽는다. 알바는 생각했다. 이로써 끝이다. 아무것도 이루지 못하고, 이런 깜깜한 방에서, 자신은 죽는다. 그런 말로(末路)를 객관적으로 바라보며, 눈을 꼭 감았다.

————.

흉몽

루피가 죽었다. 알바가 죽였다.

그 비극을 받아들일 만큼, 리나리아는 냉정하지 못했다.

"그 애가 그런 짓을 할 리가 없어."

루피너스—— 얼굴만 보면 서로 으르렁거렸던 애였다.

그럼에도 친구처럼 느껴졌다. 그런 애가, 알바에게 살해당했다니——.

도저히 두 발로 서 있을 수가 없어서 그 자리에 웅크려 앉자, 눈에서 자연스럽게 눈물이 뚝뚝 흐르기 시작했다.

『조종당한 거겠죠.』

다른 개체가 꼬물꼬물 입처럼 생긴 걸 움직이며 주장했다.

『그래서, 어쩔 거야?!』

골목 밖 상황을 살피던 개체가 거친 투로 말하며 달려왔다.

『당연히 도망쳐야지. 더 이상 우리가 어떻게 할 수 있는 문제가 아니야.』

『하지만 그렇게 하면 알바 군이…….』

『우리 전 주인님을 죽인 녀석을 구하기 위해, 또 스승님의 목숨을 위험에 빠뜨리라고?! 그런 건 사양이야!』

사역마들의 대화가, 머리에 잘 들어오지 않았다.

아무리 애를 써도—— 알바의 모습이 리나리아의 머릿속을 떠나지 않았다. 이젠 정말 그밖에 남지 않았다는 사실을, 다시금 곱씹었다.

움직여야만 한다. 그를 데리러 가야 한다――.

리나리아는 반쯤 박살난 의지를 억지로 긁어모아서 일어섰다.

"나, 갈래……."

한 마리가 그런 리나리아의 모습을 바라보면서 괴로운 듯이 말했다.

『알바 군이, 주인님을 죽였는데도요……?』

"그게 사실이라 해도, 그 애하고는 만나서 다시 한번 얘기를 나눠봐야 해……. 직접 만나서, 똑바로 그 애의 말을 들어줘야 한다고……."

콧속이 찡하게 아려오더니, 눈 끄트머리에서 눈물이 배어났다.

"루피 일은…… 아주 조금…… 유감이지만……."

그제야 루피가 죽었다는 사실이 온몸으로 실감되어, 결국 울음 섞인 목소리가 되고 말았다.

"하지만 난 그 애의 스승이니까……. 그 애의 좋은 부분도, 나쁜 부분도…… 똑바로 이야기하고, 이해해 줘야 해……."

자리에서 일어난 리나리아를, 세 마리는 올려다보았다.

"그러니까 도와줘……."

세 마리는 동시에 얼굴을 마주보았다.

『이제 됐잖아. 키이누, 이 사람을 너무 곤란하게 하지 말라고.』

『납득은 안 되지만…… 나만 난리를 피워봐야 소용없겠지.』

두 마리의 긍정적인 말에 리나리아는 어색한 미소를 지었다.

『아! 저기 좀 봐!』

갑자기 키이누가 목소리를 높였다. 모두가 일제히 그쪽으로 고개를 돌리자, 뒷골목에서 거리로 이어진 직사각형으로 벌어진 출구, 그 중심에 누군가가 서 있었다.
자신에게 걸린 저주에 저항하며 리나리아는 그곳을 응시했다. 진한 쥐색을 띤, 꿈틀대는 고깃덩어리로 보이는 괴물, 그 옆에 있는 것을 확인한 리나리아는 화들짝 놀랐다.
일그러지고 또렷하지 않은 무형(無形)의 윤곽을 띠고 있지도, 구더기가 피부에 득시글대고 있지도 않은. 사람의 모습을 하고 있었다.
"알――."
이름을 부르려다가 숨이 턱 막혔다. 사람의 모습을 한 그것은, 온전한 인간의 형태가 아니었다. 팔꿈치 아래, 본래라면 아름다운 팔이 붙어 있어야 할 그곳이 결락되어, 검붉은 색으로 물들어 있었다.
곁에 선 누군가가 손에 든 그것을 리나리아를 향해 던졌다.
그것은 철퍽, 소리를 내며 바닥을 굴러 리나리아의 눈앞에서 정지했다.
"히이익!"
"와아악!"
사역마들이 비명을 지르며 몸을 웅크리는 가운데, 리나리아만이 그것을 물끄러미 쳐다보고 있었다. 그러자 걸쭉한 무언가가 머릿속에 쏟아졌다. 그 차가운 것을 머릿속에 순환시키며, 어째서인지 리나리아는 알바의 팔에 관해 생각하고 있었다. 밤마다 몸으로 끌어당겨 안고 있었던 그의 팔, 그의 손가락, 그게 차가운 바다의 수면에 둥둥 떠 있는 것 같다.
입 안에 쇠의 맛이 섞여들었다. 어느샌가 입술을 깨물고 있었던 것 같다.
"무슨 짓을 한 거야……?"
거리 저편, 꿈틀대는 무언가에게 말했다. 꿈틀대는 그것은 대답하는 대신, 입 근처를 초승달 모양으로 일그러뜨려, 웃었다. 그로써 충분했다.
"알바한테 무슨 짓을 한 거냐고, 이 괴물!!"
무시무시한 서슬과 고함에 사역마들이 몸을 움츠렸다. 남자가 축 늘어진 알바의 목덜미를 잡고 이동을 시작한 순간, 리나리아는 이성을 잃은 듯 소리치며 달려 나갔다.
"스승님!"
"무턱대고 달려들면 안 돼!"
아무것도 들을 필요가 없었다. 리나리아는 그저 하염없이, 시야를 벗어나려 하는 괴물의 그림자를 쫓아갔다.

무통

결국 그 남자── 마르크스는 발견할 수 없었다.
"인간 주제에……."
짜증. 그런 것을 다른 이에게 느낀 적은 한 번도 없었다.
하지만 지금은 속이 뒤집힐 것 같았다.
그가, 알바가 얽힌 일이기 때문일까.
그를 숨겼던 건물로 다시 돌아와 있었다. 그가 무사한지를 확인하기 위해서였는데, 방의 문에 손을 댄 순간 위화감을 느꼈다. 조금 전, 이 방에 걸었던 '부동'의 마법이 사라졌다.

문을 열어보니 분명 침대에 눕혀두었던 그의 모습이 보이지 않았다.

"……."

아아, 정말이지――.

"내 걸, 빼앗아 가지 말라고."

발산할 수 없는 증오가, 온몸에 퍼져 나갔다.

여명

누군가에게 끌려가고 있다.

알바는 흘러가는 풍경을, 공허한 눈으로 바라보고 있었다.

이 앞에, 구원 같은 게 있을까.

잘려 나간 팔에서 느껴지는 고통 탓에 제대로 생각을 할 힘조차 사라져 가고 있었다.

나는 고통 받기 위해 이곳에 존재하는 걸지도 모른다는 생각마저 들었다.

누군가가 남은 팔을 거칠게 잡아당겨, 딱딱한 바닥에 질질 끌며 물건처럼 옮기고 있다. 그리고 난폭하게 어딘지 모를 바닥에 내팽개쳤다.

넓은 실내에는 투박한 선반이 늘어서 있고, 낡아서 구멍투성이가 된 벽과 천장에서는 외부의 빛이 흘러들고 있다.

지금은, 저녁일까. 옅은 갈색 빛이 기둥을 이루어 실내로 쏟아지고 있다.

그런 장소에, 피를 흩뿌리며 쓰러져 있으니 나 자신이 맹수의

먹이라도 된 듯한 기분이 들어서, 조소(嘲笑)의 형태조차 이루지 못한 가는 숨소리가 흘러나왔다.

"자네는 지금 무엇에 절망하고 있나?"

마르크스가 중얼거리기에 알바는 짐승 같은 목소리로 신음했다. 이제는 고통 때문에 제대로 혀를 움직일 수도 없었다.

"그 팔에서 느껴지는 고통뿐인가?"

"닥……쳐……."

원망을 실어 마르크스를 노려보았지만 그는 그저 조용히 이쪽을 내려다볼 뿐이었다.

"마녀란, 무엇일까……."

"……?"

바닥에 널브러진 알바를 내버려둔 채, 그는 말하기 시작했다.

"그녀들도 과거에 있었던 대전의 피해자이건만, 그 사실을 아는 인간은 이제 거의 다 죽고 없지."

어쩐지 그립다는 투로, 말했다.

"어찌 되었건 그녀들의 미래에 빛은 없네. 앞으로도 역사의 오물로 전해질 테지. 어째서인지 알겠나?"

냉담하게 마르크스는 말했지만 알바는 반응할 여유가 없었다.

"이 세계가 마녀를 받아들이고, 그걸 허용하게 되면, 또다시 마물과 같은 해로운 짐승의 존재가 생겨날 것을 인간들이 알기 때문이네. 과거의 대현자가 그러했듯이——."

대현자, 과거, 마물.

단편적으로만 아는 단어가 머리에 울렸다.

"그러니 세상이 마녀들을 받아들일 일은 없네. 그녀들은 죽는 편이 행복할 거야."

차가운 바닥의 냉기를 느끼며 알바는 천천히 입을 움직였다. 그 시도는, 그다지 성공적이지 못했다. 그저 허어, 하고 숨소리가 새어나올 뿐이었다.

"그러면 알바, 나는 먼저 가겠네. 자네의 손에 마녀 살해자의 효과가 깃들어 있기를 바라지."

떠나려 하는 남자의 뒷모습이 보였다.

"하지만 만약 내가 실패한다면, 그 뒷일은 자네에게 맡겨야 하겠지."

웃기고 앉았네. 욕지거리를 해주고 싶었다. 하지만 그럴 기력도 남아있지 않았다.

"지금의 자네에겐 불가능하겠지만――."

조용한 미소와 함께.

"만약 자네에게도 지키고 싶은 것이 생긴다면――."

의미심장한 말을 남긴 후, 마르크스의 기척이 멀어졌다.

그의 구두 소리는, 얼마 지나지 않아 들리지 않게 되었다.

알바는 쓰러진 채 고통에 몸부림쳤다. 끊어진 팔에는 천이 둘러져 있었지만 응급조치가 엉성했다. 천 위로 검붉은 피가 배어나오는 게 보여서, 고통이 보다 강하고 또렷하게, 뼛속까지 울릴 듯이 밀려들었다.

"으아…… 아아아……."

바닥에 머리를 찧으며 울부짖었다. 격통이, 얼마 안 되는 이성마저 박살내려 하고 있다. 머릿속에서는 여러 가지 기억이 웅성거리고 있었다. 리나리아와 보냈던 폐허에서의 나날, 루피와 나누었던 하잘것없는 대화, 머나먼 과거의 일처럼 손에서 멀어져 간다. 이곳에는 절망밖에 없다. 희망은 어디에 있지? 아무리 손을 뻗어도, 그것은 손에 잡히지 않았다.

분명 내게 그럴 자격이 없기 때문일 거다.

얼마나 그런 고통 속에 있었을까. 생각을 하는 것조차 포기하려던 무렵이었다.

누군가가 같은 공간에 들어왔다. 매우 그리운 냄새가 나는 누군가.

"알바……?"

정면에서 목소리가 들려서 감았던 눈을 천천히 떴다.

바닥에 나를 질질 끌고 올 때 생긴 듯한 핏자국이 문 안쪽까지 이어져 있었다. 그곳에 한 소녀가 서 있었다.

활짝 열린 문에서 핏자국을 거슬러 오르듯 걸어오던 그 사람은, 이윽고 속도를 높여 눈물을 글썽거리며 달려왔다.

"알바……!"

팔다리는 상처투성이에 하얗고 아름다웠던 머리카락은 그을음투성이라 볼품없게 변했지만, 그 우는 얼굴과 목소리는 분명 그녀의 것이었다.

리나리아——

"스승님……."

"알바……!"

그녀는 쓰러진 알바를 망설임 없이 끌어안았다. 숨이 멎을 정도로 꽉 끌어안았다.

"우으…… 바보오…… 왜 이렇게 멀리까지……."

그 목소리는 분명 그녀의 것이었다.
"얼마나 찾았는데에……! 이제 절대로 놓치지 않을 거야……."
안도감과 동시에, 그녀의 진심 어린 기쁨이 전해져 왔다.
"스…… 스승님……."
눈물이 옮기라도 했는지 자연스레 알바의 눈에도 눈물이——.

『결국은 이용하고 있는 것뿐이야. 너나 그 여자나.』

목소리가, 들려왔다. 어떤 마녀의 말이었다.
몸이 싸늘하게 식어간다. 차가운 기운이 알바의 머릿속에 남아, 속삭인다.
한 줄기 빛도 보이지 않는 어둠 한복판에 내팽개쳐진 것 같다. 그 이변을, 고개를 파묻고 알바를 끌어안고 있는 리나리아는 알아채지 못했다.
그녀의 이 눈물은, 어떤 부류의 눈물일까. 냉정하게 관찰하고 있는 내가 있다.
재회의 기쁨에 의한 걸까. 아니면 대체할 수 없는 도구가 자신의 손에 돌아온 것에 대한 안도감에 의한 걸까. 알바의 가슴속에 정체 모를 이상하고도 검은 감정이, 온몸을 좀먹듯 퍼져, 눈물은 말라붙고 공허한 슬픔만이 남았다.
이제, 아무것도 못 믿겠다.
그게 거짓이든, 진심이든, 알바가 품은 의심을 박살낼 정도의 감정이 마음속에 없었다. 아무리 찾아도 보이지 않았다.
그것이 리나리아에게 큰 상처 입힐 감정이란 것은 알지만, 어찌

할 방법이 없었다.

절망의 구렁텅이에 떨어진 알바에게 추가타를 가하기라도 하듯, 알바의 시야에 다른 누군가가 나타났다.

그것은 흐느껴 우는 리나리아와 알바를 천천히 번갈아 쳐다보며, 조용히 차가운 눈빛을 보내고 있었다.

아름다운 손이 여자의 옆으로 똑바로 뻗더니 조용히, 소형 나이프라도 뽑듯 자연스럽게 거대한 낫을 출현시켰다.

"그러지 마……."

리나리아의 울음소리가 귀에 들려오는 가운데, 소리도 없이 치켜든 커다란 낫을 공황에 빠진 눈으로 바라보며,

"시온……."

알바는 그녀의 이름을 불렀다.

그들의 연극은 계속되고 있다.

살아있는 사람은 이제 몇 사람뿐.

무통과 흉몽.

분열과 대신관.

누가 쓰러지건, 누가 죽건, 대수롭지 않은 일이다.

상처 입어 몸도 마음도 너덜너덜해진 그에게, 마지막에 가서 손을 내미는 건 내 역할이다.

나는 계속해서 바라본다.

나는——.

괴사재생파괴, 자폭재생폐절

여명

"크……?!"

리나리아는 기척을 감지하자마자 뒤로 돌아, 커다란 낫을 든 시온과 마주했다.

상대의 무기를 바라보며, 경계심을 단숨에 최대로 끌어올린다.

이미 자세를 낮추고 임전태세에 돌입한 상태다.

"윽……!"

그녀는 알바를 감싸듯 앞으로 나서서, 바닥에 두 손을 강하게 내리찍었다. 순간── 구웅, 묵직한 소리와 함께 바닥이 폭발하더니 지표면에서 튀어나온 대량의 돌이 시온을 덮쳤다.

망설임 없이 공격하는 바람에 알바가 제지할 틈도 없었다.

하지만 시온은 어떠한 회피 행동도 하지 않고 몸에 돌 세례를 맞았다. 그 가녀리고 늘씬한 몸에 직격한 돌은 강철에 가로막힌 듯 박살났다.

곧바로 시온의 반격이 시작되었다. 동요한 리나리아에게 그녀가 커다란 낫을 그었다. 리나리아는 순간적으로 알바를 밀쳐내고 펄쩍 뛰어 물러났지만, 칼날이 그녀의 몸통을 스쳐 피를 튀겼다. 간신히 넘어지지 않고 버텨서 두 사람은 다시 눈싸움을 벌였다.

"크윽……."

괴로운 표정을 지은 리나리아를, 시온은 냉정한 얼굴로 바라보았다.

"그, 그만해, 시온!"

알바가 참지 못하고 소리쳤다. 시온은 살짝 고개를 돌려 이쪽을 보았다.

"이제…… 그만해 줘……."

시선이 마주쳐 그녀에게 다시 한번 애원했지만,

"전, 그만두지 않아요."

시온은 딱 잘라 말했다.

"저라면 당신을 그렇게 다치게 하지 않을 텐데…… 저 여자는 당신을 괴롭게 해요."

그 목소리에는 망설임이 없었다.

"알바!"

리나리아가 외쳤다.

"괴물의 말에 귀를 기울이면 안 돼!"

당황한 알바를 무시하고 시온은 다시 커다란 낫을 휘둘렀다. 리나리아에게 한 걸음 다가간다. 슉, 바람을 가르며 크게 호를 그리듯 칼날이 떨어진다.

리나리아는 숨을 참듯 눈살을 찌푸리고서 그 공격을 정면으로 받아내려 했다. 마법에 의한 방벽, 평범한 낫의 일격이었다면 리나리아의 힘으로도 대처할 수 있었을지 모른다. 하지만 방벽은 전혀 효력을 발휘하지 못하고 흙바닥에 칼날을 대고 그은 듯한 소리를 내며 낫을 통과시켰다.

촤악. 리나리아의 몸이 다시 칼날에 맞아 살점이 찢겨나갔다.
이물이 체내에 들어오자 온몸이 비명을 질렀고, 리나리아의 얼굴에도 절망의 빛이 떠오르기 시작했다.
"으아아아아아……악!"
고통 어린 비명을 지르며 리나리아는 몸을 날렸다.
"스승님……."
외면하고 싶을 정도로 생생한 자상(刺傷)이 알바의 눈에 비쳤다. 그럼에도 알바의 앞에서 움직이지 않는다. 땀이 배어난 등이, 그녀가 얼마나 지쳤는지를 말해주고 있었다.
어쩌면 좋지. 뭘 어떻게 해야――.
살기를 내뿜는 시온, 저항하는 리나리아, 그 둘을 번갈아 쳐다보면서도 할 수 있는 일이 없어 멀거니 서 있었다.
리나리아는 입에서 피를 흘리며 시온을 노려보았다. 동시에 알바의 손을 잡아 자신의 뒤로 쫓아내며 "나오면 안 돼……."라고 필사적으로 호소했다.
그녀의 온몸에 들러붙은 피가 눈에 띄었다.
"어째서……?"
시온이 다시 낫을 치켜들었다. 그 흉악한 칼날이, 거센 빗발처럼 리나리아의 몸을 향해 다시금 떨어졌다.
약한 내가 할 수 있는 일은, 없다.
가능하다면 누가―― 둘을 막아줬으면 좋겠다――.
그 바람이 닿은 것인지, 고개를 돌리고 싶어질 정도로 잔혹한 광경은 펼쳐지지 않았다.
거대한 그림자가 거센 바람을 일으키며 옆에서 끼어들었다. 그것은 흉악한 칼날을 막고 리나리아의 몸을 보호하고 있었다.
검고 커다란 곰이었다.

무통

"어?"
갑자기 나타난 그 커다란 몸을 보고 눈이 휘둥그레진 건 알바뿐이 아니었다.
시온은 튕겨져 나온 무기를 고쳐 쥐고 몸을 날려 물러섰다.
"어디서 나타난 거지?"
큰 바위를 연상케 하는 몸집을 지닌 짐승이 두 발로 서 있다. 당당하면서도 견고할 듯한 인상을 풍기고 있다.
그 곰이 리나리아를 감싸듯 떡 버티고 섰다.
세 마리의 사역마가 합체한 모습—— 그 사실을 아는 건 이 자리에 있는 이들 중에서는 리나리아 한 명뿐이다.
"간다."
기사와도 같은 구령과 함께, 거구가 땅을 박차고 시온의 머리 위로 뛰어 올랐다. 그 강인한 팔을 휘두르며 돌진했다.
시온은 최소한의 움직임으로 그 거구의 옆구리에 커다란 낫의 칼날을 박아 넣었다. 몸통이 절단된다. 견고해 보였던 그 몸은 와해되어, 몸통이 두 동강 나서 날아갔다.
"뭐야?"
하지만 시온의 커다란 낫 끄트머리에 검은 덩어리가 붙어 있었다. 그것은 잠시 리나리아를 보고서, 살며시 웃었다.

그 순간── 눈부신 빛을 내뿜으며 폭발했다. 시온을 사정권에 넣은 상태로 일대에 파열음을 퍼뜨렸다.

흉몽

한편, 쪼개진 두 개의 잔해가 빠르게 모습을 바꾸었다.

도구마와 키이누── 두 마리가 무사하다는 사실에 리나리아의 표정이 조금 풀어졌지만, 나머지 한 마리인 라메우는 놀랍게도 시온을 끌어들여 결사의 공격을 감행했다.

자폭── 그렇게까지 하라는 명령은 내리지 않았다. 예상 못한 사역마의 행동에 동요했지만, 리나리아는 곧 마음을 다잡았다.

그 희생을 헛되게 할 수는 없다.

폭발로 치명상을 입었든, 아니면 죽었든, 이 틈에 적의 마력을 빼앗으면 이쪽의 승산이 오른다. 리나리아는 아직 그렇게 생각하고 있었다.

리나리아는 일단 초반에 입은 상처에 의식을 집중시켰다. 자신의 손으로 복부를 누르고, 그 손에 묻은 피의 양을 보고 얼굴을 찌푸렸다.

"키이누……!"

치유의 법진이 심어진 사역마의 이름을 불렀다.

"스승님……!"

그 부름에 응해, 널브러져 있던 갈색 인형이 달려왔다. 그 뒤편에 자리한 검은 연기가, 부자연스럽게 흔들렸다.

리나리아는 전율했다.

시온이 연기를 가르며 멀쩡한 모습으로 나타났기 때문이다.

왜 멀쩡하지? 생겨난 작은 의문을 눈앞에 벌어진 사실이 뒤덮어 버렸다.

주인을 돕고자 행동에 나선 키이누를, 시온이 등 뒤에서 무자비하게 베었다——.

"아……앗!"

리나리아가 무의식중에 소리쳤다. 그였던 것의 잔해가, 무참하게 바닥에 흩어졌다. 흉악한 시온의 칼날이 그의 목숨을 너무도 쉽게 없애고 만 것이다.

"저기."

몸의 일부라도 되는 것처럼, 커다란 낫의 칼날 부분이 시온의 오른손에서 왼손으로 물 흐르는 듯한 움직임으로 이동했다.

"그만 그에게서 떨어져 주시겠어요? 너를 베어버리기 번거롭잖아요."

가녀린 몸에 비해 터무니없이 거대한 초승달을, 생물처럼 휘두른다.

휭, 공기를 가르는 소리가 단속적으로 들릴 때마다 리나리아의 몸이 반응해 덜덜 떨리고 말았다. 그럼에도,

"나한테서 떨어지면 안 돼…… 알바……."

알바의 앞을 가로막고 섰다.

리나리아에게는 시온의 말 따위 들리지 않았다.

청교(淸敎)

모든 인간을 이용한 결과, 마르크스는 어느 소녀의 곁으로 향하고 있다.

알바——.

그는 나와 비슷하다는 느낌이 들었다.

타인을 이용할 생각밖에 없었던 무렵의 나.

그 때문에 소중한 것을, 손에서 놓치고 말았던 무렵의 나.

그는 분명 과거의 나를 닮았다.

"과거의 나——."

떠올리고 싶지도 않은 기억이 강제적으로 상기되었다.

어느 소녀와의 기억이——.

타인은 이용해야만 비로소 가치가 있다.

아버지의 입버릇이었다. 그 말을 들을 때마다 깊은 감명을 받으며 어린 시절을 보냈다.

"너는 언젠가 위대한 역할을 짊어질 사람이다. 그 역할에 걸맞은 교양을 익혀라. 결코 타인에게 몸을 바치는 나약한 삶은 살지 마라."

엄격한 아버지의 말이었던지라 그 가르침을 뼛속까지 스며들도록 반추하며 지냈는데, 돌이켜보니 그건 세뇌에 가까웠던 것 같다.

어머니는 좋아했지만 그다지 만족스러운 교류는 없었다.

마지막으로 어머니를 본 것은 침대 위에서 기쁜 얼굴로 갓난아이를 안고 있는 모습이었다.

"이 애를 부탁할게."

그렇게 말하며 내 머리를 쓰다듬었다.

당시 아직 다섯 살이었던 나는 어떤 표정을 짓고 있었을까. 평소처럼 무뚝뚝한 얼굴을 하고 있었을지도 모르겠다.

그게 마지막 대화가 될 줄은 꿈에도 몰랐으니까.

잘 생각해 보니 어머니의 얼굴은 여위어 있어서 거의 죽은 사람 같았다.

다음 날―― 어머니는 숨을 거두었다.

어머니는 교외에 위치한 산 깊은 곳에 있는 묘지에 매장되었다. 광대한 풍경이 내다보이는 언덕 위의 석양이 아름다운 장소였다.

"네 어미는 약해서 죽은 거다. 넌 강해져라."

묘비 앞에서 아버지가 입 밖에 낸 건 그 말뿐이었다.

어머니의 죽음은 슬펐지만 아직 아버지는 정정하셨고 내게는 위대한 역할이 있다. 그렇게 어머니의 죽음을 매듭지었다.

그때 여동생은 내 품속에서 잠들어 있었다.

"오라버니."

동생이 막 일곱 살이 되었을 때였다.

그날 그녀는 진지한 얼굴로 마르크스의 방을 찾아왔다.

"부탁이 있어요."

당시의 마르크스는 동생을 귀찮게 여기고 있었다.

몸은 약하고 융통성도 없다. 마력만은 많아서 사용인들도 달가워하지 않았으며, 그 무엇보다도 아버지가 그녀를 좋아하지 않았다.

어머니를 죽게 한 동생이 미웠던 걸지도 모른다.

명가답게 커다란 저택에 많은 사람들과 살고 있음에도 그녀에게는 자기편이랄 게 없었다.

"뭐야."

차가운 목소리로 답하자 그녀는 마치 벌써 부탁한 게 이루어진 것 마냥 만면의 미소를 지었다.

"웃지 마, 아직 부탁을 들어주겠다고는 하지 않았으니까."

애초에 이득이 되지 않을 짓을 할 생각 따위는 없었다.

그저 타인의 부탁이라는 것에 민감했던 것뿐이다.

타인은—— 이용해야만 가치가 있다.

타인이 바라는 것을 주어줌으로써 타인은 그 사람에게 고마워하고, 은혜를 느끼게 된다.

——예를 들어 일자리를 원하는 이에게 일을 알선해주고, 노동력을 원하는 자에게 그 노동자를 제공하는 것 등, 방법은 여러 가지다. 아버지는 그렇게 해서 주변 사람들의 신뢰를 얻어 나갔다. 평민 출신임에도 영지를 다스릴 정도의 지위를 손에 넣었다.

다시 말해서 타인의 부탁이라는 것은 이용하기 위한 대전제, 사전 준비 같은 것이다.

그런 가르침이 뿌리내려 있었다. 사람의 부탁에는 가치가 있다——.

"어머님의 기일에, 성묘를 가고 싶어요."

"……."

득 될 것이 하나도 없는 부탁이었다. 그런 걸로 만들어낼 수 있는 건 아무것도 없다.

나의 미래에 아무 도움도 되지 않을 일이다.

그렇다, 머리로는 알고 있었다.

"준비하지."

분명 알고 있었다.

"굼벵이 같구나, 너는."

어머니가 잠든 묘지는 상당히 떨어진 교외에 위치해 있었다.

어린애가 혼자서 선뜻 갈 수 있는 곳이 아니다. 발목을 잡는 사람이 있으면 더더욱 어려울 수밖에 없었다.

산길을 걷는 마르크스의 뒤로, 언덕을 느릿느릿 오르는 여동생의 모습이 보였다.

등 뒤를 확인하며 마치 그 장소로 안내하듯, 어머니의 묘지로 향했다.

실수를 했다는 생각이 들었다.

이럴 바에는 나 혼자 오는 게 훨씬 나았을 거다.

그럼에도 성실하게도 걸음이 느린 그녀를 기다려가며 그 장소로 향했다.

동생을 위한 일이라는 생각은 눈곱만큼도 없었다. 그저――.

"너무 느리잖아, 굼벵이."

"죄, 죄송해요."

숨을 헐떡이며 말하는 여동생의 얼굴이, 어쩐지 기뻐 보이는 게 신경 쓰였다.

그리고 어찌어찌 어머니의 묘지에 도착했다.

우연인지 필연인지 기일인 그날, 그때와 같은 저녁놀이 쏟아지는 붉은 세상에서 어머니의 묘비 앞에 서 있었다.

얻을 수 있는 것은, 다시 생각해 봐도 없었다. 단지 감상적인 기분에 젖어들게 됐을 따름이었다.

"시시하군."

기분전환이라도 될까 기대했지만, 딱히 그렇지도 않았다.

"여기 올 수 있어서 다행이에요."

의미를 알 수 없는 동생의 말을 듣고, 고개를 갸웃했다.

"뭐가 다행이라는 거지? 이런 곳에 와봐야 아무것도 없는데."

"하지만 오라버니는, 기뻐 보이는 걸요."

기쁠 리가, 있나.

죽은 어머니의 묘 앞에서, 기뻐할 일이 뭐가 있다고.

"전 오라버니를 위해서, 뭔가 하고 싶었어요."

"……."

바람 소리——.

녹음의 향기——.

잎사귀 스치는 소리가 잔물결처럼 들리는 그곳에서, 무언가가 내 안을 지나쳐갔다.

텅 빈, 빈 껍데기 같은 몸속을.

다시 한번 묘비에 새겨진 어머니의 이름을 보았다.

"그래. 나는, 이곳에 오고 싶었어……."

어머니는 좋아했다. 만족스러운 교류는 없었지만.

그래도 좋아했다.

아버지처럼 엄격한 말은 하지 않았다. 그저 다정하게, 내 모든 것을 받아들여주었다.

죽었다고 해서 잊을 수 있는 존재가 아니었다.

하지만, 무서웠다. 혼자서 왔다가는 도저히, 이 슬픔을 견딜 수 없을 것 같아서.

"보세요. 해가 저물고 있어요. 정말 예뻐요."

동생이 가리키는 방향에 주황색 햇빛이 보였다. 그때의 슬픔이 떠올랐다. 그 슬픔이, 몸을 좀먹는 게 무서웠다.

하지만 다시 한번, 어머니를 보냈던 그때의 풍경을 이 눈으로 보고 싶었다.

"어떻게……."

조용히, 내가 울기 시작했다는 사실을 알아챘다.

어떻게 안 거냐.

혼자서는 이곳에 오지 못한다는 걸.

내가 이곳에 오고 싶었다는 걸.

"늘 고마워요. 오라버니."

흐느껴 우는 나를 향해 동생은 가만히, 다정한 미소를 던질 뿐이었다.

어머니를 똑 닮은 그 얼굴로──.

"이봐, 굼벵이."

동생의 방을 찾은 것은, 그로부터 며칠이 지난 뒤였던가.

바로 다음 날이었을지도 모른다.

"……?"

문을 열고 오라비의 얼굴을 발견하고는 맹한 표정이나 짓고 있는 얼빠진 동생의 얼굴을 내려다보며.

"이번엔 같이 숲에 가자."

그렇게 말을 늘어놓았다.

"네 도움이 필요해."

그녀는 잠시 얼빠진 얼굴을 한 채 입을 헤벌리고 있더니, 기쁜 듯이 미소를 지었다.

"……네. 기꺼이 동행하겠어요."

몇 년 후——.

"뭐가 불만이냐?"

덩치 큰 남자가 호사스러운 의자에 앉아 이쪽을 노려보고 있다.

그 서재는 색채라고는 없는 책과 서류뿐인 공간이다. 가족과 관련된 물건은 하나도 없다. 냉담한 남자의 성격을 그대로 나타내는 듯한 방이었다.

"저 애를 왕도에 내어주면 우리 일족의 지위가 약속될지도 모르건만."

부와 명예에만 관심이 있는 남자였다. 그런 아버지의 뒷모습을 보고 자란 마르크스도 비슷한 길을 걷고 있었다. 또한 아버지가 그 지위에 머무르기 위해 살려두고 있다는 사실도 알고 있었다.

그래도 상관없었다.

동생이 앞으로도 평온하게 살 수 있다면 말이다. 하지만 이 일은——.

"그 아이는 아직 어립니다……. 집에서 쫓아내는 건 너무한 처사 아닙니까……?"

가만히 지켜볼 수가 없었다.

열한 살이 된 동생이 마법사가 되기 위해 왕도로 간다. 그런 이야기가 귀로 들어온 것은 출발하기로 정해진 날이 며칠 남지 않았을 때의 일이었다.

마법에 약간의 재능을 보였다고는 하나 아직 어린 그 아이에게 그것은 너무도 갑작스러운 명령이었다.

"쫓아내는 게 아니다. 빌려주는 것뿐이지."

"저 아이는 당신의 도구가 아닙니다……! 빌려준다는 표현은 너무 심한 것 아닙니까?!"

"나 참, 너란 녀석은."

아버지의 어이가 없다는 듯한 목소리를 듣고서도 나는 물러나지 않았다.

"게다가 저 아이의 마법은…… 적을 해칠 수 있는 게 아닙니다. 당신이 바라는 성과를 올리리라는 보장은 어디에도——."

"가능성의 싹을 뽑은 채 방치하는 건 어리석은 자나 할 짓 아니냐? 안 그러냐…… 나의 사랑하는 아들아."

그것은, 일족의 가훈이기도 한 말이었다. 하지만 그 말은 그저 구실로만 들렸다. 갖다 붙인 듯한 '사랑' 이라는 말에도 넌더리가 났다.

"그럼 저도……."

"그건 안 된다, 마르크스."

왕도로 보내달라고 말하려던 마르크스를 아버지는 엄격한 목소리로 타일렀다.

"너는 내 후계자가 되기 위한 교육을 받아왔다. 네가 그 애와 같은 길을 걸을 필요는 없어."

엄숙한 표정을 지은 채 말하더니 금방 그것을 지우고 내게 미소를 건넸다.

그 표정 변화를 보고 있자니, 공포가 느껴졌다.

"어린애처럼 떼쓰지 말거라, 마르크스."

"저 아이는 죄책감을 가지고 있습니다…… 당신이 명령하면 저 아이는 분명 거스르지 못하겠죠! 당신은 그런 저 아이의 마음을 이용하고 있는 것뿐이야……!"

"망상은 적당히 해라."

아버지는 애초부터 내 말에 귀를 기울일 생각이 없었다.

"게다가 저 애의 마음은 내가 판단을 내리기도 전에 정해져 있었다. 오라비는 우수하건만, 저 애는 만족스럽게 해내는 일이 하나도 없을 정도로 무능하니까. 스스로도 그런 자신을 용납할 수 없을 만도 하지."

자신의 딸을 두고 무능하다 말하는 그 남자에게 원망 어린 눈빛을 보냈지만, 그는 신경도 쓰지 않았다.

심지어 그 남자는 빙긋 웃으며 그 잔혹한 말을 입 밖에 내기까지 했다.

"하물며 제 어미를 잡아먹기까지 했으니 말이야."

동생은, 난산 끝에 태어났다. 원래 병약했던 어머니의 몸은 동생의 출산을 견뎌내지 못했다.

하지만 그건 어머니가 선택한 일이지 동생이 바란 일이 아니다.

"우둔하기는 해도 제 분수를 아는 계집이란 말이지, 그년은."

아버지는 코웃음을 쳤다. 마치 그 아이의 재능은 그것뿐이라고 말하듯이.

너무도 차가운 그 태도를 보고 있자니, 더 이상 말을 섞어봐야 소용이 없을 듯했다.
"저 아이의 이름은 칼미아입니다…… 아버님……."
그래서 그런 말만 남기고 자리를 뜰 수밖에 없었다.

"오라버니."
서재를 나서자, 동생이 서글픈 눈을 한 채 방 옆에서 기다리고 있었다.
동생의 눈가에 붉은 기가 아직 남아있는 게 보였다.
"어쩐 일이지, 칼미아? 밤이 늦었는데…… 잘 시간이잖아?"
"아, 제가, 차를 가져왔는데…… 아버님과 말씀을 나누는 중이셨군요."
또 시치미를 떼고 있다.
안 좋은 버릇이라고 늘 말했건만, 말도 참 안 듣는 아이다.
"다 듣고 있었잖아. 내 앞에서 억지 미소를 지을 필요는 없어."
칼미아와 둘만 있는 복도에 순식간에 정적이 깔렸다.
무언가를 참듯, 입술을 꼭 닫고 서 있다.
"전……."
결심한 듯, 목소리를 냈다. 그 어깨는 바르르 떨리고 있었다.
"태어날 때부터 몸이 약하고, 요령도 없고…… 뭘 해도 어중간하고……."
계속 곁에서 봤다. 그런 건 말 안 해도 안다.
"게다가 어머님은 저를 낳고 바로 돌아가셔서…… 그래서 오라버니의 마음도 알아요……."
그렇게 자책하고 있다는 것도, 안다.

"저는, 이런 저를 지금까지 키워주신 은혜를 아버님과 오라버니에게 갚지 못했어요……. 그러니…… 이런 제게도, 조금이라도 가능성이 있다면……."

그녀는 눈물을 흘리며 떨리는 목소리로 말을 이어 나갔다.

이런 저── 툭하면 입 밖에 내는 그 말에 그녀의 심정이, 가슴이 아리도록 잘 드러나 있었다.

슬픈 일이었다.

"저는 노력하고 싶어요."

슬픈 일이다.

이렇게 어린 동생이 그런 말을 하도록 강요하고 있는 상황이 그저 한탄스러웠다.

"……우린 가족이야, 칼미아. 널 키우는 건 당연한 일이라고."

그러니 신경 쓰지 말라고 말해줄 수 있다면 얼마나 좋을까.

그러니 왕도 같은 데 혼자 갈 필요는 없다고──.

"그런 걸 이유로 삼지 마. 넌 널 위해 노력해. 그러지 않으면, 내가 진심으로 널 응원할 수가 없잖아?"

하지만──

"네…… 저, 노력할게요."

그녀를 막을 수가 없었다.

"노력해서, 반드시 훌륭한 마법사가 되어서…… 아버님에게도 인정받을게요!"

웃으며 그녀를 배웅할 수밖에 없었다.

이건 하나의 추억담일 뿐이다.

후회밖에 없는. 정확히 100년 전의 추억담――.

"어머…… 오빠, 한발 늦으셨네요."

서재 책상 위에 소녀가 앉아 있다.

방에는 번잡하게 흩어진 서류더미와, 상처투성이가 된 벽과 바닥, 그리고――

"뭐지, 이건……?"

몰라보게 달라진 아버지가 있었다.

그 거구에는 무수히 많은, 무언가에 베인 상처가 나 있었고 바닥은 검붉게 물들었다. 원형을 유지하고 있는 곳이 없었다.

손톱으로 할퀸 듯한 흔적과 시체가 된 남자의 비장감 넘치는 얼굴이 그 상황의 처참함을 대변해주고 있었다.

"그 남자가 어째서, 죽어 있는 거지……?"

오만한 남자였다. 교활하고 타인에게 인정을 베풀 줄 모르는 남자――.

하지만 이렇게 처참한 모습으로, 도살된 짐승처럼 죽으리라고는 상상도 못했다.

"그렇게 당황하지 마셔요. 평소의 담담한 얼굴이 엉망이 됐잖아요?"

소녀는 품위 있게 웃고 있었다. 들어본 적 없는 말투였다.

그 목소리도, 얼굴도, 내가 잘 아는 것이건만――.

"뭐, 당신과 얼굴을 마주친 건 태어나서 처음이지만요."

저렇게 가학적인 미소를 짓고 있는 모습은, 본 적이 없었다.

"그나저나 탐욕스러운 남자네요. 영혼을 조종하는 마법이라니――."

그렇게 말하며 소녀는 바닥에 널브러진 시체를 발로 툭 찼다.
눈앞에 펼쳐진 광경을, 머리가 받아들이지 못하고 있다.
"결과적으로 당신을 구한 셈이 되는 걸까요. 마르크스 오빠."
"무슨 소리야?"
어찌어찌 입을 열었다. 이해할 수 없는 영역의 일인 듯했지만, 그럼에도 이 광경을 납득하게 해줄 만한 진실을 알고 싶었다.
소녀는 입가를 씨익 일그러뜨렸다.
동생의 얼굴로는 도저히 지을 수 없을 터인 표정을 보니 현기증이 났다.
"여기 있는 책을 읽어보면 알게 될 거예요. 반혼(返魂)이나 전신(轉身)이라는 말, 알아요? 요컨대 연명을 위한 기술이죠. 자신의 영혼을, 다른 몸으로 전이시켜서 죽음을 피하는 방법을 말하는 거예요——."
무슨, 소릴 하는 거야.
"뭐, 지금의 제게는 필요 없는 거지만요."
무슨 소릴 하는 거야.
"그러면 전 이만 실례할게요. 모쪼록 저를 즐겁게 해주세요."
그런 가벼운 말만 남기고 소녀는 내 옆을 지나쳤다.
이미 무언가를 할 활력 따위는, 없었다.
"아아, 한 가지 말하는 걸 깜박했네요."
소녀가 멈춰 서서 노래하듯 말했다.
고개를 돌려보니 그녀는 요염한 미소를 지은 채 나를 쳐다보고 있었다.
"당신을 살려두는 건 제 의지가 아니에요. 그러니 다음에 제 눈앞에 나타나면, 그때는 제 의지로 당신을 죽이겠어요."

"……."

"봐주는 건 이게 마지막…… 절대로 잊지 마셔요……."

그대로 떠나려는 그녀의 등에다 대고,

"무, 무슨 소리야…… 어디로 가려고? 카, 칼미아……?"

겨우 그렇게 말했다.

인정하고 싶지 않았다. 그것이 그녀가 아니라고는, 생각하고 싶지 않았다.

"어디로? 글쎄요……."

그녀는 고민스러운 얼굴로 잠시 고개를 돌려 곁눈질로 이쪽을 봤다.

"하지만 제가 어디로 가건, 제 마음이잖아요."

제 마음── 자신을 책망하며 살아온 동생의 입에서 나올 말이 아니었다.

"넌…… 누구냐?"

이해가 되질 않는다.

"이건…… 악몽 같은 건가……? 어째서 아버지가 살해당하고…… 살해한 네가 그렇게 싸늘하게 웃는 거지……?"

머리를 싸쥐고서, 한심할 정도로 떨리는 목소리로 중얼거린다.

"누구냐고요?"

그녀는 고개를 갸웃하고서.

"이름 같은 것에 큰 의미는 없지만, 글쎄요. 저는──."

조용히 말했다.

"칼미아, 칼미아 톨루와——."

내 동생의 이름을.

"안녕히 계세요. 마르크스 톨루와."

그리고 칼미아를 자칭한 소녀의 기척이 이번에야말로 멀어지기 시작했다.

무슨 일이 일어난 것인지, 얼마간 이해할 수가 없었다.

내가 이곳에 온 건, 아버지에게 캐묻기 위해서다. 무슨 일이 일어난 것인지를 알기 위해서——.

마물을 토벌하러 갔던 칼미아가, 왜 마녀로 불리게 된 건지…… 칼미아에게 무슨 일이 일어난 것인지 알기 위해서——.

결코 아버지의 시체를 보러 온 게 아니었다.

하지만 지금까지 볼 수 없었던 아버지의 서재에 있는 문서들을 읽기 시작했을 때, 비로소 내가 해야 할 일이 무엇인지 이해할 수 있었다.

칼미아와의 기억이 드문드문, 하지만 곧 선명한 선을 이루어 떠올랐다——.

그녀는 내게 도움이 되고 싶다고 했다. 내게 은혜를 갚고 싶다고 했다.

하지만 사실 은혜는 갚은 지 오래였다.

그녀는 그에 상응하는 것을 내게 주었기 때문이다.

조금 더 목소리를 내어, 그렇게 말해줄 걸 그랬다. 칭찬해줄 걸 그랬다.

그리고——

"만류했으면 좋았을 것을……."

왕도로의 원정, 그것이 그녀의 운명을 바꾸고 말았다.

하지만 이제 그 기회는 다시 오지 않는다.

내가 정말로 지키고 싶었던 것이 무엇인지를 알아챘을 때, 그것은 이미 내 손에서 빠져나간 뒤였다.

"알바—— 자네는 어떨까. 자네도 늦을까?"

일말의 기대와 함께 그에 관한 생각이 머리를 스쳤다.

하지만 그 이상의 생각은, 할 수 없었다.

시선 끝에 길을 걷는 소녀가 있다.

겨우 그 모습을 발견한 순간, 쓸데없는 생각은 모두 사라졌다.

"어디로 가지——?"

그 등에 대고 말을 던진 게, 100년 만이던가.

내 목소리에 빨간 드레스를 입은 소녀는 통로 한가운데서 멈춰섰다.

소녀는 몸을 돌리며 부드러운 미소를 지었다. 치명상으로 보이는 엄청난 양의 피얼룩이 소녀의 배에 퍼져 있었다.

분명 한 번 죽었다가 부활한 것이리라.

어째서 이 마녀에 집착하느냐고?

단순히 밉다는 이유였다면, 분명 난 여기까지 오지 않았을 거다.

복수해 봐야 동생이 그걸 기뻐할 리가 없다고 확신할 수 있기 때문이다.

하지만 내게는 목숨과 바꿔서라도 지키고 싶은 게 있었다.

인간으로서의 존엄——.

동생이 사랑한 이 세계에서, 동생과 같은 모습으로 그 몸을 피로 물들여 그녀의 존엄성을 더럽히고 있다.

나는 그것을 용납할 수 없었다.

분명 저 안에 칼미아가 아직 남아있다면, 그녀는 분명 내가 이렇게 하기를 바랄 거다.

"어머, 오빠. 오랜만이네요."

대답을 할 줄은 몰랐다. 이쪽은 느닷없이 공격해올 가능성도 염두에 두고 있었건만.

"아버지의 서재에 있던 문서를 보고—— 연명의 기술을 손에 넣으셨군요."

"그래, 평생에 걸쳐 손에 넣었지."

그래서 나도 이 장난질에 어울려 주기로 했다.

"어떤가요? 오래 살아보니, 조금은 그에 상응하는 가치관을 얻게 되었나요?"

칼미아 톨루와——.

그 소녀는 기억에 있는 표정과는 너무도 다른, 차가운 분위기의 미소를 흩뿌리고 있다.

그 광경을 보고 있자니 가슴이 찢어질 듯 아파왔다. 어리석고, 불쌍할 정도로 착했던 여동생은 완전히 바뀌고 만 것이다. 눈앞에 있는 괴물에 의해서.

"나는 연명 같은 것에 관심이 없다."

오랜 세월 동안 혹사한 내 몸을 내려다보았다.

"나는 내 목적을 이루기 위해, 시간이 필요했던 것뿐이다."
그러기 위해서라면 희생을 치르는 것도 마다하지 않았다. 죄 없는 인간을 촉매로 삼은 적도 있다.
연명이라는 대업은, 본래 인간 따위가 손을 뻗어도 될 사안이 아니었다.
그 사실을 100년에 걸쳐 몸소 깨달았다.
"오로지 힘만을 갈구했다. 너희 마녀에 필적할 힘을—— 어째서인지 알겠나?"
"글쎄요?"
"내 동생인 칼미아를, 그 고통에서 해방시키기 위해——."
손가락을 뻗어서 가리킨다. 여전히 냉소를 짓고 있는 불쾌한 괴물을.
"불사인 네놈을 죽이기 위해서다."
"동생이 죽여 달라고 부탁하던가요?"
불쾌한 말을 동생의 목소리로 하지 마라.
목소리를 내어 말하지는 않고 상대를 노려보자, 마녀는 불쾌하다는 듯 눈살을 찌푸렸다.
"칼미아는 마음 착한 아이였다. 벌레도 못 죽이고, 꽃을 꺾는 것조차 망설이는 아이였다. 모든 면에서 지금의 네놈과 동일인물이라 할 수 없어."
마녀가 명확한 혐오감을 드러냈다.
그것이 개전 신호가 되었다.
결국 여기까지 오는 동안, 그간 내가 쌓아올렸던 모든 것을 희생했다.

많은 신도들이 목숨을 잃었다. 용서해달라고 할 생각은 없다. 어떤 벌이라도 달게 받을 생각이다.

하지만 지금 이 순간만은, 내게 싸울 힘을 다오——.

품속에 숨겨두었던 그것을 우선 상대에게 집어던졌다.

"——?"

마녀는 반사적으로 참격을 행사해, 내가 투척한 그것을 공중에서 파괴했다.

내용물이 어지러이 튀어 마녀의 몸에 쏟아진다.

붉은 액체—— 아니, 그것은 '마녀 살해자의 피'를 담은 앰플이다——.

하지만 마녀에게 쏟아진 피는 배리어에 막혀 땅바닥으로 흘러내렸다. 속으로 혀를 찼다.

다음——

사납게 달려 나간다. 지금의 나는, 죽은 히긴즈의 은혜 덕분에 그의 법진을 행사할 수 있다.

염동력——

보이지 않는 길고 가는 손이, 내 몸을 여자의 머리 위로 들어 올려 주었다. 그 즉시 마녀가 눈에 보이지 않는 장검을 공중에 대고 휘둘렀지만, 몸을 옆으로 잡아당겨 평행이동해서 회피했다.

거리를 좁힌다. 지금 가진 힘이라면, 실현할 수 있을 거다——.

가볍게 허공을 훑은 마녀의 손가락에서 눈에 보이지 않는 일격이 날아들었다. 그걸 몸을 숙여 피한 나는, 찌푸린 얼굴로 마녀를 노려보았다.

디스펠—— 마소의 명령을 모두 초기화하는 손을, 배리어를 향해 내밀었다.

“크……!”

침범하지 못하게 하라는 명령을 받은 방벽에 균열이 가더니, 박살났다.

바깥으로 노출된 원수를 보고, 날붙이를 꺼내며 외쳤다.

“죽어라아아아앗!!”

마녀 살해자의 피가 묻은 칼날이다.

모든 일을 끝맺기 위해 내지른 나의 일격은——.

“오라버니——.”

서글픈 목소리.

지키지 못했던 사람의, 한탄 섞인 목소리.

하지만——

나는 손을 멈추지 않았다.

설령 동생이 아직 저 안에 남아 있다 해도, 그녀는 분명 사람을 계속 죽여 가면서까지 살고 싶다고는 생각지 않을 거다.

세차게 내려찍은 칼날이 소녀의 가슴을 파고든다.

나이프를 박아 넣은 그 몸이 얼마나 가녀렸는지, 손을 통해 전해진 감촉으로 똑똑히 알 수 있었다.

안다. 귀에 들려온 그 호칭으로 나를 부르는 인물을 나는 한 명밖에 알지 못하니.

그리움에 눈물이 날 것만 같다. 마녀는, 좌우의 눈 색깔이 다른 마녀는——

눈을 동그랗게 뜬 채, 흙탕물 위에 쓰러졌다.

그 눈에서 이성의 빛이 사라진다.

소녀는 비명도 지르지 않고, 절명했다.

끝났다——.

"허…… 허억……."

멈추고 있던 호흡을, 재개했다.

내 심장은 아직 겁이 날 정도로 격하게 뛰고 있다.

죽였다. 드디어 죽인 것이다.

"해냈다…… 칼미아……."

탈력감에 서 있기도 힘들어졌다. 떨리는 손으로 땅을 짚고, 깊이 심호흡을 했다.

이제——

"너무하세요."

목소리가 들려왔다. 등 뒤에서.

푸억. 기묘한 소리가 귀에 들렸다. 동시에 복부에서 위화감이 느껴졌다.

"——."

내 몸을 내려다보니, 눈에 보이지 않는 무언가를 따라, 내 피가 흘러내리는 게 보였다.

순간, 칼날이 가볍게 머리 위로 이동하더니 그대로 목의 이음매부터 살을 파고들어 밖으로——.

"아——."

붉은 꽃이 핀다. 소녀가 입은 드레스처럼 선명한 붉은 꽃이.

충격에 멍하니 눈을 부릅뜬 채, 나는 어느샌가 하늘을 올려다보고 있었다. 입술에서 피가 간헐천처럼 솟구치고 있다.

"아쉽게 됐네요."

피처럼 붉은 소녀가, 옆에 서서 즐거운 듯 웃으며 말했다.

"오빠."

"……."

아아—— 그런 건가. 역시, 이렇게 되고 만 건가.

"아하하…… 그 정도 상처면 내버려둬도 죽겠네요."

나는 서글픈 눈으로 소녀를 바라보았다.

어째서 이렇게 잔혹한 일이 일어난다는 말인가…….

"당신도 여기까지인가요오. 연명해 가면서까지 제 목숨을 노렸는데 말이에요."

결국, 닿지 않았다.

알바의 피에 마녀 살해자의 효과 같은 것은 없었다.

"어머…… 어머머…… 그렇게 큰 소리로 울지 마셔요! 얼마나 웃긴 상황인데요!"

마녀는 마치 보이지 않는 누군가와 대화하듯, 이상한 혼잣말로 떠들어대고 있었다.

"죽고 싶다고요? 우후후, 그건 무리예요. 왜냐하면 전 불사신이니까요."

누구와 얘기하고 있는 거지?

머릿속이 새하얗게 물들고 있다. 페인트가 흘러넘친 듯이 시야가 온통 물들어 색채를 잃었다.

그녀에게 어떻게든, 하고 싶은 말이——.

"그럼, 안녕히."
이제 느껴지지 않았다. 알 수 없게 되었다.
영혼이 열기를 띤 육체에서 분리되었다——.

흉몽

심상치 않은 마력을 보유한 자라는 건 대치한 순간 알았다.
적은 아마도 마녀일 거다. 이곳에 오기 전에 나를 공격했던, 두 마리의 괴물 중 한 마리다.
불사신끼리의 싸움.
얼핏 생각하면 끝나지 않을 듯한 이 싸움에도 승패를 결정지을 방법은 있다.
단적으로 말하자면 전투불능 상태로 만드는 거다. 빈사 상태로 만들어 몸의 자유를 빼앗거나, 상대의 마력을 고갈될 때까지 빼앗거나——.
마력 조작에 능한 반면, 강력한 마법을 못 쓰는 리나리아가 취할 수 있는 선택지는 후자였다.
얼마간 눈싸움이 계속되었다. 서로 의사소통을 할 수 없으니 대화를 통한 해결은 불가능하다. 그렇다면 남은 문제는 언제 다시 시작하느냐 하는 것뿐이다.
캉, 괴물이 지닌 커다란 낫의 칼날이 바닥에 소리를 내며 꽂혔다. 그냥 낫을 바닥에 내려놓은 것뿐이건만 그 소리에 리나리아는 몸을 움찔했다.
'움츠러들면 안 돼……!'

마음을 다잡는다. 겁먹으면 패배가 확정되고 만다.

낫을 질질 끌며 그것은 걷기 시작했다.

거리를 좁히게 두면 불리해진다. 아니, 그대로 끝이라고 보아야 할 거다.

"으와아앗!"

리나리아가 소리치며 손을 휘둘러, 품에 있던 그것을 던졌다.

그것은 마력을 담은 침이었다. 바람총처럼 똑바로 괴물을 향해 날아가, 착탄과 동시에 작렬했다. 연막을 피워 상대의 마력을 발산시키기 위한 것이었지만—— 괴물은 바람을 가르며 연기 속에서 뛰쳐나왔다. 전혀 개의치 않고 달려들기에 깜짝 놀랐다.

"뭘 하는 거죠?"

괴물이 뭐라고 말했다. 지체 없이 거대한 낫이 진자처럼 움직여 날아들었다.

리나리아는 순간적으로 단검을 꺼내 맞받아쳤다. 이제 방법이 없다.

닿은 상대의 마력을 빼앗는 마도구—— 쇠퇴하는 칼날(위틀).

두 개의 칼날이 불꽃을 튀기며 부딪혔다. 힘겨루기를 한다.

거대한 낫을 한 손으로 가볍게 휘두르는 괴물—— 그 모습은 마치 이계의 사신 같았다.

"이익……!"

작은 단검을 두 손으로 쥐고 필사적으로 받아낸다.

도신이 부들부들 떨릴 정도로 버티며 다가갔지만,

"너무하네요."

괴물의 여유로운 분위기에 전율했다.

"——어?!"

그리고 단검은 충분한 효과를 발휘할 새도 없이 부러졌다.

박살난 칼날이 허공을 날자, 리나리아의 몸에 낫의 칼날 부분이 박혀서,

"으아악!"

옷과 함께 몸이 찢어졌다.

격통에 소리쳤지만 아직 포기할 수 없다. 여기서 쓰러지면…… 알바가——

기력으로 쓰러지지 않고 버텨 서서, 계속해서 원한 어린 눈빛을 날리며 손을 내밀었다. 지근거리에서의 공격 마법, 그 저항에도 괴물은 표정 하나 꿈쩍 안 했다.

마법을 쏘기도 전에 흉포한 칼날이 내 몸을 또다시 찢었다.

붉은 균열이 퍼지고, 몸을 무자비하게 더럽히기 시작했다. 피가 솟구친다. 하지만 그대로 바닥에 쓰러지는 것조차 용납되지 않았다.

"크악……!"

이미 만신창이가 된 몸에 치명타를 가하려는 듯, 가는 목에 적의 손이 파고들었다. 힘껏 조르는 바람에 얼굴이 곧장 불을 비치기리도 한 듯 붉게충혈 되어서, "그만……둬!" 괴로운 투로 신음했다. 그런 리나리아에게 괴물은 마력을 실어——

"그만——?!"

지근거리에서 폭발이 일어났다.

"커……억."

가느다란 목소리로 비명을 지르며 그대로 균형을 잃고 바닥에

쓰러졌다.

그 파열 마법의 위력은 치명상을 입히기에 충분했다.

이미 의식은 혼미해져서 똑바로 쓰러진 채 손가락 하나 까딱할 수 없었다.

더는 할 수 있는 게, 없다.

시야가 흐려져, 아무것도 보이지 않게 되었다.

여명

시온은 쓰러진 리나리아를 내려다보며 질렸다는 듯이 "어이가 없군요."라고 말했다.

폭파한 오른손이 벌써 그 마법으로 인해 재생되기 시작했다.

실력 차이는 역력했다.

일련의 흐름을 코앞에서 보고 있던 알바는 아연실색했다.

처참한 모습으로 변한 리나리아를 바라보고 있었다. 할 수 있는 건 그것뿐이었다.

조금 전까지 울며 내 가슴에 매달렸던 소녀의 목에는 타고 짓무른 자국이 선명하고, 살이 타는 고약한 냄새를 내뿜고 있다. 아직 의식이 남아 있는 게 기적일 정도다.

그리고 시온은 알바에게 시선을 돌렸다.

숨을 죽였다. 리나리아에게서 튄 피로 물든 그녀의 모습은 본래 분노와 증오의 감정을 불러일으키기에 마땅한 것이건만, 알바는 그조차도 자신에게는 주제넘은 짓이라는 생각이 들었다.

차원이 다르다. 그런 차원이 다른 세계에 걸맞지 않은 사람은 알바뿐이건만 그는 그곳에 서 있었다.
시온이 천천히 알바를 향해 걷기 시작했다.
"오지 마……!"
거절했지만 시온은 걸음을 멈추지 않았다. 당황해 뒷걸음질을 치며 "오, 오지 말라고……." 한심한 목소리로 말하는 것 말고는 할 수 있는 게 없었다.
결국에는 달아날 곳이 없는 벽 근처까지 몰려서, 그 눈을 보며 몸을 떨었다. 약한, 너무도 약한 내가 시온의 눈동자에 비치고 있다. 너무나도 비참하다.
"그거, 아프지 않나요?"
"뭐?"
천이 둘러진, 절단된 알바의 손을 보고 시온이 말했다. 천을 걷자 징그러운 상처가 바깥 공기에 노출되었다.
"크윽……?"
그녀가 팔을 움켜쥐었다.
"움직이지 마세요."
고통에 몸부림치는 알바에게 다정한 투로 말한 직후, 그 상처에 변화가 일어났다.
습한 기운이 에워싸더니 고통이 완화되었다. 뿐만 아니라 상처에서 서서히 빛을 내뿜는 가루 같은 것이 솟아났다. 영상을 거꾸로 돌린 것처럼, 알바의 팔은 원래의 형태를 되찾기 시작했다.
불과 수십 초 동안 일어난 일이다.
"또 아픈 곳은, 없나요?"
시온이 완전히 치료한 알바의 손을 바라보고 만족스러운 미소를 지으며 말했다.

조금 전의 참극을 연출한 장본인은 알바의 얼굴에 핏기가 돌아온 걸 확인하고는 환한 미소를 띤 채 "괜찮은 것 같네요."라고 말했다.

일종의 교훈이라고 생각하고 있던 상처가 치유되어, 넋이 나가고 말았다.

리나리아는 바닥에서 다 죽어가고 있건만.

"나, 나 같은 것 보다, 이 사람을……."

"함께 있고 싶나요?"

"뭐……?"

"저기 널브러진 여자와, 앞으로도 함께 있고 싶나요?"

널브러진 여자. 시온의 그 말을 듣자 자연스럽게 리나리아에게로 시선이 옮겨졌다. 약한 숨소리를 흘리며 고통에 신음하고 있다. 괴로워하는 그 모습을 보니, 아무 말도 할 수 없었다.

"좋아하나요? 사랑하나요? 저 여자를."

"……."

그런 건, 모르겠다.

"스스로는 못 정하겠나요?"

침묵하는 알바에게, 시온은 얼굴을 들이밀었다. 코가 닿을 정도의 거리에서 화가 난 듯한 눈빛을 보내온다.

"모……."

떨리는 목소리로, 속마음을 털어놓았다.

"모르……겠어……."

그런 말이, 흘러나왔다.

나를 위해 목숨을 걸고 싸워준 사람인데.
"모르겠어…… 좋아하는지……."
정신이 들어보니 무언가가 눈에서 끊임없이 흘러나왔다.
"하지만, 나 때문에…… 더는 상처받지 않았으면 좋겠어……."
억누를 수가 없는 한심한 목소리가 계속 흘러나왔다.
"저런 여자를 위해 눈물을 흘리다니……."
시온은 험악한 얼굴로 말했다.
"그저 접점이 있었다는 이유만으로…… 시답잖은 정에 붙들리고 마셨군요."
아니야. 아니라고.
눈물 어린 눈으로 그렇게 호소했지만, 오열에 묻혀 말로써 표현되지 않았다.
슬프다. 좋아하느냐는 말에 당당하게 대답하지 못하는 나 자신이. 일이 이렇게 되었는데도 그녀를—— 리나리아를 의심하는 내가, 싫다. 증오스럽다.
내 생각만 하는 나 자신이, 부끄럽고, 용납할 수가 없다…….
"저한테 오세요……."
다정한 시온의 목소리가 귓속 깊숙이 파고들었다.
"앞으로 곤경에 처할 때마다 저 여자는 피를 흘릴 테고, 당신은 다시 괴로움에 빠지겠죠. 저라면 절대로 그렇게 두지 않아요."
올곧은 시선을 보내오는 그 눈은 진지하기 그지없었다.
"당신을 슬프게 할 만한 짓은 안 할게요. 당신을 슬프게 하는 건 모두 제가 제거하겠어요. 그러니——."
시온은 알바의 손을 잡았다. 지저분한 내 손을, 그 가녀리고 늘

씬한 손가락이 쓰다듬었다.

"제게로 오세요. 제가 모든 걸 받아들여줄게요. 당신의 불안도 희망도 모두 다——."

"——."

알바는 넋이 나간 얼굴로 시온의 말을 듣고 있었다.

리나리아의 얼굴이 떠올랐다. 추켜세우면 기뻐하는 그녀, 얼굴을 잔뜩 구긴 채 우는 그녀. 기뻐하는 그녀를 보면, 덩달아 기뻐졌다. 한편으로 슬퍼하는 그녀를 보면——

시온의 눈에는 자신감이 넘쳤다. 시온의 말이 정답이라는 생각이 들 정도로 다정하고, 강한 눈빛이었다——. 그런 시온과 함께 걸어가는 미래를 상상했다. 그것도 괜찮을지 모르겠다는 생각이 들기 시작했다.

왜냐하면 리나리아가 지금 빈사 상태에 빠져 괴로움에 몸부림치고 있는 것은 사실이기 때문이다.

누군가에게 해가 될 바에는, 얽히지 않는 게 좋을지도 모른다.

알바는 자신에게 닿은 손을——

"웃기지 마아아아아아!!"

호통 소리가 들려, 알바는 몸을 움찔했다.

"그 여자랑 사라지는 건 내가 용납 못 해!!"

화가 잔뜩 나서 손을 치켜들고 서 있는 것은, 도구마였다. 작은 몸으로 시온에게 최대한의 적의를 내비치고 있다.

"주인님을 죽게 해놓고…… 용서하지 못 해……!"

숨이 멎을 것만 같다. 죽음을 앞두고 자신에게 미소를 지어주었던 소녀가, 순식간에 알바의 머릿속에 떠올랐다. 이제 다시는 곁으로 돌아오지 못하게 된, 다른 누구도 아닌 알바의 손으로 직접 끝낸 목숨이——.

"방해하지 마, 고물."

시온의 움직임은 신속하고도 정확했다.

한 번의 도약으로 도구마와의 거리를 좁혔다.

"——큭!"

도구마는 잽싸게 움직여 바로 이어진 시온의 일격을 피했다.

"박살내 버리겠어!"

반격을 시도하는 도구마를 향해, 시온은 미소를 띠고 말했다.

"할 수 있으면 해 봐."

종마

잘려나간 하반신은 이미 돌이킬 수 없는 상태였다.

체내에 마력이 남아 있어도 움직일 몸은 이미——

키이누는 그저 멍하니 자신의 몸의 잔해를 바라보고 있다.

이제 곧 죽는 걸까. 그런 태평한 생각을 하다가, 시야 끄트머리에서 마찬가지로 쓰러져 있는 스승님의 모습을 발견했다.

이미 치명상을 입어 꼼짝도 할 수 없는 소녀.

"……."

그 작은 몸이 바르르 떨리고 있었다.

그녀는 불사신일 텐데도, 어찌할 수 없는 상황 앞에서 쓰러진 채로 평범한 여자애처럼 흐느껴 울고 있다.

울지 마——.

목소리는 닿지 않는다.
키이누는 그저 필사적으로 살려 했다.
오로지 괴물인 주인님을 섬기고, 자신의 역할을 수행하기 위해 살아왔다.
해내고 싶은 일 따위는 없었다. 그저 하루하루를 평온하게 보낼 수 있으면 그로 족했던 거다.
하지만—— 그녀는 어떨까.
"……크으."
상체만 남은 몸을 움직여 그녀의 곁으로 향한다.
이 사람을 따라가기로 결심했으니까.
또 조종당하는 알바에게 죽을 버릴 가능성도 있었다. 그럼에도 완고하게 알바와의 재회를 바랐고, 겨우 그 바람이 이루어졌건만 다시 떨어져서 또 울고 있다.
울기만 하잖아. 슬픈 일의 연속으로 흐느껴 우는 그녀에게—— 해줄 수 있는 일은 이제 하나밖에 없다.
겨우 도달한 그녀의 몸에, 자신의 몸을 밀착시킨다.
"스승님."
귓가에 대고 속삭인다.
이미 키이누의 몸은 붕괴되기 시작한 상태였다.

흉몽

…….

"스승님."

목소리가 들렸다. 슬픔이 묻어나 있었지만, 그것은 분명 사람의 목소리였다.

"스승님, 우리의 마력을 써주세요."

어린애 같은 목소리처럼도 들린다. 알바보다 훨씬 어리고, 천진한 목소리였다.

"마력량이 적은 스승님이라도, 우리의 마력을 쓰면 분명 굉장한 일을 할 수 있을 거예요. 누가 뭐래도 스승님이니까요."

"스승이라고, 부르지 마……."

그럴 자격이 있을 리 없다. 팔다리를 움직일 만한 활력이 솟질 않았다. 이제 모두 다, 끝난 거다. 리나리아는 그렇게, 뼈저리게 패배했다는 사실을 통감하고 있었다.

"나한테 그럴 자격은…… 없어……."

나 같은 거한테는── 말을 자아내다 보니 눈물이 흘러나왔다.

돌이켜 보면 나는 늘 울기만 했네, 라는 생각에 리나리아는 자조 섞인 미소를 지었다. 이렇게 약한 자신은 분명 아무것도 해내지 못할 거다.

서열 13위, 가장 약한 패자에게 주어지는 최하위의 꼬리표.

흐느껴 울며 리나리아는 고개를 푹 숙인 채, 눈에서 흘러나오는 것을 필사적으로 닦았다. 그를 구하지 못하는 슬픔과, 자신의 무력함에 좌절하며.

"스승님…… 당신은, 착한 사람이에요."

"흐에……?"

울면서, 목소리에 귀를 기울인다.

"말 그대로, 평범한 사람들보다 마음이 약하고 울보죠."

지금도 눈물을 흘리는 리나리아가 변명할 수 있을 리가 없었다.

"하지만 당신은, 그럼에도 지금 이 순간 구하고 싶은 사람이 있잖아요? 그런 상태로 누군가를 구할 수 있을 것 같나요? 울기만 해서는 아무도 못 구해요."

하지만, 더는 못 움직인다. 싸울 수 없다.

"저희한테 어떡할지 물어봐도 소용없어요. 저희는 슬프게도 그렇게까지 우수하지 않아서, 늘 주인님에게 도움받았으니까요."

그제야 목소리의 주인공이 사역마 중 누군가라는 사실을 알아챘다.

어째서 그 목소리가 정상적으로 들리는 건지는 모르겠다.

"주인님은 포기하지 않았어요. 그를 찾는 걸. 스승님과 헤어지고서도 혼자서 여기까지 찾아왔어요. 우리의 힘이 강했기 때문이 아니에요. 주인님이, 우수했기 때문이죠."

"같은 현자인 당신은 어떤가요? 당신은 그냥 눈물만 많은 마법사인가요?"

"어떻게 해야 할지, 무엇을 해야 할지 생각하세요."

"스승님이라면 분명, 할 수 있어요. 주인님과 같은 현자인 스승님이라면."

말은 똑바로 리나리아의 가슴에 스며들어 울려 퍼졌다.

이를 악물고 발을 딛고 일어선다.

그곳은 어둠 속이었지만 따스한 분위기로 가득했다.

"나도, 현자 중 한 명이야……."

눈물을 닦고 어둠을 가를 기세로 외쳤다.
"내가 걸을 길 정도는…… 내가 열겠어!"
그래야 스승님이죠. 누군가가 그렇게 말한 것 같았다.
꿈은 거기서 끊겼다.
정신이 들어보니 바닥에 고인 피웅덩이 위에 쓰러져 있었다. 잃었던 손은 원래대로 돌아왔고 가슴에 난 상처는 사라졌다. 시야 끝에는 둘로 갈라진 인형의 잔해가 나뒹굴고 있었다.
"원수는 갚을게……."
리나리아는 그 잔해로 손을 뻗었다.

무통

낫의 맹렬한 공격을 피하다가 벽 근처까지 몰렸음에도 도구마는 아직 전의를 잃지 않았다.
"아직도 서 있을 수 있다니, 제법 끈질기네요."
나른한 투로 시온은 말했다.
말하면서 가벼운 동작으로 낫을 머리 위로 치켜들었다.
하얀 인형은 씨익 웃었다.
"뭐가 우스운 거죠?"
시온은 의아했지만, 하찮은 일이라고 판단하고 그대로 날을 내리치려 했다.
오싹. 온몸에 작은 전류 같은 것이 퍼졌다.
명료한 공포 따위의 감정은 결코 아니다. 애초에 시온은 공포를 느끼지 않는 체질이니.

등 뒤를 돌아본다——.

"어째서."

놀라서 눈이 휘둥그레졌다. 그만큼 의외의 일이었다.

"어째서 당신이, 부활한 거죠?"

리나리아가 자기 다리로 우뚝 서 있었다. 피로 더러워진 옷은 그대로인데, 어째서 목에 입혔던 화상 자국까지 사라진 걸까.

그 피투성이 소녀가 무언가를 손에 들고 있다는 걸 알아챘다. 그것은 하잘것없는 작은 병으로 보였지만, 어째서인지. 묘한 경고음이 머릿속에 울리고 있었다.

"그거…… 뭐죠?"

캐물어도 리나리아는 원망으로 가득한 눈빛으로 나를 쳐다볼 뿐, 아무 말도 하지 않았다.

"이제 와서 그런 마도구 하나로 나를 어떻게 할 수 있다고 생각하는 건가요? 바보인가요, 당신은?"

말하면서 걷는다.

모든 것을 깨달은 듯한, 그 눈이 마음에 안 든다.

시온은 희한하게도 자신이 공포와 비슷한 감정을 느끼고 있음을 알아챘다.

'그래, 이 여자는.'

알바의 특별한 존재. 그와 관련된 일인 탓에 이렇게나 가슴이 수런거리는 거다.

걷는다. 숨통을 끊기에는 아직 거리가 멀다.

'끝까지 발버둥을 치겠다면, 바라는 대로 해주겠어.'

살의를 품고, 달린다.

이번에는 팔다리를 잘라 못 움직이게 해줄 테다. 그러고 나서 두 번 다시 기어오르지 못하도록 땅속 깊숙이 묻어 버리는 것도 괜찮을 것 같다.

타, 닷. 조용하게 발을 내디디며, 시온은 날렵하게 몸을 날려 리나리아의 바로 앞에서 크게 도약했다.

허공에서 가볍게 커다란 낫을 치켜들고, 그 기세를 이용해 그대로 돌진했다.

여명

생각의 도가니 속에서 넋을 놓고 있던 알바에게 작은 그림자가 떨어졌다.

도구마가 이쪽을 쳐다보고 있다.

"이 악물어."

알바는 돌진해온 그에게 얻어맞고 날아갔다.

결코 강한 공격은 아니었지만 몸에서 완전히 힘을 빼고 있던 알바는 그대로 바닥을 굴렀다.

"따라와……!"

도구마의 말을 들으며 알바는 얼굴을 찌푸리고서 분한 듯 눈을 감았다.

차라리 죽여 버려줄 것이지. 그렇게 다시 중얼거리며.

흉몽

딱히 많은 마력을 가지고 있는 건 아니었다. 하물며 루피처럼 마법생물을 사역하는 숨겨진 특성을 가지고 있는 것도 아니다.

그저 고독을 잊기 위해 마학에 전념한 것뿐이다. 지식만 바보처럼 머리에 쑤셔 넣어서, 최선을 다해 적은 마력으로 내가 할 수 있는 일을 추구한 것뿐이다. 한 번 본 마법을 어떤 법진으로 재현할 수 있는지를 머릿속으로 순식간에 이해하는 것 정도는 할 수 있다. 그리고 스스로 법진을 그려, 그 특성을 모방하는 정도는——.

마력이 적은 내게는 사용할 수 있는 법진도 한정적이다. 내게는 그 정도 재능밖에 없었다. 그런 재능으로, 현자로 선택되고 말았다. 마녀가 되고 말았다.

늘 사람들보다 뒤처져 있다는 열등감이 있었다. 하지만 지금 이 순간만은, 최선을 다해 추구한 힘을 상대에게 부딪치는 수밖에 없다.

삼다중연금(타샤 알케미)——. 리나리아가 유일하게 가지고 있는 오리지널 법진. 그것은 모든 가치를 마력으로 충당하는 마도구 연금 마법이다. 복잡한 촉매가 필요 없고, 지금 가지고 있는 마법 지식에서 최대 세 개의 특수 효과를 겸비한 마도구를 순식간에 만들어낼 수 있다.

그리고 지금 리나리아의 손에는 투명한 액체가 든 작은 병이 있다.

실전에서 사용한 적은, 당연히 없다. 그럴 시간도 없었다.

무시무시한 마력을 지닌 괴물이 거대한 낫을 든 채 비뚤배뚤한 마른 가지 같은 손을 휘두르며 덤벼든다.

리나리아는 그것을 향해 작은 병을 던졌다. 당연히 가벼운 동작으로 피했다. 하지만 그래도 상관없었다.

손가락을 내밀고 집중해, 이로써 결판이 날 거라 믿으며 마법을 발동했다. 작은 병은 공중에서 파열해 주변에 투명한 비를 뿌렸다. 괴물은 멈춰서 그것을 온몸에 맞았다.

"……?"

괴물의 몸에 묻은 순간, 그것은 피를 빨아들인 듯 새빨갛게 물들었다. 몸 안의 마력이 급감해서 급속도로 힘이 빠져나가고 있을 거다. 붉은 액체에서 달아나려는 듯이 괴물이 이동을 시도했다.

그러자 이번에는 붉은 물이 빛을 띠기 시작했다. 그 빛은 계속해서 밝아져, 눈앞을 새하얗게 물들였다.

법진은, 이론상으로는 상상할 수 있는 모든 효과를 실현해낼 수 있다.

마법이란── 인간의 욕구를 채우기 위한 만능의 가능성.

불가능은 없다. 발동을 위해 치를 대가만 있으면 할 수 없는 일은 아무것도 없다.

리나리아가 이루어낸 그 성과가 바야흐로 눈앞에서 형태를 이루고 있다.

강한 빛으로 인해 기능을 상실한 눈의 망막에는 섬광과 반짝이는 별이 난무했다. 리나리아는 아름답다고 생각했다. 아무리 추악한 광경이라 해도 그 빛 앞에서는 윤곽마저 잃고 말 거다.

눈이 멀 것만 같이 밝은 빛에 이어 귀를 찢을 정도로 큰 굉음이 울렸다.

바닥을 파헤치고 날려버릴 정도의 폭발이 괴물의 주변을 휘말려들게 했다가, 잦아들었다.

진흙투성이가 된 세계를, 빛과 파괴의 세계가 잠식했다.

리나리아가 던진 작은 병── 그것은 파열되며 바깥 세상에 투명한 액체를 흩뿌렸다. 그 액체는 가까이에 있는 생물로부터 빠른 속도로 마력을 흡수해, 빼앗은 마력의 양에 따라 위력이 달라지는 폭발을 일으킨다. 그 세 가지가 리나리아가 만들어낸 마도구의 효과였다.

폭심지를 향해 리나리아는 발을 내디뎠다.

그곳에는 활기를 잃고 불에 탄 모종의 섬유 같은 덩어리가 있었다.

"아직 살아있다니……."

"너……!"

꾸물꾸물, 말라붙은 촉수 같은 것을 리나리아에게 뻗으며 그것이 꿈틀댔다.

"무슨 짓을…… 한 거야……."

"마력을 고갈시키고 치명상을 입혔어……. 이제 자기 재생은 못 하겠지?"

리나리아의 말에 그것은 삐걱대는 듯한 소리를 내며 신음했다.

무통

마력이 거의 바닥났다. 죽더라도 바로 부활할 여력은 없다.

"제법…… 이네……."

마력 고갈로 인해 당장에라도 의식이 날아갈 것만 같았다. 하지만, 그럼에도 용납할 수 있는 것이 눈앞에 있었다.

"하지만 너는 아무것도 몰라……."

나를 내려다보는 여자에게, 최대한의 증오를 담아 말했다.

"분열이 그를 내버려둘 리가 없어…… 나라면 그를 구할 수 있었어…… 그를 구할 수 있는 건 나뿐이었는데……!"

관자놀이가 뜨거운 물을 부은 듯 후끈해졌다.

"너는 그 희망을 네 손으로 없앴어…… 그를 구할 수 있는 미래를 빼앗았다고……!"

"아직도, 말할 기운이 남았구나…… 어이가 없네."

아무런 위기감도 없는 투로 그런 소릴 지껄이다니. 나는 떨리는 숨소리를 내뱉었다. 이 정도의 원한을 타인에게 품은 게, 얼마만이더라. 그 대신관에게조차 이 정도의 감정은 품지 않았다. 검은 감정이 잔뜩 실린 눈빛을, 바닥에 누운 채 쏟아냈다.

"뭐…… 뭐야?"

시온의 기백에 리나리아가 흠칫했다.

이를 악물고 "너만은, 용서 못 해……!" 그렇게 외쳤다.

마력을 필요로 하지 않는 법진이 존재한다. 그 술법에 필요한 매체는, 술자의 목숨이다. 자신의 핵을 대가로 주변을 날려버리는── 자상(自傷) 마법의 정점이자 최흉(最凶)의 금기 앞에서 리나리아는 신변의 위기를 느꼈다.

"이 녀석……!"

등을 돌리고 달려 나갔다. 하지만, 이미 늦었어.

귀울림이 들린다. 다른 사람들의 귀에도 들리도록, 시온은 주변의 소리가 사라지기 직전까지 키득키득, 힘없이 웃고 있었다.

분열

길바닥이 들썩일 정도의 폭음이 울리더니 불기둥이 솟아 올랐다. 그 빛은 골짜기 아래 자리한 거점에 살아있는 모든 이들이 봤을 거다.

해가 저문 지 오래인 그 장소에서는 장소를 잘못 찾은 게 아닐까 싶을 정도로 아름다운 붉은 불꽃이 치솟았다.

그것을 보고 탄성을 자아내는 이가 한 명 있었다.

"하아, 대낮처럼 밝고……."

붉은 드레스를 입은 채 붉은 눈동자를 반짝이며, 여자는 그쪽을 향해 움직이기 시작했다.

"예쁜 불꽃이——."

여명

파괴음을 들었다. 자비도, 희망도 없다.

눈부신 빛이 일더니, 소리가 사라지고, 모든 것이 날아가 버린 듯했다. 살아 있는지, 죽었는지조차 분명치 않다.

"잠든 건가?"

귀에 익은 남자의 목소리가 들려왔다. 듣고 있기에, 썩 기분이 좋지는 않았다.

내 팔을 빼앗은 그 남자의 목소리다——.

용서 못 해. 절대 용서 안 해.

죽을 만치 아팠다고.
"그때는 수단을 고를 형편이 아니었네."
남자는 뻔뻔하게 말했다.
변명 따위 듣고 싶지 않아.
"자네에게 일단 건네주고 싶어서 말이야."
뭘?
"내게는 이제 필요 없는 것이거든."
네게 필요 없는 걸 나한테 억지로 떠맡기지 마.
"그걸 쓸 수 있는 건 앞으로 몇 번뿐이네. 다른 사람의 힘을 얻는 데에도 제한이 있거든."
이제 아무것도 필요 없어.
이제, 내가 할 수 있는 일은――
"지금의 자네에게는 무리야."
마치 수술용 칼처럼,
"왜냐하면 자네에게는, 지키고 싶은 게 없으니까."
그의 말이 마음에 와서 박혔다.
남자는 자기 할 말만 하고는 어디론가 가 버렸다.

종마

70년 동안이나 고락을 함께 했던 친구들―― 그들이 목숨을 던져 만들어낸 광명은, 더욱 흉악한 무언가로 인해 사라졌다. 그것만은 알겠다.
알바를 안전한 장소까지 끌고 가라. 그것이 지금의 주인님인 리나리아가 내린 마지막 명령이었다. 그렇다, 마지막이다.

"도구마."

등 뒤에서 벽을 등지고 주저앉은 알바가, 말했다. 그 일대는 벽과 지붕이 날아가 공터가 되었지만, 알바가 있는 곳 주변에는 벽과 바닥이 남아 있었다.

"무사한 것 같네……."

모든 마력을 쏟아내 지킨 보람은 있었다.

알바를 완전히 용서할 수는 없다. 하지만 지금은 안심했다.

주인님의 마지막 명령을 무사히 수행했기 때문이다.

"아무래도…… 나도 여기까지인 것 같아……."

추억이, 머릿속에 떠올랐다가는 흘러갔다.

"기나긴 인생이었어."

드문드문, 떠올랐다. 수십 년에 달하는 내 인생이.

"주인님, 나는 선대에 부끄럽지 않은 사역마였을까……?"

딱히 누군가가 답변해주길 기대했던 건 아니었다.

하지만 어째서인지, 들릴 리가 없는 소리가 들려왔다.

『너는, 자랑스러운 내 친구야.』

어디선가, 여자애의 목소리가 들려온다.

『지금까지 수고했어…….』

"후후, 이상한 일도 다 있네. 그 무서운 주인님이 아니라, 엄청

귀여운 여자애가 치하해주다니…….”

상당히 맥이 빠지기는 했지만, 좋은 인생이었다.

그 생각을 끝으로, 영혼은 잔류사념도 남기지 않고 사라졌다.

종언에 이르러, 그가 바라는 것은

여명

사역마의 모습이 먼지가 되어 사라지는 광경을, 나, 알바는 공허한 눈으로 지켜보았다.

잔해더미밖에 안 보여서, 먼 곳을 둘러보았다.

지금, 어디에 있는 걸까. 이제 어떻게 해야…….

다들, 사라지고 말았다. 그런데 아직, 나는 살아서 숨을 쉬고 있다.

일어난다. 어딜 가려는 생각도 없이, 무턱대고 걸어 나갔다.

"다들……."

누군가를 불렀지만, 반응은 없다.

얼마간 걷자 잔해가 어지럽게 널린 곳 한구석에 그것이 쓰러져 있었다. 한쪽 팔과 두 다리는 사라졌고, 몸통도 인간의 생명을 유지하는 데 반드시 필요한 내장이, 탄화된 부위를 통해 바깥으로 노출되어 있었다.

"살아있어?"

쓰러져 있던 그것은 시온이었다. 그것이 나의 목소리에 반응해 눈을 떴다.

쿨럭, 입에서 검붉은 피를 흘리면서도 똑바로 알바에게 고개를 돌렸다. 기침을 하면서 완전히 쉰 목소리로 "죄송……해……요."라고 말했다.

"제……가…… 실수한 것 같아요……."

마음의 지주가 부러진 듯 가냘픈 목소리였다. 바닥에 널브러져 눈물을 글썽거리고 있는 그 모습은, 자신감 넘쳐 보였던 좀 전의 그녀와는 완전히 다른 사람 같았다.

"나를 구해준다고 하지 않았어?"

무심하게 던진 말이 시온의 얼굴에 절망의 그림자를 드리웠다.

"죄, 죄송…… 해요…… 저는, 이제…… 마력이…… 남아 있지 않아서……."

눈살을 찌푸렸다.

"도, 도망…… 치세요……."

"도망칠 수 있을 것 같아? 도망친 끝에 평온함을 찾을 수는 있고?"

시온은 곤란하다는 듯 얼굴을 구길 뿐, 아무 말도 하지 않았다. 나는 한숨을 내쉬고서 일어섰다.

"그럼, 갈게."

등을 돌리려 하자 시온이 "아……." 하고 매달리는 듯한 눈빛을 보내왔다.

"팔, 치료해줘서 고마워. 그리고 지켜준 것도…… 그것만은 고맙다고 생각해."

나는 이번에야말로 자리에서 일어나 그 자리에서 떠나려 했다.

"잠……깐만……."

그 말을 듣고 멈춰 섰다.

"왜?"
"죽여……주세요……."
눈물을 흘리며 그렇게 애원하는 시온의 모습이 눈에 들어왔다. 신체의 대부분을 잃어 작아진 몸으로, 입을 통해 가까스로 숨을 내쉬며 괴로운 얼굴을 하고 있다.
그렇구나. 나는 바닥에 널브러진 여자를 보았다.
"절…… 죽여주세요……."
너도 그런 거냐.
"부탁……이에요……. 이제 외톨이는…… 싫…… 어요……."
눈물을 줄줄 흘리며 애원하는 그 모습은, 눈물이 나도록 애처로웠다.
"저, 저도…… 데려가세요……. 분명…… 도망, 못 칠…… 거예요, 분열한테서는……."
가만히 귀를 기울인다.
"당신을…… 죽일 때까지…… 절대로 멈추지 않을 거예요……."
귀를 기울인다.
"그러어…… 니까! 저를…… 죽여주세요……! 여기서 죽여주세요오오……!!"
기침과 함께 생명을 깎아가며 토해낸 단말마와도 같은 외침은, 좋은 의미로도 나쁜 의미로도 가슴에 와 닿았다. 하지만, 그렇다 해도——.
"너는, 날 슬프게 하지 않겠다고 하지 않았어?"
한마디도 빼놓지 않고 정확히 기억해낼 수 있다. 다름이 아니라 내가 잠시뿐일지라도 그 말에서 구원을 얻었기에.

하지만 그건, 착각이었던 걸까?

"됐으니까아! 나를…… 죽여달라고오……!"

이번에는 망가진 기계처럼 똑같은 말을 반복하기 시작했다.

『당신을 슬프게 할 만한 짓은 안 할게요』 라고 말하며 손을 내밀어 주었던 그녀는, 이제 없다.

그녀들은 죽는 편이 행복할 거야, 라는 마르크스의 말도 떠올랐다. 필사적인 얼굴로 죽여 달라고 애원하는 그녀들은, 불사라는 저주에 고통받는 불쌍한 인간이었다.

한참을 갈등했다. 시간으로 치면, 수십 초에 불과했을지도 모르지만…….

이제는 숨을 쉬기도 어려워하는 시온을 내려다보며, 나는 천천히 품안에 든 나이프를 더듬었다.

"그렇지……."

생각 없이 내뱉는 말들은 하나 같이 모두 슬픔을 자아냈다.

"괴롭겠지…… 앞으로도 계속, 자신을 인정해주지 않는 세계에서 사는 건…… 정말로 괴롭겠지……."

"죽여……주세요……."

"슬프겠지."

"어서……."

피웅덩이에 발을 들인다. 철퍽, 시온의 피가 튀어 옷자락을 적셨다.

시온의 몸을 가리듯, 그녀의 몸에 얼굴을 들이대자 그녀는 힘없이 웃었다.

"고마워요……."

그녀가 지닌 미약한 체취가 농후한 피냄새와 섞여 코끝을 스쳤다. 불쾌한 냄새는 아니었다.

"결국 다들…… 그걸 원해."

내 중얼거림에 그녀는 의아하다는 듯 눈을 동그랗게 떴다. 나이프를 움켜쥐고, 머리 위로 치켜든다.

결국 그걸 원한다. 방금 입 밖에 낸 말이 저주처럼 머리에 울렸다.

설령 잠시 동안 고독을 달랠 수 있을지는 몰라도, 평생 이어지지는 않는다. 마녀가 정말로 원하는 건 결국, 죽음이다——.

간단한 이치가 아닌가. 아무도 나, 알바를 사랑하지 않는다.

그저 이용하려는 것뿐이다. 그러니 정말로 위험한 상황에 빠지면, 분명 아무도 나를 택하지 않을 거다.

"젠자아아아아아아앙……!!"

그 사실이 몹시도 분했지만, 부정할 수가 없어서 소리쳤다.

소리치며 나이프를 내려쳤다.

무통

모든 것이 끝날 순간을 기대했다.

칼날이 꽂힌 건 내 가슴이 아니라, 뺨에서 멀지 않은 흙 위였다.

"넌 거짓말쟁이야."

알바의 눈은 실망으로 물들어 있었다.

"나를 구하겠다고 했으면서, 나를 슬프게 하지 않겠다고 했으면서. 그런 녀석의 바람을 이루어줄 것 같아?"

무미건조한 말. 거절의 뜻이 담긴 눈빛. 그것만으로. 정신이 아득해질 것 같은 감각에 빠져들었다. 그런 소리는, 하지 말아줬으면 좋겠다.

"난 네가 진짜 싫어."

다정하게 대해줬으면 좋겠다.

"누가 죽여줄 것 같아……? 앞으로도 계속 혼자서 살아가도록 해……. 너도 타인의 목숨을 산더미처럼 빼앗아온 살인마잖아! 그럼 자신이 해온 일을 후회하며 살아가라고! 죽어서 편해지고 싶다니 뻔뻔해도 너무 뻔뻔하잖아!"

차가운 눈동자. 시온에게 베풀 자비는 눈곱만큼도 없다는 게, 뼈저리게 느껴졌다. 감정을 토해내며 어깻숨을 몰아쉬는 알바가, 무섭고, 두려웠다.

"거……거짓말이죠……?"

남은 손을 그에게로 뻗었지만 알바는 그걸 무시하고 일어섰다.

시온은 나락으로 떨어지는 듯한 느낌에 사로잡혔다.

"아…… 아아…… 싫어어! 두고 가지 마……! 나를 외톨이로 만들지 마……!"

이제 그의 모습은 보이지 않는다. 의식이 혼미해지기 시작했다. 그가 없는 세계에서 나는 무얼 의지하며 살면 좋을까.

"가지 마아아아아아아아……!!"

앞이 깜깜한 미래가 사라졌으면 하는 마음에 하염없이 외쳤다. 그가 다시 돌아오기를 바랐다.

하지만 그는 돌아오지 않았다.

시온은 홀로, 그 자리에 남겨졌다.

여명

"다들, 죽고 싶었던 거야."

시온의 단말마를 의식 밖으로 몰아내며 목이 쉰 목소리로 중얼거렸다.

"애초부터 그게 전부였을지도 몰라……."

알바가 자기 손으로 죽이고 만 루피도 분명 그럴 거다. 죽을 때 보여주었던 그 미소의 의미를, 지금은 알 것 같다.

"죽어도 좋았던 거야…… 그럴 만도 하지. 괴로울 테니까, 괴물 취급 받는 건. 나만 곁에 있어 봐야 소용없을 테고."

그런 생각이 이어지자 온몸에 한기가 느껴져서 어깨를 끌어안았다.

슬프고 괴롭지만, 그렇게 하면 구원을 받는 사람도 있을 거다.

하지만 아직 구하지 못한 사람이 있다.

"구해야 해……."

그건 거의 사명감에 가까웠다.

리나리아—— 마찬가지로 폭발에 휘말려든 그녀도 이 잔해 어딘가에 있을 거다——.

"죽기 전에 그 사람만은 구해야 해……."

자기가 할 일을 재확인한 후, 알바는 그곳에서 이동하려 했다.

"——무통 씨는 안 구해주나요?"

등 뒤에서 뜬금없이 목소리가 들려왔다.

"무통 씨가 불쌍해요."

내뱉은 말과 달리 그 눈에서 연민의 빛은 조금도 찾아볼 수 없었다.

피를 뒤집어쓴 듯 새빨간 드레스와 번들번들 가학적인 빛을 띤, 붉은 한쪽 눈동자가 이쪽을 쏘아보고 있다.

분열── 그렇게 불리는 마녀의 모습은 지금까지 보았던 어떤 마녀보다도 이단적이어서, 한편으로는 아름답다는 생각이 들 정도였다. 순수하리만치 사악한 것이다.

알바는 등 뒤로 조용히 발을 움직였다. 그리고 결심을 굳히고, 소녀가 서 있는 곳의 반대쪽으로 달려 나갔다.

하아. 시시하다는 듯한 한숨 소리가 귀에 들려온 순간, 등 뒤에서 정체 모를 무언가가 몸을 관통했다.

"크아아…… 아악?!"

넘어져 고통에 몸부림쳤다. 오른쪽 어깨가 열기를 내뿜으며 몸에 이상이 있다고 호소하고 있다.

"무시하지 마세요……."

어이가 없다는 듯한 소녀의 목소리── 그럼에도 알바는 기력을 쥐어짜내 일어나서, 상처를 부여잡은 채 달렸다.

그 사람의 곁으로 가야만 한다. 내가 죽기 전에, 그녀를 만나야만 한다──.

"아핫, 저랑 술래잡기 하자는 건가요? 그런 놀이라면 상대해 드릴게요."

분명 머지않아 다 끝날 거다.

종언에 이르러, 네가 바라는 것은

흉몽

붉은 불꽃을 토하는 건물이 여럿 눈에 비쳤다. 깜깜한 밤에 유독 눈에 띄는 그 빛이, 주변을 주황색으로 물들이고 있다. 귀를 막고 텔레파스를 시도해 보지만, 아군의 목소리는 들리지 않았다.

"미안해…… 루피……."

요전까지 같은 지붕 아래서 함께 생활했던 소녀의 이름을 중얼거렸다. 그녀의 사역마는 한 마리도 남기지 않고 사라져 버렸다. 간신히 마지막 한 마리를 통해 알바가 무사하다는 사실은 확인했다. 현재 상황에서는 그게 유일한 희소식이었다.

폭발에 제대로 휘말려든 리나리아는 멀리까지 날아온 듯했다. 정신을 잃고서 어느 정도의 시간이 흘렀을까.

어찌 되었건 아직 멀리 가지는 않았을 거다. 대충 목적지를 정하고 리나리아는 잔해 위를 걷기 시작했다.

그를 찾아내서 한시라도 빨리 이곳을 떠나야 한다.

그게 근본적인 해결책이 아니라는 것을 머리로는 알았지만, 지금은 무엇보다도 그가 무사한지를 확인하고 싶었다.

"스승님——!"

그때, 잔해 너머에서 그의 목소리가 들려왔다.
"알바?!"
엉겁결에 리나리아도 하늘을 향해 외쳤다.
"스승님?!"
이쪽의 목소리도 닿은 것인지, 그가 다시 한번 큰 소리로 외쳤다. 그 덕에 방향을 확실하게 알 수 있었다.
"아하하……."
살아있다. 그 사실이 리나리아에게 활력을 불어넣어 주었다. 다행이다, 라는 생각에 가슴을 쓸어내리며 안심했다. 좀 전까지 말을 할 기력조차 없었던 그가, 소리를 칠 수 있을 정도로 체력을 회복했다는 사실이 무엇보다도 기뻤다.
'분명 다시 시작할 수 있을 거야. 왜냐하면 내게는 아직 저 애가――.'
빨리 그를 만나고 싶다는 생각에 잔해더미를 타고 올라갔다.
알바는――
"어……?"
무언가를 찌르는 듯한 징그러운 소리가 들려왔다.
찌른 그것을 이쪽에게 보여주며, 비웃는 자가 있었다.
리나리아는 미소를 거두는 것도 잊고 그 광경을 보고 있었다.

알바는 어깨를 찔려서 들어 올린 것처럼 허공에 떠 있었다.
그 얼굴이 고통으로 일그러져 있다.
"아…… 알바!"
난폭하게 내동댕이쳤다. 땅바닥에 처박힌 알바는 쉰 목소리로 신음했다.

그럼에도, 제대로 일어나지도 못하는 그 몸을 필사적으로 일으켜 세우려 하고 있었다.

"정말이지…… 당신이란 사람은."

가학적인 미소였다. 잔해더미에 선 리나리아를 발견하더니 보란 듯이 알바의 등을 짓밟았다. 그의 몸이 무자비하게 잔해 속에 가라앉았다. 그러고는 또다시 시시하다는 듯 걷어찼다.

"알바……!"

"너무 늦게 나왔잖아요, 스승님."

리나리아에게 한 말이었지만, 그 말에 먼저 반응한 건 쓰러져 있던 알바였다.

"스……승님……?"

입에 고인 피를 토해내며 필사적으로 몸을 일으킨다. 옷 위로 스멀스멀 검은 반점이 퍼지기 시작했다.

"아하? 아하핫, 또 일어섰어! 일어섰습니다~!"

마치 장난감을 갖고 노는 어린애처럼 칼미아는 유쾌하다는 듯이 웃었다.

"뭐야…… 이게……?"

리나리아의 목소리는 공포로 떨렸다.

"그 애한테 뭘 하고 있는 거야……."

"뭘 하고 있냐니요?"

그럼에도 기어서 앞으로 나아가려 하는 그를 향해, 칼미아는 맹한 얼굴로 손을 휘둘렀다. 동시에 알바의 팔에서 피가 뿜어져 나왔다. 피보라가 일더니 그의 얼굴에서 눈에 띄게 핏기가 가시기 시작했다.

"아…… 안돼애애애애애!!"

소리를 지르며 반광란 상태가 되어 달렸다.

"안돼애! 그 애한테 그런 지독한 짓 하지 마아아아!!"

칼미아는 사악하게 웃었다.

그녀에게 자비를 구할 바에는 악마에게 기도하는 편이 나을지도 모른다. 그 진홍빛 눈동자에는 타인을 불쌍히 여기는 마음이 존재하지 않는 듯했다.

"우으……! 알바…… 알바아아아아!"

울면서 알바의 이름을 부르는 리나리아를 향해, 칼미아는 손을 들어 탄환과 같은 무언가를 사출했고── 그것은 알바에게 다가가려 했던 리나리아의 어깨를 손쉽게 꿰뚫었다.

"악……?!"

팡. 그것은 무엇의 저항도 받지 않고 몸속으로 들어가, 살을 후벼 팠다.

"하…… 악……."

고통에 몸부림칠 단계는 지난 지 오래다. 리나리아는 이제 괴물과 대화하기를 포기했다.

조금이라도 빨리 눈앞에서 숨을 쉬고 있는 알바의 곁으로──

"자, 힘내요, 거의 다 왔어요."

괴물의 잡음에 귀 기울이지 않고, 하염없이 알바에게 다가갔다.

"스승……님……."

서글프리만치 힘없는 신음소리였다.

"바보……!"

리나리아의 눈에서는 이미 구슬 같은 눈물이 흘러나오고 있었다. 이미 현재 상황을 뒤집을 방법이 없다는 사실은 알았다. 눈앞에 있는, 기분에 따라 사람을 갈가리 찢어놓을 수 있는 괴물을 상대할 방법은 없다.

끝이 멀지 않았다. 타개책을 생각하기보다는 알바와 조금이라도 오래 함께 있고 싶다는 마음으로 발을 움직였다.

고작 몇 미터밖에 안 되는 거리임에도 한 걸음 한 걸음이 너무도 길게 느껴진다.

얼마쯤 지나, 두 사람은 잔해 위에서 마주했다. 서로 눈을 마주치자, 누가 먼저랄 것 없이 웃음소리가 흘러나왔다.

"끔찍한 몰골이네……."

온몸은 상처투성이에, 피가 묻지 않은 곳을 찾기가 더 어려운 상태——.

사실은 이것저것 물어야 할 것들이 많았다. 루피에 관해서, 알바 본인에 관해서.

하지만 이제 아무래도 좋다는 생각에 슬쩍 미소를 지었다.

"네, 수고하셨어요. 드디어 다시 만났네요."

잡음은, 두 사람의 재회를 기뻐하듯 손뼉을 쳤다.

"저는 아주 자비로운 사람이거든요."

그리고 노래하듯 말했다.

"제가 당신들에게 마지막으로 대화할 시간을 드릴게요. 천천히 생각해 보세요."

그 말에 담긴 의도를, 알바는 대충 짐작한 눈치였다.

"이제, 틀린 것 같네요."

알바가 웃으며 말하자 리나리아도 "그러게, 신한테 기도라도 해볼래……?"라고 말하며 웃었다.

"신이 있다면, 우리가 이렇게 지독한 일을 당했을까요……?"

"아하하…… 듣고 보니 그러네……."

가슴에서 스멀스멀 퍼지고 있는 검은색이, 그의 여명이 얼마 남지 않았음을 말해주고 있었다.

"저, 죽어요."

알바는 거북한 투로 말했다.

"그럴 것 같네."

리나리아는 쓴웃음을 지었다.

"그, 그러니까."

그가 떨면서 품에서 꺼낸 것은, 작은 단검 한 자루였다. 그것을 본 순간, 뭐라 형용할 수 없는 슬픔이 리나리아의 가슴을 가득 메웠다.

"스승님이…… 바라신다면 같이……."

같이 죽어주겠다. 그런 웃기지도 않는 소릴 하는 알바의 눈은 공포와 슬픔으로 가득했다. 궁지에 몰린 작은 동물처럼.

긴 시간이 흘렀다. 영원하게 느껴지기까지 한 긴 침묵이 흐른 뒤에, 리나리아는 겨우 입을 열었다.

"그런 건 버리고, 이쪽으로 와."

두 팔을 펼치고, 알바를 향해 최대한의 미소를 지어보이며.

여명

"무슨…… 소릴 하는 거예요?"

힘없는 알바의 목소리에 리나리아는 고개를 갸웃하며 웃었다. 두 팔을 펼친 채 "자, 어서."라고 다정한 목소리로 말을 이었다.

알바는 움직일 수가 없었다.

죽여 달라고 그녀가 부탁할 거라 예상했다.

"나 참…… 못 말려, 진짜……."

어이가 없다는 듯 웃으며 리나리아 쪽에서 다가왔다. 그 행위를, 알바는 거절할 수가 없었다. 몸을 두 손으로 감싸듯이 끌어안았다. 죽음의 공포로 인한 한기 같은 것을 느끼고 있던 몸에, 그 사람의 온기는 눈물이 날 정도로 따뜻하게 느껴졌다.

그녀는 내 입가에서 흐르는 피를, 살며시 손으로 닦아주었다.

"저…… 곧 죽는다니까요……."

리나리아는 내 머리를 꼭 끌어안으며 "멍청하긴."이라고 조용히 속삭였다.

"내가 널 슬프게 할 짓을 할 리가 없잖아……."

"무슨…… 소릴 하는 거예요……."

심장 고동이 빨라진다.

리나리아는 나를 이용하고 있다. 저주에 걸린 그녀의 단 하나의 예외로서 곁에 두고 있는 거라 생각했다. 처음에는 그래도 상관없었다. 인간은 작은 희망에라도 매달리고 싶어 하기 마련이고, 나도 그녀가 그렇다는 사실을 알고 이용하고 있었으니.

슬펐지만 납득하고 있었건만.

"스승님은…… 불사신이죠……?"

모르겠다.

"앞으로 계속 괴로운 일을 당할 바에는…… 차라리 죽는 게 낫잖아요……?"

어째서 눈앞에 있는 소녀는――

"네가 괴로운 일을 당할 바에는, 내가 괴로운 일을 당하는 게 몇 배는 나아."

이런 말을 웃는 얼굴로 할 수 있는 거지?

"어떻게 그렇게 생각할 수가 있어요? ……어째서……죠?"

죽기를, 바랄 거라 생각했다. 믿어 의심치 않았다. 같은 마녀인 시온도 그러기를 강하게 원했다. 다정함을 원했다. 죽을 때의 루피도 미소 짓고 있었다. 그래, 이건 다정함이다. 마녀에게는, 영원한 괴로움에서 해방시킬 수 있는 다정함. 그게 아니라면 뭐란 말인가.

단순한 동정심에서 한 말이라면, 취소해줬으면 좋겠다. 취소해야 한다. 그녀는 죽어야 한다.

리나리아는 일시적인 감정 때문에 앞으로 찾아올 모든 불행을 짊어지게 될 거다. 그건 너무도 어리석은 행위가 아닌가!!

"어째서…… 그런 소릴 할 수 있는 거냐고요?!"

언성을 높여 물었다.

납득할 만한 답변이 아니면 지금 당장 나이프를 그녀의 심장에 꽂을 각오가 되어 있었다.

"아……."

리나리아는 난감하게 됐다는 듯 미소 짓더니 각오를 굳힌 듯 입을 다물었다.

"사랑, 하니까……."

사랑——?

"——너를 사랑하니까."

사랑이 뭐지?

"네가 누구보다도…… 나 같은 것보다 사랑스러워……."

얼굴을 꽈리처럼 새빨갛게 물들인 채, 그녀는 말을 이었다.

"만약 너와 헤어지는 날이 온다면…… 난 사랑하는 네가 마지막까지 웃고 있었으면 좋겠어."

리나리아는 슬픔을 견디듯 눈살을 찌푸리며, 웃었다.

"계속 말하지 못해서 미안해……."

계속——.

"하하……."

힘이, 빠졌다.

웃으면서 밀려드는 감정의 물결을 견딜 수가 없어서——

"왜, 울고 그래애……."

그녀의 말을 듣고서야 무언가가 뺨을 타고 흐르고 있음을 알아챘다. 펑펑 쏟아지는 뺨의 눈물을 훔치며 흐느껴 울고 있다. 이럴 시간이 있으면 그녀를 더 진지하게 설득해야 하는데.

이미 마음에서는, 그럴 결심이 사라진 뒤였다.

"스승님의 농담은…… 하나도 안 웃기다니까요……."

"농담 아니거든?"

어린애처럼, 말한다. 그 반응마저도 사랑스럽게 느껴진다.

"웃을 수가 없어요……."

흘러넘치는 감정을 멈출 수 없었다.

호흡하기도 어려울 정도로, 눈물이 흐르고 있다. 몸을 움직일 때마다 상처가 아픈데, 멈출 수가 없었다.

알고 보니 이렇게나 가까운 사람 중에 있었다니——

"웃어줘……."

"말도 안 되는 소리 마세요……! 재미있는 소리는 하나도 안 했잖아요……! 어떻게…… 웃어요!"

반쯤 화풀이를 하듯 말하자 그녀는 난감하게 됐다는 표정을 지었다.

"그렇게 콧물 흘리면서 울 정도의 일이야?"

울 정도의 일이다.

"난 불사신이니까, 분명 다시 만날 수 있을 거야."

그런 보장은, 어디에도 없잖아.

"반드시 다시 만나러 갈 테니까…… 너도 날 찾아줘야 해……?"

그렇게 호소하는 그녀의 입술은 바르르 떨리고 있었다.

북받쳐 오르는 걸 억누르고, 눈물을 닦는다.

"네……."

나이프를 내린다.

"저기, 이제 그만해주시겠어요?"

——잡음이 돌아온다. 무자비한 현실이 그곳에 서 있었다.

잔해 위에 앉아있던 붉은 드레스를 입은 소녀는 영차, 하고 몸을 날려 나란히 선 두 사람 앞으로 돌아왔다.

"뭔가 제가 기대했던 거랑 다른 전개가 된 것 같으니, 그만 됐어요. 이제 하고 싶은 일은 다 했죠?"

리나리아는 답하지 않고 그저 눈앞에 선 현실을 표독스럽게 노려보았다.

"결국 당신은, 앞으로도 계속 살아갈 거죠? 정말 이해가 안 되네요……. 모처럼 해방될 기회를 줬는데 말이에요."

마녀는 빠르게 말을 토해냈다. 생각대로 움직이지 않는 두 사람을 보고 짜증이 난 듯 보이기도 했다.

"후후, 하지만 편하게 살 수 있을 거란 생각은 마세요. 이 남자를 죽인 후, 당신에게는 죽음보다 괴로운 지옥을 보여줄 테니까요. 여기서 죽음을 택하지 않은 걸 후회할 정도로 말이에요."

이를 보이며 사악하게 웃었다.

분명 저항해봐야 소용없을 거다. 그 사실이 알바의 죄책감을 한없이 증폭시켰다. 홀로 남겨질 리나리아가 걱정된다.

알바의 손을, 리나리아가 잡았다.

"무서워할 필요…… 없어. 난 괜찮아."

알바에게만 들릴 만큼 작은 목소리로 말했다.

"그러니까 무슨 일이 일어나든 웃고 있어 줘."

이런 순간까지 그녀는, 나를 걱정하고 있다. 정말로 강했다. 강하고 예쁘고, 아무런 근심도 느껴지지 않는 미소를 지어서, 그게 옮기라도 한 듯 입가에 미소가 걸리고 말았다.

"스승님."

손을 잡은 여성을 불렀다.

"왜 그래?"

"저도 사랑해요……."

리나리아의 옆얼굴에 짧은 놀라움과 환한 미소가 떠올랐다.

지금이라면 망설임 없이 말할 수 있다. 너무도 늦어버린 그 말에 그녀는——

"그럼 우리는 사랑이 통하는 거네."

그저 온화한 미소를 지을 따름이었다.

잡은 손을 놓지 않도록 힘을 꽉 주기에, 나도 힘을 줬다.

미소를 주고받는 두 사람의 목을 향해, 보이지 않는 검이 결국 빠른 속도로 이동하기 시작했다.

고마워요. 미안해요.

알바에게는 그것에 저항할 방법이 없다. 그것은 무자비하게 알바의 목숨을 빼앗을 거다. 하지만 신기하게도, 어째서인지 구원받은 기분이다.

——지금 이 순간만큼은 분명, 행복했다.

대치한 마녀의 살기가 두 사람이 선 장소를 가로지르려 했다.

사실은 구하고 싶은 것 아닌가——?

남자의 목소리가—— 밉살스럽게 나를 나무랐다.

그렇게 끝내도 되겠나——?

끝. 모든 것이 무로 돌아간다.

내 손을 움켜쥔 그녀의 손이 희미하게 떨리고 있는 게 느껴졌다. 또다시 이 운명을 받아들이려 하고 있는 나 자신이 부끄러워졌다. 부끄러워한들—— 이라는 변명도 내팽개쳤다.
무엇이 남을까.
그저 그녀를 구하고 싶다는 바람뿐이다.

그럼 써라——.

함께 싸워라——.

보이지 않는 무언가가 반사적으로 치켜든 손에 닿은 순간, 박살났다.
디스펠——
그 남자—— 마르크스의 선물은 확실하게 오른손에 깃들어 있었다.
그것이 무엇인지 생각하기 전에, 지금의 알바에게는 해야 할 일이 있다.
그런 체력이 어디에 남아있었는지도 모르겠다.
구멍투성이가 된 몸으로, 알바는 마녀를 향해 달려 나갔다.
"——어?"
저항할 거라고는 예상치 못했던 소녀는, 알바의 행동을 보고 입을 헤벌리고 있었다.
"하아아아아!"
외친다. 오른손을 정면으로 내민 채, 왼손으로 나이프를 움켜쥐었다.
피살리스 때와는 다르다. 넘쳐나는 기력의 근원은 목숨을 내던질 때 굳혔던 결심과 결정적으로 그 방향성이 달랐다.

리나리아를 불행하게 하는 모든 것과 맞서기로 결심했다.

살고 싶다. 살아서 그녀의 곁으로 돌아가는 게, 그녀를 행복하게 하는 길이라 확신하기에.

그러니 눈앞에 있는 이 녀석만큼은——.

"어떻게 파괴한 거지?"

"알 게 뭐야!"

반드시 해치우겠다.

그 의지의 힘을 쥐어짜서, 알바는 소녀의 몸을 향해 칼날을 내질렀다——.

"큭……!"

그녀의 몸이 움찔했다. 고통으로 얼굴을 구긴 그녀의 어깻죽지에, 알바가 내민 오른손이 확실하게 닿았다. 닿았다. 닿았다고!

"타아앗!!"

그대로 체중을 실어 자빠뜨린다. 고통으로 얼굴을 구긴 빨간 소녀의 두 팔을 깔고 앉——았지만 소녀는 웃었다.

푹, 무언가가 뱃속으로 들어와, 옆으로 튀어나왔다.

"우윽!"

뚜욱 소리가 나더니 찢어진 배에서 창자가 굴러 나왔다.

"알바?!"

그녀의 비명소리를 듣고 어금니를 깨물었다…….

역시, 안 되는 건가. 그녀를 구하고 싶다—— 무리일지도 모른다. 그게 무리라면—— 멀리 도망쳤으면 좋겠다.

이 마녀의 눈이 닿지 않는 곳으로——.

무언가가 푸욱, 하고 다시 한번 간단하게 몸속으로 들어왔다.

“기어오르지 마시지, 마녀 살해자…….”

순식간에 몸에서 힘이 빠져나간다. 정신을 차려보니 입에서, 붉은 액체가 쏟아지고 있었다.

벌컥벌컥 입에서 쏟아지는 그 피로 마녀의 드레스를 더럽히며, 있는 힘을 다해 매달렸다. 이 녀석만은, 붙잡아둬야 한다.

그래야 한다…… 그래야 하는데…….

“우…… 으…….”

마녀의 몸이 알바의 손을 가볍게 떨쳐냈다.

크크크. 마녀가 붉은 눈으로 나를 내려다보며 웃는다.

숨은 이미 걷잡을 수 없을 정도로 거칠어져 있었다.

“도망, 쳐…….”

부디 힘없는 이 목소리가 닿지 않을 정도로 멀리 가 있기를.

하다못해, 사랑하는 그녀가 무사하기를.

칠흑의 어둠꽃은, 종착점에서 피어나고

여명

"────."

정신이 들어보니 딱딱하고 차가운 바닥에 앉아 있었다.

"──어?"

조금 전까지 느껴졌던 살을 에는 듯한 살기는 종적을 감추고 모든 감각이 초기화된 듯한, 비유를 하자면 아무 일도 일어나지 않은 며칠 전의 아침으로 돌아간 듯한 착각에 빠졌다.

치명상을 입었던 몸도 조금 전의 상태── 마녀에게 저항하기 전 정도로 돌아가 있다.

주변을 둘러보다가 실내의 중앙, 바닥에 앉은 알바와 마주보는 모양새로 의자에 앉은 한 소녀와 눈이 마주쳤다.

소녀는 나른한 얼굴로 알바를 노려보고 있었다.

"아, 아이비……?"

금방 머리에 떠오른 이름을 입 밖에 내자 "왜애."라고 대답하더니 소녀의 입꼬리에 옅은 미소가 걸렸다.

가지런한 검은 머리에 드세 보이는 눈썹, 대조적이라는 생각이 들 정도로 귀여운 눈이 인상적인 소녀── 괴리의 마녀, 아이비.

심드렁한 얼굴로 자리한 그녀와 다시 만나는 건 실로 며칠 만이었다.

언젠가와 마찬가지로 테이블을 사이에 끼고 아이비와 마주앉아 있다.

앉자마자 그녀가 손을 맞잡으며 미소를 던졌다.

"꽤 오랜만이네, 잘 지냈어?"

너무도 환한 미소를 보고 있자니, 좀 전까지 격동 속에 있었던 게 정말 현실이었는지 의심이 될 정도였다.

"오, 오랜만이야……."

쭈뼛거리며 답했다. 아이비는 보석이라도 본 것처럼 눈을 반짝였다.

"큰일 날 뻔했네, 내가 이리로 끌고 오지 않았다면 넌 채소처럼 썰렸을 거야. 고마운 줄 알라고!"

"어, 고마…… 워……?"

감사의 말을 하기는 했지만 영문을 모르겠다.

아직 강대한 살기가 목에 남아있는 기분마저 들었다.

불과 조금 전까지 분명, 리나리아와 나란히 서서, 분열이라 불리는 마녀와 대치하고 있었을 터다. 결코 이렇게 조용한 공간에 있지는 않았다.

"아니…… 아직 상황 파악이 잘 안 되는데……."

애초에――

"스, 스승님은…… 어떻게 됐어?"

리나리아에 관한 이야기를 하자 아이비는 잠시 놀란 표정을 짓더니, 눈을 가늘게 뜨고서 하아, 하고 깊은 한숨을 내쉬었다.
"대략 1년하고도 9개월——."
분노를 띤 목소리에 알바가 눈살을 찌푸렸다.
"무슨 기간인지, 알겠어?"
"어……? 아니……."
"뭐…… 네 시간에서는 며칠밖에 안 지났겠지."
아이비는 흥, 하고 콧방귀를 뀌고서 턱을 괴었다. 엄청나게 삐친 듯한 분위기였다.
"누구 할 것 없이 느려터진 녀석들의 행동을 인식하느라 얼마나 고생을 했는데. 뭐, 그런 의미에서는 너도 예외가 아니었지만."
그러더니 약간 즐거운 듯 고개를 흔들며 "하지마안." 하고 미소를 지었다.
"평소의 너를 알다 보니, 그래도 다른 정지화(靜止畵)를 쳐다보는 것보다는 조금은 즐거운 기분을 맛볼 수 있었어."
"정지화……?"
"아아, 됐어됐어. 그건 신경 안 써도 돼. 이런 작업은 익숙하거든. 이건 그거야. 소소한 푸념."
"푸념……."
"푸념 정도는 들어줄 수 있잖아? 네 이야기도 지금까지 잔뜩 들어줬는데."
아이비는 이히히, 하고 양쪽 둘째손가락을 붙인 채 조신하게 웃었다.
"갑자기 무슨 소릴 하는 거야."

"아하하……."

그녀는 어색하게 웃었다. 모든 것이 뒤죽박죽인 듯 보였다. 불안감이 고개를 들었다.

"2년 가까이 정지화를 보고 있으면 말이야!"

조금 전과 달리 목소리를 높였다.

"뭐라 말할 수 없는 허무감에 사로잡히거든! 내가 뭘 하고 있는 걸까…… 하고. 단적으로 말하자면 고통 이외의 그 무엇도 아니었어."

차분했다가 흥분했다가 변덕이 죽 끓듯 하고 있다. 억지로 균형을 잡으려고 시소 위를 왔다갔다하는 것 같다.

"그 정지화는 말야, 내가 부수면 붉은 액체가 흐르거든. 천천히, 천천히 부순 부분에서 흘러나와. 무엇이 흐르는 건지, 어째서 흐르는지는…… 수천 년 동안이나 의식한 적이 없지만, 그건 혈액일 거야."

담담하게 말한다. 숨을 쉴 새도 없이 아이비는 조용히, 망가진 듯 계속해서 노이즈를 발생시켰다.

"살짝 도덕적이지 못했던 것 같아~ 하고 두고두고 반성하게 되는 일은 있지만. 하지만 말이야…… 움직이지 않는 것에 정을 품을 수 있을 것 같아? 나는 무리야…… 움직이지 않으니…… 근처에 있는 돌멩이랑 다를 게 없어. 없는 거나 다름없다고. 형태가 무너지더라도, 나랑은 상관없는 일이란 말이지."

"너는…… 계속 보고 있었던 거야……?"

"지켜봤어, 너를."

"지켜봐……? 언제부터 보고 있었는데?"

"처음부터! 지금까지 많이 힘들었지? 수고했어."
아이비는 기쁜 듯이 대답했다. 정말로 크게 기뻐하는 것처럼 보였다.
그에 반해 나는 냉정함을 잃을 정도로 화가 나 있었다. 저런 경박한 소리를 지껄이는 아이비의 입을, 지금 당장 틀어막아 버리고 싶은 충동에 사로잡혔다.
"우후! 아하하하! 그 표정, 엄청 짜릿짜릿해!"
아이비는 사람이 변해버린 듯했다.
꿀을 바른 듯이 광택이 흐르는 입술에 손가락을 가져다대고 웃었다.
이전에는 금방 울컥하는 고집쟁이 어린애 같다고 생각했다.
하지만 지금의 아이비는, 그냥 기분이 나쁘다. 그녀가 내뿜는 분위기에서 조용한 공포가 느껴진다.
"역시 즉시 반응이 온다는 건 굉장히 근사한 일인 것 같아! 내 말에, 목소리에 귀를 기울여주는 사람이 있어. 멋져…… 너무 멋져서 울 것 같아……."
기쁨을 곱씹듯이 말했다.
"백일에 한 번이었던 너와의 만남은, 행복한 시간이었어. 더없이 소중한 시간이었지."
과거를 추억하듯 다정한 얼굴로.
"그날만은 말야! 정보의 양이! 치솟아! 색이 없는 세계에 눈부시도록 화려한 색깔이 쏟아진 것처럼 말이야!"
흥분한 듯한 말투로.
"너의 말, 표정, 음성, 모든 게 내 안으로 쏟아져. 그 행복을, 언제나 나는 곱씹고 있었어……. 다음에 만날 날까지 삶의 양식으로 삼고 있었지."

그리고 슬픈 듯이 말했다.

전부 아이비의 마음에서 우러난 외침이었다. 하지만 표정은 내내 불안정하기만 했다.

"백일에 한 번 만날 수 있는 두 사람이라고 하면, 제법 로맨틱하게 들리지 않아? 꼭 책 속에 등장하는 비극의 연인 같잖아. 하지만."

말을 끊더니 그녀가 똑바로 이쪽을 쳐다보았다.

"네게는 하잘것없는 일이지. 내가 아무리 행복한 기분에 젖어도, 네가 거기에 공감해줄 일은 없어. 그 시선이 나를 향할 일은 없어. 늘 너의 눈은, 같은 세계에서 살고 있는 누군가를 향해 있었지."

식은땀이 이마에서 흘러내리는 게 느껴졌다.

반박할 수가 없었다. 실제로 알바는 조금 전까지 완전히 잊고 있었다. 눈앞에 있는 아이비라는 여자애를.

"너를 보면서 똑똑히 알게 됐어. 너는 나를 눈곱만치도 생각하지 않아."

그 비통한 표정에 가슴이 욱신거렸다. 고개가 저절로 푹 숙여져서 그녀의 얼굴을 똑바로 쳐다볼 수 없었다.

"그, 그렇지 않다고 하는 건…… 너무 뻔뻔하게 들리겠지……."

마음 한구석으로 아이비라면 괜찮을 거라고 단정하고 있었다.

가볍게 여겼던 건 사실이었다.

"하지만…… 나 같은 걸 위해 목숨을 던지는 사람이 있었어. 강한 네 생각을 할 여유는…….”
“강해?”
그녀의 눈이 순식간에 분노로 물들었다.
“강하다는 게 무슨 소리야……? 강하면 뭐 다른 줄 알아?!”
엄청난 서슬로 고함을 치는 바람에 다음 말을 입 밖에 내지 못했다.
“내가 좋아서, 이런 처지가 된 줄 알아……? 이딴 거…… 난 눈곱만큼도 바란 적 없어……! 넌 내가 이래서, 잠시도 생각해주지 않은 거야?! 그럼 나더러 어쩌라고…… 대체 어쩌라는 거냐고오오오오오……!”
눈물 어린 눈으로 호소하는 그녀의 슬픔과 지금까지 있었던 모든 일들이 머릿속에서 뒤엉키고 있다.
그 분노를 이해한 알바는 고개를 숙였다.
“미…… 미안. 하, 하지만, 내게 마음에 안 드는 점이 있었다면, 말해줬으면 했어……. 너와 똑바로 이야기를 했다면…… 아무도 죽지 않았을지 모른다는 생각이, 자꾸만 들거든…….”
약한 나 때문에 죽고 만 루피도, 구할 수 있었을지 모른다.
구하고 싶었단 말이야.
죽게 하고 싶지 않았다고.
그런 미래를 생각하자 슬프고 눈물이 났다——.
“죽지 않았을지 모른다니, 그거 혹시 그 괴물 말이야?”
무언가가 얼어붙었다.

자, 나와 함께 춤추자

여명

"그게 죽은 일로 네가 자책을 할 필요는 없어."

그건 예상치 못한 말이었다.

"그 괴물이 죽는 건 아무리 애써도 피할 수 없는 일이니까."

마치 당사자처럼 억양 없는 목소리로 말했다.

"왜냐하면, 내가 그렇게 되도록 만들었으니까."

그렇게 되도록 만들었다.

그렇게 되도록?

그 소리의 의미를 좀처럼 이해할 수가 없었다. 마치 의미를 이해하는 걸 머리가 온힘을 다해 거절하고 있는 것처럼.

"애초에 괴물 주제에 괜히 너한테 들러붙기나 하고. 애완동물도 아니면서 뻔뻔하게 말이야."

"무슨 소릴 하는 거야……?"

"괴물 주제에 뻔뻔하게도 너한테 계속 달라붙었잖아."

"그냥 보고만 있었던 거 아니었어……?"

자연스럽게 말투가 따지는 것처럼 날카로워져 있었다. 그런 모습을 아이비는 어째서인지 흥미롭다는 듯 쳐다보더니 씨익, 미소를 지었다.

"그 눈, 화났어?"
그 말을 듣고서야 알아챘다. 내가 눈살을 구기고 화가 난 표정을 짓고 있다는 것을.
"그래…… 미워? 내가 미워?"
"왜 그렇게 기뻐하는 건데."
"그래…… 내게는 괴물이라도, 너한테는 친구? 같은 것이었을지 모르지."
얼마 남지 않은 이성이 와해되기에는 충분한 악의가 담긴 말이었다.
"넌 그 애가 마녀란 걸 알고 있던 거 아니었어……?"
아이비는 아무 말도 하지 않았다.
"그건 그런 저주라는 걸……! 너라면 알 수 있었잖아?!"
이전에는 아군이라 생각했던 소녀를 이렇게 원망하는 눈으로 노려보게 될 줄은 몰랐다.
하지만 이쪽의 비난에도 아이비는 초조해하는 낌새조차 보이지 않았다.
"몇천 년 전에 동급생이었던 애의 사정을 알아채는 게 더 어렵지 않아? 하물며 괴물이 된 상태였잖아."
그래, 그런 가치관을 가진 건가. 묘하게 납득이 되는 동시에 분노가 치밀어 올랐다.
"게다가 말야, 아무래도 상관없잖아. 움직이지 않게 됐으니까. 아까도 말했지만 '그런 것' 까지 신경 쓸 수는 없다니깐."
"너……!"
"그나저나 기쁜 걸?"

아이비는 이 마당에 와서도 웃고 있었다.

"날 오랫동안 거들떠보지도 않던 네가 그렇게 뜨거운 눈빛으로 바라보니, 기뻐서 어떻게 돼버릴 것 같아."

둘째손가락을 입가에 가져다 대고서 요염한 미소를 지어보였다. 무언가가, 끊어졌다.

"너는 그런 짓을 안 할 거라고…… 그렇게 생각했던 건 나뿐이었구나……."

"내가 그런 짓을 할 리가 없다고? 꼭 자신을 설득하기 위한 말처럼 들리네?"

이쪽을 비웃는 듯한, 마치 알바에게 미움을 사는 걸 진심으로 즐기는 듯한 말투였다.

"지금도 진심으로 생각해. 그때—— 너를 처음 만났을 때, 내가 죽음을 택하지 않은 건 정답이었다고."

분명 그건 오답이었다. 지금이라면 그렇게 말할 수 있다.

"동시에 어리석었어…… 이런 행복을 모르고 죽으려 했다니."

"웃기……지 마!"

눈앞에 있는 테이블을 주먹으로 후려치고 고함을 쳤다. 그걸 비웃듯이 아이비는 말했다.

"너를 조종해서 괴물을 죽인 그 퀸스라는 마녀. 그 녀석 곁으로 데려간 건 나야."

조금 전까지 행복하다고까지 생각했던 마음에, 다시 타르)처럼 검은 무언가가 쏟아지고 있다.

"그 작은 개입으로 상황이 엄청나게 격변했어. 역시 마녀 살해자야."

"너는…… 내가 죽이게 만들었어……."

견디기 힘든 사실이었다.

엎어져서 테이블에 고개를 묻었다.

죄를 짊어졌을 때보다 훨씬 무거운 감정이 알바의 가슴을 메우고 있었다.

내가 터무니없는 독물을 만들어냈다.

"나는 이렇게 하는 수밖에 없었어. 너는 네 곁에 있는 사람을 버릴 생각이 없었잖아?"

이제 와서 보니, 주제넘도록 오만한 바람이었다. 버리고 말고는 둘째 치고, 결국 그 누구도 구하지 못했으니. 루피도, 리나리아도——

"그럼 나를 바라봐줄 때까지 없애 나가는 수밖에 없잖아……? 우선순위의 위쪽에 있는 녀석들을 모조리 다."

그것이 아이비의 행동 이념이었다.

오로지 내 마음을 끌기 위해 모든 사람을 끌어들인 거다.

"하지만."

목소리 톤이 낮아졌다.

"이제 됐어. 아무래도 좋아졌어."

그 목소리에 이끌려 다시 한번 아이비를 보았다.

그녀는 울고 있었다.

지금까지 자신의 뜻대로 비극을 만들어내 온 그녀가 어째서 우는 건지 모르겠다.

"궁지에 몰린 그 상황에서, 그 여자는 영원한 고통을 받아들이고 너에 대한 사랑을 택했어."

리나리아 이야기라는 걸 알아챘다. 그녀는 그 마지막 순간에 대화를 나누는 모습을 보고 있었던 거다.

"사랑한다고 말했지."

그녀는 천천히 테이블 위로 몸을 내밀어 반대쪽에 앉은 알바의 얼굴로 손을 뻗었다. 그 눈, 빨려들 것만 같이 깊은 눈동자에 매료되기라도 한 듯 움직일 수가 없었다. 뺨을 어루만지며 아이비는 그 눈에서 또다시 눈물을 흘렸다.

"너도, 그 여자를 사랑한다고 했고."

무섭도록 차가운 손가락이 뺨을 쓰다듬었다.

"난 절대로…… 그런 길은 택할 수 없어……."

깊은 질투 속에 일종의 칭찬 같은 뉘앙스가 섞여 있었다. 그 눈에서 문득 망설이는 듯한 빛이 사라졌다.

"그 덕에 깨달았어. 이제 네 마음을 손에 넣는 건 무리라는 걸."

아이비는 미소 지었다.

"그래서…… 빼앗기로 했어."

손을 떨쳐낸다. 거리를 벌리고 적의를 드러낸다.

그녀는 테이블에 앉은 채 다리를 꼬고 힘없는 미소를 지었다.

"미안해, 나만 이야기해서. 좌우간 이야기하고 싶었던 게, 1년치 이상 쌓여 있었거든."

그래. 하지만 아쉽게도 그런 그녀에 대한 동정심은 이미 사라지고 없었다.

"아무튼, 널 여기로 불러들인 이유 말인데."

아이비는 앉은 자세로 다리를 달랑거리며 말했다.

"내가 구해줄게."

표표하게 그런 소리를 지껄였다. 그녀를 응시하며 그 진의를 살폈다.

"무슨 뜻이야?"

"이 궁지에 몰린 상황을 모두, 내가 해결해줄게."

그게 터무니없는 제안이라는 건, 너무나도 잘 안다.

하지만 지금의 알바에게는 무시할 수 없는 이유가 있었다.

리나리아는 아직 구하지 못했다. 그녀는 지금도 그 붉은 드레스를 입은 마녀와 함께 있다.

앞으로 찾아올 불행을 생각하면 죽어서도 눈을 못 감을 것 같다…….

"바라는 게…… 뭐야."

아이비를 노려보며 물었다.

"네 모든 걸 바쳐."

"모든 것?"

"네 평생 동안의 시간을, 나한테 줘."

"뭔가 프러포즈 같은데."

"어머, 그렇게 들리지 않았어? 프러포즈 맞아."

전혀 감동적이지 않은 프러포즈였다.

"넌 앞으로 나랑 여기서 사는 거야. 그게 내 바람이야."

그녀는 미소 짓고 있었지만 눈빛은 진지했다.

결코 농담으로 하는 말이 아니라는 건 알 수 있었다.

"네가 사랑하는 사람 앞에 어떤 길이 기다리고 있을지, 너도 대충은 상상이 되잖아?"

"날 협박하는 거야?"

눈이 마주친다. 그녀의 눈빛이 약간 흔들리고 있었다.

"불사신이라도 말이야…… 죽을 만큼의 고통을 계속 주는 건 가능해. 그리고 마음은 언제든 망가질 수 있지. 그녀가 그런 일을 당하는 건 너도 바라지 않잖아?"

마음이 망가진다. 그게 어떤 의미인지는 너무나도 잘 안다. 다름이 아니라 지금 눈앞에, 그렇게 된 소녀가 있으니.

"네가 대가를 치르면 저 여자의 미래를 밝게 만들어줄 수는 있어. 난 그럴 수 있어."

자신이 만들어낸 비극을, 거래 재료로 쓰려는 건가.

선택지 따위는 애초부터 없었다.

"알겠어. 그럼 어떻게 할 건데? 뭘 하면 되는데?"

별것 아니라는 듯이 말했다. 이제 와서 불안해하고 말 게 뭐 있겠는가.

증오에 가까운 감정을 품고 있는 여자와 평생 단둘이 사는 것과 사랑하는 사람의 행복을 저울질하라는 것만으로 이미 기가 막히는데.

"의외로 간단하게 승낙하네."

"의외였어? ……하지만 너와 더 이상 쓸데없는 얘길 할 생각은 없어. 스승님을 구할 방법이 있다면 빨리 이야기나 진행해 줘."

아이비는 불만스럽게 눈살을 찌푸렸다. 하지만 순식간에 다시 미소를 짓고서 테이블에서 일어났다. 뒤로 돌린 손으로 손깍지를 끼고서, 살며시 알바와의 거리를 좁히기 시작했다. 아양이라도 부리듯이.

"나랑 계약해."

그녀는 황홀한 미소를 띤 채 그렇게 말했다.

결코 어길 수 없는 약속, 그것을 마법의 힘으로 서로에게 맺는 방법이 있다.

피를 섞는 동시에 타인과의 마력 순환을 공유해서 평생 끊어지지 않는 인연을 새기는 것.

계약 마법이란 그런 부류의 것이었다.

"구두약속만으로는 믿을 수가 없으니까."

그 말은 일리가 있었다. 이전과 달리 아이비에 대한 신뢰는 사라진 지 오래다.

불신감과 상관없이, 맺어진 약속에 강제력을 부여하는 것.

그것이 아이비가 바라는 계약 마법이라는 것이다.

서로 합의했을 때만 효과를 발휘하며 사람과 사람을 마력으로, 제약으로 옭아매는 계약.

"서로 바라는 바를 말하고, 그걸 지키는 걸 조건으로 우리는 계약을 맺는 거야. 계약에 따라 부과되는 약속은 엄수해야만 하고."

"제약을 어기면 어떻게 되는데?"

"어길 수 없어. 네 의지와는 상관없이 모종의 강제력이 작용할 테니까. 이 공간에서 빠져나갈 수 없게 되는 강제력…… 같은 거 말야."

아이비는 바닥을 가리키며 말했다.

"그리고 내가 요구하는 조건은 네 평생을 나한테 바치는 거야."

"평생 동안의 시간이야. 아까 그렇게 말했잖아."

그녀는 놀라서 눈이 휘둥그레지더니 훗, 하고 코웃음을 쳤다.

"뭐 좋아…… 어쨌든 같은 말이니까."

빙글 몸을 돌리고는 얼굴만 돌려 신이 난 듯한 표정으로 이쪽을 쳐다보았다.

"자아…… 그래서? 너는 내 제안에 상응하는 것을 요구할 수 있는데, 대체 뭘 요구할 거야?"

아이비의 말, 자신감 넘치는 표정 앞에서 알바는 생각했다.

지금 간절하게 이루고 싶은 게 있다면, 그녀를—— 리나리아를 다시 한번 만나는 거다.

그리고 분명 아이비는 선언한 대로 아무것도 아니라는 듯이 모든 것을 끝낼 수 있을 거다. 체감 시간이 100배인 세계에 있는 그녀라면.

하지만 그건 매우 굴욕적인 일인 듯한 기분이 들었다. 모든 상황을 만들어내고, 자신의 손으로 끝낸다. 그마저도 그녀가 준비한 대본의 일부에 불과하다면——

"스승님이…… 앞으로 평온하게 살 수 있도록……."

말을 늘어놓는다. 퍼즐을 끼워 맞추듯 신중하게.

"그녀를 해하는 걸 제거하고 싶어……."

"좋아, 그럼 내가——."

"넌 보조만 해주면 돼……."

입을 연 그녀의 말을 가로막았다.

"네가 모든 걸 끝내는 건 용납할 수 없어. 내가 싸우겠어."

"무슨 소리야? 조금 도와주나 전부 도와주나 큰 차이는 없을 것 같은데……."

"모든 걸 네 손에 맡기는 게 마음에 안 들어……."

그냥 보고만 있기는 싫었다. 자기만족에 불과할지 몰라도, 모든 걸 아이비에게 맡기는 건 납득할 수 없었다.

내 손으로 리나리아를 지키고 싶다. 지켜내고 말 거다.

"아무것도 않고 멍하니 바라만 보면서…… 이 싸움을 끝내고 싶지는 않아."

"분명히 말해두겠는데…… 네가 죽을 것 같은 상황에 빠지면 결국 내가 일을 끝맺게 될 거야."

"그럼 죽기 직전까지는 보조만 해. 그냥 저곳으로 다시 돌려보내주기만 해도 돼. 숨이 멎는 그 순간까지 내가 싸우게 해 줘."

아이비라면 그럴 수 있을 거다. 계속 곁에서 나를 감시해온 그녀라면——

그녀는 손가락으로 입술을 쓰다듬으며 생각했다.

"널 이 이상 다치게 하고 싶지 않아."

"하, 웃기시네. 그런 짓을 해놓고."

냉정한 말로 대꾸했다. 그녀의 얼굴이 조금 어두워졌다.

"보조는 할게. 네가 죽을 것 같은 상황에 빠질 때까지 내가 직접 손을 대지는 않겠어. 그러면 되지?"

"그래……."

"——좋아, 그게 네 바람이라면."

못 말리겠다는 듯 한숨을 내쉬며 말했다. 약간의 안도감이 샘솟은 순간 "하지만……." 이라고 말을 이었다.

"그 일방적인 부탁을 들어주는 대신, 한 가지 부탁을 더 추가해도 될까?"

"……뭔데."

"그렇게 어려운 건 아니야…… 그냥, 다음에 네가 이 방에 돌아올 때까지는, 리나리아와 대화를 해서는 안 된다는 부탁이야."

이름이 나오는 바람에 놀랐다.

"다시 말해서 마지막 작별 인사를 해서도 안 된다는 뜻이야."

"……."

분명 마음 한구석으로 기대하고 있기는 했다. 평생을 바치게 된 나의 남은 인생에서, 리나리아와 대화를 나눌 마지막 기회를 갈망하고 있었다.

"어때, 그렇게 어려운 부탁은 아니지?"

눈앞에 있는 소녀는 그 작은 기회마저도 뿌리째 뽑아내겠다고 말한 거다.

한없이 비정했다. 하지만——

"그렇게 하겠어."

리나리아를 내 손으로 구할 수 있다면. 그래도 상관없다.

"그럼 결정된 거지?"

아이비는 천천히 자신의 손가락을 깨물었다. 그 하얀 손가락에서 붉은 액체가 흘러나왔다.

"서로의 소망의 제시가 완료되었어."

알바의 평생 동안의 시간과, 밖에 있는 리나리아와 접촉하지 말 것. 리나리아를 해하는 자의 제거와 알바가 빈사 상태가 될 때까지 손을 대지 않겠다는 약속.

얼핏 보면 균형이 맞지 않는 듯한 제약이, 계약 마법으로 굳게 맺어졌다.

"이 세상을 굽어보시는 전지전능한 존재 앞에서 공정한 계약을 맺고자 합니다."

아이비는 당당하게 말하며 알바에게 피가 묻은 손을 내밀었다.

"어떠한 간섭으로도 이 계약을 뒤집을 수는 없어. 알바── 이 계약을 받아들이겠다면 내 손을 잡아."

마치 함께 춤을 추자고 내민 듯한 그 손에, 알바는 천천히 자신의 손을 포개었다.

툭하면 부러질 것만 같이 섬세한 다섯 손가락이다. 아이비는 포개어진 알바의 손에 반응하듯 자신의 손가락을 구부려, 살며시 알바의 손과 손깍지를 끼었다. 망가지기 쉬운 것을 다루는 듯한 손놀림으로, 그녀는 알바의 손을 쓰다듬었다.

무언가 기묘한 것이 흘러드는 듯한 낌새가 느껴졌다. 그것이 어떤 정체 모를 것이 되었건 받아들일 각오로 눈을 감는다. 그렇게 해서 리나리아를 구할 수 있다면──.

"이로써 계약은 완료되었다. 나와 너는 계약 관계가 되었어."

아이비는 단적으로 말했다. 가볍게 손을 쥐락펴락 해보았지만 몸에서는 별다른 이상이 느껴지지 않았다.

"기본적으로는 상호간에 강제력을 발생시키는 마법이지만, 계약한 사람들끼리는 마력 절대량이 서로 같도록 조절돼. 그로 인해 네 마력량이 비약적으로 늘어났을 거야. 반대로 내 쪽은 적어졌지만."

의아해하는 알바에게 그녀가 보충설명을 하듯 말했다.

"헤에……."

"지금 네 마력량은 본래의 열 배 정도로 늘어나지 않았을까? 어디까지나 내 추측이지만."

"구체적으로는 어느 정도인데?"

"지금의 너는 3천 정도일 거야. 참고로…… 마녀 13명의 평균치는 분명 5만 정도였던가? 마력량을 측정하는 마법이 있는데, 그걸로 수치로 표현한 게 그쯤이었어. 그리고 일반적인 마도사의 마력량은 1천 정도. 이게 마녀가 차원이 다르다는 소릴 듣는 이유 중 하나야."

기준치가 1천. 지금의 나는 3천. 순순히 기뻐해도 되는지 애매했다.

"하지만 평균 5만의 세계에서 원래 6천 남짓이었다 이거지? 너도 꽤나 겸손했네."

"마력량이 전부는 아니야. 너도 곧 알게 될 거야."

어쨌든 리나리아를 구하러 갈 준비는 됐다는 뜻이다. 어깨를 늘어뜨리고서 한숨을 내쉰다. 그런 모습을 아이비는 어째서인지 의외라는 듯이 쳐다보고 있었다.

"너, 어쩐지 후련해 보이네. 난 좀 더 이성을 잃어서 욕지거리를 해댈 거라 각오하고 있었는데……."

"후련할 리가 없잖아……. 지금도 네가 미워. 하지만 으르렁거려 봐야 돌아오는 건 아무것도 없어."

죽은 루피는 돌아오지 않는다.

"게다가 다른 걸 제쳐두고 생각하면…… 지금의 너는 내 구세주 같은 거잖아."

구세주—— 처음 알바와 만났을 때, 그녀가 알바를 부르던 호칭이다. 새삼 생각해 보니 얄궂은 호칭이다 싶어서 알바는 살며시 쓴웃음을 지었다.

"협력, 해줄 거지?"

"당연하지, 내 반신인 네 부탁인걸."

아이비는 부드럽게 웃었다. 이전과 같은 자연스러운 미소였다.

"다음에 돌아오면…… 넌 내 거야."

알바는 코웃음을 쳤다.

"네 건 되지 않을 거야."

담백한 답변에 그녀는 잠시 침묵하더니, 미소를 띤 채 손을 내밀었다.

"그럼 가볼까. 마지막 사투를 즐겨 보자――."

그녀가 내민 손에, 알바는 자연스럽게 자신의 손을 포개었다. 정체되어 있던 시간이 움직이기 시작한다.

그 사람의 모습을 볼 수 있는 것도 분명 이게 마지막일 거다.

비정한 나날, 시작의 시각

흉몽

리나리아는 알바와 둘이서 살았던 나날을 떠올리고 있었다.

폐허는, 딱히 살기 좋은 곳이 아니었다.

하지만 매일 이어진 사소한 대화가 즐거웠다.

어깨와 어깨가 닿을 거리에서 그에게 공부를 가르쳤다. 비는 시간, 그의 몸에 등을 기대고 책을 읽었다. 여러 대화를 나누던 광경이 눈꺼풀 안에 떠올랐다. 이제 곧 무너져 내릴, 환상과도 같은 미래도.

행복해질 수 있을 거라 몽상했었다.

주마등을 보고 있는 것 같다고 생각했다. 나는 불사신인데.

다음으로 눈을 떴을 때, 주변의 풍경이 완전히 달라져 있었다.

"어……?"

등에 누군가의 온기가 느껴졌다.

머리카락 색과 같은, 검고 탁한 눈이 이쪽을 내려다보고 있다.

눈이 마주치자 그는 천천히 나를 바닥에 내려놓았다.

앉은 채로 멍하니 있었다.

나무들로 둘러싸인 숲속이었다. 좀 전까지는 어슴푸레한, 검은 윤곽만 보이는 풍경. 비에 젖은 잔해와 목재가 뒤섞인 황무지에 있었는데.

그는—— 너덜너덜했다. 찢어지지 않은 곳이 없는 옷에 피가 묻어 붉게 물든 피부. 날붙이에 맞아 베인 목의 생생한 상처가, 벌어진 옷깃 사이에서 번들거리고 있다. 마지막 순간, 그가 필사적으로 저항해 보였던 건 꿈이 아니었다.

"아, 알바……?"

쭈뼛거리며 말을 걸었다. 하지만 그는 말없이 가만히 서 있었다.

"방금…… 뭘 한 거야……? 여긴 어디야……?"

그 물음에 그는 대답하지 않고 등을 돌렸다.

"어디 가?!"

알바에게 외쳤다. 지금 보내면 두 번 다시 못 만날 것 같았다.

그의 걸음이 멈췄다. 그대로 몸을 돌려서 그가 돌아와 줄 거라 기대했다.

"어째서 아무 말도 하지 않는 거야……?"

막연한 불안감이, 물에 녹아든 진흙처럼 가슴속에서 소용돌이치고 있다.

무서웠다. 소중한 사람이 눈앞에 있는데, 까마득히 먼 곳에 있는 것 같아서.

"또 그 녀석과 싸우러 가는 거야……?"

대답이 없다. 가슴을 술렁이게 하는 불안감을, 평소와 같은 미소를 지어 날려버려 주었으면 했다. 제발 이쪽을 봐주었으면 했다.

"사, 사랑의 고백 같은 걸 해서, 새삼 나랑 얼굴을 마주하기가 부끄러워진 거지……?"

말하면서도 목소리가 떨렸다.

"뭐, 일어나 버린 일은 어쩔 수 없잖아……? 그러니까 둘이서 도망치자. 앞으로 다시 둘이서 같이 살고, 사랑을 나누고, 즐겁게 식사도 하면서…… 예전하고, 다를 게 별로 없으려나……?"

이미 우리는 충분히 불행을 겪었다.

운명의 신은 분명 허락해줄 거다. 분명 깜짝 놀랄 만큼의 축복이 기다리고 있을 거다.

"저기……."

하지만, 대답이, 없다.

조금 전 얼빠진 고백을 했던 걸 떠올리며 쑥스러운 미소를 주고받고 싶다.

농담이었다며 평소의 관계로 돌아가도 좋다…….

그러니까, 제발, 얼굴을 보여줘.

다정한 목소리를 들려줘.

평소처럼 놀려도 좋아.

안 그러면 마음이 아프고 괴로워서, 울 것 같으니까.

아니, 이미 주륵주륵 눈물이 나고 있다. 울음소리가 흘러나오고 있다.

하지만——.

"세상 일이 그렇게 내 마음대로 될 리가…… 없겠지……?"

사실은 알고 있었다.

살 가망이 없는 상황이었다. 알바는 분명 그 순간에 죽었어야 했다.

그 운명이 우연히 뒤로 미뤄진 것뿐이다.

"다시, 만날 수 있겠지……?"

그는 잠시 고개를 옆으로 돌렸을 뿐, 결코 눈은 마주쳐주지 않았다. 하지만 눈에서 무언가가 빛나며 떨어지는 게, 보였다——.

그로써 충분했다. 그것만으로도,

"분명…… 만날 수 있을 거야……."

리나리아는 눈물을 흘리며 말했다.

그 말이 전해졌는지는, 알 수 없다.

그는 소리도 없이, 연기처럼 사라져 버렸다.

세상은 또다시 색채를 잃었다. 과거의 안녕은 서글프리만치 멀어져 버렸다.

"만나고 싶어……."

마음에서 거품처럼 피어난 그 말은 부모를 잃은 어린애의 것처럼 애절했다.

사랑하는 사람의 모습을 애타게 그리는 목소리였다.

리나리아는 자신의 두 어깨를 끌어안은 채, 소리 없이 계속 울었다.

여명

상쾌한 밤바람이 불고 있다.

단검을 움켜쥔 채 질주한다.

아이비는 말했다. 붉은 드레스를 입은 마녀—— 불간섭 영역을 조종하는 법진의 사용자. 그 소녀의 잔인함에 관해서.

녀석은 사람을 베는 데 망설임이 없다.

인간을 죽이는 게 좋은 거다. 자신의 손에 의해 사라져 가는 목숨을 지켜보는 게 좋은 거다.

하지만 그녀에게 품고 있는 감정은 공포와 연민—— 증오 같은 게 아니었다.

분열의 마녀가 결정적인 무언가를 내게서 빼앗아간 건 아니다.

가능하면 죽이고 싶지 않다. 하지만 죽여야 한다. 이율배반적인 감정이 지금도 머릿속에서 충돌하고 있다.

하지만 내 손으로 모든 걸 끝내기로 결심했다. 그러기 위해 난 이곳으로 돌아왔다.

결의를 가슴에 품고 다시 잔해의 세계로 몸을 던져, 소녀의 눈앞으로 돌아갔다.

마녀—— 칼미아.

리나리아를 해치려 들 그 소녀를 다시 시야에 포착했다.

『자네는 무얼 위해 존재하는 것이지——?』

그 남자가 했던 말에 지금이라면 정면에서 되받아칠 수 있다.

"어머, 도망친 줄 알았어요. 그런데 어디서 나타난 거죠?"

표표하게 노래한다.

칼미아는 지표면에서 돌출된 잔해 위에 앉아 있었다.

빛이 쏟아지는 세계에서 붉고 푸른 눈동자를 빛내고 있다.

울퉁불퉁한 잔해에서 훌쩍 뛰어내리더니 옷에 묻은 먼지를 손으로 털어냈다.

칼미아는 아니꼬울 정도로 아름다웠다. 붉은 드레스 차림에서 느껴지는 흉흉한 분위기마저, 화려한 색의 장식처럼 그녀의 아름다움을 북돋워주고 있다.

하지만 망설일 이유는 없다. 확실하게 이 소녀를—— 그렇게 생각하던 도중에 그녀가 이쪽을 향해 손을 내질렀다.

"그럼 얼른 죽어."

돌풍이 일었다. 무언가가 그녀가 가리키는 방향을 따라 직선으로 날아오고 있다.

알바는 그것을 오른손으로—— 디스펠의 법진으로 튕겨냈다. 하지만——

"윽!"

어깻죽지에 푹, 하고 무언가가 꽂혔다. 이물질이 몸을 맥없이 관통했다.

"크?!"

분명 아까 전에는 파괴했을 때 바로 반격에 나서지 않았는데, 이상하다.

"아까 그거의 답례예요."

황홀한 소녀의 목소리——.

그래—— 그 눈에 보이지 않는 무언가를 창이 아니라 표창처럼 두 번 던진 거다.

같은 실수는 반복하지 않는다. 그건 상대도 마찬가지였다.

하지만——.

옆에서 지켜보는 그녀에게 신호를 보냈다.

그 순간, 주변의 움직임이 슬로모션으로 변했다.

퀵—— 인간의 체감 시간을 위험부담 없이 열 배로 끌어올린다. 무슨 운명의 장난인지, 얄궂게도 괴리의 저주를 체현한 듯한 그 마법을 괴리의 마녀인 아이비 본인이 다루고 있다.

그 덕에 주변의 움직임은 무시무시하게 느렸고, 나는 평소처럼 움직여 그 세계 속에서 이동하고 있다.

하지만 아이비가 법진으로 보조하고 있음에도 녀석의 참격은 부지런히 움직이고 있다. 닿으면 죽는 참격을, 최소한의 동작으로 회피했다. 천이 찢어지는 듯한 소리가 들렸다.

붉은 드레스가 나부낀다. 우아하게 스틱을 휘두르는 소녀 같은 모습이었지만, 거기서 발생된 참격은 역시나 무시무시하도록 흉악했다.

자세를 낮춘 채 표독히 마녀를 노려보았다. 아직 거리가 있다.

직후, 협공하듯 살의를 띤 칼날이 좌우에서 날아들었다.

두 개의 칼날이 교차하는 공간을 누비다시피해서 허공으로 도약했다.

칼날을 피해 똑바로, 그대로 적을 향해 돌진했다.

적은 여전히 대담한 미소를 짓고 있다.

찰나── 손가락에 위화감이 들어서 허둥지둥 펄쩍 뛰어 물러났다.

"……윽?!"

화끈한 고통이 퍼졌다. 분명 소녀의 움직임은 하나도 빼놓지 않고 지켜보고 있었다. 적어도 정면에서는 아무것도 맞지 않다고 생각했다.

아픈 곳을 확인하고 착각이었음을 깨달았다. 들어 올린 왼손의 둘째손가락부터 새끼손가락까지가 사라져 있었다.

입술이 떨렸다.

"말도 안 돼……."

붉은 눈동자를 지닌 소녀가 당황한 나를 보고 웃었다.

"정말 굉장하네요, 그 고속화 마법. 그 속도로 실에 닿은 순간 물러나다니, 엄청난 반응 속도예요."

실── 아마도 설치형 함정처럼 눈에 보이지 않는 실을 둘러쳐 둔 모양이다. 무턱대고 돌진했으면 몸이 토막 났을 거다.

추가타를 가하고자 칼미아가 참격을 날렸다. 살기가 가차 없이 날아든다. 땅을 기듯 자세를 낮추어 일격을 회피한다. 지그재그로 움직여 빗발치는 참격을 피한다.

"건방지군요──."

일단 거리를 벌린다. 그게 최선이라고 생각해 자만에 빠지지 않을 정도로는 나도 냉정할 수 있었다.

태세를 정비해 자세를 낮춘 채로 멀쩡한 오른손으로 검을 겨누고 가만히 마녀를 바라보았다.

"슬슬 끝낼까요, 마녀 살해자."

똑바로 이쪽을 노려보고 있다.

문득 귀에 시끄러운 소리가 들려왔다.

──슬슬 도와줄까?

"끝까지 입 다물고 보고 있어, 그러기로 약속했잖아."

욕지거리를 하듯, 내게만 들리는 그 목소리에 답했다.

승리로 이어진 길은 보이지 않는다. 내 손으로 결판을 내는 건 어려울지도 모른다.

그럼에도 검을 겨누고 마녀를 시야 중심에 두었다.

끝까지 할 수 있는 걸 해보자, 그렇게 자신을 타이르며 달려 나갔다. 마녀가 입꼬리를 치올린 채 두 팔을 펼쳤다.

다중으로 이루어진 참격이 날아든다. 느리다. 강렬한 살기가 눈과 피부에서 느껴진다.

느려, 느려!

맹수와도 같은 움직임으로 참격을 거듭 피하며 나는 생각했다.

이게 네가 있는 세계구나.

"아하핫, 굉장해~! 보이지 않는 참격을 잘도 피하네요~."

두 손으로 지휘를 하듯 움직이는 소녀의 손, 거기서 뻗어 나오는 참격의 그물을 피하며,

――아니, 아니야.

투덜댔다.

분명 이보다 훨씬 느릴 거다.

아이비가 있는 세계는. 그녀의 마음이 망가져 버릴 정도로.

분한 마음이 치밀어 올랐다. 가슴에 차오르는 분노를 밑거름 삼아, 나는 도약했다.

"우와아아아아!!"

우선은 손가락이 사라진 왼손을 내민 채, 소녀의 주변에 있던 무언가로 달려들었다. 순간, 그녀는 얼굴을 찌푸렸다. 눈앞에 있던 배리어에 금이 갔기 때문이다.

참격―― 몸에 닿을 뻔한 순간, 소녀가 투명한 검을 쳐올려 뿌리쳤다.

내밀었던 왼손이 절단되어 자세가 무너졌다. 이대로 당할 가능성이 있었으나 상관하지 않고 기세를 죽이지 않았다.

소리치며 내지른 칼을 쳐올린다.

닿아라―― 닿아라――!

손에 든 작은 나이프가 소녀의 가슴으로 빨려 들어간다. 늑골 사이를 지나 내장을 찢은 것이 느껴졌다.

"앗……."

가녀린 목소리가 귀에 들렸다. 생생한 감촉이 손에 느껴진다.

닿았다는 사실에 대한 기쁨은, 전혀 느껴지지 않았다.

늘 그렇다. 사람을 찌를 때는 언제나 슬프고, 괴롭다.

그때, 칼을 쥔 손에 소녀의 손이 포개졌다.

놀라서 소녀를 봤다가, 온화한 얼굴을 한 소녀와 눈이 마주쳤다. 붉었던 오른쪽 눈동자가, 조용히 맑고 푸른 눈으로 바뀌는 게 보였다.

"고맙……습니……다……."

피가 흘러나온 입으로, 귀신이 떨어진 듯한 표정을 짓고서 그렇게 말했다.

그 말이 그녀의 마지막 말이 되었다.

그녀의 몸에서 모든 힘이 빠져나가 나의 몸에 기댔다.

그리고 반짝반짝, 빛나는 먼지가 되어 공중에 녹아 없어지기 시작했다.

하늘로 올라가고 있다. 그것이 대체 어디로 가는 건지 나는 알지 못했다.

정신이 들어보니 마녀는 흔적도 없이 사라져 있었다. 손에 묻었던 그녀의 혈액마저 남아 있지 않다. 오른손을 내려다보고 있자니 무척 허무한 기분이 온몸을 짓눌렀다.

"고맙다라……."

마녀란 무엇일까.

모든 일을 끝내고서 뭔가 귀한 것이라도 손에 넣었느냐고 묻는다면, 그런 건 전혀 없었다.
그저 허탈함만이 온몸을 감쌌다.
하지만 분명 무거운 죄를 저질렀다는 자각 때문인지, 사람을 찔렀던 감촉 때문인지 지금도 온몸이 떨리고 있었다.

——축하해.

어디선가 목소리가 들려왔다. 하늘을 올려다보아도 공허한 어둠뿐이다.
슬픈 마음은 걷혀주지 않았다.
잔해가 어지럽게 널린 그 땅에, 알바만이 멀거니 서 있다.
끝났다. 모든 게.
산더미처럼 쌓인 시체 위에서, 무엇을 얻었는지도 알지 못한 채 바람을 맞고 있다.
"이제 만족했어?"
등 뒤에 선 소녀의 말에 알바는 가만히 고개를 끄덕였다.

싸움의 흔장은 그 즉시 치료되었다. 잃었던 손가락도, 칼날에 찔렸던 상처도 원래대로 돌아왔다.
알바가 아이비의 공간으로 돌아오자, 그녀는 환한 미소를 띤 채 맞이해주었다.
"네 방을 준비했어! 따라와!"
손을 잡아끄는 대로 따라간다.

시키는 대로, 계속 그녀의 말을 따르며 살아가는 모습을 상상했다.

리나리아의 얼굴이 어른거렸다.

이게 정답이었을까, 라는 의문은 분명 앞으로도 계속 따라다닐 거다.

그렇게 후회와 의심을 품은 채, 알바는 이 아공간에서 살아가게 될까.

그 사실이 어쩐지, 몹시 무서워졌다.

갑자기 그 사실이 공포스럽게 느껴졌다. 정말로 사소한, 무언가가 등을 슥 훑고 지나간 듯한 공포다.

내 방으로 안내를 받았다. 침대 하나와 책꽂이 몇 개가 있을 뿐인 살풍경한 방이었다.

"어서 와. 여기가 네 종착점이야."

그녀가 몸을 돌리며 기쁜 듯이 말했다.

"지쳤어."

몸에서 자연스럽게 나온 말이었다.

"혼자 있고 싶어……."

아이비는 침묵했다. 침묵한 채, 빤히 나를 쳐다보았다.

"혼자서 뭘 하려고?"

"지쳤으니까 쉬고 싶은데."

담담하게 말하자, 그녀는 불안한 듯 얼굴을 찌푸렸다.

"내가 미워?"

그 말에 고개를 푹 숙였다. 그리고 증오의 감정을 담아 아이비를 노려보았다.

아무 말도 하지 않는다. 굳이 말하지 않아도 지금 솟아오르고 있는 원망만은 그녀의 가슴에 전해질 거다.

아이비는 그 기척을 흘려 넘기듯 환한 목소리로 "배고프지?"라고 나에게 말했다.

"너 꽤 오랫동안 아무것도 안 먹었잖아. 내가 뭐라도 만들어줄게!"

팔을 걷어붙이며 의욕적으로 말하는 아이비를, 물끄러미 쳐다보다가 머뭇거리며 고개를 끄덕였다.

"부탁할게."

"맡겨만 줘, 금방 준비해 올게."

방을 나서는 그녀를 배웅하자, 홀로 남겨졌다.

조용해진 실내에서 천천히 품안에 든 나이프를 꺼내들었다. 칼미아를 죽였던 그것의 칼날은 이미 물로 씻은 듯 말끔해서, 허망한 표정을 지은 나의 얼굴을 비추었다.

마치 그렇게 하는 게 당연하다는 듯이, 나이프의 칼날을 비어있는 손의 손목에 가져다 댔다.

죽어서, 또다시 태어날 수 있다면 이렇게 하는 게 제일 빠를 거다――.

――――.

『반드시 다시 만나러 갈 테니까…… 너도 날 찾아줘야 해……?』

나이프를 쥔 손이 멈춰서 움직이질 않는다.

"죽어서 다음 기회를 얻는다 쳐도, 또 남에게 의지하려고? 찾아준다는 말을 믿고 기다리려고?"

확실하게 만날 수 있다는 보장은? 다음에 그녀를 발견했을 때, 나는 그녀를 기억할 수 있을까?

걷잡을 수 없는 불안감에 짓눌릴 것만 같다.

그리고 홀로 남겨진 리나리아를 애타게 그렸다.

"언젠가 만날 수 있을 거라니, 대체 그게 언젠데……."

그녀의 마지막 미소가 뇌리에 각인되어 있다.

지금 당장 만나고 싶다—— 하지만 그건 분명 리나리아도 마찬가지일 거다——.

눈에 고인 눈물이 흘러내림과 동시에—— 들고 있던 나이프가 카랑, 소리를 내며 바닥에 떨어졌다.

기다리기만 하는 건, 싫다.

"밥 다 됐어~."

나를 부르는 소녀의 목소리가 들린다. 비정한 나날이 시작되는 소리인 듯했다.

밤이 깊어도, 해는 다시 떠오른다

부글부글 거품이 끓는 듯한 소리가 난다.

"다음에도 잘 부탁해."

이형의 입이 토해낸 소리에 나는 가만히 귀를 기울이고 있다가,

"네, 다음에도 잘 부탁드릴게요."

고개 숙여 인사한다. 그것은 징그럽게 움직이며 껄껄 웃었다.

미소를 유지한 채 카운터를 벗어나 가게를 뒤로했다.

밖으로 나온 나는 주인장에게 받은 꾸러미를 내려다보며 깊은 한숨을 내쉬었다.

나는 살짝 머리 위로 고개를 들어 어둑한 하늘을 바라보았다.

"벌써 1년인가……."

대로에는 온몸이 불탄 듯 피부가 짓무른 생물이 우왕좌왕하고 있다.

나는 햇볕으로부터 얼굴을 가리려는 것처럼 슬그머니 삼각모자를 깊이 눌러 쓰고 길 가장자리를 걷기 시작했다.

그가 사라진 지도 1년이 다 되어간다.

그저 타성적으로 살았던, 그를 만나기 전의 시간에 비하면 그 1년은 터무니없이 길게 느껴졌다.

머나먼 남쪽에 있는, 그와의 추억이 깃든 그 폐허를 떠나 사람들이 사는 마을로 내려왔다. 사람들이 사는 마을에서 어색하게나

마 사람들과 관계하며 살고 있다.

과거의 나는 그 현실에서 도망쳤다.

사람과 얽히는 것을 포기하고 그저 고독과 싸우며 살고 있었다.

하지만 이제는 그에게 당당할 수 있는 내가 되고자 한다.

자화자찬처럼 들리겠지만 집에 틀어박혀 있기만 했던 그 무렵보다는 성장하지 않았나, 라고 생각할 수 있게 되었다.

조금이라도 즐거운 기분으로 있을 수 있도록 노래를 흥얼거리며 나는 넓은 대로의 가장자리를 따라 걸었다. 그 거리에 녹아들 수 있도록. 앞으로도 그 거리에서 살아갈 수 있다고 나 자신을 설득하듯이.

도시를 나서 작은 언덕을 오른다. 나무숲을 지나자 녹음이 끊기고 탁 트인 공간이 나타났다. 도시를 일망할 수 있는 전망대다. 좀 전까지 내가 걸었던 도시에는, 직사각형 상자처럼 생긴 건물이 빽빽하게 들어서 있었다. 그보다 더 먼 곳에는 산맥이 이어져 있고 새하얀 구름이 크림을 얹은 듯 산기슭을 감싸고 있다.

"……."

멈춰 서서 얼마간 그 광대한 풍경을 멍하니 쳐다보았다.

나는 숨을 고른 후, 다시 길을 따라 언덕을 오르기 시작했다.

꿈을 꾸고 있었다.

모든 것이 보기에도 끔찍한 괴물로 보이는 이 세계에서, 사람의 모습을 한 소년과 만나는 꿈을.

하지만 꿈은 언젠가 깨기 마련이다…….

그럼에도 언젠가 다시 해가 떠오를 거라 믿으며.

나는 다시 현실을 살아가고 있다——.

언덕을 다 오르자 눈에 익은 작은 집이 보였다. 그 입구에서 누군가가 건물을 올려다보고 있는 것 같았다.

그 환상을, 나는 숨 쉬는 것도 잊고 바라보았다. 그것은 그 무렵과 다름없는 미소를 내게 보내주었다.

하지만 그것도 잠시뿐, 안개처럼 사라져 버렸다.

나는 아무도 없는 현관 앞에 멀거니 서 있었다.

눈이 조금 뜨겁다. 가슴이 아파서 손으로 꼭 눌렀다.

무언가를 견디며, 천천히 집의 문을 밀어 열었다.

"다녀왔어……."

그 목소리에 대답하는 사람은 없다.

꿈은 언젠가 깨기 마련이라지만, 다시 꿈꿀 기회는 올까——.

나는 아직도 그런 희망을 품고 있다.

후기

하이누미입니다. 책을 구입해주셔서 감사합니다.

특히 WEB 게시판에서도 놀러와 주신 여러분, 저쪽에서는 그다지 반응하지 못했습니다만 늘 행복한 마음으로 여러분의 코멘트를 읽고 있습니다.

이 이야기가 이렇게 책으로 나올 수 있었던 것도 모두 실시간으로 반응해주신 게시판 이용자 여러분 덕분입니다.

본래는 소설을 WEB에 투고하고 서적화, 라는 전개가 요즘에는 흔해졌습니다만 저쪽은 투고하고서 독자분들의 반응을 정리된 형태로 볼 수 있게끔 되어 있는 등, *AA라는 매체와는 약간 사정이 다릅니다.

AA는 읽고 계신 분이 실시간으로 "이 부분은 어떻게 된 거야?" 라는 의문을 글로 남기거나 "아아, 이렇게 된 건가!" 하고 대충 이야기의 의도를 파악해주시는 분들이 있기도 해서, 재미있는 부분을 명확하게 인식할 수 있죠. 덕분에 저도 매우 즐겁게 이야기를 만들어 나갈 수 있었습니다.

이건 AA에만 있는 특징이고, 저의 이야기도 그런 과정을 거쳐

* AA : 아스키 아트(ASCII Art.)의 줄임말. 글자만을 이용해 그림을 그린 것을 뜻하나, 이를 이용해서 그림과 글로 스토리를 진행하는 작품의 별칭이기도 하다. 이 작품은 AA를 이용한 그림 표현과 문장만으로 인터넷 게시판에서 연재했던 것을 서적에 맞게 고쳐서 출간한 것이다.

완성된 것임을 새삼 깨달았습니다.

문장화를 하는 과정에서 그러한 사실을 발견하고, 여러모로 놀랐습니다. 분명 저 혼자서는 이 이야기를 만들어내지 못하지 않았을까 싶습니다.

담당 편집자님. 대략 반년 동안 끝까지 보조해주셔서 감사합니다.

450페이지 이상(*일본어 원서 기준)의 문장화…… 연속된 심야 작입으로 힘든 시기도 있었지만 어찌어찌 모양새를 갖출 수 있었습니다. 부족한 장면을 메꾸고, 페이지가 초과되어서 조절하고, 후기까지 퇴짜를 맞는 등, 많은 일들이 있었습니다. 처음이 업계에 발을 내디딘 몸으로서 자극적인 경험을 잔뜩 할 수 있었습니다. 글자수 제한이 있는 탓에 이 이상은 말할 수 없지만, 좌우간 감사합니다.

일러스트를 제공해주신 타케다 호타루 님. 직접 대화를 나눈 적은 없지만 매우 근사한 일러스트를 그려주셔서 감사합니다. 일러스트에서 이 작품에 대한 열의가 전해져 왔습니다. 이야기를 읽어야만 표현할 수 있을 듯한 분위기가 잘 나타나서, 캐릭터 디자인을 봤을 때는 감동으로 가슴이 찡했습니다. 힘드시겠다고 생각은 했지만 주제도 모르고 담당 편집자님을 통해 이것저것 고집을 부리기도 했던 것 같습니다. 끝까지 함께해 주셔서 정말로 감사합니다……!

망각이나 괴리, 분열 IF등등, 다음 권으로(나올지는 모르겠지만) 넘긴 요소도 있습니다만 일단은 여기서 일단락을 짓고자 합니다.

다시 만나 뵐 수 있기를 기도하며, 끝까지 함께해 주셔서 감사하다는 인사를 드립니다.

이만 줄이겠습니다. 안녕히 계세요.

너는 죽지 않는 재투성이 마녀 1

2024년 05월 15일 제1판 인쇄
2024년 05월 22일 제1판 발행

지음 하이누미 | **일러스트** 타케다 호타루

옮김 정대식

발행 영상출판미디어(주)
등록번호 제 2002-000003호
주소 07551 서울특별시 강서구 양천로 570 NH서울타워 19층
대표전화 02-2013-5665

ISBN 979-11-380-4625-1
ISBN 979-11-380-4624-4 (세트)

구매 시 파손된 도서는 구매처에서 교환하실 수 있습니다.
기타 불편사항, 문의사항이 있으신 독자님께서는 노블엔진 홈페이지
[http://novelengine.com] 에서 Q&A 게시판을 이용해 주시기 바랍니다.